Colum McCann

Der Himmel unter der Stadt

rororo

rororo

Colum McCann, geboren 1965 in Dublin, arbeitete als Journalist, Farmarbeiter und Lehrer und unternahm lange Reisen durch Asien, Europa und Amerika. Er erhielt zahlreiche Literaturpreise, unter anderem den «Hennessy Award for Irish Literature». Colum McCann ist verheiratet und lebt in New York. Im Rowohlt Verlag erschienen «Der Tänzer» (Rowohlt Buchverlag), «Fischen im tiefschwarzen Fluß» (rororo 22622), «Gesang der Kojoten» (rororo 22288) und «Wie alles in diesem Land» (rororo 23367).

Colum McCann

Der Himmel unter der Stadt

Roman

Deutsch von
Matthias Müller

Rowohlt Taschenbuch Verlag

Die Originalausgabe erschien 1997 unter dem Titel
«This Side of Brightness» bei Metropolitan Books,
Henry Holt and Company, Inc., New York.
Redaktion Miriam Mandelkow

Einmalige Sonderausgabe
November 2004

Veröffentlicht im
Rowohlt Taschenbuch Verlag,
Reinbek bei Hamburg, Februar 2000

Umschlaggestaltung any.way, Wiebke Jakobs
(Umschlagabbildung: Egon Schiele [1890–1918].
«Herbstbaum in bewegter Luft», 1912.
Öl auf Leinwand, 80 × 80,5 cm.
Wien, Sammlung Leopold / akg-images)
Gesamtherstellung Clausen & Bosse, Leck
Printed in Germany
ISBN 3 499 23919 1

Für Siobhan, Sean, Oonagh und Ronan.
Und natürlich für Allison.

Unser Sterben begann vor dem Schneefall, und wie der Schnee fielen wir immer weiter. Es war erstaunlich, daß noch so viele von uns übrig waren zum Sterben.

Louise Erdrich. Spuren

1
1991

Am Abend, bevor der erste Schnee fiel, sah er einen großen Vogel, der im Hudson River festgefroren war. Er wußte, es mußte eine Gans oder ein Reiher sein, aber für ihn war es ein Kranich. Der Hals steckte unter der Flügelbeuge, und der Kopf war in den Fluß getaucht. Er spähte hinunter auf die Wasseroberfläche und stellte sich den Schnabel vor, ein urzeitliches Ornament. Die Beine waren gespreizt, und ein Flügel war ausgebreitet, als hätte der Vogel versucht, durch das Eis hindurchzufliegen.

Treefrog fand ein paar Backsteine neben dem Pfad, der am Wasser verlief, hob sie hoch über den Kopf und schleuderte sie hinunter, rings um den Vogel herum. Der erste Backstein hüpfte und schlitterte übers Eis, doch der zweite durchbrach die Oberfläche und ließ den Kranich für einen kurzen Moment aufleben. Die Flügel zuckten kaum merklich. Der Hals hob sich in einem steifen, majestätischen Bogen, und dann tauchte der Kopf aus dem Wasser auf, grau und aufgedunsen. Treefrog ließ die Backsteine mit wilder Entschlossenheit herabprasseln, bis sich der Vogel aus dem Eis lösen konnte, zum offenen Fluß hinaus.

Treefrog schob sich die Sonnenbrille über die Stirn hoch und sah zu, wie der Vogel forttrieb. Er wußte, er würde auf den Grund des Hudson sinken oder wieder im Eis einfrieren, aber Treefrog drehte sich um und ging durch den verlassenen Park davon. Er trat nach herumliegendem Müll, berührte die eisige Rinde eines Holzapfelbaumes, erreichte den Tunneleingang und zog seine beiden Mäntel aus. Er zwängte sich durch einen Spalt im Eisentor und kroch auf die andere Seite.

Der Tunnel war hoch und breit, dunkel und vertraut. Es war kein Laut zu hören. Treefrog ging die Gleise entlang, bis er zu einer großen Betonsäule kam. Er legte beide Hände an die Säule und wartete, bis sich seine Augen ans Dunkel gewöhnt hatten, dann griff er in eine Kerbe und hievte sich mit gewaltiger Kraft hinauf. Mit traumwandlerischer Sicherheit schritt er den Träger entlang, gelangte zu einem weiteren Steg und schwang sich erneut hinauf.

In seinem dunklen Nest, hoch oben im Tunnel, machte Treefrog mit Zweigen und Zeitungspapier ein kleines Feuer. Es war später Abend. In der Ferne rumpelte ein Zug.

Auf dem Nachttisch hatten sich ein paar Rattenködel gesammelt, er wischte sie herunter, bevor er die Schublade öffnete. Aus der Tiefe der Schublade zog Treefrog einen kleinen violetten Schmuckbeutel, dann knöpfte er die gelbe Schnur auf. Einen Moment wärmte er die Mundharmonika in seiner behandschuhten Faust über dem Feuer. Er setzte sie an den Mund, prüfte die Temperatur und sog ein Netz voll Tunnelluft ein. Die Hohner glitt über seine Lippen. Zunge flatterte gegen Zungen, und die Sehnen an seinem Hals glänzten. Er hatte das

Gefühl, die Musik würde ihn atmen, sich durch ihn mitteilen. Blitzartig erschien ihm seine Tochter – sie war da, sie hörte zu, sie war Teil der Musik, sie saß da, die Knie an die Brust gedrückt, und schaukelte in kindlicher Verzückung vor und zurück – und er dachte wieder an den festgefrorenen Kranich im Fluß.

Treefrog saß da, in seinem Nest, in der fauligen Dunkelheit und spielte, verwandelte den Raum, gab den Tunneln ihre Musik zurück.

1916

Sie treffen in der Morgendämmerung ein, eine Welt von Kopfbedeckungen. Ein dunkles Feld von Gestalten, Stengel, die sich dem Hafenviertel entgegenneigen.

Verstreut zunächst in den Straßen von Brooklyn – sie sind mit Straßenbahn, Fähre und Hochbahn gekommen – vereinen sie sich allmählich zu einer Woge. Herbe Männer, die unermüdlich Zigaretten rauchen und beim Gehen den Schlamm vom Vortag von ihren Stiefeln stampfen. Im Schnee bleibt eine Dreckspur zurück. Eislachen zersplittern unter dem Gewicht ihrer Füße. Die Kälte schleicht sich in ihre Körper. Einige Männer haben große Schnurrbärte, die ihnen wie Präriegras über den Lippen hängen. Andere sind jung und haben vom Rasieren gerötete Wangen. Alle haben Gesichter, die von der schweren Arbeit ausgehöhlt sind – sie rauchen fieberhaft, wie Menschen, die wissen, daß sie schon in ein paar Stunden tot sein können. Während sie sich in ihre Mäntel kauern, riechen sie vielleicht noch die vergangene Nacht an ihren Körpern – vielleicht waren sie betrunken, oder mit einer Frau zusammen, oder beides. Später werden sie über diese Geschichten von Liebe und Trinken lachen, aber jetzt schweigen sie. Es ist viel zu kalt, um irgend etwas anderes zu tun, als zu gehen und zu rauchen. Sie nähern sich dem East River und scharen sich am Schachteingang, stampfen mit ihren Stiefeln auf die Pflastersteine, um sich zu wärmen.

Der Schnee zu ihren Füßen verwandelt sich in Matsch.

Als das Signal die Malocher zur Arbeit ruft, ziehen sie ein letztes Mal an ihren Zigaretten. Die roten Spitzen glimmen auf und fallen zu Boden, eine nach der anderen, als legten sich Schwärme von Glühwürmchen zur Ruhe.

Nathan Walker, der in der Mitte der Schlange steht, sieht die Männer der Nachtschicht aus dem Schacht herauskommen, von oben bis unten mit Schlamm bedeckt, erschöpft. Walker spürt, daß er seine Zukunft betrachtet, also starrt er nicht so genau hin, nur ab und zu streckt er die Hand aus und klopft einem entgegenkommenden Mann auf die Schulter. Der müde Mann hebt den Kopf, nickt, taumelt weiter.

Walker widersteht dem Drang zu niesen. Er weiß, eine Erkältung bedeutet den Verlust eines Tageslohns – in der komprimierten Luft unter dem Fluß könnte Blut aus Nase und Ohren tropfen. Wenn der Vorarbeiter etwas von seiner Erkältung mitkriegt, wird er ihn aus der Kolonne nehmen. Also schluckt Walker sein Husten und Niesen hinunter. Er nimmt ein Amulett aus der Tasche, einen Stein, und rollt ihn zwischen den Fingern. Der Talisman fühlt sich eisig an.

Walker flüstert seinem Kumpel Con O'Leary zu.

«Wie steht's, Alter?»

«Krank wie die Pest. Hab ein' Riesenkater.»

«Ich auch.»

«Mein Gott, und kalt is es», sagt O'Leary.

«Kann man wohl sagen.»

«Was soll's, Kleiner. Wir müssen.»

Der Vorarbeiter nickt den beiden Mineuren zu, und sie schließen sich der Gruppe am Schachteingang an. Sie stehen dicht aneinandergedrängt und rücken langsam vor. Walker hört das Heulen der Kompressionsmaschine von unten. Es ist ein langer, scharfer, harter Ton, den er schon bald nicht mehr hören wird – der Fluß ist ein Geräuschefresser; er packt sie und verschluckt sie. Walker rückt sich den Hut zurecht und wirft einen letzten Blick hinaus in die Ferne. Das Zollgebäude mit den drei Säulen am anderen Ufer ist grau am frühen Morgen; Hafenarbeiter sind an den Docks beschäftigt; ein paar Frachtschiffe manövrieren um Eisschollen herum; und draußen auf dem Wasser steht eine junge Frau in einem leuchtendroten Mantel auf dem Deck einer Fähre und winkt mit beiden Armen. Walker erkennt Maura O'Leary, und kurz bevor er aus ihrem Blickfeld verschwindet, tippt sich Con, ihr Mann, an seinen Hut, eine Geste, die wegwerfend oder gelangweilt sein könnte, in Wahrheit aber ein Ausdruck von Liebe ist.

Walker schmunzelt über diesen Anblick, duckt sich und macht sich an den Abstieg unter den Fluß, einem weiteren Tag des Buddelns entgegen an diesem Morgen, der so kalt ist, daß sogar sein Herz sich anfühlt, als sei es an seinen Rippen festgefroren.

In der Druckluftschleuse wird die Tür fest verschlossen, und dann kommt die Luft rings um die Caissonarbeiter hereingezischt.

Walker öffnet den obersten Mantelknopf. Er spürt, wie sich seine Zehen in der heißen Druckluft entspannen. Ein Schweißtropfen bildet sich auf seiner Stirn, und Walker schnickt ihn mit dem Daumen weg. Neben ihm steht O'Leary zusammengesackt an der Wand und atmet schwer. Zu den beiden gesellen sich bald Sean Power und Rhubarb Vannucci. Mit steigendem Druck fängt die Luft an zu glühen, als hätte eine Hitzewelle beschlossen, die Arbeiter mitten im Winter unter die Erde zu begleiten. Die vier Männer halten sich die Nase zu, bis es in ihren Ohren knackt.

Nach ein paar Minuten hockt sich Power hin und zieht ein Kartenspiel aus seiner Hosentasche. Die Männer kramen in ihren Taschen nach Münzen und spielen Poker, während der Druck der Luft auf ihre Körper auf neunundzwanzig Pfund pro Quadratzoll ansteigt. Walker gewinnt die erste Runde, und Power klopft dem jungen Schwarzen auf die Schulter.

«Sieh mal an, unser Pikkönig. Ihr Nigger steckt doch alle unter einer Decke!»

Aber Walker nimmt es ihm nicht übel. Er weiß, unter dem Fluß herrscht Demokratie. Im Dunkeln sehen alle gleich aus – der Knoblauchfresser wie der Nigger wie der Polacke wie der irische Saufkopp –, und so lacht Walker bloß, steckt seinen Gewinn ein und teilt die zweite Runde aus.

Noch mit den Hüten auf den Köpfen verlassen die Tunnelarbeiter die Schleuse und treten in den Druckluftbereich des Schildes ein. Es sind mehr als hundert, die da durch den Schlamm waten. Mineure, Schweißer, Zimmerleute und Mörtelpumper, Förderleute und Elektriker. Sie nehmen ihre Mützen und Hüte ab, ziehen in der Hitze ihre Mäntel aus. Einige haben Tätowierungen, andere

Schwabbelbäuche, ein paar sind ausgemergelt, die meisten drahtig. Fast alle haben vorher schon als Bergleute unter Tage gearbeitet – in Colorado, Pennsylvania, New Jersey, Polen, Deutschland, England – und ihr Vermächtnis aus dieser Zeit sind Staublungen. Könnten sie in ihre Kehlen greifen, so könnten sie die Leiden aus ihren Lungen meißeln. Teer und Dreck würden ihnen zwischen den Fingern zerbröseln. Sie könnten ein Stück rußfarbenen Gewebes hochhalten und sagen: Das haben die Tunnel mit mir gemacht.

Es hat schon viele Todesfälle in den Tunneln gegeben, aber das ist ein Gesetz, das die Caissonarbeiter akzeptieren: Du lebst so lange, bis du stirbst.

Nackte Glühbirnen flackern, und die Männer gehen durch ein flüssiges Licht, das geriffelte Schatten an die Wände wirft. Die Schatten schmelzen und wandern und verschwimmen, werden länger und dann kürzer. In der Mitte des Tunnels verläuft ein schmales Gleis, das später zur Beförderung von Geräten und Erdreich zum Einsatz kommen wird. Die Männer gehen das Gleis entlang und verlassen an unterschiedlichen Stellen den Trupp. Metallene Butterbrotdosen werden auf den Boden geworfen. Rosenkränze aus den Taschen geholt. Im flüchtigen Überschwang des Arbeitsbeginns ziehen die Männer ihre Hemden aus. Hier wird eine Faust geschlossen, um die Muskeln spielen zu lassen. Dort werden Schultern zurückgeworfen, um einen massigen Brustkorb zu offenbaren. Dahinter schlägt eine Faust dumpf in eine Handfläche.

Die vier Wühlmäuse – Walker, O'Leary, Vannucci und Power – halten sich nicht mit Reden auf. Sie müssen bis zum äußersten Ende des Tunnels gehen, unter den gußeisernen Segmentringen hindurch, an Maschinen und Schraubstöcken vorbei, an Bolzen, gewaltigen Schraubenschlüsseln und gestapelten Säcken mit Portland-Zement. Walker geht voran, balanciert auf einer der Schienen, während die anderen drei die Füße vorsichtig auf die Holzschwellen setzen. Ihre Schaufeln baumeln seitlich an den Beinen herab. Walker hat seinen Namen in den Schaft geritzt, O'Learys hat eine verbogene Spitze, der Griff von Powers Schaufel ist mit einem Handtuch umwickelt, und Vannuccis, die einen winzigen Riß hat, wird durch eine metallene Überschiebmuffe zusammengehalten. Sie gehen weiter, mitten in den schwarzen Bauch hinein.

«Heißer als 'ne Hurenküche heute», sagt Power.

«Und ob.»

«Schon mal in 'ner Hurenküche gewesen?»

«Nur zum Frühstück», sagt Walker. «Grütze und Eier auf beiden Seiten gebraten.»

«Mein lieber Schwan! Hört euch den Jungen an!»

«Und brutzelnder Speck.»

«Huuui. Lecker.»

«Oberschale. Mit ein bißchen Schwarte.»

«Klingt gut!»

Am Kopf des Tunnels erreichen sie den Greathead Shield, den Vortriebsschild, als vorderste Sicherung, eine Riesenblechbüchse, die durch hydraulische Druckpressen unter den Fluß getrieben wird. Wenn etwas schiefgeht, wird der Schild wie der Deckel einer Blechdose den Schlamm zurückhalten. Aber die vier Männer müssen noch weiter. Sie holen tief Luft und bücken sich dann, um durch die Tür im Schild zu treten. Als würde man eine winzige Kammer am Ende der Welt betreten. Sieben

Quadratmeter Finsternis, Feuchtigkeit und Gefahr. Hier wird das Flußbett durch lange Brustplatten und riesige Druckstempel gestützt. Über ihren Köpfen springt eine Zwischenbühne aus Stahl hervor, die sie vor herabstürzenden Felsen und rutschendem Schlamm schützen soll. Direkt vor ihnen hängt eine Glühbirne in einem Drahtgehäuse, die Berge von Schlamm und Pfützen dreckigen Wassers beleuchtet. Das Licht flackert, der Strom fließt nicht gleichmäßig. Nathan Walker und Con O'Leary waten durchs Wasser, das auf dem Boden des Raumes steht, strecken die Arme aus und berühren den hölzernen Verbau der Ortsbrust, was ihnen Glück bringen soll.

«Dreimal auf Holz geklopft, Kumpel.»

«Ich klopfe», sagt O'Leary.

«Verdammt, sogar die Brust ist warm geworden.»

Am Ende des Tages wird der Dreck hinter der Ortsbrust verschwunden sein, hinausgekarrt auf dem schmalen Gleis, auf Waggons geladen und von keuchenden Zugpferden zu einer Deponie in Brooklyn gezogen. Dann wird der Schildmantel ein weiteres Mal vorgeschoben. Schweigend nehmen die Männer die Herausforderung an, das Flußbett weiter denn je zu durchstoßen, vielleicht sogar vier Meter, wenn sie Glück haben. Sie bauen eine Zwischenbühne, auf der sie stehen können. Walker schraubt einen Druckstempel auf, und Vannucci nimmt zwei Brustplatten heraus, um ein Fenster für ihre Buddelarbeit zu schaffen. Power und O'Leary treten zurück und machen sich bereit, den Schlamm aufzuladen. Die vier werden sich im Laufe des Tages abwechseln, schaufeln und aufladen, aufladen und schaufeln, ihre Schaufeln in den Boden jagen, die Metallkanten tief hineinstechen.

Nathan Walker wird später in der Druckluftkammer des Krankenhauses sitzen und zu seinen Freunden sagen: «Wenn nur diese andern Typen richtig Englisch könnten, wär gar nichts Schlimmes passiert, überhaupt nichts.»

Er ist der beste von ihnen, obwohl er erst neunzehn ist. Es ist Knochenarbeit, aber Walker ist immer der erste, der mit dem Schaufeln anfängt, und der letzte, der aufhört.

Groß und kräftig, wie er ist, braucht er nur einmal die Schaufel zu schwingen, und Muskelwellen wandern seinen Arm entlang. Seine Haut badet im Schweiß. Die anderen Wühlmäuse beneiden ihn um seine fließenden Bewegungen, darum, wie die Schaufel mit seinem Oberkörper zu verschmelzen scheint, um die stille Meisterschaft seines Schaufelns, wie das Blatt immer wieder Ellipsen in der Luft beschreibt, eins, zwei, drei, Schlag, zurück. Er steht breitbeinig auf der Plattform, in einem blauen Overall, der an den Knien zerrissen ist, mit einem roten Hut schräg auf dem Kopf, in dessen Krempe ein Band eingenäht ist, das er unter dem Kinn zusammenbindet. Alle zehn Sekunden löst sich in Hüfthöhe der sickernde Schlamm zwischen den Brustplatten. Walker legt beim Schaufeln Muscheln frei und reibt sie zwischen den Fingern sauber. Er würde gern ein Stück Knochen finden, eine Pfeilspitze, oder ein Stück versteinertes Holz, aber er findet nie etwas. Manchmal stellt er sich vor, daß Pflanzen da unten wachsen, gelber Jasmin und Magnolien und Heidelbeerbüsche. Die Ränder des Okefenokee-Sumpfes wogen auf ihn zu, trübe braune Gewässer, die in sein heimatliches Sewanee hineinschwappen.

Walker buddelt seit zwei Jahren. Er ist mit einem Zug

aus Georgia angekommen, die Dampfpfeife gellte schrill in seinen Ohren.

Der Stahlschild erstreckt sich über seinen Kopf, doch die meiste Zeit muß er weiter nach vorn, wo es keinen Schutz mehr gibt. Keiner der Männer trägt einen Helm, und da vorn gibt es nur noch sie und den Boden unter dem Fluß.

Walker zieht sein Hemd aus und schaufelt mit freiem Oberkörper weiter.

Nur der Schlamm ist kühl auf seiner Haut, und manchmal schmiert er ihn sich auf den Körper, über seinen dunklen Brustkorb. Es fühlt sich gut an, und bald ist er von Kopf bis Fuß eingedreckt.

Er weiß, daß jeden Moment eine Lawine von Schlamm und Wasser die Männer nach hinten schleudern kann. Sie könnten ertrinken, der East River würde ihnen die Kehle hinunterfließen, ihnen seltsame Fische und Steine in die Bäuche spülen. Das Wasser könnte sie gegen den Stahlmantel des Schildes drücken, während der Alarm ertönt – ein panisches Rat-tat-tat von Verbau auf Stahl – und die Männer weiter hinten im Tunnel versuchen, sich in Sicherheit zu bringen. Oder austretende Luft könnte sie gegen die Ortsbrust saugen, sie durch die Luft schleudern, ihnen die Wirbelsäule an einer Brustplatte zerschmettern. Oder eine Schaufel könnte abgleiten und einem Mann glatt den Schädel spalten. Feuer könnte durch den Stollen züngeln. Oder die Druckluftkrankheit – die gefürchtete Caissonkrankheit – könnte ihnen Stickstoffblasen durch Knie, Schultern oder Gehirn jagen. Walker hat Männer im Tunnel zusammenbrechen sehen, hat gesehen, wie sie sich an die Gelenke faßten, wie sich ihre Körper plötzlich unter qualvollen

Schmerzen verkrampften; das ist die Seuche der Caissonarbeiter, niemand kann etwas dagegen tun, und die Betroffenen werden zur Druckschleuse zurückgebracht, wo ihre Körper so langsam wie möglich dekomprimiert werden.

Aber diese Dinge machen Walker keine Angst – er lebt, und in der gelblichen Dunkelheit setzt er jede Faser seines Körpers ein, um den Tunnel unter dem Fluß voranzutreiben.

Die Mineure haben ihre eigene Sprache – Hydraulikpressen, Druckstempel, Stopfmaterial, Vortriebspfähle, Steifen, Erektor –, aber nach einer Weile besteht ihre Sprache hauptsächlich aus Schweigen. Worte sind kostbar in der Druckluft. Ein «Verdammt!» treibt ihnen Schweißtropfen auf die Stirn. So herrscht eine Enthaltsamkeit aus Stille und schlagenden Schaufeln – die nur Walker gelegentlich, sehr selten, mit einem seiner Gospelsongs durchbricht.

Lord, I ain't seen a sunset
Since I come on down.
No, I ain't seen nothing like a sunset
Since I come on down.

Wenn er singt, buddeln Power und Vannucci im Takt.

Das Wasser, in dem sie stehen, wird von einem Schlauch abgesaugt, dem «Klo», wie die Männer ihn getauft haben, und manchmal pissen sie direkt hinein, damit der Geruch nicht hängenbleibt. Nichts ist schlimmer als abgestandene Pisse in der Hitze. Alles andere verkneifen sie sich, es ist sowieso schwer, in Luft zu scheißen, deren Druck doppelt so hoch ist wie normal; es bleibt alles im Bauch stecken, bis später, wenn in den Waschkauen das heiße Wasser auf sie runterknallt. Manchmal kommt es ohne Vorwarnung heraus, und dann brüllen die Männer durch den heißen Dunst: «Wer hat die blauen Bohnen da scharfgemacht?»

Nach zwei Stunden Arbeit ist der Tunnel einen Meter länger als vorher. Der ausgehobene Boden und Schlamm hat viele kleine Waggons gefüllt, die regelmäßig auf dem Gleis hin- und herrangiert werden.

Vannucci beobachtet Walker und lernt von ihm. Der Italiener hat einen langen, sehnigen Körper, seine Arme sind blaugeädert. Deshalb nennen die Männer ihn Rhubarb, Rhabarber. Er fing zu Beginn der Tunnelarbeiten als Sprengmeister an, zündete, sprengte und spulte sich Abschlag für Abschlag in den felsigen Baugrund bis ans Flußbett heran – aber die Sprengarbeiten waren bald zu Ende, und danach gab es nur noch Schlamm. Schlamm läßt sich nicht sprengen, mag man es noch so wollen. Aber Rhubarb bewahrt noch eine eingepackte Zündschnur als Talisman in seiner Tasche auf. Er hat wenig Worte zur Verfügung, mit denen er sich mit den anderen Männern unterhalten könnte, und so spricht er durch seine Arbeit, und dafür respektieren sie ihn. Rhubarb wuchtet eine weitere Schaufel voll Schlamm empor, während Walker neben ihm grunzt.

Eins, zwei, drei, Schlag, zurück.

Con O'Leary stemmt sich keuchend in seine Arbeit hinein. Zu seiner Linken saugt sich Power Blut von der Handfläche, nachdem er sich an einer scharfen Kante des Schildes geschnitten hat.

Die Männer besiegen den East River, und sie sind glücklich.

Bald wird der Montagetrupp vorbeikommen und einen gußeisernen Tübbingring einsetzen – die Segmente werden durch einen kleinen Derrickkran in ihre Position gedrückt, von einem starken Tübbingerektor gedreht und dann zusammengeschraubt –, und der Tunnel wird sich weiter Richtung Manhattan winden. Die Vorarbeiter werden begeistert sein. Sie werden sich die Hände reiben und an den Tag denken, an dem Züge unter dem East River fahren.

Und dann, um 8.17 Uhr, als Nathan Walker der schlammigen Ortsbrust gerade den Rücken zukehrt, unternimmt Rhubarb Vannucci seinen allerersten Versuch, einen vollständigen Satz auf englisch zu sagen. Er hält seine Schaufel mitten in der Luft, eine Schulter angehoben, die andere gesenkt. Von Walker unbemerkt ist ein kleines Loch in der Ortsbrust aufgegangen, eine Schwachstelle im Flußbett. Die Druckluft zischt hinaus. Vannucci packt einen Sack Heu, um das Loch zu stopfen, doch der Schlamm wirbelt drum herum weg, und die Luft entweicht, und das Loch wird größer. Zuerst ist die Öffnung groß wie eine Faust, dann wie ein Herz, dann wie ein Kopf. Der Italiener kann nur zusehen, wie der junge Schwarze rückwärts geschleudert wird. Walkers Füße finden keinen Halt auf dem Boden. Er rutscht auf das größer werdende Loch zu und wird hineingesaugt, zuerst die Schaufel, dann die ausgestreckten Arme, gefolgt vom Kopf bis zu den Schultern, wo sein Körper steckenbleibt, ein Korken im Tunnel. Sein Oberkörper gehört der Erde, seine Beine gehören dem Tunnel. Kieselsteine und Flußschlick begrüßen ihn. Die entweichende Luft drückt gegen seine Füße. Der Boden saugt an seinen Beinen. Vannucci tritt zu dem

Ausbläser und packt Walker an den Fußknöcheln, um den Kumpel zurückzuziehen. Während er zieht, kommen die beiden anderen nach vorn, und um sie herum hallt das Echo des Satzes wider, den der Italiener herausgebracht hat.

«Scheiße. Luft geht raus! Scheiße!»

An den meisten Nachmittagen, vor dem Ausbläser, kommen die vier Männer aus den Duschen der Waschkaue, wo Wasser aus schwarzen Schläuchen über ihren Köpfen in unregelmäßigen Stößen herausschießt und Dreckpfützen um ihre Füße bildet. Dampf steigt unter ihren Mänteln auf, wenn sie nach draußen treten und ihnen die kalte Luft entgegenschlägt. In der Bar hinter der Montague Street lachen sie über ihre sauberen Gesichter. Zum erstenmal an diesem Tag können sie das Grübchen in Con O'Learys Kinn sehen, die Narben um Nathan Walkers Augen, die groben Huckel auf Sean Powers Nase und Rhubarb Vannuccis glatte braune Haut.

Es ist eine schummrige Bar, ganz aus Holz, ohne Spiegel.

Die Männer sammeln Sägespäne vom Boden auf und drehen ein paar winzige Stückchen in ihre Zigaretten. Sie sitzen in einem kleinen Nebenzimmer, lassen ein einziges Streichholz rumgehen. Blaue Rauchschwaden steigen über ihren Köpfen auf. Der Barkeeper, Brickbat Jones, bringt ein Tablett mit acht Bieren, seine Hände zittern unter dem Gewicht. Sein schmächtiger Unterarm verschwindet in einem Ärmelhalter.

«Was gibt's Neues, Jungs?»

«Nichts besonderes. Und bei dir?»

«Das übliche. Ihr seht durstig aus.»

«Mein Mund ist trocken wie ein Bauernsocken!» ruft Power.

Brickbat ist der einzige Barkeeper in der Gegend, der Schwarze in seinen Pub läßt. Walker hat einmal Brickbats Schädel vor einem Hammer bewahrt. Hat die Waffe mitten im Schwung abgefangen und danach kein Wort darüber verloren, hat den Hammer auf dem Heimweg einfach in eine Mülltonne geworfen. In der darauffolgenden Woche hat Walkers Bier einen Penny weniger gekostet, und er bekam kostenlos Tabak in die Manteltasche gesteckt.

«Was macht der Tunnel, Jungs?»

«Zur Hälfte durch.»

«Da muß man ganz schön mutig sein», sagt Brickbat.

«Da muß man ganz schön dämlich sein», sagt O'Leary.

«Oder ganz schön durstig!» brüllt Power und hebt sein Glas.

Die Männer trinken in großen geräuschvollen Zügen. Selbstvergessen, als wären sie eine Million Meilen vom Rhythmus des Tunnels entfernt. Ihre Worte sind zunächst knapp und schroff – ein Zehner weniger in der Lohntüte letzte Woche, der Mörtelpumper in der Druckluftschleuse schummelt beim Kartenspielen, die zerfetzten Überreste britischer Soldaten, über die sie zu Hause in der Zeitung lesen, die Möglichkeit, daß amerikanische Truppen sich an den Kämpfen in Europa beteiligen. Aber bald werden ihre Worte und ihre Kehlen vom Trinken geschmeidig. Die Männer entspannen sich und lachen. Geschichten werden hervorgekramt und Mundharmonikas aus den Taschen gezogen. In der Bar krächzt hier und dort Musik. Verschiedene Sprachen verschmelzen. Die Männer messen sich im Armdrücken. Manchmal bricht eine Schlägerei aus. Oder ein Mann pißt gegen den Tresen und wird rausgeschmissen. Oder eine Hure spaziert am Fenster vorbei, knallroter Mund, großes Getue, und lüpft neckisch den Saum ihres Kleides. Pfiffe ertönen, und die Männer starren der Frau hinterher, das Herz wird ihnen riesig und still vor Lust. Alle Viertelstunde scheppert der Gong einer Wanduhr.

Rhubarb Vannucci geht als erster, nach zwei Bieren und vier Gongschlägen, stellt noch vor dem letzten Schluck seinen Mantelkragen hoch.

«*Ciao, amici.*»

«Bis später, Ruby.»

«Hey, Rhubarb!»

«*Sì?*»

«Ein guter Rat.»

«Nix verstehen.»

«Vergiß die Soße nicht.»

Das ist Powers Scherz – Rhabarber mit Soße –, aber er hat es dem Sizilianer nie erklärt.

Die Männer glucksen und bestellen noch eine Runde. Leere Gläser türmen sich um sie herum. Rauch wabert in der Luft, und die Muschelaschenbecher quillen über.

Con O'Leary geht als nächster, läuft über das Kopfsteinpflaster zum Hafen hinunter. Er nimmt eine Fähre nach Manhattan, gesellt sich zum Fährmann ins Führerhaus, geht dann die Laufplanke hinunter und wandert durch die dämmernden Straßen. Sein Körper ist ein Vater seines wirklichen Alters, Rheuma steckt ihm in den Knochen, er fühlt sich wie siebzig, obwohl er erst vierunddreißig ist. Sein Bauch wackelt beim Gehen. Die Beschläge unter den Hacken seiner Stiefel schlagen Funken. Bald empfangen ihn die Wohnblocks der Lower East Side. Als er um die Ecke biegt, sieht er seine Frau Maura aus einem Fenster lehnen und ihm unter ihrem Schirm widerspenstiger roter Haare zuwinken. Er winkt zurück, und sie eilt in die Küche, wo sie zwei Becher Tee aufgießt.

Als dritter verläßt Walker die Bar, nickt Brickbat Jones im Gehen zu. Er schiebt sich vor der Tür etwas Kautabak in den Mund und spuckt aus, während er die Straßen entlangschlendert. Zurück im Farbigenhotel, wo er wohnt, hängt er seine Stiefel an den Türknauf, damit sie den Läufer nicht beschmutzen. Der Raum ist winzig. Er riecht nach alten Hemden, Socken und Traurigkeit. Walker legt sich auf seine orange Bettdecke, verschränkt die Arme hinterm Kopf und schläft ein, träumt von Georgia und den Tagen, als er mit einem Boot durch die Sümpfe fuhr.

Power geht immer als letzter, taumelt, nachdem die Sperrstunde ausgerufen wurde, auf die nassen Straßen hinaus, zieht die Mütze vor dem Mond. Auf Powers Finger kann man Sonnenaufgänge sehen, große ovale Nikotinflecken, und manchmal torkelt er so lange betrunken umher, daß auch am Himmel die Ansätze von Sonnenaufgängen zu sehen sind.

Der Schrei fetzt den Tunnel entlang, vom Mineur zum Zimmermann, vom Mörtelpumper zum Schweißer, bis nach hinten zu dem Mann, der den Kompressor bedient: Ausbläser! Druck senken! Runter damit! *Abbassa la pressione! Obnizyč cišnienie!* Der Druck! Hey! *La pressione!* Senken!

Doch die Rufe werden in den Sprachen, die sie durchlaufen, verdreht und verzerrt, und anstatt zu sinken steigt die Anzeige auf dem Kompressor.

Nathan Walker, eine Million Jahre Flußbett im Mund und die Schaufel über dem Kopf wie zur Himmelfahrt bereit, ist im Schwarz gefangen. Seine Beine werden von Rhubarb Vannucci festgehalten. Sand und Schlamm und Kieselsteine in Walkers Augen, Ohren, Mund. Wäßriger Schlick füllt seinen Rachen. Sein Gesicht ist aufgerissen vom Hin- und Herschlagen des Kopfes. Ein Kieselstein hat ihn unten am Hals aufgeschnitten. Blut sickert in den Schlamm. Er ist ein Stöpsel in der Tunneldecke. Es dauert eine Ewigkeit von Sekunden, bis die austretende Luft ihn umgibt, und langsam, wurmartig dreht Walker die Schaufel über seinem Kopf, um eine Lufttasche zu erzeugen. Die Erde gibt unmerklich nach.

Vannucci versucht wieder, ihn herunterzuziehen.

Laß meine Beine los! denkt Walker, als er im Schlamm strampelt. Laß meine gottverdammten Beine los!

Er wackelt noch ein bißchen mit der Schaufel, und um ihn herum tritt Luft ein. Er schiebt den Kopf millimeterweise durch den Schlamm, und eine Sekunde lang ist da der Geist seiner toten Mutter am Bahnhof von Atlanta, mit einem blauen Kleid und einer gelben Sonnenblume am Busen, und winkt zum Abschied, als eine Dampfpfeife ertönt.

Er dreht die Schaufel noch weiter, und plötzlich strömt die Luft herein, und Walker wird wie ein ausgespuckter Kirschkern nach oben katapultiert. Immer noch bei Bewußtsein, steigt er durch das Flußbett auf. Woran vorbei? An holländischen Schiffen, vor Jahrhunderten gesunken? An Tierkadavern? Pfeilspitzen? Skalps, an denen noch Haare wachsen? An Männern mit Betonklötzen an den Füßen? An den Toten von Sklavenschiffen, gebleicht bis auf die Knochen? Die ganze Zeit über polstert die Luft Walker gegen das ungeheure Gewicht von Erde, Sand und Schlick ab. Geschützt wie ein Embryo in einem Sack wird er nach oben gerammt, zwei Meter, vier Meter, durch das Flußbett hindurch. Die Lufttasche bahnt sich einen Weg durch den Dreck, beschirmt ihn.

Die Schaufel ist aus seinen Händen verschwunden, aber sie folgt ihm wie ein treuer Vasall, wie auch Vannucci, wie auch Power, der einen Sack Heu an die Brust gepreßt hält, wie verliebt; ein Brüllen kommt aus Vannuccis Kehle, und alle haben das Gefühl, als würde ihnen im nächsten Moment die Lunge explodieren.

Und dann Wasser – sie steigen durch den Fluß auf – und vielleicht Fische, die erstaunt glotzen. Walker wird nur reine Schwärze in Erinnerung bleiben, Wasserschwärze, anfangs nicht einmal kalt, dann ein wütendes Rauschen in den Ohren, es hämmert auf seinen Schädel ein, seine Augäpfel wölben sich hinter den Lidern, eine plötzliche Nässe, durch und durch, der Schock des Wassers, er ringt nach Atem, mit keuchender Brust, Panik, vom dunklen Fluß umgeben zu sein, überzeugt, daß sie ertrinken werden, daß sie alle ertrinken werden – Hecht und Forelle und Dreck und Steine werden sich in ihren aufgedunsenen Bäuchen einnisten, Barkassen werden das Wasser nach ihren Leichen absuchen, Muscheln werden sich in ihre Augäpfel kuscheln.

Und dann durchbrechen die drei Männer die Oberfläche des East River, verfehlen mit den Köpfen nur knapp die Eisschollen, schießen hinaus in die Luft, nur noch in Overalls und Stiefeln, die Brust zieht sich ihnen wie verrückt zusammen und dehnt sich wieder aus, sie speien Wasser und Schlamm, schlucken Sauerstoff, spüren ihre

Gehirne klopfen, einige Werkzeuge vom Tunnel begleiten sie, Platten wirbeln, ein Druckstempel schlägt Rad, ein Sack Heu, ein Mantel, ein Hut, ein Hemd, die undenkbarsten fliegenden Gegenstände. Es ist Morgen, es ist hell, und sie sind oben auf einem riesigen braunen Geysir, sie selbst, ihr Dreck und ihre Tunnelausrüstung. Fähren sind auf dem Wasser. Neugierige Möwen in der Luft. Dockarbeiter, die ungläubig in ihre Richtung deuten. Die drei Kumpel schlagen Saltos in der Luft über dem Fluß. Das Wasser läßt sie für einen Moment zwischen Brooklyn und Manhattan schweben. Es ist ein Augenblick, den die Männer nie vergessen werden. Sie sind wie Götter nach oben geblasen worden.

Walkers erster Gedanke, als er gerettet und auf ein Boot gezerrt wird, halb nackt, das Gesicht blutüberströmt: Mir ist so schweinekalt, ihr könntet glatt auf mir Schlittschuh fahren.

Maura O'Leary streicht sich eine einzelne Haarsträhne von der Wange. Ihr Gesicht ist schmal und hager.

Der East River liegt still da. Sie bemerkt ein paar Prahme und Kähne und zusammengetriebenen Müll auf dem Wasser. Lichträder, die die Morgensonne in die Strömung malt. Einige Arbeiter, die auf den Kais zugange sind. Weiter hinten Maulesel und Wagen. Und, auf dem Wasser, nichts außer dem kleinen gleichmäßigen Gurgeln, ein paar Blasen auf der Oberfläche von dem winzigen Luftleck aus dem Tunnel darunter. Maura steht auf dem Deck der Fähre, in der Eiseskälte, einen Wollschal um den Kopf. Schon den ganzen Morgen nimmt sie die Fähre, hin und her, hin und her, hin und her – es ist ihr tägliches Ritual. Jeden Morgen tut sie es, seit sie erfahren hat, daß sie schwanger ist. Ihr Mann hat ihr diese Extravaganz zugestanden. Und außerdem ist der Fährmann Ire, er läßt sie kostenlos mitfahren. Sie überlegt, ob sie an Land gehen und eine Straßenbahn nach Hause nehmen soll. Die Wiege für das Kind herrichten, das in einem Monat fällig ist. Vielleicht etwas Kartoffelsuppe für Con bereiten. Ein bißchen ausruhen. Mit den anderen Frauen auf ihrem Stockwerk plaudern.

Sie will gerade unter Deck gehen, als der Fluß heult und ausbricht. Ein gigantischer Wassertrichter begrüßt die Stadt am einen Ufer und Brooklyn am anderen.

Zuerst sieht Maura bloß Sandsäcke und Holzplanken oben auf dem Geysir. Sie taumelt zurück, umklammert ihren Bauch. Ihre Füße rutschen auf dem nassen Deck aus, und sie fängt sich an der Reling und schreit. Das Wasser spritzt immer weiter, spuckt den Müll des Tunnels acht Meter über den East River aus. Hafenarbeiter sehen von den Kais auf, der Kapitän der Fähre läßt sein Steuerrad los, Bootsmänner erstarren bei dem Anblick. Die Sandsäcke hüpfen auf dem Kamm des Geysirs. Eine Planke löst sich aus der braunen Fontäne und stürzt radschlagend in den Fluß. Maura beobachtet, wie sich ein Sack in dem Schwall zu verdrehen scheint und ein seltsames schlaffes Glied zum Vorschein kommt. Es ist ein Arm, und eine Schaufel wirbelt von ihm weg. Ein Mann ist aus dem Tunnel herausgesprengt worden! Einer, zwei, drei Männer! Aus dreizehn Metern Tiefe emporgehoben! Sie sieht Nathan Walker, seinen kräftigen Körper und den roten Hut, der auf seinem Kopf geblieben ist, wie ein Erkennungszeichen, mit einem Band unterm Kinn festgebunden. Aber die anderen beiden Körper sind schwer zu erkennen, während sie in ihrer merkwürdigen Himmelfahrt den Kamm des Wassers erreichen.

Der Name ihres Mannes – «Con» – dehnt sich aus ihrem Mund wie ein Gummiband.

Die drei Männer wippen noch immer auf der Fontäne, obwohl sich der Druck allmählich ausgleicht und der Geysir sie – beinahe sanft – zum Fluß herunterläßt. Als Walker ins Wasser klatscht, verfehlt er mit dem Kopf nur knapp eine Eisscholle. Er geht unter und taucht wieder auf, und kurz darauf schwimmt er los, auf das rettende Ufer zu, windmühlenartig rudern seine Arme im Fluß, wühlen eine weiße Spur auf.

Vannucci und Power halten sich an treibenden Brustplatten fest. Einem der Männer spritzt Blut aus dem Schädel. Dem anderen kippt der Kopf weg, als wäre sein Hals gebrochen.

Ein Prahm ist schon von der Brooklyn-Seite zu ihnen unterwegs. Die Fähre stößt kurze scharfe Alarmstöße aus ihrem Signalhorn aus. An der Schachtmündung ertönen schrille Pfiffe, und ein endloser Strang von Männern entrollt sich dem Licht entgegen. Der Geysir erstirbt zu einem bloßen Gurgeln.

«Con!» kreischt sie. «Con!»

Am nächsten Morgen berichten die Zeitungen, daß Nathan Walker zum Prahm schwamm und an Bord gezogen wurde, das Gesicht blutüberströmt. Vannucci und Power klammerten sich an den treibenden Planken fest, bis sie gerettet wurden. Die drei Männer wurden zur Druckluftkammer gebracht, damit sie langsam dekomprimieren konnten. Walker saß schweigend da. Rhubarb Vannucci wollte gleich wieder zur Arbeit gehen, aber er blutete und wurde nach einer Stunde nach Hause geschickt. Sean Power kam mit zwei gebrochenen Armen, einem zerquetschten Bein und einer tiefen Platzwunde auf der Stirn in die Kammer. Ihm wurden Schläuche in die Ohren gesteckt, die den Schlamm absaugten. Der Vorarbeiter gab ihm Whiskey, und Power kotzte einen Strand von Sand und Kieselsteinen aus.

Mitten in dem Block von Gedrucktem – neben einem Bild, das ein Künstler von dem Ausbläser gemalt hat – steht, daß Con O'Leary, 34, aus Roscommon, Irland, noch vermißt wird und vermutlich ums Leben gekommen ist.

Nachbarinnen versammeln sich in Mauras Mietwohnung im dritten Stock. Sie verteilen sich ehrfürchtig in ihrem Wohnzimmer, stumm, in schwarzen Gewändern. Auf einem kleinen Tisch stehen Blumen, von Walker, Vannucci und Power.

Von O'Leary wird eine Daguerrotypie für ein Totenbildchen angefertigt. Maura schneidet sich mit einem Küchenmesser aus dem alten Hochzeitsfoto heraus. Allein gelassen blickt O'Leary von ihrer Handfläche zu ihr auf. Sie hebt das Bild an und berührt es mit ihren Lippen. Auf dem Foto hat ihr Mann ein strenges, verschlossenes Gesicht. Der Mineur war ein schweigsamer Mann: kam nach Hause, kratzte mit einem Messer den Schlamm von den Stiefeln, dann die träge Stille beim Essen, wenn sie ihn bat, etwas im Haushalt zu erledigen, das Zucken seiner Schultern, die liebenswerte Art und Weise, wie er seine plumpen Hände hob und fragte: «Aber wieso?» Ein altes weißes Hemd von ihm hängt noch immer zum Trocknen im Fenster. Maura hatte versucht, den Schmutzrand am Kragen wegzuschrubben. Ein Katechismus liegt aufgeschlagen auf dem Tisch und drum herum verstreut Cons Baseball-Karten: Um Amerikaner zu werden, hatte O'Leary beschlossen, sich in das Spiel zu verlieben, und hatte es akribisch verfolgt. Er kannte jedes Ergebnis, jedes Stadion, alle Manager, Schläger, Werfer, Fänger, Verteidiger.

Das ausgeweidete Klavier, das er gerade reparierte, steht vor dem Kamin, die schwarzen und weißen Tasten auf dem Boden ausgebreitet. Er hatte es von einer Müllkippe gerettet und es an einem Seil durch Manhattan gezogen, wobei die geschnitzten Beine brachen, als er es über das Kopfsteinpflaster zerrte. Vier Männer wurden angeworben, um es die Treppe hochzuschaffen, wonach O'Leary entdeckte, daß es sich bloß um eine Steinway-Imitation handelte, kaum mehr wert als das Holz, aus dem es gemacht war. Er hatte die Tasten abgefeilt – sie hatten geklemmt, so daß die Töne sich vermischten. Abends kramten sie in ihrem Gedächtnis nach Liedern, die sie spielen konnte.

Maura stellt die Daguerrotypie aufs Klavier und wendet den Kopf, als es an der Tür klopft.

Ein grobschlächtiger Mann, in Anzug, Krawatte und Melone, wischt sich beim Eintreten den Schnee von den Schultern. Er bittet die Nachbarinnen, freundlicherweise den Raum zu verlassen.

Die Frauen warten auf Mauras Nicken und gehen dann nacheinander hinaus, wobei sie mißtrauische Blicke über die Schulter werfen. Sie bleiben auf der Treppe stehen und lauschen angestrengt. Der Mann setzt sich mit seinem dicken Hintern in den einzigen Stuhl. Er zieht seine Hose hoch, und Maura sieht – als sich um seine Füße eine Pfütze bildet – seine glänzenden Schuhe.

«William Randall», sagt er.

«Ich weiß, wer Sie sind.»

«Mein tiefstes Beileid.»

«Möchten Sie eine Tasse Tee?» sagt sie, als hätte sie Glasmurmeln in der Kehle.

«Nein, Ma'am.»

«Der Kessel ist schon auf dem Feuer.»

«Nein, Ma'am, danke.»

Und dann ein langes Schweigen, während er daran denkt, den Hut abzunehmen.

«Nach dem Ausbläser», sagt Randall, «wurde der Tunnel überflutet. Die anderen Männer hatten Glück, mit dem Leben davonzukommen. Wir mußten das Flußbett mit einer Leinwand abdecken. Wir haben Lehm draufgeschüttet. Von einem Kahn aus. Um den Tunnel wieder zu versiegeln. Wir mußten es tun. Wir werden Ihnen natürlich eine Entschädigung zahlen. Ma'am? Genug für Sie und Ihr Kind.»

Er deutet auf die Wölbung ihres Bauches, und Maura faltet die Hände darüber.

«Es war keine Zeit mehr, nach Cons Leiche zu suchen», sagt er. «Wir vermuten, daß er in einem zweiten Ausbläser steckengeblieben ist. Mehr können wir nicht sagen. Werden hundert Dollar ausreichend sein?»

Randall hustet und zwirbelt die Spitzen seines roten Schnurrbarts.

«Es kann sein, daß die Leiche irgendwann zum Vorschein kommt, dann können wir auch für die Beerdigung zahlen. Die Beerdigung zahlen wir auf jeden Fall. Wird es eine Beerdigung geben? Ma'am? Mrs. O'Leary? Es ist mir ein Anliegen, mich um meine Arbeiter zu kümmern.»

«Ach wirklich?»

«Hab mich immer um meine Arbeiter gekümmert.»

«Sie können jetzt bitte gehen.»

«Es besteht immer noch Hoffnung.»

«Ihre Zuversicht in Ehren, aber Sie können jetzt gehen.»

Sein Adamsapfel wippt auf und ab. Randall betupft sich die Stirn mit einem Taschentuch. Sofort erscheinen neue Schweißtropfen.

«Ich habe gesagt, Sie können gehen.»

«Ma'am?»

«Gehen Sie.»

«Wenn Sie darauf bestehen, Ma'am.»

Maura O'Leary sieht, wie Cons Hemdsärmel im Fenster flattern, den Schnee begrüßen. Sie fährt mit dem Finger um den Rand einer leeren Teetasse, verflucht sich dafür, daß sie Randall Tee angeboten hat. Sie sagt nichts mehr, geht einfach zur Haustür und zieht sie sanft für ihn auf. Sie stellt sich neben den Türrahmen. Die Nachbarinnen treten zurück und lassen den Mann vorbei, blikken ihm hinterher, wie er die Treppe hinunterwatschelt und eine Fettrolle in seinem Nacken wabbelt. Die Frauen treten nacheinander wieder in Mauras Zimmer, ein halbes Dutzend Akzente verschmelzen zu einem. Draußen übertönt ein Auto das gedämpfte Klipp-klapp von Pferdehufen. Ein paar Kinder spielen Baseball mit Hurlingstöcken. Aus dem Fenster beobachtet Maura, wie die Kinder Randalls Automobil Platz machen, einige Jungs strecken die Hände aus, um die polierte Karosserie zu berühren. Maura zieht die Spitzengardine vor und wendet sich ab.

Die Nachbarinnen verschränken die Hände und lassen die Köpfe hängen, zu höflich, um zu fragen, was passiert ist. Maura stellt sich zu ihnen – niemand will sich auf den Stuhl setzen – und streicht sich eine lange Haarsträhne aus dem Gesicht. Sie erzählt ihren Nachbarinnen, daß ihr Mann bereits ein Fossil geworden ist, und einige fragen sich, was das Wort bedeutet, aber sie nicken trotzdem und lassen es am Rand ihrer Lippen hängen: Fossil.

Nathan Walker wiederholt das Wort, nachdem er Maura einen kurzen Besuch abgestattet und ihr nach einer Sammelaktion unter den Mineuren einen Umschlag mit Geld auf dem Küchentisch hinterlassen hat.

In der lichten Wintersonne geht er die Straße entlang zur Fähre und wischt sich mit einem Mantelärmel über die Augen, erinnert sich an einen Abend nach der Arbeit, im letzten Winter. Er kam früher aus den Duschen in der Waschkaue und wurde von vier betrunkenen Schweißern angegriffen. Sie benutzten die Griffe von Spitzhacken als Waffen. Die Schläge prasselten auf seinen Schädel herab, und er stürzte. Einer der Schweißer beugte sich herunter und flüsterte ihm das Wort ‹Nigger› ins Ohr, so als hätte er es gerade erfunden. «Hey, Nigger.» Walker blickte auf und zertrümmerte dem Mann die Zähne mit dem Ballen seiner geöffneten Hand. Die Griffe der Spitzhacken schlugen wieder auf ihn ein, das Holz rutschte von seinem blutigen Gesicht ab. Und dann ein Brüllen – «Gott im Himmel!» Er erkannte die Stimme. Con O'Leary stand da, frisch aus der Dusche, nur in Stiefeln und Hose. Der Ire wirkte riesig und beleibt im Sonnenlicht. Er schwang die Fäuste. Zwei Schweißer gingen zu Boden, und dann schrillten in der Ferne die Trillerpfeifen der

Polizei. Die Schweißer stolperten davon, zerstreuten sich in den dunklen Straßen. O'Leary kniete sich auf den Boden und drückte Walkers Kopf an seine weiße Brust. «Wird schon wieder, mein Sohn», sagte er.

Ein Blutfleck erschien unter der Brustwarze des Iren. O'Leary hob Walkers Hut vom Boden auf. Er war voller Blut.

«Sieht aus wie eine Schale Tomatensuppe», sagte O'Leary.

Die beiden Männer versuchten zu lachen. O'Leary hatte das Wort «Tomate» so ausgesprochen, als stecke in der Mitte ein Seufzer. Noch Wochen danach, wenn Walker seinen Freund sah, erinnerte er sich an jede Silbe: Tom-ah-te.

Jetzt, während er die Straßen der Lower East Side entlanggeht, wischt sich Walker die Tränen aus den Augen und lädt die Last eines anderen Wortes auf seine Zunge: Fossil.

3

Der erste Schnee

Es gibt einen Moment beim Aufwachen, in dem er denkt, daß er vielleicht nicht ewig aufwachen wird. Treefrog tastet nach seiner Leber, um sich zu vergewissern, daß er noch lebt, und erinnert sich an den Kranich, den er gestern erfroren im Hudson gefunden hat.

Schmerz durchfährt seinen Magen. Er dreht sich in seinem Schlafsack, zieht den Reißverschluß runter, knöpft das Hemd auf und reibt mit seinem Finger über die Delle, die der Metallverschluß in seiner Brust hinterlassen hat. Er drückt die Delle von beiden Seiten zusammen und beobachtet, wie die Stelle auf seiner Haut rot anschwillt. Kalt, so verdammt kalt, noch kälter als oben. Er beugt sich über seinen Nachttisch und zündet eine Sabbatkerze an, hält beide Hände über die Flamme, läßt die Hitze durch sie hindurchschlüpfen. Seine Handflächen schweben dicht über der Flamme, und für einen Moment wirken seine Hände im Kerzenlicht wie abgelöst vom Rest des Körpers, der im Dunkeln bleibt. Je näher seine Handflächen der Kerze kommen, desto höher züngelt die Flamme. Treefrog läßt seine Hände dort, bis sie vor der übermächtigen Hitze zurückzucken. Er genießt den Schmerz, hält beide Hände hoch in die eisige Luft.

Er hört Ratten in der hinteren Höhle herumscharren. «Scheiße», sagt er. «Scheiße.» Er wirft eine leere Dose hinter sich. Sie scheppert gegen die Höhlenwand, und die Ratten sind einen Moment lang ruhig; dann scharren sie weiter. Zeit, ein paar Fallen aufzustellen.

Treefrog setzt sich in seinem Schlafsack auf und legt die Hände zwischen die Beine, wo es warm ist, reckt sich und blickt über die niedrige Mauer seines hochgelegenen Heimes.

Schnee fällt durch die Tunneldecke, rieselt durch das Metallgitter herab. In dreizehn Meter Höhe hält das Gitter den Schnee für einen Augenblick auf und gibt ihn dann frei. Die Flocken wirbeln in Lichtkegeln umher, in blauem Winterlicht. Sie kreiseln abwärts und landen neben den Eisenbahngleisen, bilden Schneeflecken, die in den Tunnel hineinstreben. Dann werden sie von der Dunkelheit verschluckt. Treefrog hat das oft genug gesehen, um nicht mehr erstaunt zu sein, trotzdem sieht er lange zu und sagt dann laut zu niemandem: «Unterirdischer Schnee.»

Jeder Tag beginnt gleich. Sein morgendliches Ritual. Er steht auf und zieht sich in der abgrundtiefen Kälte an, entzündet eine Kerze, schließt die Augen. Er gelangt blind zum hinteren Teil seines Nests. Das Nest besteht aus zwei Räumen – einem alten Lagerraum und einer Höhle.

Treefrog fühlt die Dunkelheit, riecht sie, gehört zu ihr.

In der Höhle bückt er sich, bewegt sich mit geschlossenen Augen. Kerzenwachs tropft ihm auf die Hand. Die Höhle ist dunkel und feucht. Kleine Winkel und Nischen in dem Faltenwurf grauen Gesteins. Ein Sims an der Wand. Verborgene Fächer, die so groß sind, daß er seine Faust hineinstecken kann. Er stellt die Kerze auf den Sims und nimmt ein Blatt Millimeterpapier und einen gespitzten Bleistift, macht die Runde durch die kleine Höhle und läßt seine Hand dabei an der Wand entlangfahren, fühlt die Spalten und die Kälte. Bei jeder Veränderung der Oberfläche öffnet er die Augen und markiert eine Erhöhung auf dem Millimeterpapier. Er macht kehrt und befühlt die gleiche Stelle mit seiner anderen Hand, streichelt den Felsen und läßt die Kälte durch seine Lederhandschuhe sickern. Er atmet schwer und stellt sich die Wölkchen vor, die sein Atem vor seinen Augen macht – seltsame Formen und wunderliche Bewegungen. Mit den Händen an der Wand bückt, dreht und wendet er sich instinktiv und gelangt zu seiner Bibliothek, die ganz hinten in der Höhle versteckt ist. Beide Handflächen ruhen auf einem wackligen Holzregal, und so verharrt er wie im Gebet.

Treefrog wechselt den Bleistift hin und her, von einer Hand zur anderen.

Auf dem Regal stehen seine technischen Fachzeitschriften, jede in einer Plastikhülle, mit Etikett versehen. Er fährt mit den Fingern an ihnen entlang, bleibt bei seiner Lieblingszeitschrift stehen – Tunnelbau – und geht dann weiter an seiner Sammlung von Landkarten vorbei, die ganze Welt entlang und weiter.

Am Ende der Höhle richtet er sich auf und geht zur großen vorderen Kammer zurück. Selbst mit geschlossenen Augen kennt er die Schatten, die das flackernde Kerzenlicht wirft. Seine Stiefel gleiten vom Teppich zum nackten Boden und wieder zum Teppich. Er setzt nie einen Fuß daneben und macht immer eine gleiche Anzahl von Schritten. Jede Höhlung und jede Falte des Bodens wird dadurch wiedererkannt, wie sie seine Füße berühren.

Der größte Teil seines Plunders ist hier untergebracht, alte Kisten, Zeitungen, ein Sofa, das er aufgequollen im Regen gefunden hatte, Dosen, Töpfe, Messer, Nadeln, drei Dutzend Radkappen und Bücher in Klettverschlußhüllen, die sie vor der Feuchtigkeit schützen. Um die Feuerstelle stapelt sich Brennholz. Treefrog bleibt beim Gulag stehen, einem dreißig Zentimeter tiefen Loch in der Wand. Unter dem Gulag steht ein Kasten für seine Katze, Castor, zum Schlafen. Er tastet sich an der Wand entlang, unter einer Wäscheleine hindurch, die er aus Krawatten zusammengeknüpft hat, an seinem Bett vorbei, und achtet darauf, mit den Füßen nicht gegen die riesigen Pißflaschen zu stoßen, die am Ende der Matratze aufgereiht sind.

Er wird die Flaschen später ausleeren, oben seinen Namen gelb in den Schnee einritzen, wo ihn nur die Krähen entziffern können.

Am Rand seines Nests greift er über sich nach einem Stahlträger, dreht sich und streckt die andere Hand aus. Er markiert den oberen Rand des Millimeterpapiers mit seinem Bleistift. Treefrog befingert einen kaputten Tachometer, der vom Stahlträger seines Nests herabhängt – die Nadel ist bei sechsunddreißig stehengeblieben, seinem Alter – und sagt zu sich: Ganz ruhig, nicht abstürzen.

Er öffnet die Augen, betrachtet das Millimeterpapier, die Reihen von Punkten und die gewellten Linien. Er zeichnet ein schnelles Vermessungsprofil von dem Weg, den er zurückgelegt hat. Das ist sein wichtigstes Ritual, er kann seinen Tag nicht ohne beginnen. Er bläht die Dinge zur zehnfachen Größe ihres Kartenmaßstabs auf, so daß das Nest auf dem Papier wie ein Faltenwurf riesiger Täler, Berge und Ebenen aussieht. Selbst aus den winzigsten Kerben in der Wand werden große Einbuchtungen. Später wird er sie auf eine größere Karte übertragen, an der er seit vier Jahren arbeitet, eine Karte von dem Ort, an dem er lebt, handgezeichnet, verwoben, geheimnisvoll, mit Hügeln, Flüssen, toten Flußarmen, gekrümmten Bächen, Schatten: die Kartographie der Dunkelheit.

Treefrogs Finger zittern vor Kälte, als er die Karte dieses Morgens in die Nachttischschublade stopft. Dann geht er mit geschlossenen Lidern auf den Steg hinaus. Der schmale Träger erfordert absolute Balance – unter ihm liegen sieben Meter bis zum Tunnelboden. Er schwingt sich zu dem zweiten Träger hinunter, drei Meter weiter unten, geht in die Hocke, springt und landet geräuschlos im Kies, mit gebeugten Knien und klopfendem Herzen. Er öffnet die Augen und blickt in die Dunkelheit.

Erst drei Blocks von Treefrog entfernt wohnt wieder einer. Manchmal, wenn Treefrog in den Tunnel späht, sieht er in der Ferne eine wäßrige Bewegung, und dann meint er ein Kanu zu sehen, das zielstrebig gepaddelt wird; oder seine Tochter, die auf ihn zuschwimmt; oder seine Frau, die durch die Schwärze kommt, schlank, dunkelhäutig, vergebend. Doch dann klart die Dunkelheit auf, und die Visionen sind verschwunden.

Treefrog sitzt in dem Strom blauen Lichts, das von oben kommt – neben dem Wandgemälde von Salvador Dalís weicher Uhr –, und läßt die Flocken um sich herum fallen. Aus seiner Manteltasche holt er eine Spritze, hält sie sich vor die Augen, um die Eichmarkierungen zu sehen. Er füllt die Ampulle zu einem Viertel mit Luft und befeuchtet dann die Sechzehner-Nadel mit der Zunge. Fast so kalt, daß sie am Metall festfriert. Er läßt ein Bläschen Spucke an der Spitze zurück und kramt in seiner anderen Tasche nach einem rosa Ball. Er stößt die Nadel in den Ball und drückt den Kolben hinunter. Es fühlt sich an, als würde er durch Haut stechen. Der Ball bläht sich auf, und Treefrog reibt über die neugebildete Rundung. Perfekt. Mit einem schwarzen Stift markiert er die Stelle, an der die Nadel in den Ball eingedrungen ist, sucht in den Tiefen seines Mantels nach einer zweiten Spritze, die bereits mit Kleber gefüllt ist. Die Spritze ist in eine Socke eingewickelt, damit sie warm bleibt. Er streichelt das Gehäuse mit beiden Händen.

Treefrog rammt die zweite Nadel in die Markierung auf dem rosa Ball und stößt ein langsames Pfeifen aus, als er den Kleber in das Gummi hineinpumpt. Es wird eine halbe Stunde dauern, aber durch die Luft und den Kleber bekommt der Ball eine größere Sprungkraft. Weiter unten im Tunnel hört Treefrog ein Grunzen – dreht sich um, sieht aber niemanden.

«Hallo», sagte er zu der Dunkelheit. «Hallo.»

Er nimmt einen zweiten Ball aus der Tasche, tritt wieder ans Gleis und dreht sich zu der weichen Uhr um. Das Wandbild hat vor Jahren Papa Love gemalt, lange bevor Treefrog in den Tunnel kam. Die Uhr – grau und schwarz, drei Meter hoch, direkt unter dem Gitter, um das Licht einzufangen – ist geschwungen wie die Taille einer Frau. Daneben ist die Wand von einer trunkenen Zeile roter Graffiti durchschnitten. Eine Horde von Jugendlichen war im Sommer mit Sprühdosen runtergekommen. Treefrog hat sie von seinem Nest aus beobachtet. Ihre Baseball-Mützen waren nach hinten gedreht. Sie hielten sich dicht aneinandergedrängt und hatten Schiß. Nachdem sie die Wände besprüht hatten, ließen sie ihre leeren Dosen am Tunnelrand stehen. Aber Papa Loves Wandbilder haben sie nicht angerührt. Sie haben sogar bei der Hütte des Alten an die Tür geklopft, aber Papa Love hat nicht aufgemacht. Das hat er noch nie getan, und er wird es auch nie tun.

In dem Rundhorizont von Schnee wirft Treefrog den Ball gegen die Wand, seine schwarzen Haare und sein langer Bart wirbeln um ihn herum. Er schlägt den Ball zuerst mit der Rechten, dann mit der Linken – es gibt Regeln bei diesem Spiel: Er muß für Ausgewogenheit sorgen, die Symmetrie wahren, nie ungleichmäßig schlagen. Wenn er zweimal mit der Linken schlägt, dann muß er auch zweimal mit der Rechten schlagen. Wenn er mit der Mitte der rechten Handfläche schmettert, dann muß er danach mit der Mitte der linken Handfläche aufschlagen. Er konzentriert sich auf den rosa Ball, der von dem Wandbild zurückhüpft. Am liebsten trifft er ins Herz der weichen Uhr, wo der Zeiger auf vier hängengeblieben ist.

Der Ball saust in die Wand und wieder heraus.

Treefrog wird allmählich warm, und er denkt an nichts anderes, als den Ball in der Luft zu halten, Aufschlag von unten, von oben, aus Brusthöhe, aus Schenkelhöhe, über dem Kopf, es ist pure Schlichtheit, Genauigkeit, Beherrschung, im Tunnel, im Lichtkegel, im Schnee.

Er hält den Rhythmus perfekt ein, spürt, wie die Wärme durch seinen Körper gleitet, spürt ihre Gelöstheit, ihre Großzügigkeit. Ein Schweißtropfen rinnt seinen Unterarm entlang. Er schlägt den Ball zu heftig gegen einen Spalt in der Wand, und er prallt aus der Flugbahn, segelt hinter ihn und landet auf dem zweiten Gleis. In der Ferne hört Treefrog einen Zug, den 69 nach Montreal, ein Ansturm von Lichtern und Metall. Er kommt, laut laut lauter, und das war's für den Ball, weil der Zug ihn schon erfaßt hat, und Treefrog dreht sich nicht einmal danach um. Der Ball wird wahrscheinlich im Sog eines Waggons den Tunnel weit hinaufwandern oder zu einem Nichts zerquetscht werden. Das Donnern des Zuges verhallt, als er weiter nach Harlem und noch weiter Richtung Kanada fährt. Treefrog klatscht mit der Faust in die Handfläche der anderen Hand.

«Yo.»

Er späht in die Lichtkegel hinein, die sich durch die Gitter ergießen, und sieht Elijah aus den Schatten treten. Elijah steht auf der anderen Seite der Gleise, mit einer Decke über der Kapuze seines Sweatshirts.

«Gib mir 'n Feuerzeug.»

«Leck mich», sagt Treefrog.

«Los, Mann, gib mir 'n Feuerzeug.»

«Wozu?»

«Ich frier mir'n Arsch ab. Gib mir'n Feuerzeug.»

«Läuft dein Ofen wieder nicht?»

«Natürlich läuft mein Ofen. Ich will 'ne verdammte Zigarette rauchen.»

Elijah zieht die Kapuze herunter, so daß ein langer roter Schnitt in seinem Kiefer sichtbar wird.

«Was denn mit dir passiert?» fragt Treefrog.

«Nichts.»

«Hat dich jemand aufgesäbelt?»

«Was geht dich das an, du Wichser?»

Treefrog zuckt die Achseln. «Nur so gefragt.»

«Frag nicht. Ist nichts passiert. Okay? Gib mir 'n Feuerzeug.»

Treefrog holt den zweiten Ball aus seiner Tasche und schneidet ihn seitlich an, so daß er in einem Bogen von der Wand zurückkommt. Als er erneut ausholt, kichert er: «Was gibst du mir dafür?»

«Ich geb dir 'ne Kippe.»

«Drei», sagt Treefrog, und der Ball wird sachte mit der anderen Hand gegen die Wand gelenkt.

«Zwei.»

«Vier.»

«Okay, drei, zum Teufel!»

«Zeigen», sagt Treefrog.

Elijah läßt die Decke zu Boden fallen, greift tief in die Tasche seines Sweatshirts und holt eine Packung Menthol-Zigaretten raus. Er klopft auf die Packung, und drei Zigaretten kommen zum Vorschein.

Trecfrog läßt den Ball in krummen Winkeln über den Kies tanzen, ganz nach hinten zu dem zwei Meter hohen Wandgemälde von Martin Luther King. Er holt sechs Plastik-Feuerzeuge aus seiner Manteltasche, breitet sie auf beiden Handflächen aus und sagt: «Wähl dein Gift, Elijah.»

Eine einzige flinke Bewegung, und das orange Neon-Feuerzeug verschwindet von Treefrogs Handfläche, drei Zigaretten weniger im Päckchen, und Elijah ist schon wieder auf dem Weg zu seinem Verschlag im südlichen Teil des Tunnels.

Treefrog steckt sich die Zigarette in den Mund, macht sein Feuerzeug an. Ein Batzen Schnee landet auf seiner Wange, und er sagt laut, der Symmetrie, dem Gleichgewicht zuliebe: «Unterirdischer Schnee.»

Im ersten Winter, als er runterkam, war es so kalt, daß ihm seine Mundharmonika an den Lippen festfror. Er saß auf dem Steg und hatte die Hohner nicht vorgewärmt. Sie klebte ihm am Mund fest, und die Haut schälte sich ab, als er das Instrument losriß.

Später, oben, wurde er in einer Drogerie auf dem Broadway dabei erwischt, wie er eine Lippencreme klauen wollte. Er versteckte den Stift unter der Zunge, aber ein Verkäufer hatte ihn beobachtet, verstellte ihm den Weg und schubste ihn nach hinten. Treefrog versuchte, ihm auszuweichen, aber der Verkäufer packte ihn an den langen Haaren und zerrte ihn in eine Auslage von Erkältungsmitteln. Die Tablettenfläschchen klirrten zu Boden. Treefrog stand auf und brach dem Verkäufer mit einem einzigen Fausthieb die Nase, aber ein Polizist außer Dienst trat hinter ihn, drückte ihm seine Waffe an die Schläfe und sagte: «Keine Bewegung, Dreckskerl.»

Der Revolver fühlte sich kalt an seinem Kopf an. Treefrog fragte sich, wie ein Sterbender die Kugel hört, die ihm durch den Schädel jagt, und er bat den Cop, den Revolver an die andere Schläfe zu halten. Doch der Cop befahl ihm, sich hinzuknien und die Hände hochzunehmen.

Als er kniete, spuckte Treefrog den Stift auf den Boden. Einige Schaulustige hatten sich versammelt. Der Verkäufer hob den Stift mit einem Papiertaschentuch auf. Während der ganzen Zeit hielt Treefrog die Mundharmonika zum Wärmen in der Achselhöhle eingeklemmt.

Als die Polizisten in Uniform kamen, fiel ihm sein richtiger Name nicht mehr ein, und sie stießen ihm ihre Schlagstöcke in die Rippen, durchsuchten ihn nach Waffen und legten ihm Handschellen an. Die Mundharmonika rutschte durch seinen Ärmel und fiel auf den Boden. Sie trampelten darauf herum, und ihre schwarzen Stiefel zerdrückten die Hohner. Sie war fast nicht mehr zu gebrauchen: Das Metall war in die Zungenreihe hineingedrückt, eine traurige silberne Lippe. Sie fragten ihn immer wieder nach seinem Namen, und mit den Händen über dem Kopf schrie er immer wieder: «Treefrog, Treefrog, Treefrog.» Später, als er die Mundharmonika zurückbekam – nach zwei Nächten in der Ausnüchterungszelle – roch sie nach seiner Achselhöhle. Er wollte nicht an seinem eigenen Körper lecken, und so spielte er eine Woche lang nicht auf der Hohner.

Aufgewärmt vom Ballspielen, zieht er seinen Mantel aus und läßt ihn auf den Kies fallen, dann streckt er die Arme aus wie ein Gekreuzigter. Er blickt zum Gitter hoch und läßt die Flocken in seine gehöhlten schmutzigen Hände fallen, wo sie schmelzen. Er reibt sich die Finger, säubert sie vom Tunnelstaub, führt die Hände zusammen und wäscht sich das Gesicht mit dem Schmelzwasser, läßt etwas davon auf seine Zunge tropfen. Dann schrubbt er sich den Nacken und spürt, wie ein kalter Tropfen an den Kragen seiner Hemden herunterkullert und in sein Thermo-Unterhemd sickert. Es ist Wochen her, daß er geduscht hat. Er reibt sich das kalte Wasser auf den Adamsapfel und öffnet seine Hemden, eins nach dem anderen, mit einem Schwung zieht er sich das enge graue Thermo über den Kopf, wirft es auf den Kleiderhaufen bei den

Gleisen. Seine Brust ist mit Stichwunden, Verbrennungen und Narben ziseliert.

So viele Entstellungen seines Körpers.

Heiße Büroklammern, stumpfe Scheren, Kombizangen, Zigaretten, Streichhölzer, Klingen – sie haben alle ihre Spuren hinterlassen. Die auffälligste auf seiner rechten Brustseite. Treefrog hat einmal einem Mann ein Messer in den Bauch gerammt. Es glitt durch den Spalt zwischen den Rippen; es war, als hätte man einen Ballon angepikst, es rutschte hinein und wieder heraus, der Mann stieß einen traurigen, schleppenden Seufzer aus, aber es brachte ihn nicht um. Er hatte Treefrog eine Zigarette gestohlen, und das war damals in den schlimmen Zeiten, den schlimmsten, als Treefrog das Gefühl hatte, er müsse sich in die gegenüberliegende Seite seines Brustkorbs stechen. In einem New Yorker Bus bohrte er mit dem Messer ein zentimetertiefes Loch in seinen Körper, nur um das Gleichgewicht wiederherzustellen. Er mußte die Messerspitze mit beiden Fäusten reinklopfen. Eine eigentümliche Wärme ergoß sich über seinen Bauch, und Blut ergoß sich über den ganzen hinteren Teil des Busses. Der Fahrer forderte über Funk Hilfe an, doch Treefrog taumelte zur Tür hinaus, ging den Broadway entlang und verlor sich im Neon des Times Square. Später, im Tunnel, marterte ihn die Frage, ob er die Wunde ausgleichen sollte – sollte er sich auch in die linke Seite stechen? –, aber er tat es nicht. Er drückte seinen Daumen in die Seite und träumte davon, wie der Metallschaft in sein Fleisch eindrang.

Er reibt sich das Wasser über den Oberkörper, obwohl es kalt ist, kalt, kalt, kalt. Seine Haut prickelt und strafft sich, seine Brustwarzen richten sich auf. Er trägt den Schnee auf seine geäderten Unterarme auf und überlegt für einen Moment, ob er sich zwischen die Beine wagen soll, läßt es aber bleiben.

Er schnappt sich seine Kleider und überquert die Gleise – der Tunnel ist so breit und so hoch wie ein Flugzeughangar.

Treefrog springt hoch und greift in eine Kerbe in der Säule, die er mit einem Meißel geformt hat, stemmt den Fuß zwischen Säule und Wand, hievt sich mit beiden Händen hoch und ist auf dem ersten Steg. Mit einer geschmeidigen Bewegung landet er auf dem zweiten, setzt einen Fuß vorsichtig vor den anderen, schnickt unterwegs eins seiner Feuerzeuge an, erst mit der Rechten, dann mit der Linken, läßt eine riesige billige Flamme aufschießen. Die Haare fallen ihm über die Augen, so daß er kaum etwas sehen kann.

Er erreicht den Rand seines Nests – zwölf Schritte, immer zwölf – und schwingt sich hinein.

Beim Eingang hängt der Kadaver einer zertrümmerten Ampel, die Faraday einmal aufgegabelt hatte. Treefrog hat die Ampel mit Stacheldraht an einem Haken an der Wand befestigt, aber es gibt kein Rot, Gelb, Grün, da er keinen Strom will, auf gar keinen Fall; besser, das Nest bleibt im Dunkeln; er mag es so.

Er nickt der Ampel zu und geht zu seinem Bett.

Die Matratze senkt sich in der Mitte vom Eindruck seines Körpers, und er setzt sich, lauscht den Geräuschen der Welt über ihm, dem Verkehr auf dem West Side Highway, den schrillen Juchzern der Kinder, die im Park

Schlitten fahren, dem tiefen Knurren von Manhattan. Treefrog zieht ein paar zusätzliche Kleidungsstücke aus dem Schlafsack, wo sie die Nacht über warm geblieben sind. Drei Paar Socken, ein zweiter Mantel, ein weiteres Paar Handschuhe und noch ein T-Shirt, das er sich in die Tasche steckt, um es später als Schal zu benutzen. Er klettert ein weiteres Mal von seinem feuchten Nest herunter auf den gefrorenen Schlamm des Tunnelbodens. Er balanciert gerne auf den Eisenbahngleisen. Nach fünf Minuten kommt er an den Betonverschlägen von Dean, Elijah, Papa Love und Faraday vorbei, aber alles ist still. Er taucht in die Lichtkegel ein und wieder heraus, zum Treppenschacht, steigt hinauf und zwängt sich dann durch das Loch im Eisentor.

Draußen, in der Welt, ist der Schnee so weiß, daß ihm die Augen weh tun. Treefrog kramt in seinen Taschen nach seiner Sonnenbrille.

Als er den Fluß erreicht, ist der Kranich nicht mehr da. Das Eis hat sich noch weiter in den Hudson hineingeschlichen, und die Stelle, an der die Backsteine die Oberfläche durchbrochen hatten, hat sich wie eine Wunde wieder geschlossen. Jetzt sind da nur noch ein paar Holzstücke und ein Ölkanister am Rand, eingefroren. Kähne fahren draußen in der Fahrrinne, wo das Wasser noch zwischen gelegentlichen Eisbrocken fließt. Weiter südlich sind Hausboote an den Docks angemacht, von den Seilen hängen Eiszapfen.

Der Schnee tobt in wütenden Wirbeln den Kai entlang.

Treefrog wickelt sich das zusätzliche T-Shirt ums Gesicht, um sich vor dem Schneesturm zu schützen. Er durchquert den Park, folgt der Biegung der Schnellstraße, wo vereinzelte Autos langsam fahren, und geht die Tunnelböschung hoch. Er weicht ein paar Schneebällen von Jugendlichen aus, zählt seine Schritte, während er durch den fünfzehn Zentimeter tiefen Schnee stapft. Auf dem Spielplatz in der Nähe der 97th Street breitet er eine blaue Plastiktüte über einen Picknicktisch aus, der an den Maschendrahtzaun angekettet ist, und setzt sich, weit weg von den Schaukeln.

Ein paar Kinder tummeln sich begeistert im Schnee. Er geht nicht näher heran, aus Angst, sie zu erschrecken. Oder ihre Mütter. Würden sie genauer hinsehen, könnten sie ihn erkennen, obwohl er früher kurze Haare hatte, ganz kurz, und keinen Bart.

Vom Tisch aus überblickt er den Spielplatz – zwei Glasfaser-Dinosaurier, auf denen die Kinder reiten können, eine geschwungene silbrige Rutsche, zwei kleinere Rutschen, ein paar Kletterstangen, eine Hängebrücke, ein aufgehängter Reifen und sechs Schaukeln in einer Reihe, drei für kleine Kinder, drei für ältere.

Die bittere Kälte nagt an seinem Körper, und der Wind friert Speichel in seinen Bart fest.

Doch als er seine Sonnenbrille abnimmt und sie sich auf den Kopf schiebt, sieht er seine Tochter. Es ist Sommer, vor vielen Jahren, sie ist elf Jahre alt, trägt ein ockergelbes Kleid, Perlen im Haar, und die Bäume sind grün, das Licht ist gelb, der Spielplatz summt, und die Erde ist lebendig – das waren die guten Zeiten –, und sie schaukelt fröhlich durch die Luft, einen Arm ausgestreckt, die Beine unter die Schaukel geklemmt, weiße Turnschuhe, blaue Socken, das Kleid bis zu den Knien. Er steht hinter ihr und fängt die Schaukel auf, stößt sie höher hinauf, und dann bewegen sich seine Hände ein wenig, und er spürt die vertraute grenzenlose Leere in seinem Körper, und er weicht zurück, zuckt vor der Vision zusammen.

Hunger pfeift ihm durch den Magen und nistet sich in seiner Leber ein. Er muß ein paar Dosen oder Flaschen finden, die er einlösen kann. Treefrog steht auf und bauscht Luft in die leere blaue Plastiktüte – die Dosen werden heute schwer sein, mit dem ganzen geschmolzenen Schnee drin. Er sollte vielleicht ein Sandwich essen. Oder in dem chinesischen Restaurant auf dem Broadway ein Hähnchen kaufen. Vielleicht noch eine Flasche Gin, wenn er es sich leisten kann.

Am Rand des Spielplatzes winkt Treefrog durch die Schneewand seiner Tochter zu, schiebt sich die Sonnenbrille wieder auf die Nase, wischt sich eine Eisschicht vom Bart und geht weiter, zitternd, die 97th Street hoch Richtung Broadway, wo er ein einsamer Mann wird, der sich in die Mülleimer von Manhattan beugt.

4

1916 – 32

Jeden Morgen, wenn Nathan Walker in den Tunnel unter dem East River hinabsteigt, um weiterzubuddeln, richtet er ein paar Worte an den Mann, der in der Erde über ihm eingesargt ist. Die anderen Mineure lassen ihn allein. Walker klatscht mit seiner Schaufel gegen die Stahldecke, die laut und metallisch dröhnt.

«Hey, Con», sagt er. «Hey, Kumpel.»

Er geht weiter zum Ende des Tunnels, und Schlamm spritzt auf die Rückseite seines zerrissenen Overalls. Am Vortriebsschild hat das Buddeln gerade begonnen. Vannucci ist schon fleißig bei der Arbeit, zusammen mit zwei neuen Mineuren. Sean Power kann nicht mehr arbeiten, sein Körper hat bei dem Unfall zuviel abgekriegt. Walker tritt durch die Tür im Schild und begrüßt die Neuen, indem er an seinen Hut tippt. Sie antworten mit einem Nicken. In nur zwei Wochen haben sich schon die notwendigen Bande unter den Wühlmäusen entwickelt. Schweigend beginnt Walker mit seiner täglichen Schaufelarbeit, doch – nach einer Weile – fühlt er den Rhythmus, und er läßt ihn raus, seinen Tunnelsong: *Lord, I ain't seen a sunset since I come on down; no, I ain't seen nothing like a sunset since I come on down.*

Eleanor O'Leary wird neunzehn Tage nach dem Ausbläser zu Hause geboren, an Mauras vierunddreißigstem Geburtstag. Carmela Vannucci ist die Hebamme. Sie holt das Baby sanft und mühelos heraus und flüstert Gebete auf italienisch. Das Baby hat einen Schwall roter Haare auf dem Kopf.

Maura legt sich in ihrem Bett zurück – die Laken, die sich rauh anfühlen, sind aus gebleichten Mehlsäcken gemacht und duften noch schwach nach Weizen – und denkt an ihren Mann und an seine Taschenuhr, fragt sich, ob sie im Flußbett weiterläuft. Nachts erinnert sich Maura in den Schlaf und stellt beim Aufwachen fest, daß der Geruch von Weizen noch stärker geworden ist. Manchmal, in ihrer Schläfrigkeit, denkt sie, daß sie zu den ockergelben Feldern von Roscommon zurückgekehrt ist; am Himmel zieht ein Konfetti von Schwänen vorbei, aber wenn sie aufsteht und aus dem Fenster sieht, starren sie nur die Gaslaternen von Manhattan an.

Als es ihr gut genug geht, um Besuch zu empfangen, zieht sie ein schwarzes Kleid über ihr Nachtgewand, setzt sich im Bett auf und erzählt nicht, daß sie von der Uhr ihres Mannes träumt – sie ist dort, tickt in seinen Rippen vor sich hin, seine Knochen sind mit Hosenträgern zusammengeknotet, und der Sekundenzeiger mißt das Wegtropfen seines Fleisches.

Nach einem Monat findet Maura Arbeit in einer Pinselfabrik, nicht allzuweit vom East River entfernt. Der Vorarbeiter erlaubt ihr, das Baby mitzunehmen. Sie wischt einen sauberen Kreis in das staubige Fabrikfenster, damit sie hinaussehen und sich vorstellen kann, wie Con durchs Wasser hindurch aufersteht. Er wird mit seiner Schaufel in den Händen hinausfliegen und die Sonne anbrüllen. Das Licht wird an den beschlagenen Hacken seiner Schuhe aufblitzen. Er wird Saltos durch die Luft schlagen und mit dem Geysir herunterkommen, in den Fluß hinein, und sich für einen Moment an einem treibenden Brett festklammern. Er wird grinsend an Land schwimmen, und sie wird ihm am Kai entgegenkommen, ihn umarmen und küssen. Er wird seinem Kind, das er nie gesehen hat, die Wange streicheln und sagen: «Jesses, Maura, was für eine Schönheit.»

Den ganzen Tag über stellt Maura sich das vor, während sie Borsten in Pinselstiele hineinstopft. An den Fingerkuppen bildet sich Hornhaut. Bei Schichtende nimmt sie den Kinderwagen und trägt ihn die Treppe hinunter, vom Tragen bekommt sie Muskeln in den Armen. Das Totenbildchen steckt in ihrer Tasche – so hat sie Cons Gesicht immer an ihrer Hüfte. Wenn sie nach Hause kommt, stellt sie die Karte aufs Klavier und schlägt ein paar Töne an. Sie blickt sich im Raum um und wartet darauf, daß seine Hände ihre Schultern berühren.

Nathan Walker kommt Sonntag nachmittags zu Besuch. Ihm ist bewußt, daß seine Hautfarbe noch mehr Aufsehen erregen würde, wenn er spätabends käme. Auf der untersten Treppenstufe zieht er die Schuhe aus, damit seine Schritte nicht auf der Holztreppe zu hören sind, geht die vier Treppen lautlos hinauf, läßt seinen Kautabak in einem Blumentopf zurück und klopft an die Tür.

Maura späht den Flur entlang, um sicherzugehen, daß ihn niemand gesehen hat. Sie führt ihn am Ellbogen herein. Er hält den Blick gesenkt.

«Essen Sie auch genug, Nathan?»

«Ja, ja.»

«Sicher? Da ist ja an einem abgenagten Hühnerknochen mehr dran.»

«Ich esse bestens, Ma'am.»

«Na ja, Sie sehen mir ein bißchen mager aus.»

«Glauben Sie mir, es fehlt mir an nichts.»

«Ich hab ein paar Kartoffeln da.»

«Nein danke, Ma'am, ich hab gerade erst gegessen.»

«Wirklich, ich besteh drauf.»

«Na gut», sagt er, «wenn sie sonst verderben, Ma'am.»

Verlegen über das Festmahl, das sie vorbereitet hat, schlägt auch Maura die Augen nieder. Nach Kartoffeln und Fleisch und Tee und Keksen erlaubt sie Walker, Eleanor in seine riesigen Arme zu nehmen. Es ist ein seltsames Gefühl für Maura, den jungen Mann mit ihrem Kind zu sehen, durch seine Größe wirkt das Baby winzig. So ein Gegensatz von Haut. Es beunruhigt sie, und sie behält Walker im Auge. Sie hat Geschichten über Leute von seiner Sorte gehört, und doch sieht sie die Sanftheit in ihm. Manchmal wiegt Walker Eleanor auf seinen Knien in den Schlaf, und wenn er sie füttert, spielt er, daß der Metalllöffel ein Zeppelin ist, der den Himmel zwischen ihnen durchkreuzt. Walker legt immer, wenn er geht, eine Ein-Dollar-Münze auf den Kaminsims, und Maura O'Leary steckt das Geld in eine Keksdose, auf der ELEANOR steht.

Walker verläßt das Mietshaus eilig, verstohlen.

Später muß er ganz hinten in einem Lichtspieltheater sitzen, und bei «Tillies gestörter Romanze» verdecken die Köpfe der Männer vor ihm das Zwirbeln von Charlie Chaplins Stöckchen. Walker wird plötzlich klar, daß es nur in den Tunneln ein Dunkel gibt, das alle Menschen gleich macht. Die Mineure hatten die erste Gewerkschaft im Land mit Rassenintegration, und er weiß, daß nur unter der Erde Farbe keine Rolle spielt, daß nur dort Männer Männer sein können.

Nicht einmal in der Düsternis des Kinos kann er wie eine Schlange durch seine eigene Haut schlüpfen.

Als Zehnjähriger, in den Sümpfen von Georgia, hielt Walker einmal eine Wasserschlange fünf Stunden auf einem klapprigen Holzsteg fest. Er hatte gehört, sie würden in der Sonne austrocknen. Anfangs kämpfte die Schlange verzweifelt, wand sich vom Steg Richtung Wasser, doch er zog sie immer wieder an Kopf und Schwanz zurück. Er erinnerte sich an einen alten Spruch und wußte daher, daß die Schlange nicht giftig war: Gelb und rot, und du bist tot – rot und schwarz, du brauchst kein Arzt. Er wollte sie nicht selber töten, er wollte, daß die Schlange einfach in der Hitze starb, aber sie hörte nicht auf zu zappeln. Die Sonne stand schon tief am Himmel von Okefenokee. Schließlich verlor der Junge die Geduld, setzte den Fuß auf die Schlange und ließ sein Messer hineingleiten. Die Eingeweide waren warm, und er schmiß sie ins Wasser. Die Haut nahm er mit nach Hause, um sie an seine Zimmerwand zu hängen. Der größte Teil des Hauses war aus Holz gebaut, aber sein Zimmer bestand aus Schlackesteinen. Er machte viel Lärm beim Einhämmern der Nägel. Als die Schlangenhaut über seinem Bett aufgespannt war, kam seine Mutter herein und fragte ihn, woher er die habe. Er erzählte ihr die Geschichte, und sie schlug ihn, weil er die Natur mißachtet hatte.

Sie erklärte ihm, alle Kreaturen verdienten die gleiche Behandlung, keine sei wichtiger als die andere, alle seien gleich geschaffen. Sie kämen alle mit nichts auf die Welt und verließen die Welt mit noch weniger. Nur der Glaube an Gott und das Gute im Menschen könne sie überhaupt glücklich machen.

«Wenn du das noch mal machst», sagte sie, «dann prügel ich dich windelweich.»

Nach dem Gottesdienst am folgenden Sonntag forderte der Prediger ihn auf, seine Tat wiedergutzumachen. Danach hielt sich Walker eine andere Schlange in einem Karton, kümmerte sich gewissenhaft um sie, fütterte sie mit Mäusen und verfolgte erstaunt, wie sie sich im Sommer aus sich selbst heraushäutete und Schichten durchsichtiger Haut in dem Kasten zurückließ – ähnlich wie die Männer, die er heutzutage, ein Jahrzehnt später, in den Straßen von New York sieht, die ihre Zivilkleidung ab- und ihre Militäruniformen übergestreift haben; sie sind unterwegs nach Europa, um im Krieg zu kämpfen, unter ihnen sogar Kumpel aus den Tunneln, in steifen, gebügelten Uniformen, die Militärmützen in einem verlegenen Winkel auf dem Kopf. Er hat gehört, daß an der Front, unter blutigen französischen Sonnenuntergängen, die Mineure in ihren Schützengräben eine gute Figur machen; sie können schneller, geschwinder, fester, tiefer und weiter graben als irgend jemand anders.

Eines Sonntagnachmittags, am Ende seines Besuchs, sagt Walker zu Maura: «Es gab da ein Kunststück, das Ihr Mann manchmal vorgeführt hat, Ma'am. Er hat da mit uns zusammen im Tunnel vor sich hin geschaufelt. Und wissen Sie, er hatte diese Kugel, Pistolenkugel, die er irgendwo gefunden hat, auf der Straße oder so, ich weiß nicht. Jedenfalls, wir waren vorne im Tunnel, und Con hat kein Hemd oder so angehabt. Die meiste Zeit haben wir kein Hemd an, wissen Sie. Und dann ruft er: ‹Seht mal her, Jungs.› Er hat so komisch gesprochen, genau wie Sie. Tomahto. Potayto. In der Art. Jedenfalls hat er sich vorgebeugt, der alte Con, und hat die Kugel in seinen Bauch geklemmt. Voll rein. Ist drin verschwunden. Hat diese Kugel den ganzen Tag in seinem Bauch gehalten, ohne sie fallen zu lassen, kein einziges Mal. Hat gearbeitet und geschaufelt! Und wir andern haben uns einfach nur totgelacht.

Ich weiß also, wie Ihnen zumute ist, Ma'am, weil wir ihn auch vermissen, er hat für uns auch die Dunkelheit geknackt; genau das hat er getan, der alte Con, er hat die Dunkelheit richtig geknackt.»

Am Morgen der Jungfernfahrt im Jahr 1917 geht Walker, mit seinem roten Hut, über die Pflastersteine der Montague Street in Brooklyn. Er lächelt, als er sieht, daß auch die meisten anderen Malocher in ihrer Arbeitskleidung gekommen sind, in zerschlissenen Hemden, Latzhosen und mit ihren Lieblingsmützen.

Viele der Männer sind sich noch nie begegnet, sie haben in verschiedenen Schichten gearbeitet. Ihre Frauen und Kinder sind bei ihnen und haben Kerzen dabei, die noch nicht angezündet sind. Die Familien steigen die Stufen der Subwaystation hinunter und gehen dann schweigend zum Bahnsteig. Sie gehen bis zur Spitze des Zuges vor, wo der Boss, William Randall, steht. Randall wartet darauf, daß die Blitzlichter der Fotografen sein Lächeln einfangen. Er ist zum erstenmal hier unten, und er erzählt den Reportern und Würdenträgern, wie stolz er auf seinen Unterwassertunnel ist. Er kann es gar nicht erwarten, endlich das rote Band zu durchschneiden und den ersten Zug durchzuschicken. Beim Reden spreizt sich Randall vor den Kameras. Er riecht nach Rasierseife und Haaröl, eine Arroganz liegt in dem Geruch, etwas, das dem Tunnel unbekannt ist.

Doch anstatt unter die schwarzen Kapuzen ihrer Kameras zu tauchen, um Randalls Lächeln festzuhalten, drehen sich die Fotografen um und beobachten, wie sich die Männer, Frauen und Kinder auf dem Bahnsteig versammeln.

Als die Familien neben den Zug treten, wird der Tunnel in Finsternis getaucht, der Strom von den Mineuren für eine Stunde gekappt. Streichhölzer flammen auf, und Kerzenlicht erhellt die Gesichter der Arbeiter, während sie vorbeidefilieren. Randall stößt einen entrüsteten Schrei aus und brüllt eine Gruppe von Männern in Anzügen an. Demütig heben sie die Hände und sagen: «Da ist nichts zu machen, Mr. Randall, Sir.»

Am hinteren Ende der Arbeitergruppe steht Walker und grinst.

Einer nach dem andern ducken sich die Arbeiter und ihre Familien unter das rote Band an der Spitze des Zuges. Die Männer sehen ihren Boss nicht einmal an, als sie vorbeidefilieren. Randall steigt aus und versucht, sie aufzuhalten, aber sie rauschen wie Wasser um ihn herum.

Die Arbeiter heben die Hände, bitten die Fotografen, sie nicht zu begleiten, sie einfach für eine Weile in Ruhe zu lassen; dies ist ihr Augenblick, und sie möchten lieber allein sein.

Jemand läßt einen leisen Pfiff ertönen, und die Arbeiter betreten den Tunnel mit ihren Kerzen.

«Hast du das alles gebaut, Pa?»

«Na ja, Teile davon.»

«Wow. Wie lang ist der denn?»

«Ein paar tausend Meilen oder so.»

«Genau, Pa?»

«Plus minus einen Fuß.»

«Es ist dunkel.»

«Natürlich ist es dunkel, das ist ein gottverdammter Tunnel.»

Walker beobachtet, wie zwei Jungs sich einen Baseball zuwerfen. Der Ball landet dumpf in ihren Fanghandschuhen. Walker lächelt vor sich hin und denkt, das ist wahrscheinlich das erste Unterwasser-Baseballspiel aller Zeiten. Er tritt zwischen die Jungs und duckt sich unter dem fliegenden Ball. Die Jungs jubeln ihm zu.

«Spitball!» sagt Walker und geht weiter in den Tunnel hinein.

Einige Frauen, darunter auch Carmela Vannucci – vierschrötig, mit einem Turm von Haaren auf dem Kopf – haben Rosenkränze dabei, die durch ihre Finger gleiten. Sie flüstern der heiligen Barbara zu, der Schutzpatronin der Bergleute. Melancholie umgibt die Frauen – sie beten für die Toten des Tunnels –, doch auch Erleichterung, weil es nicht ihre Männer waren, die unten geblieben sind. Mit langen raschelnden Kleidern, das Haar unter Hauben, haken sich die Frauen bei ihren Männern ein, während sie an dem Gleis entlanglaufen.

Im Kerzenlicht entdeckt Walker Sean Power, der mit seinem Neffen an der Hand dahergehumpelt kommt. Power dreht sich um und legt dem Jungen die Hand auf den Kopf.

«Darf ich vorstellen: Mr. Walker.»

Der Junge streckt Walker eine schmutzige Hand hin. «Hallo.»

«Mister Walker war dabei an dem Tag, als Gott gefurzt hat», sagt Power.

«Hä?» sagt der Junge.

«An dem Tag, als wir aus dem Tunnel geblasen wurden.»

Der Junge kichert, hält aber immer noch die Hand seines Onkels fest umklammert. Walker geht hinter ihnen. Er hört zu, während sein Kumpel den Jungen auf bestimmte Stellen im Tunnel aufmerksam macht.

«Da hat der Vorarbeiter mit dem Glasauge gesessen», sagt Power. «Eines Tages haben seine Haare Feuer gefangen.»

«Ist sein Auge geschmolzen?»

«'türlich nicht», sagt Power. «Und der Schweißer hat hier Feuer gefangen. Tomocewski. Ging in einem Feuerball hoch. Hat wie Rinderbraten gerochen.»

«Wirklich?»

«Die Ärzte haben ihn aber gerettet.»

«Hat er auch ein Glasauge gehabt?»

«Nein.»

«Schade.»

Sie bleiben stehen und blicken zu der Schicht grauen Betons hoch, mit der die Decke ausgekleidet ist. Power stützt sich auf seinen Stock und holt einen Flachmann mit Bourbon aus seiner Tasche. Er nippt dran und reicht ihn Walker.

«Onkel, ist der Fluß da oben?»

«Ja. Direkt über uns.»

«Wow! Kann ich angeln gehen?»

«Laß deine Sprüche», sagt Power. «Siehst du das

hier? Ein Typ namens Sarantino hat sich den Finger in dem gewaltigen Schraubenschlüssel gebrochen, genau hier. Hat ihn reingesteckt, hat das verdammte Ding fast verloren. Nachdem er sich den Schweiß von der Stirn gewischt hat. Ist mit dem Finger ausgerutscht. Du kannst dir nicht vorstellen, wie heiß es jeden Tag war.»

«Jetzt ist es kalt, Onkel.»

«Ich weiß, daß es jetzt kalt ist, aber es war heißer als die Hölle.»

«Kann ich einen Penny auf die Schiene legen?»

«Wozu?»

«Um ihn platt zu machen, wenn der Zug kommt.»

«Nein.»

«Warum nicht?»

«Wenn der Zug kommt, sind wir schon wieder weg.»

«Ooooch.»

«Und jetzt sind wir mal ganz still.»

«Wieso?»

«Jemand wird ein Gebet sprechen.»

«Ein Gebet, Onkel Sean?»

Power deutet auf Walker. «Ja, ein Gebet.»

«Der Nigger?»

«Er ist kein Nigger, er ist ein Mineur.» Power hustet. «Jetzt sei mal still, mein Junge, und hör zu.»

Ein paar Männer und ihre Familien ziehen weiter und bilden ihre eigenen Gebetsgruppen.

«Los, Nathan», sagt Power. «Gib uns was Heiliges.»

Walker faltet die Hände und bittet die Leute, anstatt eines Gebets schweigend aller Toten zu gedenken.

Walker löst seine Hände wieder und legt die Faust aufs Herz. Vannucci steht stocksteif da. Power schließt die Augen. Das zweiminütige Schweigen wird nur von

Powers Neffen durchbrochen, der mit den Schuhen gegen die Schiene schabt, bis er von seinem Onkel einen Klaps bekommt. Der Junge senkt betreten den Kopf.

Der Rest ist wie das Schweigen, das entsteht, wenn man etwas sehr Wichtiges vergessen hat, sich dann erinnert und es blitzartig alles noch einmal durchlebt.

Als das Gebet mit einem lauten «Amen» beendet wird, geht Power weiter in den Tunnel hinein und nippt dabei an dem Flachmann. Sein Hinken ist jetzt betonter, und es stört ihn gar nicht, daß die Frauen der anderen Männer ihn mit Mitgefühl betrachten.

Die Jungen fangen wieder an, sich den Baseball zuzuwerfen. Die Kinder teilen sich eine Flasche Sarsaparilla – etwas ganz Besonderes; bevor sie die Limonade hinunterschlucken, behalten sie sie lange im Mund. Einige Frauen legen Blumen an den Rand der Gleise, und neben den Sträußen werden weitere Kerzen angezündet. Mitten im Tunnel schütteln die Männer einander die Hände, Schweißer halten Ausschau nach anderen Schweißern, Zimmerleute plaudern mit Zimmerleuten. Die Arbeiter kennen sich von dem Tag, als die beiden Tunnelhälften aufeinandertrafen. An jenem Tag wurden Champagnerflaschen am Vortriebsschild zerschlagen. Die Männer teilen sich Zigaretten – keine Druckluft mehr, also halten die Zigaretten lange.

Powers Neffe rennt den Tunnel entlang, um sich mit den anderen Jungs den Baseball zuzuwerfen.

Nach einer Weile stehen die Mineure alleine da. In Augenhöhe vor Walker ist die Stelle, die einmal das Flußbett war, die Stelle, an der er feststeckte, bevor er rausgeblasen wurde.

Er streckt die Hand aus und versucht, Luft einzufangen, als könnte er sie halten, schmecken, aufhalten, den Augenblick neu erschaffen. Vannucci steht neben ihm. Irgendwo über ihnen, sie wissen nicht genau wo, ist Con O'Learys Leichnam.

«Wenn Con doch nur diesen Baseball sehen könnte, wie er fliegt», sagt Power. «Das würd ihm gefallen, darauf könnt ihr wetten. Der würd ein' Mordsspaß dran haben.»

«Allerdings.»

Wieder Schweigen, und sie starren zur Decke hoch, mit den Händen in den Taschen.

«Wißt ihr, warum Piraten goldene Ohrringe getragen haben?» fragt Walker.

«Nein … warum?»

«Damit sie Gott ein Stück Land abkaufen konnten.»

«Das ist so ungefähr das Blödeste, was ich je gehört hab», sagt Power.

«Kann sein, aber es ist wahr.»

«Ich hoffe, ich finde kein nasses Grab», sagt Power. «Oder wenn, dann soll's wenigstens Bourbon sein.»

Walker entfernt sich zum Rand des Tunnels und sagt dann: «Hey, ihr beiden! Kommt mal her.»

Als die Kumpel auf ihn zukommen, sehen sie, wie Walker tief in seine Tasche greift und einen Ring aus getriebenem Gold hervorholt. Walker zwirbelt den Ring kurz zwischen Daumen und Zeigefinger, hält ihn sich vors Auge, linst hindurch, inspiziert den Tunnel und wirft den Ring dann auf die Seite der Gleise. Die drei Wühlmäuse sehen zu, wie er davonkullert und im Kies liegenbleibt.

«Maura O'Leary hat ihn mir gegeben, damit ich ihn hierlasse», sagt Walker.

«Was hat sie?»

«Sie wollte, daß er hier unten bleibt.»

«Also, das ist ja ...», sagt Power. «Sie hat ihn dir einfach gegeben, damit du ihn wegschmeißt?»

«Mh-hh.»

«Das ist doch ihrer, oder?»

«Es ist der Ring von Maura?» fragt Rhubarb. Der Italiener hat sich seit dem Unfall ein paar rudimentäre Sprachkenntnisse angeeignet.

«Allerdings. Ihr Ehering. Sie hat ihn sich heute morgen vom Finger gezogen und mir gegeben. Hat gesagt, sie hat nicht die Kraft, selber runterzukommen. Hat mich gebeten, es für sie zu tun. ‹Laß ihn für Con da. Damit er Gott sein Stück Land abkaufen kann›.»

«Das haut mich um», sagt Power. «Was für eine prächtige Frau.»

«Das kannst du laut sagen.»

«Wie geht's der wie heißt sie doch gleich? Der Kleinen?»

«Eleanor», sagt Walker. «Das Kind wächst wie Unkraut.»

«Ehrlich?»

«Wenn's so weitergeht, fängt sie bald an zu laufen.»

Sie stehen da, in einvernehmlichem Schweigen, und nicken verlegen, wenden dann ihre Blicke ab.

«Mein Gott, seht euch das an», murmelt Walker.

«Was?»

«Seht euch die Kerzen an», flüstert er.

«Was für Kerzen?»

«Seht euch an, wie sich die Kerzen bewegen.»

Am Ende des Tunnels haben die Jungs den Ball weggesteckt und werfen sich brennende Kerzen zu. Eins nach dem andern gehen die Lichter aus, flammen dann wieder auf, von Streichhölzern entzündet, und werfen tiefwandige Schatten in der Ferne. Powers Neffe streckt den Arm aus, um eine der Kerzen zu fangen. Walker sieht zu, wie die Lichter in der fernen Finsternis hin und her tanzen. Die Arbeiter und ihre Familien werden vom Schimmer erfaßt. Langsam erstirbt das Licht. Randall steht stocksteif am Kopf des Tunnels und kocht vor Wut. Einer der Mineure schnippt im Vorbeigehen das rote Band durch. Randall bindet es mit zitternden Händen wieder zusammen. Die letzten paar gelben Lichter blinken. Die letzte Kerze wird geworfen und verschwindet. Walker greift sich durch die zerschlissenen Taschen an die Oberschenkel, hustet und flüstert seinen beiden Freunden zu: «Diese Kerzen», sagt er, «das ist so ungefähr das Schönste, was ich in meinem ganzen Leben gesehen hab.»

«Die waren genau wie Glühwürmchen.»

«Was ist ein Glühwürmchen?»

«Hast du noch nie ein Glühwürmchen gesehen?»

«Nein.»

«Also, das ist ja ...»

«Wie sehen die denn aus?»

«Sie blinken so. *Ging ging.*»

Eleanor wiederholt den Laut. *«Ging ging?»*

«Na ja, so ähnlich. Außer, daß sie gar kein Geräusch machen. Sie blinken nur mit Licht. Meistens, wenn sie aus'm Gras aufsteigen. Wenn sie runterkommen, sieht man sie nicht soviel blinken. Ist einfach so. Und manchmal kann man so eins auf einen Dornbusch spießen, und dann glüht's da, stundenlang.»

«Ging ging.»
«Ging gingaroo.»
«Du bist komisch, Mister Walker.»
«Oh, vielen Dank.»
«Ging ging.»
«Ging gingaroo.»

Er arbeitet in den Tunneln von Manhattan, mal gräbt er, mal sprengt er, mal schuftet er wieder unter Wasser, karrt Blöcke oder Zementsäcke oder Schutt weg – immer die gefährlichste Arbeit, am Kopf des Tunnels, die vorderste Wühlmaus. Er arbeitet Woche für Woche, Jahr für Jahr, mit einer erträglichen Lohntüte und ein paar Dollar Gefahrenzulage. Keine spektakulären Auferstehungen mehr, und kein Bedarf mehr dafür – ein zweites Leben, das weiß er, ist genug. Walkers Körper verändert sich nicht, die kräftigen Arme, der robuste Brustkorb, die wogenden Muskeln. Nach der Arbeit fährt er gern mit der Subway nach Hause. Wie immer hängt er seine Stiefel an den Türgriff. Er wäscht seine Kleidung in den Waschbecken, die gerade zur Verfügung stehen. Walker kauft sich selten neue Hemden. Arbeitsschuhe sind sein einziger Luxus – er kauft sich jedes Jahr ein neues Paar. Er legt sich auf sein Bett und hört sich jede Musik an, die aus dem Radioapparat kommt, macht sich selten die Mühe, am Sendeknopf zu drehen, es sei denn, es gibt die sichere Aussicht auf Jazz. In einem wilden Jahrzehnt treibt er es nicht wild, und er will es auch nicht. Er bemüht sich nicht um Alkohol, wenn er verboten ist, nimmt aber gerne einen Drink an, wenn ihm einer begegnet, meistens, wenn er mit Sean Power unterwegs ist. Whiskey, Grappa, Cidre, schwarzgebrautes Bier.

Walker, einigermaßen glücklich, einigermaßen unglücklich, einigermaßen einsam, einigermaßen allein, neigt dazu – wie ein Mann, der viel Zeit mit sich selbst verbringt –, ohne erkennbaren Grund laut aufzulachen.

Gelegentlich gerät er in eine Tunnelschlägerei, die er nicht angezettelt hat, und er schlägt sich nur, wenn es unbedingt sein muß. Trotzdem schwingt er eine kräftige Faust, legt seine ganze Muskelkraft hinein. Auf der Straße wird er manchmal von Cops gefilzt, und er läßt es geschehen, hütet sich, irgendwas zu sagen; sie werden ihn zu Brei schlagen, wenn er den Mund aufmacht. Er bringt sein Geld auf eine Negerbank – dort bekommt er weniger Zinsen, aber wenigstens ist es bei seinen Leuten, und er hat das Gefühl, dort ist es sicher. An seinem fünfundzwanzigsten Geburtstag stürzt er sich in Unkosten und kauft eine Victrola in einem Laden in Harlem, die einem berühmten Trompeter gehört, bezahlt zwei Dollar mehr, als er woanders bezahlen würde, aber egal. Laß es rollen. Laß es klingen. Zwei Jahre später kauft er ein noch besseres Modell mit einem speziellen Saphir. Er karrt es nach Hause und kurbelt es vorsichtig an. Um ihn herum bricht Jazzmusik aus, und er vollführt wilde einsame Tänze in seiner Wohnung.

Frauen kommen und gehen, aber meistens gehen sie – sie können nicht mit der Vorstellung leben, daß Walker in den Tunneln stirbt, und außerdem ist er schüchtern und still und, obwohl gutaussehend, besteht er darauf, seinen lächerlichen roten Hut und den Overall zu tragen.

Nur seine Zimmer wechseln mit den Jahren – das Hotel in Brooklyn; eine Dachkammer im Süden Manhattans, am Rand der alten Wohnblocks von Five Points, wo Vogelscheiße das Oberlicht verdunkelt; eine Wohnung in der Nähe eines Schlachthofs in Hell's Kitchen, wo irisches Gelächter um ihn herum schallt; ein Schindelhaus nahe der Henderson Street in Jersey City, wo aus der Nachbarhütte der Geruch von schwarzgebranntem Alkohol sickert; zurück nach Manhattan, in eine Pension für Farbige um die Ecke von der Bar des Theresa Hotel; dann weiter nach Norden in die 131st Street in ein Zimmer mit fließend kaltem Wasser. Die einzige Konstante in seinem Leben sind seine sonntäglichen Besuche bei Maura und Eleanor O'Leary. Das Verstreichen der Jahre liest Walker daran ab, wie der Tunnelstaub sich auf seine Lunge legt; an den Falten, die in Maura O'Learys Augenwinkeln erscheinen; an Eleanors wachsender Neugier, wenn sie sich vorbeugt und sanft seinen Ellbogen berührt, während er seine Geschichten erzählt.

«Also», sagt er zu ihnen. «Also. Das war um 1860. Da haben die den allerersten Tunnel in der Stadt gebaut. Ein Mann namens Mister Alfred Ely Beach war der Boss. Geschäftsmann. Wie sagt man noch gleich? Entrepreneur. Mit 'ner Fliege um den Hals. Noch fetter als Randall. Mister Beach hatte die Idee, daß man vielleicht die Züge unter die Erde tun sollte statt drauf. Keine Züge mehr in der Luft, nur noch in der Erde. Und niemand in der Stadt war vorher drauf gekommen mit Ausnahme von diesem Mister Beach hier. Er war verdammt schlau, 'tschuldigung, Ma'am, aber das war er.»

Walker tippt sich an einen Hut, der gar nicht da ist, und die beiden Frauen lächeln.

«Also hat er versucht, eine Genehmigung zu kriegen, um einen Tunnel unterm Broadway zu graben, da unten beim Rathaus. Direkt vor ihrer Nase. Aber er kriegt keine

Genehmigung, egal, wie er es anstellt, nie im Leben kriegt er die. Sie machen Geld mit der Hochbahn. Das wollen sie nicht verlieren. Wir sind, wie gesagt, in den sechziger Jahren, voriges Jahrhundert. Die sagen, der alte Beach ist verrückt. Und vielleicht ist er es auch. Aber er macht trotzdem weiter. Er ist einer von diesen Männern, die wissen, daß sich nur die Dinge lohnen, die einem vielleicht das Herz brechen. Also hat er sich ein paar Arbeiter organisiert, und die haben direkt unter Devlins Bekleidungsgeschäft heimlich gegraben, dort in der Murray Street. Nachts haben sie den Schutt durch Kleiderreihen rausgeschmuggelt. Haben den Schutt die Straße runtergekarrt, während alle andern geschlafen haben. Niemand außer dem Arbeitstrupp wußte, was da vor sich geht. Man sagt, der Vorarbeiter wurde ‹Der Bandwurm› genannt. Die haben ihn so genannt, weil er einmal 'nem Mineur den Bauch mit einem Messer aufgeschnitten hat, nachdem der Typ verraten hat, daß sie den Tunnel bauen.»

Teetassen dampfen auf dem Küchentisch vor sich hin, während Walker erzählt.

«Jedenfalls haben sie Fresken und Kacheln und alle möglichen hübschen Bilder reingetan und den schönsten Tunnel draus gemacht, den ihr je gesehen habt. So ungefähr das Prachtvollste überhaupt. Ungelogen. Und ganz vorne haben sie einen Springbrunnen in den Warteraum gebaut, einen riesengroßen Springbrunnen, für den das Wasser runtergepumpt wurde. So was hat's noch nie gegeben. Und der alte Alfred Ely Beach meinte, daß sie einen Konzertflügel brauchen, damit sie die Fahrgäste auch richtig begrüßen können. So was ähnliches wie das hier, schätz ich.»

Er deutet mit einem Nicken auf Con O'Learys Klavier an der gegenüberliegenden Wand.

«Und dann hat der alte Alfred Ely Beach seinen ersten Zug durchgeschickt. Das muß ein Tag gewesen sein! Man sagt, er hat eine Dame angeheuert, ganz schick angezogen, die runterkam und auf dem Konzertflügel gespielt hat, und alle die Fahrgäste, als die kamen und den Springbrunnen sahen und die Musik hörten, müssen die gedacht haben, sie wären gestorben und im Himmel gelandet. Jedenfalls haben sie diesen Zug mit Druckluft durch den Tunnel geschickt, zwei große Gebläse, die den Zug vor sich herschieben. Ich weiß nicht genau, aber ich schätze, es muß eine Viertelmeile oder so gewesen sein. Ein paar Jahre lang war der in Betrieb, aber sie haben kein' Gewinn damit gemacht, und der alte Beach, der war schon dabei, sein letztes Hemd zu verjubeln, da hat er beschlossen, das verdammte Ding dichtzumachen. Also hat er es zugemauert. Achtzehnhundertirgendwassiebzig. Nach ein paar Jahren hatten alle vergessen, daß da überhaupt jemals ein Tunnel gewesen war. Sogar die Männer, die die Karten gemacht haben, die haben vergessen, ihn einzuzeichnen.»

Walker blickt in seine Teetasse, als würde er seine Worte dort abwägen.

«Weiter», sagt Eleanor.

«Und dann ist was ganz Merkwürdiges passiert, und ich bin immer noch platt, wenn ich dran denke, aber es ist wahr.»

«Weiter. Weiter.»

Er macht eine Pause, um einen Schluck Tee zu trinken, und gibt einen zusätzlichen Würfel Zucker hinein.

«So wahr ich hier sitze, und so merkwürdig das ist.

Hab's erst letzte Woche gehört. Ein Mann hat sein Ehrenwort gegeben, und der alte Rhubarb, der schwört auch, daß es wahr ist. Die haben nämlich wieder unterm Broadway gegraben. Aber jetzt ist es sechzig Jahre später. Und den alten Tunnel, den hat jeder vergessen. Die sprengen mit Dynamit. Machen Vortrieb in offener Baugrube, wo sie die Stahlplatte über die Straße legen, damit keine von den Steinen in die Luft hochfliegen. Also legen sie das Dynamit und räumen den Tunnel, und dann zündet einer von ihnen die Zündschnur an. Sie gehen alle raus, auf die Straße hoch, und warten auf die Explosion. Reden kaum miteinander. Wahrscheinlich müde. Dann geht's los, das Dynamit, und macht seine Arbeit. *Bumm!*»

Eleanor zuckt erschrocken zusammen.

Walker lacht. «Und der Trupp geht allesamt wieder die Treppen runter und in den Tunnel rein. Sie halten sich ihre Schals vor den Mund, gegen den Staub. Und einer von den Ingenieuren geht zuerst rein, um zu gucken, daß keine Gefahr besteht, daß ihnen keine Felsen auf den Kopf fallen. Und tatsächlich, der Tunnel sieht gut aus, und sie fangen alle an, den Schutt da rauszuschaffen. Zu fünft. Packen die großen Felsen nach hinten. Wollen schon die Deckenstützen einsetzen. Und plötzlich schreit einer von denen: ‹Seht euch das an!› Und er steht da mit einem Stück Kachel in der Hand. Und sie denken alle: Gottverdammt. 'tschuldigung. Aber das denken die nun mal. Gottverdammt, wo zum Teufel kommt diese Kachel her? Und dann hebt ein anderer Junge noch 'ne Kachel auf, und dann ein Stück von 'nem Gesicht, wie heißen die noch, die oben an Gebäuden dran sind?»

«Wasserspeier», sagt Maura.

«Genau, Wasserspeier. Er hebt ein Stück von 'nem Wasserspeier auf, und jetzt sagen alle das Wort, so laut 's überhaupt nur geht. Gottverdammt. 'tschuldigung, Ma'am. Aber so haben die bestimmt geredet.»

Eleanor, vierzehn Jahre alt, beugt sich vor, Ellbogen auf dem Tisch, Gesicht in die Hände gestützt.

«Dann macht der Trupp weiter, um noch mehr Felsen beiseite zu schaffen, und plötzlich stoßen sie auf Luft. Nichts da! Gar nichts! Also kriechen sie durch diese Lücke in dem Tunnel, bis sie stehen und sich strecken können! Also, diese Männer, die sind gewohnt, sich den ganzen Tag lang und kurz zu bücken, und jetzt stehen sie da, aufrecht! Überall um sie rum Kacheln und Bilder und ein Bahngleis zu ihren Füßen! Also gehen sie los, alle fünf, marschieren weiter, und keiner von denen traut seinen Augen. Tiefer und tiefer, und dann sehen sie den alten Springbrunnen – kommt natürlich kein Wasser mehr raus, aber er ist da, dieser alte Springbrunnen – und ganz weit dahinter auch noch der Konzertflügel! Ohne Witz. Das Klavier! Voller Staub. Die müssen einen richtigen Herzanfall bekommen haben. Und ein Arbeiter macht den Deckel von dem Klavier auf und fängt an zu spielen, und alle Männer versammeln sich um ihn rum, halten ihre Lampen über die Tasten. Gab bestimmt keinen, der irgendeinen Ton im Kopf hatte, und ich weiß nicht, was für ein Lied die gesungen haben, aber ich schätze, das ist egal. Da standen sie rum in diesem alten Tunnel, bis der Inspektor runterkommt und sieht, wie sie bei diesem alten Klavier stehen und brüllen, lachen und singen.»

Die Frauen sitzen sprachlos vor ihren Tassen kalten Tees, ein Lächeln spielt um Eleanors Mund.

«Ein Klavier unter der Erde?» sagt sie. «Mein Gott.»

«Eleanor», sagt Maura. «Du weißt, ich hab dir gesagt, du sollst nicht solche Sachen sagen.»

«Was für Sachen?»

«Sachen wie mein Gott.»

«Tut mir leid, Mom.»

Sie sitzen schweigend da, bis Walker sagt: «Aber das ist doch was, oder?»

Maura nickt. «Allerdings.»

«Kann einen ganz schön um den Verstand bringen, wenn man's zuläßt.»

«Allerdings.»

«Ein unterirdisches Klavier.»

«Allmächtiger Gott», sagt das Mädchen wieder.

Und alle drei lachen.

Eleanor schreibt ihm einen Zettel: *Wart auf mich um sechs unter dem Schild für Wills-Zigaretten.*

Sie ist zu früh da, in einem gelben Musselinkleid, das ihre Mutter früher getragen hat. Männer beäugen im Vorbeigehen ihre langen roten Haare. Sie weicht ihren Blikken aus und schaut die Straße hinunter. Als Walker auftaucht, ergreift sie seine Hand, aber er läßt ihre schnell los und fällt zwei Schritte hinter sie zurück, unsicher, nervös, schweigend. Er läuft in ihrem Schatten. Die Straßen sind vom Nebel eingegraut. Autos werfen Abgaswolken ins Grau. Am Eingang des Tunnels sagt der Vorarbeiter – sein Gesicht ist von Akne zernagt –, daß ein Neger sie nicht in die Dunkelheit begleiten sollte.

«Man kann nie wissen, zu was die so fähig sind, Ma'am.»

Walker tritt zur Seite, die Hände in den Taschen.

Der Vorarbeiter führt Eleanor in den Schacht hinunter

und durch den Tunnel, um ihr den staubbedeckten Flügel zu zeigen. Sie macht den Deckel auf und spielt ein paar Töne, er beugt sich über sie, hält die Lampe nah an ihren Kopf. Verstohlen legt er ihr die Hand ins Kreuz, spreizt die Finger über ihre Hüfte und drückt sie.

«Lassen Sie das!» sagt sie und schiebt seine Hand weg.

«Ach, komm. Bloß ein kleines Küßchen.»

«Lassen Sie mich in Ruhe!»

Sie springt auf und rennt aus dem Tunnel, aber Walker ist verschwunden, und sie sucht verzweifelt, läuft kreuz und quer durch den Battery Park, bis sie ihn findet, hinter dem Schild, bedrückt und mit hängendem Kopf.

«Es ist wahr», sagt sie.

«Natürlich ist es wahr.»

«Ich hab's gewußt.»

«Warum bist du dann so überrascht?» fragt er.

Sie scharrt mit den Füßen. «Dieser Mann, er wollte mich berühren.»

«Hat er dir weh getan?»

«Nein, aber du solltest ihm was sagen.»

«Hah?»

«Das darf er nicht tun. Das ist nicht richtig. Du solltest ihm was sagen.»

«Ist das dein Ernst?»

«Natürlich.»

«Ich bin vielleicht dumm, Mädchen, aber so dumm bin ich nicht.»

«Wieso denn nicht?»

«Mädchen.»

«Was denn?»

«Sieh dir mein Gesicht mal ganz genau an.»

«Oh», sagt sie. «Oh.»

Walker wendet sich ab, als sie sich reckt und versucht, ihn auf die Wange zu küssen, und er murmelt verlegen: «Das solltest du nicht tun. Das gehört sich nicht.»

Obwohl er einmal gesehen hat, wie ein berühmter Mittelgewichtsboxer zusammen mit einer französischen Schauspielerin aus dem Theresa Hotel kam. Sie trug einen kurzen Rock, hohe Absätze und Parfüm und hielt eine lange dünne Zigarette sehr elegant zwischen den Fingerspitzen. Im Eingang des Hotels streifte sie mit den Lippen flüchtig die Wange des schwarzen Boxers. Sie gingen zu einem wartenden Auto. Als das Paar weggefahren war, hielten junge Mädchen auf der Straße ihre Lutscherstiele genau so wie die Französin ihre Zigarette, und ihr Parfüm hing wie ein Stigma in der Luft.

«Das gehört sich einfach nicht», sagt Walker.

Aber über Jahre geht er mit ihr hinunter zum Ufer des East River, trotz allem. Die Blicke, die Fremde auf ihn werfen, drücken ihm das Kinn auf die Brust. Er weiß, was sie denken. Manchmal fängt er sich sogar böse Blicke von seinen eigenen Leuten ein. Er geht weit hinter Eleanor, damit es so aussieht, als gehörten sie nicht zusammen, und er ignoriert sie sogar, wenn die Leute zu lange hinstarren.

Unten am Wasser sagt Eleanor: «Erzähl mir noch mal die Geschichte von meinem Vater.»

«Also», sagt er, «es war frühmorgens. Wir sind alle runtergegangen und haben einfach ganz normal gearbeitet. Haben losgeschaufelt, wie wir's immer gemacht haben.»

«Hm-hm.»

«Wir haben geschwitzt und aufgeladen und aufgeladen und geschwitzt.»

«Und dann ist es passiert?»

«Ja, ich hatte meine Schaufel in der Luft, genau so. Und Con, er war irgendwo hinter mir. Und Rhubarb auch. Von ihm kam der Schrei. Das erste Mal, daß er was ganz auf englisch gesagt hat. Hat mir fast die Ohren zerfetzt. ‹Scheiße! Luft geht raus. Scheiße!›»

Walker zeigt auf die Mitte des Flusses. «Genau da drüben, da sind wir rausgekommen, da sind wir aufgestiegen.»

5

So langsam vergeht die Zeit

Gegenüber seinem Nest, in der Nähe des Metallgitters, hängt ein Eiszapfen, schwebt dort, ein dreißig Zentimeter langer Eisschaft, der seinen Weg zum Tunnelboden erkundet. Er sieht aus wie ein Stalaktit. Treefrog weiß, daß Stalaktiten nicht aus Eis sind, sondern aus mineralischen Ablagerungen. Trotzdem nennt er ihn so. Stalaktit. Er fragt sich, wie lang er wohl wird. Vielleicht drei, vielleicht fünf Meter, vielleicht wächst er bis ganz zum Boden runter. Er nickt dem Stück gezackten Eis zu. «Guten Morgen», sagt er, «guten Morgen.» Die Welt, das weiß er, hat immer noch ihre kleinen und wundersamen Überraschungen parat.

Sie kommt am Morgen des dritten Schneefalls.

Sie hat nur eine schwarze Handtasche bei sich. Voll Verwunderung beobachtet er sie aus der sicheren Entfernung seines Nests. Sie geht unter seinem Steg durch, in einen riesigen Pelzmantel gehüllt, der vorne offen ist, so daß sie aussieht wie ein Tier, das gerade der Länge nach aufgeschlitzt wurde, vom Hals bis zum Nabel. Der Mantel ist alt und zerschlissen, doch irgendwie schön. Darunter trägt sie einen roten Minirock und hochhackige

Schuhe. Ihre Haare sind mit bunten Perlen durchflochten. Teile davon stehen in obszönen Zöpfen ab, als wären sie seit Jahren nicht mehr gewaschen worden. Sie läuft in der Mitte der Gleise, und als sie zu dem Gitter kommt, gegenüber seinem Nest, bleibt sie in dem Kegel kalten blauen Lichts stehen, das von oben herunterfällt. Er sieht, sogar aus seiner Vogelperspektive, Striemen getrockneter Wimperntusche auf ihrem Gesicht. Sie zittert in der Eiseskälte und zieht den Pelzmantel fest um sich.

Sie sieht Dancesca so ähnlich.

Sie geht weiter zur Tunnelwand, in die Nähe der weichen Uhr, blickt sich wortlos um, hockt sich dann hin und hebt den Saum ihres Pelzmantels an, damit sie ihn nicht beschmutzt.

Treefrog will nicht zusehen, wie sie pinkelt, also zieht er leise den Reißverschluß seines Schlafsacks herunter und setzt die Füße auf den Boden, paßt auf, daß er nicht auf Rattenködel tritt. Er zieht seine Stiefel an, bindet sie mit tauben Fingern zu. Am Bettende rührt sich Castor, und er streckt beide Hände aus, um sie zu streicheln. Castor macht einen Buckel und schmiegt sich an ihn.

Er huscht durch die Dunkelheit seines Nests zum Steg, und bevor er sich hinunterschwingt, berührt er den Ampelkadaver: Ganz ruhig, nicht abstürzen.

Die Träger sind kalt, sogar durch seine Handschuhe hindurch kann er die Kälte spüren, als er sich nach unten schwingt, insgesamt sieben Meter zum Boden. Er landet fast lautlos auf dem Tunnelkies, und als er aufblickt, sieht er, wie die Frau aufsteht und ihren Rock richtet, eine Lache dampfender Pisse zu ihren Füßen. Sie wirft einen Blick in seine Richtung und schnuppert, doch Treefrog zieht sich in die Schatten zurück.

«Wer ist da?» fragt sie.

Er zieht sich noch tiefer in die Dunkelheit zurück.

«Verdammt noch mal, wer ist da? Elijah? Bist du's?»

Treefrog atmet in seinen Mantel hinein, damit sie seine Atemwölkchen nicht sieht.

«Laß deine Spielchen», sagt sie.

Er kann beinahe hören, wie sein Herz wummert.

«Wer ist da?» fragt sie wieder. «Elijah?»

Sie kramt in ihrer Handtasche, und für einen Moment denkt er, vielleicht hat sie eine Pistole und wird Kugeln durch den Tunnel schicken, er könnte mit einem Loch im Kopf oder im Herzen oder in beidem enden, vielleicht setzt sie sich die Pistole sogar selbst an die Schläfe. Aber statt dessen holt sie eine Packung Zigaretten heraus, legt den Kopf schief, zündet die Zigarette an. Ihr Pelzmantel öffnet sich, ein enges Hemd kommt darunter zum Vorschein, ihre Brustwarzen sind spitz und aufrecht in der Kälte. Sie geht einen Schritt, und dabei wackeln ihre Brüste ein winziges bißchen. Wie lang ist es her, denkt er, daß eine Frau in den Tunneln war? Während sie heftig an der Zigarette zieht, bemerkt er, daß das Weiß ihrer Augen in ihrem Kopf herumrollt. Er heftet sich weiter an die Dunkelheit, und als sie sich in Bewegung setzt, wirft er ihr eine Kußhand zu.

Sie tritt aus einem Kegel blauen Lichts in eine lange Dunkelheit und wieder ins Licht und dann in eine noch tiefere Dunkelheit, wo er nur die Umrisse ihrer Gestalt ausmachen kann, die sich, in den Mantel gekauert, entfernt. Der Tunnel ist wie eine zweifelnde Kirche, die an strategischen Punkten Licht hereinläßt und den Rest der

Finsternis überläßt. Ein Hund bellt über einem Gitter, und die Frau bleibt stehen, blickt hoch, holt einen kleinen Spiegel hervor und wischt sich mit der Hand über die Wangen – sie muß geweint haben –, und er stellt sich vor, wie die Wimperntusche ihr Gesicht verdunkelt.

Auf der selben Seite der Gleise schleicht er hinter ihr her. Die Frau geht über den eisharten Boden. Ihre hohen Absätze hinterlassen Spuren. Treefrog wischt sich mit der Hand über seine triefende Nase und hebt dann den Kopf, als er ein Geräusch hört. Zwei winzige Lichtpunkte erscheinen in der Ferne. Der Zug Richtung Albany. Er wirft einen Blick auf die Frau vor ihm. Sie hält den Kopf beim Gehen gesenkt. Treefrogs Herz macht einen Satz. Das Donnern des Zuges wird lauter, und plötzlich ist seine Kehle wie zugeschnürt.

«Nicht», flüstert er. «Nicht.»

Sie hebt den Kopf und starrt lange reglos in die Scheinwerfer, die auf sie zusausen. Sie geht näher ans Gleis heran. Die Zugsirene gellt, und Funken stieben von der Unterseite der Wagen hervor, und der Lärm ist ohrenbetäubend, und er glaubt, sie wird sich vor den Zug stellen – um ihn sich an die Brust zu drücken wie eine gigantische Kugel –, und er schreit: «TU'S NICHT», doch der Schrei wird vom Geheul der Lok übertönt. Er hält sich die Augen zu, und als er wieder hinsieht, steht sie einfach neben dem Gleis und starrt zu den Fenstern hoch, während sie den Amtrak vorbeiflitzen läßt.

Er setzt sich auf den Boden, legt die Hand auf sein Herz, schließt die Augen und sagt laut zu niemandem: «Danke, danke.»

Sie geht weiter in der ungeheuren Kälte. Treefrog folgt ihr in sicherer Entfernung, bis hinunter zu den Verschlägen von der 95th Street. Die Verschläge, Betonbunker, die früher einmal von den Bahnarbeitern benutzt wurden, stehen in einer langen Reihe nebeneinander.

Sie zuckt nicht einmal zusammen, als Faraday aus seiner abseits gelegenen Zelle herauskommt und sie anstarrt. Faraday, in seinem schmuddligen schwarzen Anzug, stößt einen leisen Pfiff aus, den sie ignoriert. Sie schwenkt ihre Handtasche wie eine Waffe.

«Hey, Süße», sagt Faraday.

«Ich bin nicht deine Süße.»

«Aber du siehst so aus.»

«Fick dich.»

Ihre Stimme ist hoch und schrill und stockend, und Treefrog ist sich sicher, daß sie schluchzt.

«Ja, bitte», sagt Faraday, «fick mich, bitte.»

Und dann geht sie durch den Garten von Müll, draußen vor dem Verschlag, in dem Dean, der Müllsammler, wohnt. Hinter ihr quillt das Licht herein, und sie geht auf Zehenspitzen vorbei an den Bergen menschlicher Exkremente und den zerfledderten Zeitschriften und den leeren Behältern und den Spritzen mit Blutpropfen an den Spitzen, wie Mohnblumen, die in einem Feld hervorbrechen. In ihren schwarzen hochhackigen Schuhen stakst sie wie ein dunkler, langbeiniger Vogel, vorbei an den zerbrochenen Flaschen und Rattenkot und einem Kinderwagen und zertrümmerten Fernsehgeräten und zerdrückten Dosen und weggeworfenen Kartons und zersplitterten Gläsern und Apfelsinenschalen und Crack-Ampullen und einem vereinzelten Teddybär, dem beide Augen fehlen, der Bauch von Ratten angenagt. Sie geht immer weiter quer durch die Überbleibsel menschlicher Trümmer.

Dean kommt aus seinem Verschlag, als sie vorbeigeht. Er trägt einen Zwicker, den er irgendwo aufgegabelt hat, klemmt ihn sich vors Auge und blickt ihr nach. Dean leckt sich die Lippen, und da ist ein Lächeln auf seinem Gesicht, als könnte er auch sie eines Tages mal aufsammeln.

Ein altes Stück Zeitung bleibt an ihrem Schuh hängen und wickelt sich um ihr Fußgelenk, und sie schleppt das Blatt ungefähr zwanzig Meter weit mit, und Treefrog – ganz hinten in den Schatten verborgen – stellt sich Schlagzeilen vor, die in ihre Knöchel sickern und für immer durch die Tunnel getragen werden, aber sie schüttelt das Papier ab und taumelt weiter zu Elijahs Verschlag. Sie muß schon mal hier gewesen sein, denkt Treefrog, so wie sie sich bewegt, so wie sie sich niemals umsieht.

Sie bleibt vor Elijahs Verschlag stehen, wo der Boden sauber und frei von Müll ist. Papa Love hat einen winzigen Baum in die festgetretene Erde gepflanzt, und sie streicht mit den Händen über die toten braunen Zweige. Sie holt tief Luft, bleibt in dem Lichtkegel stehen und brüllt dann: «Elijah! Hey, Elijah!»

Sie blickt die Reihe von Betonverschlägen entlang.

«Elijah!» schreit sie wieder.

Treefrog weiß, daß sie weint, und er will die Hand nach ihr ausstrecken und sie berühren, aber als er sich aus dem Schatten herausbewegt, kommt Elijah aus seinem Verschlag. Er reibt sich die Augen und blickt über die Gleise, wo sie neben dem Baum steht. Treefrog klemmt sich wieder in den Schatten.

Elijah überquert die Gleise, nimmt die Frau in die Arme, und sie bricht schluchzend an seiner Schulter zusammen. Sie zieht die Kapuze von Elijahs Sweatshirt herunter und streicht mit ihren Fingern über die Narbe auf seinem Gesicht. Elijah trägt sie über einer Schulter zu seinem Verschlag, öffnet die Tür mit einem Fußtritt. Sie pendelt wie trunken an einer Angel.

Treefrog sitzt draußen und wartet.

Nach einer Stunde kommt Elijah aus dem Verschlag und pinkelt gegen die Wand, wie ein Hund, der sein Revier markiert. Er schleudert die Faust vor Wonne der Tunneldecke entgegen. Treefrog dreht sich um und folgt dem Tunnel zurück zu seinem einsamen Nest. Er holt das Foto von Dancesca und seiner Tochter heraus, wirft es in die Luft, fängt es mit beiden Händen auf, immer wieder, bevor es auf den Boden fallen kann.

Frostbeulen. Hände so groß vor Kälte und Feuchtigkeit, daß sie sich anfühlen, als könnten sie aus ihren Handschuhen platzen.

Später wird er erfahren, daß sie Angela heißt. Sie hat in einem anderen Tunnel gewohnt, Downtown, zwischen Second Avenue und Broadway-Lafayette, einer Subwaystation, hundert Meter vom Bahnsteig entfernt; alle paar Minuten kamen die Züge vorbei, kein Licht von den Gittern, nur Lärm, ein gemeiner Tunnel, der gemeinste von allen, der schlimmste in Manhattan.

Sie war dort sechs Monate, schlief auf einer vom Regen aufgequollenen Matratze. In den Taschen ihrer Jeans waren Ampullen zu Scherben zerkrümelt. Eines Nachts schlief sie auf der Matratze in einer abgetrennten Nische am Rand der Gleise ein, keine zwei Meter von den Zügen entfernt. Der Lärm war nichts, er war wie das rhythmische Pfeifen ihres eigenen Atems. Sie sog den

Stahlstaub hinunter, der in der Luft hing. Während sie schlief, kamen vier Männer mit Fahrradketten vom Tunnelende Broadway-Lafayette. Sie traten sie wach und zerrten sie an den Haaren hoch. Sie hatte sie noch nie gesehen. Sie schrie, und einer stopfte ihr eine Socke in den Mund. Sie zerrissen ihr das T-Shirt und umwickelten ihre Arme mit Fahrradketten, so fest, daß ein Armband aus Öl an ihren Handgelenken zurückblieb, drückten ihren Oberkörper nach vorn und nahmen sie abwechselnd. Sie flüsterten ihr eine Welt von Obszönitäten ins Ohr.

Als Angela würgte, nahmen sie die Socke heraus, und Erbrochenes strömte hinterher, aber sie machten trotzdem weiter. Danach schwieg sie. Einer leckte ihr Ohrläppchen und pflückte mit den Zähnen einen goldenen Ohrring ab. Er beugte sich zu ihr herunter, den kleinen Goldreif auf der Zunge. Ihr fehlte die Kraft, ihm ins Gesicht zu spucken.

Auf allen vieren flehte sie um Gnade, schloß die Augen, um die Männer anonym zu machen. Als sie schließlich gingen, warfen sie ihr jeder fünfzig Cent hin und sagten, sie solle sich was Süßes kaufen – einen Snickers-Riegel, sagten sie –, und lachten den ganzen Weg durch den Tunnel.

Angela konnte zwei Tage lang nicht laufen. Die Matratze stank. Sie benutzte einen Plüschelefanten als Kissen. Sein Rosa hatte blutrote Streifen. In den Zügen sausten Pendler vorbei, Schatten in den Fenstern. Sie blickte auf die Schatten und sah sie verschwinden, griff sich ans Ohr und zwirbelte den einen verbliebenen Ring in ihrem Ohr.

Sie wurde von einem Mann namens Jigsaw gefunden,

der sagte: «Scheiße, Angela, ich bring die Wichser um, die dir das angetan haben.»

Jigsaw beugte sich herab und drückte sie ganz fest an sich; er stank, aber sie ließ sich trotzdem von ihm halten, er hatte dürre Arme. Später brachte er ihr heißen Kaffee und ein Sandwich, das sie nicht runterkriegte. Er stand vor ihr, mit baumelnder Zunge – sie nannte ihn Jigsaw, weil sein Verstand in lauter kleine Teile auseinandergefallen war.

«Laß mich in Ruhe, Jiggy.»

«Nein.»

«Ich will mit niemand reden.»

«Wenn du so weitermachst, stirbst du, Schwester.»

«Das hört sich schön an.»

«Scheiße, Mädchen.»

«Das ist mein Ernst, es hört sich wunderschön an, ich würd gerne sterben, das klingt wie Erdbeeren, das klingt köstlich.»

«Du bist verrückt geworden, Mädchen.»

Jigsaw ließ sie in Ruhe und verschwand in der gelblichen Dunkelheit – der Tunnel war mit elektrischen Lampen gespickt –, und sie ging durch den Notschacht nach oben, tauchte mitten auf einer Verkehrsinsel in der Houston Street auf, stolperte durch den Schnee, mit ausgedörrtem Körper und implodierendem Schädel. Angela saß weinend in einem Buswartehäuschen, bis ein Teenager mit einem Nasenring sich ihrer erbarmte. Er legte ihr den Arm um die Schulter und brachte sie zu einer Polizeiwache in der Bowery. Sein Aftershave überraschte sie. Es roch fremd, tief, süß und lang.

Ein Cop führte sie in einen kleinen Verhörraum mit einer grellen Tischlampe. Es war warm in dem Raum. Sie setzte sich, mit schlaffen Händen, und bat darum, daß die Tischlampe ausgeschaltet würde; sie tat ihr in den Augen weh. Ein zweiter Cop drehte den Kopf der Lampe zum Boden, und ein gelber Fleck blieb als Abdruck auf Angelas Netzhaut zurück. Sie konnte nicht länger als fünf Minuten auf dem Stuhl sitzen. Sie wollte einen Bericht schreiben, aber die Cops sagten, sie sei selber schuld, das kommt davon, wenn man eine Hure ist, so ist das eben, das hast du dir selber eingebrockt, Schwester, wieso trägst du auch Miniröcke und dünne kleine Schlüpfer?

«Ich bin keine Hure.»

«Na komm, wir sind ja nicht blöd. Du siehst aus, als würdst du dir deinen gottverdammten Arsch mit Zahnseide putzen.»

«Guckt nicht auf meinen Arsch.»

«Keine Sorge.»

«Guckt nicht auf meine Beine. Ich hab euch gesagt, ich bin keine Hure.»

«Ja, ja.»

«Bin ich nicht! Ich bin Tänzerin.»

«Tänzerin?»

«Ja, habt ihr ein Problem damit?»

«Tänzerin! Dann laß mal wackeln.»

«Ihr seid einfach nur Wichser.»

«Tänzerin!»

Da stotterte sie und sagte: «Ich bin keine Hure.»

Als sie die Tür des Warteraums aufstieß, war der Junge mit dem Nasenring verschwunden, aber sein Duft war noch da, und sie sog ihn ganz tief ein. Einer der Cops folgte ihr zum Ausgang der Wache und sagte: «Ich glaub dir, Schwester.» Und dann lächelte er und sagte, was passiert sei, tue ihm leid, und er würde sich mal in dem Tunnel umsehen, und er würde einen Bericht schreiben, sie solle am nächsten Tag wiederkommen; und er gab ihr zwanzig Dollar aus eigener Tasche. Sie ließ den Kopf hängen, stopfte das Geld in ihre Handtasche, verließ die Wache und streifte wie benebelt durch Greenwich Village, bis sie sich an ihren alten Freund Elijah erinnerte, der Uptown wohnte, und sie tauchte in die Subway bei Astor Place ein, stieg am Grand Central um, dann noch mal am Times Square, ging bis zur 72nd Street, die Straße entlang bis zum Riverside Park, durch das Loch im Maschendrahtzaun am Eingang des Eisenbahntunnels, wühlte sich im Gehen in die Reste der Crack-Ampullen hinein, wischte mit dem Finger in den Behältern herum. Dann kam sie in ihren hohen schwarzen Absätzen den Tunnel längsgestakst. Wenn Treefrog zu diesem Zeitpunkt eine Karte von den Schlägen seines Herzens gemacht hätte, wären die Kurven so nah beieinander gewesen, daß die Linien sich fast berührt hätten, ganz steil und fragil.

Treefrog klettert wieder in sein Nest und legt sich hin, Castor legt sich neben ihn. So viele Winterstunden werden im Tunnel im Schlaf verbracht. Nicht der geringste Laut um ihn herum. Aus dem Nachttisch holt er den letzten Rest seines Ganja und dreht sich einen kleinen Joint, klemmt ihn zwischen Daumen und Zeigefinger, zieht fest, tief und lang.

Über dem Bett hängen seine Socken auf der Wäscheleine, einer langen bunten Leine aus Krawatten; blaue Krawatten, rote Krawatten, Krawatten mit Paisley-Muster, zerrissene Krawatten, sogar eine von Gucci, alle mit perfekten Knoten aneinandergebunden. Die Krawatten hangeln sich von einer Seite des dunklen Nests zur anderen, sechzehn insgesamt, jede aus dem Müll gefischt. An einigen Stellen ist die Leine an die Tunneldecke genagelt, damit sie nicht zu sehr durchhängt. Treefrog zieht seine Schuhe aus und drapiert seine Socken über die Wäscheleine. Die Socken sind mit Schweiß gestopft. Nach einer Stunde fangen sie an zu überfrieren, und es sieht aus, als würden die Füße eines anderen Mannes mitten in der Luft baumeln.

«Hallo», sagt er, «hallo.»

Er geht mit der Kerze in den hinteren Teil der Höhle und greift ins Regal, in dem er seine Karten aufbewahrt. Er hat Hunderte von kleinen Schaubildern und eine riesige Karte auf einem Blatt Kunstdruckpapier, sorgfältig gerollt und akkurat mit einem Schnürsenkel zusammengebunden. Treefrog breitet eine Plastiktüte auf dem Boden aus, damit die Karte nicht schmutzig wird. Er löst den Schnürsenkel und entrollt die Karte. Wenn er etwas haßt, dann, einen Radiergummi benutzen zu müssen, aber es ist notwendig, wenn er neu vermessen hat. Hier, der Nachttisch, der sich zu einem Plateau erhebt. Ein langer Tafelberg für seine Matratze. Kreisförmige Hügel für die Erhebung auf dem Boden. Eine Höhle für den Gulag. Alle Erhebungen in winzigen Steigungen markiert. Sachte radiert er eine Kurve aus und dehnt sie aufgrund einer neuen Messung, die er diesen Morgen nach dem Besuch der Frau gemacht hat – er könnte sich geirrt haben, seine Hände haben gezittert, nachdem er sie gesehen hat.

Er beißt in die Spitze seines Handschuhs, damit die Finger auftauen, sich mit Blut füllen, arbeitet stundenlang, schläft dann ein. Als eine Ratte über seine Genitalien trippelt, wacht er auf und stellt verärgert fest, daß er einen Stiefelabdruck auf dem Rand seiner Karte hinterlassen hat.

Treefrog kommt aus dem hinteren Teil der Höhle hervor, wischt sich den Schlaf aus den Augen und setzt sich auf den Bettrand.

In einem riesigen Plastiksack bewahrt er das ganze Herbstlaub auf.

Das Laub ist braun und fühlt sich spröde an, doch an den Rändern sind die Blätter ein wenig feucht. Treefrog reibt sie zwischen seinen behandschuhten Handflächen, zerbröselt ein paar zwischen seinen Fingern und verstreut sie gleichmäßig um die Feuerstelle – ein Kreis aus Steinen mit einer Kuppel alter Asche in der Mitte. Er reißt eine vergilbte *New York Times* in dünne Streifen und legt sie um das Laub herum. Neben dem Nachttisch – dessen eines Bein von Büchern gestützt wird, der aber immer noch etwas kippelig ist – greift er nach seinem Haufen Brennholz.

Er bricht acht kleine Zweige mit den Fingern und baut damit ein Zelt um das Zeitungspapier herum, legt ein paar größere Zweige darüber.

Als das Feuer leuchtet und lodert, greift Treefrog in den Gulag und wickelt etwas Schinken aus der Alufolie. Er zerpflückt eine Scheibe für Castor, zupft sie in schöne kleine Stückchen – gerade so viel, daß sie zufrieden ist, und so wenig, daß sie hungrig bleibt. Er gießt ein wenig Milch in einen Topf und stellt ihn auf ein Rost über die Flammen. Prometheus Treefrog, der Feuerdieb! Komm herunter, schöner Adler, und verzehre meine Leber bis in alle Ewigkeit!

Er tippt mit seinem rechten Daumen an den Topf und dann mit seinem linken, lehnt sich gegen die Matratze und wartet.

Während die Milch warm wird, streichelt er Castor, pult einen Klumpen Dreck aus ihrem Bauchfell, wirft den Dreck von einer Hand in die andere. Sie bewacht den Topf mit schiefgelegtem Kopf, und als die Milch anfängt zu blubbern, gießt Treefrog sie in eine kleine Schale.

Castor schleckt vorsichtig an der Milch, näselt zu dem Teller mit Schinken hinüber und schnüffelt.

«Braves Mädchen», sagt er, «braves Mädchen.»

Treefrog greift nach seinem Gin. Er nimmt einen tiefen Schluck, schlägt dann zwei Eier in einer Pfanne auf. Ein langes Haar von seinem Bart fällt hinein, und er pickt es mit seinem rechten Zeigefinger von dem noch unversehrten Dotter ab, imitiert die Bewegung mit dem linken. Er legt eine Scheibe Käse zum Schmelzen auf die Eier. Treefrog ißt sein Frühstück auf dem Steg und benutzt eine Radkappe als Teller. Während er den Tunnel entlangblickt, erinnert er sich daran, wie die Frau ans Gleis getreten ist. Sie war so schön. In ihrem Pelzmantel und dem roten Minirock. Herrliche Beine, lange Beine, Illustriertenbeine. Sie hat ihn so sehr an Dancesca erinnert. Treefrog lächelt und läßt etwas Brot auf seiner Zunge weich werden.

Eine Kirche auf der Park Avenue. Weihnachten. Ein Chor sang. Sie gingen zusammen hinein. Sie waren noch nie zuvor in einer katholischen Kirche gewesen, aber ihnen gefiel der Gesang; er lockte sie an. Dancesca strich ihre Frisur zurecht. Er hielt Lenora in seiner Armbeuge.

Das Kind war sechs Monate alt. Es war 1976. Sie paßte immer noch zwischen seine Hand und seinen Ellbogen. Er beugte sich herunter und küßte sie auf die Stirn. Er hatte kurze Haare und keinen Bart. Er öffnete den Reißverschluß seiner Winterjacke, und dann tippte er Dancesca ans Handgelenk. Sie nickte. Sie gingen zu einer der hinteren Bänke. Der Gesang war erhaben und wunderschön. Der Priester trank aus einem Weinkelch. Der Chor sang weiter. Um sie herum leerten sich die Bänke. Die Leute gingen zum Altar. Er und Dancesca sahen sich an, plötzlich nervös, unsicher über den Ablauf der Zeremonie. Sie folgten der Schlange zum Altar und ahmten die Umstehenden nach. Er streckte die Zunge aus, und die Oblate wurde vom Priester sanft daraufgelegt. Der Priester berührte Lenora an der Stirn und lächelte. Während er durch den Mittelgang zurückschritt, spürte er, wie das seltsame Brot weich wurde und an seinem Gaumen festklebte. Er steckte seinen Zeigefinger in den Mund und kratzte etwas von dem Brot ab. Ein winziges Stückchen blieb an seinem Finger haften. Er legte es in den Mund seines Kindes. Eine alte Frau mit Kopftuch starrte ihn mit weitaufgerissenen Augen an. Er spürte, wie er plötzlich errötete. Er hatte etwas falsch gemacht und wußte nicht, was. Für den Rest des Gottesdienstes hielt er den Kopf gesenkt und sein Kind eng an sich gedrückt. Nach der Messe verließen sie geknickt und verlegen die Kirche, doch als sie sich weit genug entfernt hatten, oben auf der Park Avenue, lachte Dancesca auf, und ihr Lachen entlud sich über ihnen. An einer Reihe von Parkuhren übergab er Dancesca das Kind. Er stellte sich auf eine Uhr – das war sein Kunststück – und balancierte auf einem Bein. Er fühlte sich herrlich und lächerlich und lebendig. Er konnte immer noch das Brot in seinem Mund schmecken. Sie gingen zusammen zu ihrer Wohnung, schlossen die Tür auf, stellten sich an die Heizung, legten die Arme umeinander und küßten sich, ihr schlafendes Kind zwischen ihnen.

Wenn der Mittag droht, steht Treefrog auf und wechselt eine rote Kaffeekanne von einer verfrorenen Hand in die andere. In seinem gelben Kanister ist kein Wasser mehr, also läßt er sich bis zum Kies hinunter und schlendert zwischen den beiden Gleisen entlang.

Ein gutes Stück weiter im Tunnel kommt er an den Verschlägen vorbei. Ein Aufgebot von Graffiti erstreckt sich über ihre Türen: ELIJAH IST KÖNIG. MATROSEN AUF SEE. GLAUCON WAR HIER, '87. FUCK YOU. Auf Faradays Tür, unter der aufgehängten Klobrille, steht: ICH WILL NUR AUF MEINEM ARSCH SITZEN UND FURZEN UND AN DANTE DENKEN.

Treefrog bleibt stehen und wirft eine Kußhand zu Elijahs Tür, hinter der die Frau sicherlich noch schläft.

Unter der 94th Street ist ein riesiges Küchenareal mit einem Grillplatz in der Mitte. SPOTTDROSSEL SINGT NICHT. LLCOOLJ. TROGLODYTEN! ICH DENKE, ALSO BINGO. WIR SIND KEINE MILIZ. NY IST SCHEISSE. An einem langen Stahlkabel hängt ein Mantel zum Trocknen. Das Gelände ist eine einzige Dunkelheit, unterbrochen von Lichtstrahlen, die durch die Gitter fallen. Die Kegel fallen herunter, blau und weiß und grau, auf die Graffiti und die Wandbilder, die Papa Love auf die Tunnelwände gemalt hat. Etwa alle hundert Meter ein Wandbild. Ratten rennen unter den Gesichtern von Martin Luther King, John F. Kennedy und Miriam

Makeba; Mona Lisa, mit einem Penis im Mund; Huey Newton, der zwischen zwei weißen Dieben gekreuzigt wird; Nixon und Johnson. Da ist eine Felszeichnung eines Bisons, daneben die Worte USDA BEEF. Irgend jemand hat riesige rosa Euter drangemalt.

Unter den Bildern Felder von Dosen, Flaschen und Nadeln.

Treefrog zieht sich den Mantelkragen um den Hals und geht durch hundert Meter Tunnel, vorbei an den Verschlägen und Hütten. Er kann die Tageszeit nach dem Winkel der Lichtstrahlen bestimmen. Danach, und nach den Zügen.

Er erreicht die Metalltreppe und klettert zum Tor hinauf, vierzehn Schritte und immer vierzehn. Deans Einkaufswagen ist mit einem Stück Stacheldraht am Tor festgebunden – vier winzige Teddybären sind am seitlichen Drahtgitter des Wagens befestigt, zusammen mit einem schlammverspritzten Star Spangled Banner. Vier eingedellte Pepsi-Dosen stehen im Wagen, aber Treefrog beschließt, sie nicht anzurühren; unnötig, sich wegen zwanzig Cent Ärger einzuhandeln.

Er späht zum Tor hinaus, durch das filigrane Gitterwerk, zur Böschung, die von dreißig Zentimeter Schnee bedeckt ist. Alles ist still, wenig Autos selbst auf der Zufahrt zum West Side Highway. Es gibt viele Unfälle in der Kurve, und er entfernt gerne die Radkappen von den Wracks, bevor die Abschleppwagen sie holen.

Treefrog hockt sich auf die Metallstufen, schiebt die leere Kaffeekanne durch die Lücke im Tor und schaufelt etwas Schnee auf, stopft ihn mit seiner behandschuhten Faust hinein, erst mit der rechten, dann mit der linken.

Unter der frischen Schneedecke stößt er auf hartes Eis. Er sollte Wasser über seinen Steg schütten, es würde frieren, und dann würde ihn bestimmt niemand mehr in seinem Nest besuchen, sie würden ausrutschen und stürzen und sich den Hals brechen, und man würde ihn für immer in Frieden lassen.

Er stopft die Kanne voll Schnee in seine Manteltasche und geht durch den Tunnel zurück, klettert den Steg hoch – er weiß, daß er nie stürzen wird, er kann es sogar auf Zehenspitzen –, und als er wieder in seinem Nest ist, macht er ein neues Feuer. Da er fast kein Holz und Laub mehr hat, benutzt er hauptsächlich Zeitungspapier.

Die Flammen steigen schnell auf.

Er kippt den Schnee in einen rußigen Topf und sucht sich einen Kräutertee aus dem Gulag aus. Der Gulag ist gut einen Meter über dem Boden und etwa dreißig Zentimeter tief in der Tunnelwand über seinem Bett, gebaut in seinem zweiten Jahr unter der Erde. Er hat Wochen gebraucht, ihn auszumeißeln und zu glätten, bis er vollkommen eben war. In die Mitte hat er ein kleines Toastblech gestellt, damit die Lebensmittel keinen Felsstaub abbekommen, und vorne hat er ein rotes Kopftuch hingehängt, als Tür. Er hat Nägel in die Wand gehämmert und sie dann sorgfältig zu Stacheln heruntergefeilt, damit die Ratten, wenn sie hochspringen und versuchen sollten, das Essen zu stehlen, ihre Füße an den scharfen Nägeln aufreißen würden. Er hat noch nie eine Ratte springen sehen, also benutzt er die Stachel hauptsächlich, um seine Socken daran aufzuhängen.

Er läßt den Topf auf dem Feuer, schlüpft wieder in seinen Schlafsack, lauscht dem Wind, der vom Südende herüberpfeift, wartet darauf, daß der graue Schnee von

Manhattan kocht. So langsam vergeht die Zeit, denkt er, wenn sie überhaupt vergeht.

Abends, als der Schnee für kurze Zeit nachläßt, geht er mit einer Tüte voller Dosen den Broadway entlang und sieht sie am Symphony Space unter der Markise sitzen.

In der ausgestreckten Hand hält sie einen Turm von vielleicht zwanzig Pappbechern. Der oberste verneigt sich fast demütig vor der Straße. Er lacht über den Anblick und hört, wie sie zu den Passanten sagt: «Geben Sie mir etwas Kleingeld, und ich tanze auf Ihrer Hochzeit!»

Selbst als ihr niemand Geld gibt und ihr Körper zu Boden sackt und ihre Arme müde werden und ihre Beine sich spreizen und ihre Augen glasig sind und zwei tiefe traurige Furchen sich in ihre Mundwinkel kerben, lächelt sie weiter und sagt: «Geben Sie mir etwas Kleingeld, und ich tanze auf Ihrer Hochzeit!»

Er lauscht an der Tür, bis er sich vergewissert hat, daß Elijah nicht da ist. Leicht festzustellen, weil das Radio nicht an ist und Elijah immer eine Geräuschkulisse braucht – sogar, wenn er schläft.

Treefrog schleicht sich heran, wartet, klopft an und hört sie stöhnen.

«Hallo.»

Eine lange Stille, das Geraschel von Decken, und er stubst mit den Füßen gegen die Tür und klopft wieder ans Holz. Noch ein Stöhnen, aber er hört, daß sie sich im Bett bewegt.

«Hau ab.»

«Ich bin's.»

«Wer?»

«Treefrog.»
«Wer bist du?»
«Bloß ich.»
«Hau ab.»
«Hey, wo ist Elijah? Wann kommt er zurück?»
«Faß mich nicht an.»
«Ich faß dich nicht an. Hast du 'ne Kippe?»
«Nein.»
«Ist heute Mittwoch oder Donnerstag?»
«Hau ab.»
«Es ist Freitag, nicht?»

Er kommt rein, und sie liegt ausgestreckt auf der Matratze in der Dunkelheit; er kann nicht einmal ihre Gestalt ausmachen. Der Strom muß weg sein. Er schnippt das Feuerzeug mit einer Hand an und dann mit der anderen, hält es dorthin, wo er das Bett vermutet. Sie legt den Arm über die Augen und sagt: «Hau ab!»

Er sieht, daß sie geweint hat, die Oberlippe saugt sich an den Zähnen fest, ihre Fäuste sind geballt, ihre Augen rot.

Sie sieht aus wie ein trauriges Sandwich zwischen fünf Decken.

Er schiebt das Feuerzeug in die Tasche zurück, setzt sich in der Dunkelheit auf einen Korbstuhl neben dem Bett, legt die Füße auf einen zertrümmerten Fernseher, der ein Faustloch in der Mattscheibe hat, und hört zu, wie sie unter den Decken herumwühlt. Der Stuhl hat zwei kürzere Beine, also wippt er diagonal.

«Wie heißt du?»
«Tu mir nicht weh.»
«Ich tu dir nicht weh. Wie heißt du?»

Nach einem langen Schweigen sagt sie: «Angie.»

«Da gibt's ein Lied drüber.»

«Wenn Elijah hier jemand findet, bringt er mich um.»

«Ich wollte nur hallo sagen.»

«Du hast es gesagt. Und jetzt hau ab.»

«Du erinnerst mich an jemand.»

«Hau ab, hab ich gesagt.»

«Ich will bloß eine Zigarette.»

«Ich hab ein Messer», sagt sie. «Wenn du noch näher kommst, bring ich dich um.»

«Hab dich heute morgen gesehen», sagt er. «Und ich hab dich auch da oben auf dem Broadway gesehen. Mit den Kaffeebechern. Das gefällt mir. Ein großer langer Turm von Kaffeebechern. So was hab ich noch nie gesehen.»

«Raus!»

«Du siehst genauso aus wie eine Freundin von mir. Ich hab gedacht, du wärst sie. Wieso weinst du?»

«Ich weine nicht. Halt den Mund und hau ab.»

«Was ist mit dem Saft?» fragt er.

«Mit dem was?»

«Was ist mit dem Strom passiert?»

«Elijah bringt dich um, wenn du nicht abhaust. Er hat gesagt, laß hier niemand rein.»

«Ihr müßt zu Faraday gehen, damit er euch den Strom repariert.»

«Ist das der häßliche weiße Wichser in dem Anzug?» fragt sie.

«Ja. Schließt jeden an. Von oben von den Strommasten. Legt die Kabel nach unten. Geht sogar in die andern Tunnel. Er kann ihn von der Stromschiene abzapfen. Manchmal fährt er den Strom mit Transformatoren runter. Da ist er ein richtiges Genie.»

«Ihn wird Elijah auch umbringen. Er hat mir nachgepfiffen. Sag mal, wie heißt du noch mal?»

«Treefrog.»

«Das ist der gottverdammt seltsamste Name, den ich in meinem ganzen Leben gehört hab.»

«Ich spiele Mundharmonika.»

«Das erklärt doch nichts.»

«Alle andern nennen mich so. Ich nenn mich nicht so. Ich mag es nicht.»

Er hört, wie sie sich die Decke um den Hals zieht. «Scheiße», sagt sie, «ist das kalt.» Im Hintergrund hört man ein Scharren, und sie setzt sich erschrocken auf. «Was ist das?»

«Eine Ratte.»

«Ich hasse Ratten.»

«Du solltest dir eine Katze zulegen.»

«Elijah mag keine Katzen.»

Sie fröstelt.

«Brauchst du noch mehr Decken?»

«Ja.»

«Ich hab ein paar übrig», sagt Treefrog. «Bei mir drüben. Gib mir erst 'ne Kippe. Eine Zigarette für eine Decke, guter Tausch.»

«Ich hab keine.»

«Ich hab dich heut morgen rauchen sehen.»

«Versprichst du mir, daß du mir 'ne Decke gibst?»

«Ja.»

Er fühlt, wie eine Zigarette in seinem Schoß landet, und kramt in seinem Mantel nach einem Feuerzeug, klickt es an, zieht den Rauch tief in die Lunge ein, wippt weiter diagonal in der Dunkelheit.

«Danke, Babe.»

«Nenn mich nicht so.»

«Danke, Angela.»

«Angie.»

«Mir gefällt Angela besser.»

«Du bist ein Arschloch», sagt sie. «Scheiße, ist das kalt. Ist es nicht kalt? Ist dir nicht kalt? Mir ist kalt.»

Er erhebt sich von dem Korbstuhl. «Geh nicht weg», sagt er. «Ich hol dir 'ne Decke.»

Er geht zur Tür, blickt durch den Tunnel zu dem schwindenden Licht, das durch das Gitter fällt. «Es schneit», sagt er nach einem Augenblick.

«Ich weiß, daß es verdammt noch mal schneit.»

«Ich mag den Schnee. Wie er durch die Gitter runterkommt. Hast du's mal gesehen?»

«Mann, du spinnst ja. Es ist kalt. Schnee ist kalt. Er ist kalt. Sonst nichts. Kalt. Das ist die Hölle. Das ist eine kalte Scheißhölle.»

«Eine himmlische Hölle», sagt er.

«Was redst denn jetzt schon wieder, Arschloch?»

«Nichts.»

Er geht den Tunnel entlang, schlägt die Arme um sich, um den Wind abzuwehren, der vom Südende herunterheult. In seinem Nest findet er seine Decken in riesigen blauen Plastiktüten neben den Büchern und Karten.

Angela, denkt er, als er zum Verschlag zurückgeht, eine Decke für sie unterm Arm. Ein hübscher Name. Sechs Buchstaben. Feine Symmetrie. Angela.

Eines Abends sieht er sie am Tunneltor, so zu, daß ihr die Augen in den Höhlen herumrollen. Sie zupft ihn am Ärmel und flüstert ihm zu, daß sie früher in einem Club in Dayton, Ohio, getanzt hat.

«Eine kleine Bruchbude da, außerhalb der Stadt», sagt sie. «Ich hab mich mit dem besten Make-up geschminkt. Es gab zwei Podeste. Auf jedem ein Mädchen. Eines Abends war ich auf der Bühne, und ich guck hoch und seh meinen Vater reinkommen, verstehst du; er setzt sich nach hinten an einen Tisch. Mein gottverdammter Vater! Er bestellt ein Bier und macht der Kellnerin 'ne Szene, weil er fünf Dollar bezahlt hat und nur ein Plastikglas kriegt. Sitzt da und starrt zu mir hoch, während ich tanze. Ich hab so ein' Schiß gehabt, Treefy. Ich dachte, er kommt gleich zur Bühne und haut mir eine runter, so wie er's immer gemacht hat. Ich hab kaum getanzt, so'n Schiß hatte ich. Und diese ganzen Männer haben von ihrem Tisch aus gebuht und gezischt. Und dann seh ich runter, und mein Vater hat seinen Stuhl in die andere Richtung gestellt und guckt zu dem andern Podest, zu dem andern Mädchen. Leckt sich die Lippen. Dann hat's bei mir geklickt. Ich hab den besten Tanz hingelegt, den ich je in meinem Leben gebracht hab. Ich schwör dir, alle haben mich angeguckt, außer er. Er trinkt bloß und starrt auf das andere Mädchen und guckt kein einziges Mal zu mir rüber. Und als ich auf den Parkplatz rauskomm, wartet er auf mich, und er ist besoffen, und er sagt: Mädchen – ich bin zweiundzwanzig, und er nennt mich immer noch Mädchen –, und dann fragt er mich nach dem Namen von der andern Tänzerin, und ich sage: Cindy. Und er sagt: Danke. Und dann fährt er in seinem alten grauen Plymouth weg, lehnt sich aus dem Fenster und sagt zu mir: Diese Cindy kann wirklich tanzen. Das hat er zu mir gesagt. Diese Cindy ist 'ne tolle Tänzerin.»

In dieser Nacht träumt er, daß sie in seiner Leber steht. Vor ihr eine rotbraune Mauer. Sie hat von Con O'Leary, Rhubarb Vannucci, Sean Power und Nathan Walker Anweisungen bekommen, wie man richtig buddelt.

Sie weiß, wie man breitbeinig dastehen muß, das eine Bein hinter dem anderen, und wie sie ihren ganzen Körper einsetzen muß. Sie bearbeitet die Wand seiner Leber, schaufelt und eimert die Krankheit und das Leiden heraus, ist so zart mit ihrer Schaufel, daß er nicht das geringste spürt. Angela schabt alle Rückstände aus ihm heraus, und wenn eine Stelle sauber ist, beugt sie sich vor und küßt sie, und ein Beben geht durch seinen Körper. Der ganze Dreck löst sich zu ihren Füßen auf, und sie eimert ihn aus seiner Leber heraus, und wenn sie das Organ vollständig sauber hat, wenn die Eimer leer sind, wenn er geheilt ist, tanzen sie zusammen um seine Leber herum in einem rauschhaften Wirbel, mit geschlossenen Augen, immer im Kreis herum, Angela, mit ihren bunten Perlen, die in ihren Haaren wippen, und dann hört er ein Sauggeräusch, und sie werden nach oben durch seinen Körper gesprengt und aus seinem Mund heraus, und sie steht vor ihm, lächelt, die ganze Galle ist weg, sogar unter ihren Fingernägeln, und sie streckt die Hand aus und berührt ihn sanft, streicht über seine Brust, zupft an seinen Haaren, und ihre Finger wandern weiter hinunter, öffnen seinen Hosenstall mit einer grandiosen Zärtlichkeit; da ist kein bißchen Schmerz mehr in seiner Leber, es ist ein wunderschöner Traum – hin und wieder kann ein Traum im Tunnel makellos sein.

6

1932 – 45

Rhubarb Vannucci und Sean Power errichten einen Taubenschlag auf dem Dach von Vannuccis Mietshaus auf der Lower East Side. Ein Holzverschlag mit zwei Schiebetüren und einem Dach aus Maschendraht. Es hat in letzter Zeit Diebstähle gegeben, deshalb hat Vannucci seine Tauben in Bottiche mit leuchtender Farbe getaucht, die er in einer Kleiderfabrik gekauft hat. Er tunkt die Tauben vollständig ein, bis auf den Kopf. Selbst die Unterseite der Flügel saugt die Farbe auf. Die Vögel flattern grellorange durch den Himmel. Jeder in der Nachbarschaft erkennt auf Anhieb eine Vannucci-Taube. Sie sehen wie geflügelte Apfelsinenschalen aus, die den Himmel über Manhattan kreuzen.

Sean Power beschließt, seine Vögel leuchtendblau einzufärben. Die verlorenen Federn ergeben eine großartige Collage auf dem Dach.

An einem Julimorgen fordern sich die beiden Männer gegenseitig zu einem Taubenwettflug heraus. Sie wetten um zwei Dollar.

Nathan Walker und Eleanor O'Leary haben sich bereit erklärt, die Tauben über die Brooklyn Bridge zu bringen und sie auf der anderen Seite des Flusses freizulassen. Sie schlängeln sich auf ihren Fahrrädern durch den Verkehr. Eleanors Haare fließen in einem Strom hinter ihr her. Walker balanciert die Taubenkäfige auf dem Fahrradkorb. Sie bewegen sich in einem seltsamen Duett. Die Fahrt hat etwas von einem Walzer. Wann immer sie kann, lenkt Eleanor ihr Fahrrad in seinen Schatten, hält die Reifen in seinem Bereich. Walkers Spiel besteht darin, ebendiesen Schatten auszuweichen. Er beobachtet, wie Eleanor beide Hände von der Stange nimmt und ihre Arme weit ausstreckt, ein bißchen wackelt, das Fahrrad aber exakt auf den langen dunklen Linien behält.

Als sie das andere Ende der Brücke erreichen, lehnt Eleanor ihr Rad gegen Walkers. Sie breiten eine Decke auf dem Asphalt aus, um zusammen zu picknicken, bevor sie die Vögel freilassen. Eine Flasche Coca-Cola, eine Tafel Schokolade, etwas Brot mit Cheddar.

Eleanor berührt Walkers Handgelenk, deutet auf die Tauben in den Käfigen – eine orange und eine blau –, und beide lachen.

Mitten im Picknick spuckt ein Passant Walker ins Gesicht und schreit Eleanor an: «Niggerhure.»

Sie macht dem Passanten eine lange Nase, und Walker wischt die Spucke mit einem Taschentuch weg. Er läßt es von der Brücke ins Wasser fallen. Sie sehen zu, wie es wegkreiselt. Er sagt nichts, aber sie packen die Reste des Picknicks in den Korb, nehmen zwei Gläser Farbe heraus, und später lassen sie die Tauben in die Luft auffliegen.

Das Paar radelt mit aller Kraft zurück über die Brücke und beobachtet, wie die Tauben um die Führung kämpfen.

Walker ist weit voraus, die leeren Käfige balancieren immer noch vorne auf seinem Rad. «Warte auf mich», ruft Eleanor. Die Tauben verschwinden im Himmel.

Als die Radfahrer bei Vannuccis Haus ankommen, sind die beiden Männer außer sich. Vannucci und Power halten jeder eine Taube in den Händen, die neu bemalt wurde, halb orange, halb blau.

Sie streiten sich darüber, welche wem gehört und wer der rechtmäßige Besitzer der zwei Dollar ist. Walker und Eleanor stehen auf dem Dach des Mietshauses und biegen sich vor Lachen.

Die beiden Männer werfen dem Paar komische Blicke zu, dann stecken sie die bunten Tauben in den Verschlag zurück.

«Leck mich», sagt Power.

«Was ist Leck?» fragt Vannucci.

«Ein Leck ist …»

Und dann muß auch Power kichern.

«Ein Leck ist», sagt er und zwinkert Walker zu, «ein Leck ist, wenn Wasser rauskommt, wo's nicht soll.»

Eleanor stellt ein Bild ihrer Mutter und ihres Vaters auf ihren Nachttisch. Es wurde auf einem Sommerjahrmarkt in Brooklyn Anfang des Jahrhunderts aufgenommen, ein Riesenrad im Hintergrund hebt sich statisch vom Himmel ab wie ein billiges Armband. Auf Con O'Learys Oberlippe sind die Ansätze eines Schnurrbarts zu sehen. Mauras Kleid ist bis zum Hals hochgeknöpft, aber der dritte und vierte Knopf sind unbemerkt aufgesprungen, so daß ihr Decolleté zu sehen ist. Sie stehen neben dem Hau-den-Lukas. Die Glocke an der Maschine ist ganz oben – wo KRAFTPROTZ steht –, und Eleanor ist überzeugt, daß es ihr Vater war, der gerade den Hammer geschwungen hat. Er lächelt, sein Bauch ist rund und stolz, und seine Wangen sind aufgeplustert. Eleanor stellt ihn sich gern in genau dieser Haltung vor, wenn sie an Wochentagen morgens mit der Subway nach Brooklyn Heights fährt, in die Kurzwarenhandlung, wo sie arbeitet. Auf der Hin- und Rückfahrt grüßt sie unter dem Fluß die schlafende Gestalt ihres Vaters. Sie stellt sich nicht vor, daß er Qualen leidet oder in einer seltsamen Himmelfahrt erstarrt ist – er ist vielmehr aufrecht, stolz, steht grinsend neben irgendeinem unterirdischen Hau-den-Lukas, als Stilleben eingefangen.

Bebend und vertraut treffen sie sich im Dunkeln. Eines Abends auf einer Parkbank bittet sie Walker, ihr die Haare zu kämmen. Er tritt hinter die Bank. Ihr Haar hängt schwer herab. Als er fertig ist, dreht sie sich um, hockt sich auf die Holzplanken und lehnt sich an ihn. Er kann das Gewicht ihrer Haare in seinen Händen spüren. Sie sagt laut seinen Namen: Nathan. Er sieht sie an, und es scheint ihm, als biege ihre Stimme die nahen Grashalme zu Boden.

Achtzehn Jahre nach dem Ausbläser taucht Nathan Walker aus einem Eisenbahnfrachttunnel auf der Westseite Manhattans auf.

Schnelle Wolken werfen Schatten, und die Straßen sind mit Sonnenlicht schraffiert. Er hat einen federnden Schritt, obwohl er den ganzen Tag gebuddelt hat. Im Eisenbahntunnel zu arbeiten ist leichter als unter Wasser, aber genauso gefährlich. Männer sterben, wenn ihnen Kästen von Dynamit zwischen den Fingern explodieren, ihre Körper werden zerfetzt und ihre Daumen so hoch in die Luft gesprengt, als wollten sie per Anhalter in den Himmel. Mit siebenunddreißig hat sich Walkers Körper wenig verändert, außer einem kleinen Polster um die Hüfte und einer neuen Narbe über seinem linken Auge, von einer Kundgebung während der Weltwirtschaftskrise, als ein Polizist ihm seinen Schlagstock in den Schädel rammte. Er war eines Abends aus einem Eßlokal gekommen und in ein dunkles Meer von Gesichtern getaucht. Die Demonstranten trugen Plakate. Sie brüllten Parolen gegen Entlassungen und Lohnkürzung. Walker war schweigend und stoisch neben den Protestierern hergelaufen. Auch ihm hatte man den Lohn gekürzt – die Tunnel waren voll verzweifelter Männer, die bereit waren zu arbeiten, und er behielt seinen Job nur, weil Sean Power der Gewerkschaftsführer war. Walker war dem Strom der Augen gefolgt. Ein Stück die Straße runter waren Schreie zu hören, und dann kam von hinten der Schlagstock. Er landete zuerst in dem weichen Teil seines Schädels und peitschte dann zur Stirn herum, traf sein Auge. Er erhaschte einen flüchtigen Blick auf den Cop, bevor er zu Boden ging, und dann waren überall um ihn herum Pferdehufe. Ein Huf landete zwischen seinen Beinen. Schmerz durchschoß ihn. Atemlos kroch Walker über die Straße und blieb im Eingang eines Zigarrenladens liegen, spürte, wie ihm das Blut die Lippen hinunterlief. Im Krankenhaus mußte er fünf Stunden warten, bis seine Wunde genäht wurde – der Arzt pulte den Schorf mit groben Fingern auf und fabrizierte die Naht in trunkenem Zustand, so daß sie sich wie ein Wurm über Walkers Augenbraue schlängelt.

Er schlendert immer weiter nach Norden, entlang der

Landaufschüttung beim Riverside Drive, an den Hüttensiedlungen vorbei, zu einem Laden voller Smokings.

Eine Glocke klingelt an der Ladentür, und ein kleiner schwarzer Mann mit granitgrauem Haar tritt hinter einem Vorhang hervor, einen Bleistift hinterm Ohr. Er blickt auf den Schlamm an Walkers Stiefeln, blinzelt verächtlich den verdreckten Overall und den unterm Kinn festgebundenen roten Hut an und geht sofort zu einer Reihe billiger Leihanzüge, doch Walker dirigiert den Verkäufer zu dem teuren Ständer. Unter einer schwachen gelben Lampe probiert er eine große schwarze Jacke mit glänzendem Samtkragen an – sie ist so lange nicht mehr getragen worden, daß sich eine Mottenkugel in der Tasche findet, aber es ist die einzige Jacke, die noch in seiner Größe da ist, weil an dem Abend in Harlem ein Tanzfest stattfindet und den ganzen Tag schon eine Schar von Männern ein und aus gegangen ist. Walker legt das Geld für den Mietanzug und ein neues Hemd hin.

Zu Hause wäscht er sich in dem Porzellanbecken und probiert das weiße Rüschenhemd an. Die Knöpfe wirken winzig und fremd. Arthritis hat schon begonnen, an seinen Händen zu knabbern. Walker kann durch den Schmerz in seinen Fingerspitzen einen Regentag vorhersagen. Er knöpft den obersten Hemdknopf nicht zu, bedeckt die Lücke mit der Fliege.

Als er sieht, wie die Hemdrüschen sich an seinem Kinn wellen und wie überaus weiß der Stoff ist, muß er kichern. «Du siehst so verdammt gut aus, Nathan Walker!» sagt er zu dem staubigen Spiegel, und dann hüpft er vor lauter Freude und Nervosität im Zimmer herum, schwingt um ein kaputtes Ofenrohr, und seine Knie protestieren gegen die jähen heftigen Tanzbewegungen, und ein silbernes Kreuz hüpft an seinem Hals auf und ab.

Das silberne Kreuz hat er für zwei Dollar einer Frau unten im Haus abgekauft, einer Wahrsagerin, die immer ein langes rotes Kleid und zwei Federn im Haar trägt. Sie sagt die Zukunft aus der Form voraus, die Speichel und Tabak in einem Spucknapf ergeben. Männer, und auch Frauen, beugen sich über die Metallschale und spucken hinein, die Männer in großen Glubschern, die Frauen in verlegenen kleinen Rinnsalen. Sie starrt in die Tabakschnippel und verschreibt Heilmittel gegen künftige Verzweiflung. Jeden erwartet Verzweiflung in seinem Leben, sagt sie, und daher braucht jeder ein Heilmittel – das ist so im Leben, und die Heilung kostet nur zwei Dollar, ein günstiges Geschäft.

Das Kreuz, so hat sie Walker versichert, wird verhindern, daß sein Herz ihm in den Mund kriecht, wenn er nervös ist. Er muß es den ganzen Tag auf der Haut tragen, egal, was passiert.

Walker steht neben dem Klavier, das er als Geschenk bekommen hat. Eine weiße Schleife ist um das Klavier gebunden, also macht er den Deckel nicht auf. Er berührt die glatte Schleife und fährt dann mit den Fingern am Deckel entlang, zieht sich einen Schemel herüber, setzt sich – in Unterhose, weißem Hemd und silbernem Kreuz – und tut so, als würde er spielen, läßt seine Finger durch die Luft schwirren, erfindet Ragtime, bis er so ins Schwitzen gerät, daß er das Hemd auszieht. Er preßt die Lippen zusammen und trompetet eine Melodie, und seine Musik wird lauter und lauter, bis über ihm jemand mit dem Fuß aufstampft und brüllt: «Gib endlich Ruhe da unten!»

Am Tag darauf werden er und Eleanor in vier Restaurants abgewiesen, und ihnen wird der Eintritt in ein Kino verwehrt, trotz ihres feinen Aufzugs. Auf der Straße tuscheln die Leute über sie. Autos verlangsamen die Fahrt, und Schmähungen werden hinausgeschleudert. Zu Hause, in der Wohnung auf der 131st Street, muß Walker den Kopf einziehen, um durch die Tür zu kommen. Eleanor steckt die Hand in seine Jackentasche, als er sie über die Schwelle trägt.

Ihre Taille ist zierlich und mädchenhaft, und er flüstert, daß er zehn von ihr tragen könnte, und sie sagt: «Untersteh dich. Ich bin die einzige von mir, die du je kriegen wirst.»

Sie nimmt die Mottenkugel aus seiner Tasche und schüttelt belustigt den Kopf, trommelt ausgelassen auf seiner Brust herum. Der lange weiße Taft ihres Brautkleides raschelt, als sie den Flur zum gemeinsamen Badezimmer entlanggeht. Sie spült die Mottenkugel in der Toilette runter.

«Mach dich für mich bereit», ruft sie über dem Gegurgel des Wassers in den Flur.

«Ich bin bereit, Schatz.»

Als sie wieder im Zimmer ist, verriegelt sie die Tür. Sie hat die Schminke entfernt und ihr Gesicht zurückverwandelt. Sie ist erst siebzehn, sieht aber noch jünger aus. Walker hat die Jacke ausgezogen und steht am Klavier, bedeutet ihr, daß sie spielen soll. Sie schüttelt den Kopf und zerrt ihn hinüber auf das Einzelbett, wo sie in einem Auftakt vieler traumvoller Nächte niedersinken.

«Von wegen bereit», sagt sie, und ihre Hand verschwindet unter seinem Hemd, nach hinten zu seinem Rücken, und sie zieht ihn ganz eng an sich.

Wie zwei Chiaroscuristen bewegen sie sich auf dem Laken, schwarz und weiß, weiß und schwarz, schlafen dann unter schweißnasser Stirn ein. Sie liegen auf der Seite, die Arme umeinander geschlungen, die eine Hüfte ein spitzer rosa Hügel, die andere muskulöses Braun. Eleanor wacht auf und küßt die Narbe über Nathans Auge. Die Kuckucksuhr an der Wand verkündet acht Uhr abends. Verlangen liegt Eleanor auf der Zunge wie Morgenatem, und sie weckt ihn mit einem verspielten Stoß in den Bauch.

«Ich liebe dich.»

«Ich liebe dich auch», brummt er.

«Schlaf nicht wieder ein.»

Er macht die Augen auf. «Hast du schon mal einen Kranich tanzen sehen?»

«Nein.»

«Zuerst ein Bein, dann das andere.»

«Mach mal vor.»

«Sandhügelkraniche», sagt er. «So. Ich hab sie immer in Georgia gesehen.»

Sie lacht, als er sich vom Bett erhebt und auf der Matratze tanzt.

Später wird laut an die Tür geklopft. Walker, in seiner Unterhose, vollführt eine rituelle Verneigung vor dem Türrahmen. Er kratzt sich am Bauch, während seine Augen sich auf das Kommende einstellen.

Vannucci, Power und die Wahrsagerin stehen grinsend mit vier Flaschen Champagner vor der Tür. Die Wahrsagerin rauscht herein, mit herabhängenden Kimonoärmeln und Goldlamé-Schuhen, die über den Boden klakken. Power humpelt hinterher, zieht mit den Zähnen schon am Champagnerkorken.

Vannucci steckt seinen schütteren Schädel zur Tür hinein, weicht dann verlegen zurück.

Aber die Wahrsagerin setzt sich neben Eleanor aufs Bett und zieht das Laken zurück, so daß die weißen Zehen des Mädchens zum Vorschein kommen. Eleanor errötet und zieht ihren Fuß zurück. Die Wahrsagerin kichert und packt nochmals zu.

Walker, aufs Klavier gestützt, kämpft mit einer Hose, einen Fuß in der Luft, während Power versucht, ihn umzustoßen und ihm Champagner in die Unterhose zu spritzen.

Nur Vannucci wartet draußen vor der Tür, bis das Paar vollständig angekleidet ist, und dann beginnt die Party. Inbrünstig kurbelt der rotgesichtige Italiener an der Victrola. Vannucci bleibt neben dem Apparat stehen, während die Nadel über die Rille wandert, und entlockt ihm einsame, anmutige Töne. Er freut sich über den Rhythmus, schnippt mit den Fingern, leert ein Glas. Power setzt eine leere Flasche an den Mund und ahmt eine Trompete nach. Die Wahrsagerin hebt ihr Kleid so hoch, daß zwei sehr rote Strumpfhalter und Nahtstrümpfe zum Vorschein kommen. Sie wirft die Beine zur Decke, singt mit der Musik mit, die Lieder fallen langsam aus ihrer Kehle zur Hüfte herunter, wo sie umherkreiseln.

«Sie sind 'ne Klassefrau», sagt Power.

«Danke, Süßer. Stehst du unter Laudanum?»

«Wieso?»

«Entweder das, oder du bist besoffen.»

«Nein, bin ich nicht.»

«Wieso tanzt du dann nicht?»

«Bin schon dabei.»

«Er ist sturzbesoffen.»

«Bin ich nicht!»

Alle verstummen, als Maura O'Leary in der Tür erscheint. Sie trägt noch Trauer, die Haare in einem Dutt, um den Hals einen Spitzenkragen, und sagt, sie will nicht lange bleiben. Sie seufzt und blickt sich im Zimmer um, sieht das Klavier in der Ecke, Flaschen obendrauf, auf dem Rand eine brennende Zigarre, von der der Rauch emporkräuselt.

«So, so, so», sagt sie.

«Ma'am?»

«Schluß mit Ma'am. Kein Grund, mich Ma'am zu nennen.»

«Ja-m», sagt Walker.

«Maura ist am einfachsten. Nenn mich Maura.»

«Ja-m. Ja.»

Sie seufzt: «Ich hätte nie gedacht, daß ich so einen Tag erleben würde, hätte nie gedacht, daß ich überhaupt so etwas erleben würde.»

«Ich auch nicht.»

«Ich sag nicht, daß es gut ist.»

Aus der anderen Ecke des Zimmers rülpst Sean Power und sagt: «Is doch nix Schlimmes dran.»

«Ich hab Sie nicht gefragt», sagt Maura.

«Und Sie ham mich auch nicht nicht gefragt.»

«Ich meine», sagt sie, «in manchen Gegenden ist das illegal.»

«Nicht in New York», sagt Power.

Maura berührt die Spitze an ihrem Hals, fummelt lange daran herum. «In manchen Gegenden kommt man dafür ins Gefängnis. In manchen Gegenden wird man umgebracht.»

«Illegal bedeutet nicht, daß es Unrecht ist.»

«Na ja, das stimmt», sagt Maura.

«Also sind wir uns einig?» sagt Power.

«Vielleicht sind wir uns einig, daß wir uns nicht einig sind.»

«Hab doch gewußt, daß wir uns auf etwas einigen können», murmelt Power.

«Halt den Mund, Sean!» sagt Walker. «Laß die Lady sagen, was sie zu sagen hat.»

Schweigen durchdringt den Raum. Power nimmt einen Schluck aus der Champagnerflasche, gibt sie an Vannucci weiter, der nicht trinkt. Die Wahrsagerin geht zum Fenster, blickt hinaus.

«Wir lieben uns, Mom», sagt Eleanor schließlich.

«Das reicht nicht immer.»

«Uns reicht es.»

«Ihr seid jung.»

«Walker hier ist nicht gerade ein Küken!» sagt Power.

Maura blickt sich wieder um und sagt: «Und ich weiß auch nicht, was Con dazu sagen würde, aber ich schätze, ich werd einfach abwarten müssen, bis ich in den Himmel komm. Ich bin mir nicht so sicher, daß er glücklich darüber wäre. Ich bin mir nicht sicher, ob ich glücklich darüber bin. Ich bin mir nicht sicher, ob irgend jemand glücklich ist.»

«Ich bin glücklich!» ruft Power.

Walker wirft seinem Freund einen mahnenden Blick zu und versucht es mit einem anderen Ton: «Wir sind nicht drauf aus, Sie unglücklich zu machen, Ma'am.»

«Denkt dran», sagt sie, «selbst wenn die Zeiten gut sind, für euch werden sie immer schwer sein.»

«Das wissen wir. Danke, Ma'am. Maura.»

«Nun, ich habe gesagt, was ich sagen wollte.»

«Danke.»

«Jetzt hätt ich gern etwas zu trinken, bitte.»

«Wo bleiben meine Manieren», sagt Walker.

Maura benetzt sich die Lippen am Rand ihres Champagnerglases und sagt: «Also, dann wohl viel Glück euch beiden.»

Sie stellt das Glas ab und wendet sich zum Gehen, doch an der Tür senkt sie den Kopf und sagt: «Vielleicht seid ihr ja gut füreinander, vielleicht schafft ihr es.»

«Glaubst du, sie meint es ernst?» fragt Walker, als sich die Tür geschlossen hat.

«Natürlich», sagt Eleanor. «Sie hat uns doch das Klavier geschenkt, oder?»

«Sie ist eine prächtige Frau. Die allerprächtigste Frau.»

«Also auf», sagt Power und schwingt seinen Stock. «Tanzen wir!»

«Du bist der tänzelndste Krüppel, der mir je begegnet ist», sagt die Wahrsagerin und löst sich hüftschwingend vom Fenster.

«Worauf Sie sich verlassen können.»

Und dann brüllt Power: «Und jetzt lassen wir die Puppen tanzen, Freunde!»

Das Trüppchen trinkt auf langes Leben und Glück, und begleitet von Sean Powers imaginärer Trompete legen die Jungvermählten auf dem Klavier einen verrückten Tanz hin, ein einziges Arme- und Beinewerfen, bis spät in die Nacht. Walker zwinkert Eleanor zu, als er sich auf ein Bein stellt und die Arme ausstreckt.

Eine Reihe von Backsteinen begrüßt sie durchs Schlafzimmerfenster, hinterläßt Glasscherben auf dem Boden, bis sie einfach eine Plastikplane darüberkleben, die im Wind knattert. Einer der Backsteine ist in einen Zettel eingewickelt, auf dem steht: PINGUINE UNERWÜNSCHT. Auf einem anderen steht: WEISSE RAUS. Auf einem anderen steht bloß: NEIN.

Walker bezahlt den Glasschaden und mietet eine Wohnung weiter oben, von der Straße aus unerreichbar für Pflaster- oder Backsteine. Er weiß, woanders wäre es noch viel schlimmer – in anderen Stadtvierteln wären sie bald tot. Es kommt ihm vor, als hätte er sich in die Luft verbannt, aber er weiß, daß diese Verbannung für Eleanor Sicherheit bedeutet.

Die Ehe hat ihm das beschert, was sie miteinander vermählt – Mäßigung und Bitterkeit, Liebe und Entfremdung, Fruchtbarkeit und Leere, Dauer und ihre eigene alarmierende Endlichkeit. Also läßt er die Steinewerfer in Ruhe und schleppt alles nach oben in die neue Wohnung, sogar das Klavier.

Es ist ein größerer Raum, die Sonne legt Lücken in den Holzdielen bloß, von den Wänden schält sich gelbe Tapete, rings um die Küchenspüle gibt es eisenbraune Wasserflecke. Sie teilen sich noch immer eine Toilette mit anderen Mietern. Wenn sie dorthin gehen, knarren die Dielen im Flur.

Eleanor wirft eines Morgens ihre Zahnbürste weg, nachdem sie sie aus Versehen beim Waschbecken liegengelassen hat – sie hat im Badezimmer Scharen von Kakerlaken krabbeln sehen.

Nebenan wohnt ein Kornettspieler, und seine tiefen Töne erklingen zu jeder Nachtzeit. Er spielt in einem stockenden Rhythmus, wacht zu den merkwürdigsten Zeiten auf. Und morgens, wenn sie an seinem Zimmer vorbeigehen, zischt er ihnen durch den Spalt unter seiner Tür zu: Pinguine, sagt er, Scheiß-Pinguine. Eleanor hat einen besonderen Gang durch die Wohnung entwickelt – sie nennt ihn den Antarktischen Shuffle –, und sie lacht dabei: Beine ausgestellt, Füße platt auf dem Boden, Hintern rausgestreckt, Ellbogen angewinkelt, und die Hände flappen seitlich auf und ab. Doch nachts rollt sie sich im Bett zusammen und weint bei dem Gedanken, daß Scherben auf ihrem Bett landen und ihren nackten Körper aufreißen. Und so erzählt Walker ihr Dinge, die ihr beim Einschlafen helfen, Dinge, die er erfindet und erinnert und durch die Erinnerung erfindet.

Mir ging das Hemd damals noch bis zu den Knien, und ich wollt mir unbedingt eine Brieftasche aus Alligatorhaut machen. Hatte 'ne Menge Jungs in der Schule gesehen, die solche Brieftaschen hatten. Also hab ich's meiner Momma gesagt. Sie hatte nämlich ein Schrotgewehr, und ich hab sie gefragt, ob sie mir's mal leiht. Hab gesagt, ich will mir 'n Alligator schießen, damit ich mir so 'ne Brieftasche machen kann. Und sie hat gesagt, du kannst kein' Alligator schießen, das hab ich dir doch schon mal gesagt, Nathan, es ist Unrecht, einem Tier was zu tun.

Und ich sage, Momma, das ist doch nix anderes als 'ne Kuh. Und da guckt sie mich so ganz mommamäßig an und lächelt. Nix anderes als 'ne Kuh! sagt sie.

Riesengroße Stimme. Sie hatte eine riesengroße Stimme, bis zum Tag, wo sie gestorben ist.

Jedenfalls. Am nächsten Tag nimmt sie mich im Kanu mit, und ich paddel. Fast bis zu der Insel, die Cow Island heißt. Wir warten lange im Sumpf, sie und ich, und ich kann bloß Alligator-Augen sehen. Und dieser eine Alligator, der liegt da im Schlamm, so ganz ruhig. Dann kommt ein Reiher dicht übers Wasser geflogen und landet in der Nähe. Der Alligator ist plötzlich hellwach und schlägt mit seinem Schwanz aus und haut den Reiher tot um. Frißt ihn auf. Und dann dreht Momma sich zu mir um und sagt: Also, mein Sohn, hast du schon mal ne Kuh gesehen, die *so was* macht?

Sonntag morgens gehen sie zusammen zum Gottesdienst der Southern Baptists in einem Untergeschoß am Saint Nicholas Square. Wenn die Straßen ruhig sind, gehen sie Hand in Hand. Aber wenn sie hinter sich ein Auto hören oder ein Fenster, das aufgemacht wird, oder Stimmen um die Ecke, lösen sie sich voneinander und trennen sich wie zwei Flüsse. Eleanor kommt gern etwas zu spät zum Gottesdienst, um das erhebende Gefühl zu genießen, wenn sie die Tür aufmacht und von der Gospelmusik empfangen wird. Sie fühlt sich wohl hier. Die Stimme des Predigers steigt und fällt, eine wilde Landschaft von Vokalen und Konsonanten. Manchmal boxt er mit beiden Händen zur Decke, und nach dem Gottesdienst küßt er alle Frauen auf die Wange, sogar Eleanor.

An einem Morgen im Frühsommer wird sie in einer Wanne kalten Wassers nahe der Treppe zum Untergeschoß getauft. Der Chor, in weißen Gewändern mit Goldbesatz, steht um sie herum und singt. Der Prediger krempelt die Ärmel hoch. Ein vielstimmiges Halleluja erhebt sich, als er Eleanor in der Wanne untertaucht. Voller Scham über das weiße Kleid auf ihrer Haut – durch die Nässe scheint ihr Hüftgürtel durch – faltet sie die Arme vor der Brust, doch der Prediger flüstert: «Du siehst aus wie ein Engel, klapp die Flügel nach hinten.» Sie setzt sich in der Wanne auf und lacht. Der Chor schmettert erneut ein Lied, und danach ißt sich die Versammlung an Kartoffelsalat und üppig belegten Sandwiches satt.

Sie und Walker schlendern in der Hitze nach Hause, und ihr Kleid ist fast trocken, als sie den Schlüssel in die Tür steckt.

In der katholischen Kirche Downtown, wo sie früher hingegangen ist, gab es dunkles Gemurmel von den Weißen in den Bänken, obwohl Walker nie mit ihr dort hinging. Der Priester lief rot an, und er schüttelte ihr drohend den Finger entgegen, ganz Groll, verkniffene Augen und Erbitterung. Er schloß sie vom Gottesdienst aus, als Eleanor meinte, Jesus sei höchstwahrscheinlich viel dunkelhäutiger gewesen, als Er je am Kreuz gezeigt würde.

Sie sitzt auf der Feuertreppe, wo niemand sie sehen kann. Sie zieht einen Träger ihres Sommerkleids herunter und streckt das Gesicht der Sonne entgegen, in der törichten Hoffnung, sich ihrem Mann wenigstens ein bißchen anzugleichen. Vorher, in einem Geschäft auf der 125th Street, hatte der Besitzer ihr untersagt, einen Hut anzuprobieren. Voller Ekel hatte er die Oberlippe gekräuselt. Er sagte, er hätte schon von ihr gehört, und daß jeder, der mit Niggern zusammenlebte, selber zum Nigger würde. Er sagte, er wolle keine Niggerhaare in seinen Hüten. Schlecht fürs Geschäft. Die Worte schäumten in seinen Mundwinkeln, und er kniff die Augen zusammen. «Kaufen können Sie einen», sagte er, «aber nicht anprobieren.»

Eleanor legte den Hut auf den Ladentisch, verließ wortlos das Geschäft und ging nach Hause, um sich auf die Feuertreppe zu setzen.

Jetzt, das Gesicht der heißen Sonne zugewandt, läßt sie den zweiten Träger ihres Kleides herunter. Unter der Feuertreppe sitzen reihenweise Jungs auf Kisten und putzen Schuhe, während die Sommersonne herunterknallt.

Walker kann über den Anblick ihres Sonnenbrands nur kichern. «Dem, was du da in deinem Bauch hast, wird es nicht helfen», sagt er zu ihr. Er cremt ihren geröteten Rücken und ihren Nacken ein.

«Wird bestimmt ein Junge», sagt er.

«Wie kommst du darauf, Schatz?»

«Hat mir die Wahrsagerin gesagt.»

Eleanor lacht. «Ein Junge durch Tabakspucke.»

«Und zwar eine ordentliche Ladung!»

«Glaubst du wirklich, daß es ein Junge ist?»

«Ist mir egal», sagt Walker. «Von mir aus kann es auch ein Känguruh sein.»

«Und kreuz und quer durch Harlem hoppeln.»

«Hoppeln, hüpfen, tanzen.»

«Kennst du dies Gefühl?» fragt sie, während er ihre Schultern einreibt. «Dies Gefühl, wenn du die Straße runterläufst und ihre Blicke dich zerreißen? Kennst du das? Wenn du vorbeigehst, und du kommst dir vor, als hätten sie dich grade aufgeschlitzt? Als wenn sie Rasierklingen in ihren Blicken haben.»

«Willkommen in der wirklichen Welt, Liebes.»

«Wir sollen doch alle nach Gottes Ebenbild erschaffen sein.»

«Kann sein, Liebes, aber sogar Gott muß ab und zu

mal scheißen. Sogar Gott muß sich den Arsch abwischen, wie wir alle.»

«Nathan! Das ist Blasphemie!»

«Blasphemie oder nicht, aber deswegen nicht weniger wahr.»

«Weißt du was?» sagt sie nach einem Augenblick. «Dieser Mann in dem Laden wollte mich keinen Hut anprobieren lassen.»

«Großer Gott! Das ist bloß die Spitze des Eisbergs. Es wird noch schlimmer. Das wird zur Gewohnheit. Das wird so, daß man denkt, es ist ganz normal. Das wird so, daß man denkt, Gott ist jede Minute des Tages am Scheißen. Als hätte Er sich einen schlimmen Durchfall eingefangen. Als würde es aus Seinem Arsch nur so runterregnen.»

«Nathan!»

«Na ja, das ist bloß die Wahrheit. Hast du mal dieses Lied gehört? Bill Broonzy.»

Und er singt: *Lord, I'm so lowdown, baby, I declare I'm looking up at down.* So tief unten bin ich, Herr, ich sag Dir, tief ist noch über mir.

Er bricht ab. «Das sind wir, Baby, tief ist noch über uns.»

Sie dröselt einen Faden vom Saum ihres Kleides auf, wickelt ihn sich um den Finger und reißt ihn dann ab. «Ich möchte, daß mein Kind Hüte kaufen kann», sagt sie.

«Er kann alle Hüte kaufen, die er haben will. Er kann sich sogar meinen leihen.»

«Komm her», sagt sie.

«Was?»

«Küß mich.»

Walker beugt sich herunter, um sie zu küssen, und mit

ihrem Zeigefinger schmiert sie ihm etwas Creme auf die Nase. «Keiner meiner Söhne wird mir jemals dieses Ding da tragen», flüstert sie. «Und auch keine meiner Töchter. Es ist abscheulich.»

«Ich glaube, daß sogar Gott persönlich so einen Hut hat.»

«Was du wieder redest!»

Zwei Monate später wird Clarence Walker zu Hause geboren, von Rosenkranzperlen begrüßt. Ihrer Mutter zuliebe läßt Eleanor das katholische Ritual zu.

Maura O'Leary ist die Hebamme. In letzter Zeit läßt sie die grauen Haare auf ihrem Kopf einfach wachsen. Sie ist 51 Jahre alt und hat nur noch drei Monate zu leben; ihre Lunge, von Schleim eingedrückt, scheint ihre Brust bereits verlassen zu haben. Sie hat immer eine Reihe großer Taschentücher dabei, und verlegen läßt sie den Schleim hineintropfen, faltet den Stoff, als würde sie einen wichtigen Brief versiegeln. Sie ist fast blind, und ihre Brille ist ein Plastikgebilde akrobatischer Verrenkungen, dazwischen dicke Gläser. Doch die Krankheit hat Maura eine Kraft und eine stille Toleranz gegeben – sie wird mitten in einem Hustenanfall in einem Krankenhausbett sterben, während sie die Schwestern anherrscht, ihrem Schwiegersohn den Zutritt zu ihrem Bett zu gestatten. Die Schwestern werden sagen, nein, es kann nicht sein, daß ein Neger ans Sterbebett einer weißen Frau tritt. Sie wird in den reinen Laken wüten und toben, und sie wird mit einem geflüsterten Fluch auf den Lippen sterben.

Aber im Moment wischt sie ihrer Tochter mit einem Waschlappen über die Stirn und sagt: «Er ist ein Prachtstück von einem Kind, Mädchen, ein Prachtstück.»

Die Vorfahren sind in bunten Scharen durch Clarence hindurchgewandert – er hat helle, zimtbraune Haut und Büschel grellroter Haare auf dem Kopf.

Die Frauen nehmen ihn abwechselnd auf den Arm, bis Nathan Walker das Zimmer betritt. Walker zwinkert seiner Frau zu, als er dem Jungen den roten Hut aufsetzt.

«Laß das!» sagt Eleanor und richtet sich im Bett auf.

«Was?»

«Nimm ihm das Ding da vom Kopf runter!»

Lachend entfernt er den Hut, wickelt das Baby in einen Pullover und trägt es stolz in seinen Armen die Straße entlang – vorbei an Verkäufern von Schweinehaxen und Reis, an Frauen, die in Hauseingängen Taniawurzeln kauen, an Jungs, die in einer grauen Baulücke Stickball spielen, an gelangweilten Männern mit Mützen, die an Laternen lehnen. An einer Ecke winkt er einigen gutgekleideten Männern zu, die Soldaten für den Kampf in Äthiopien anwerben. In der Nähe blicken vier Männer von ihrem Dominospiel auf, und Walker grinst sie an. Sie lächeln zurück. Er nickt einem Mädchen zu, das auf den Stufen vor einem Brownstone sitzt und in einem Lied den Feldern von Alabama nachtrauert.

«Sing weiter», sagt er zu ihr.

Weiter unten auf der Straße überholt ein gelber Cadillac einen tiefliegenden Packard. Ein Mann lehnt sich aus dem Fenster des Packard und sieht zu, wie Walker vorübergeht. Walker weiß, daß man über ihn tuschelt, aber er geht weiter, stolz federnd, seine Gestalt groß und bedrohlich in der Sonne, bis hinunter zum Eckladen, wo er lange in den Gängen herumstöbert und dann zwei Sträuße Kapuziner kauft, für die Damen daheim. Er zieht einen zerkrumpelten Fünf-Dollar-Schein aus seinem Overall. Der Ladenbesitzer, Ration Rollins, zupft an einem Ärmelhalter und sieht Walker nicht einmal in die Augen. Er legt das Wechselgeld auf den Ladentisch und wendet sich ab, bläst mit geschürzter Unterlippe Luft in seine grauen Haare. Er kehrt Walker den Rükken zu und ordnet Zigaretten, die nicht geordnet werden müssen.

«Und einen Eisblock», sagt Walker. Er wirft das Geld auf den Ladentisch und fügt hinzu: «Für Sie, zur Abkühlung.»

Er klemmt sich die Blumen unter einen Arm, das Kind unter den anderen, und verläßt den Laden, lachend mit zurückgeworfenem Kopf. Er flüstert dem Baby zu: «Clarence Walker, du siehst so verdammt gut aus!»

Doch hinter verstohlenen Fenstern klagt man ihn an, etwas zu tragen, das nicht rechtmäßig seins ist: Das rothaarigste Niggerkind, das je gesehen wurde.

Zwei weitere Kinder folgen in den Jahren 36 und 37, beides Mädchen. Deirdre und Maxine. Eleanor steckt die beiden Mädchen in einen Kinderwagen, und der Junge läuft an ihrer Hand neben ihr her. Sie gehen in den Park – schmutzige Schwäne auf einem kleinen braunen Teich; ein Maronenverkäufer; ein Mann mit Fliege, der die Liebe und Weisheit von Marcus Garvey verkündet; eine Gruppe von Schulmädchen, die sich erstaunt über den Kinderwagen beugen; andere Mütter, die Eleanor anlächeln und herüberkommen, um den Kindern durch die Haare zu fahren, die sich so eigenartig anfühlen. Aber Eleanor ist manchmal unbehaglich zumute. Meist sind es die Weißen – die Cops und die Ladenbesitzer – die sie anstarren. Zuweilen findet sie Schatten, sitzt stundenlang im Park unter einem Baum. Oder sie beschließt, erst am späten Nachmittag, in der Dämmerung, mit den Kindern rauszugehen, mit einem Tuch um den Kopf. In diesen Augenblicken des Alleinseins fühlt sie sich am wohlsten.

Wenn die Nacht über Harlem hereinbricht, zieht sie die Vorhänge zu und klettert zu Walker ins Bett, während ihre Kinder schlafen. Sie fährt mit den Fingern an seinen müden Schulterblättern entlang.

An zwei Abenden im Monat paßt die Wahrsagerin auf die Kinder auf, und Eleanor geht mit Walker in Loews Seventh Avenue Theatre, ein Kino für Farbige. Ihr Mann ist schon früher da – direkt nach der Arbeit –, und Eleanor geht auf Zehenspitzen die Stufen hinunter, um ihn zu suchen. Als sie die Reihe findet, in der Walker sitzt, legt sie im Vorbeigehen einem alten Schwarzen, der sie verwundert anstarrt, die Finger auf die Lippen. Der Alte berührt ihre Hand und lächelt. «Gehen Sie nur durch, Ma'am.»

Sie erwidert das Lächeln, schiebt sich durch die Reihe zu ihrem Mann.

Dunkelheit verbirgt sie, eine verbotene Affäre, die man aus ihrer Ehe gemacht hat.

Sie sitzen steif in ihren Sesseln, bis das Licht ausgeht und die Musik erklingt. Dann drapieren sie ihre Jacken über die Sitze und verschmelzen mit dem weichen roten Samt. Walker reibt den Finger seiner Frau, der den Ehering trägt, nimmt ihre Hand, fährt mit der Zunge an ihren Knöcheln entlang. Die Untertitel blitzen ihnen von der Leinwand entgegen – es ist das Jahr 1939, Don Ameche vergnügt sich in dem Film *Swanee River*. Walker flüstert ihr zu, daß er irgendwann einmal mit seinem vierjährigen Sohn dort hinunterfahren wird, in die Landschaft seiner Jugend. Er möchte, daß der Junge weiß, wie es ist, mit einem Boot durch das Sumpfwasser zu fahren, unter Bäumen mit hängendem Moos entlangzuflitzen, um eine Ecke zu biegen und einem schlafenden Alligator auszuweichen, voller Verwunderung auf einen Schwarm tanzender Kraniche zu stoßen. Wenn er von Georgia erzählt, klingt Walker, als hätte er seine Flüsse und seinen Schlamm in großen Zügen verschluckt. Eleanor läßt den Traum aus ihm heraussickern. Ihr ist klar, daß Vater wie Sohn, zusammen im Süden, genau so enden könnten wie das Spanische Moos, das von einem Ast baumelt. In Tennessee haben sie kürzlich einen Mann gelyncht, indem sie ihm Nägel zwischen die Knochen seiner Hand- und Fußgelenke hämmerten und an den Ast eines Baumes nagelten, genau wie Jesus, nur daß Jesus zumindest die Ehre einer Sonnenfinsternis zuteil wurde, und wahrscheinlich gab es in Jerusalem auch keine Bussarde, die den baumelnden Kadaver auffraßen.

«Fahr hin», sagt sie, ohne es wirklich zu meinen, sagt es nur, um ihm eine flüchtige Freude zu bereiten.

«Georgia», sagt er, als wäre es ihr Name.

Eleanor nimmt das Kopftuch ab, und ihr Haar fällt herab, und sie läßt sich das Ohr von Walkers Atem liebkosen, seine Zunge an ihrem Ohrläppchen, und sie schließt die Augen vor den Bildern auf der Leinwand: *Howilovya, howilovya, my dear old Swanee.*

Sie versinken in ihren Sitzen, und anstatt ihrer Körper schicken sie ihre Gedanken auf Wanderschaft.

«Also, wir hatten damals ein Kanu, weißt du. Und im Sumpf waren diese ganzen Zypressen, die man nirgendwo in New York zu sehen kriegt. Die haben fast alles Licht abgehalten. Und ich bin losgezogen und hab Spanisches Moos gesucht. Bin so vor mich hingepaddelt. Es war schön da draußen. Ruhig. Dunkel. Eine Menge Wasserlilien und Baumstümpfe und so. Manchmal bin ich so gepaddelt, und dann hab ich das Paddel gewendet, und es war, als wär eine Hand aus dem Wasser gekommen und hätt mich gedreht. Vorne schwenkt's herum, und hinten bleibt's stehen. Und manchmal hatte man das Gefühl, daß man in der Mitte der Welt rumkreiselt. Wenn man das Paddel seitlich dreht und gegen die Strömung drückt.

Jedenfalls, ich war nicht viel älter als zehn oder so. Ich stand in der Mitte von diesem Boot, Beine gleichmäßig auseinander, und hab nach oben gelangt, um das Moos von den Bäumen zu holen. Hab den hinteren Teil vom Kanu damit gefüllt. Dann trieb das Kanu an dem Baum vorbei, und ich hab mich auf die Holzplanken gekniet und das Kanu im Kreis geführt. Ich hatte kräftige Arme für einen Jungen. Ich hätte den ganzen Tag unter derselben Zypresse stehen können und mir soviel Moos grabschen können, wie ich wollte, aber das Spiel gefiel mir. Umkehren. Einsammeln. Umkehren. Einsammeln. Abends bin ich dann nach Hause und hab das Moos in Säcken die Straße hochgeschleppt. Deine Großmutter, die hat die Pflanzen wochenlang in der Sonne getrocknet, hat sie oben an unsere Veranda gehängt. Dann hat sie alte Hemden genommen und Kopfkissenbezüge draus gemacht, und die hat sie dann mit Moos gefüllt.

Wenn ich nachts wachlag und meine Nase an das

Kopfkissen gedrückt hab, konnt ich den Sumpf riechen, und, mein Gott, was hat der mich in meinen Träumen begleitet.

In dem Sommer fand ich den Schädel von einem Alligator, der zwischen zwei umgestürzten Stämmen klemmte. Muß gestorben und flußabwärts geschwemmt worden sein. In dem Teil des Sumpfs gab's diese ganzen Bäume, die vom Blitz gespalten waren, und Muskatellertrauben, und auf den Ästen hockten Geier, haben mit den Flügeln geflappt und sich die Läuse und Insekten aus den Federn gepickt, wie die das so machen. Also, du mußt jetzt keine Angst haben, weil das überhaupt nicht unheimlich war. Das Boot schaukelte im Wasser. Die Sonne war am Untergehen. Ich hab eine Wende gemacht und bin zurückgefahren, hab mich über den Rand des Bootes gelehnt, hab mir den Schädel geholt, hab ein paarmal reingestochert, falls da Wassermokassins drin schlafen. Dann hab ich den Schädel gepackt und hinten ins Boot geworfen, wo er liegenblieb und aussah, als würd er grinsen. Dann bin ich wie ein Verrückter losgepaddelt. Die Schnaken waren unterwegs und haben gestochen, und wie. Ich hab einen Ast angezündet, der viel Harz obendrauf hatte, und bin so durch den Sumpf, mit dem brennenden Ast. Gott, war das schön. Aber als ich nach Hause kam, was war da deine Großmutter sauer! Sie hat auf der Veranda gewartet, mit 'ner Gerte in der Hand. Hab versucht, mich an ihr vorbeizudrükken, aber sie hat mich hinten am Hemd gepackt. Hat mir gesagt, ich soll mich vorbeugen. Und dann hat sie mich ordentlich verdroschen. Beim Abendessen hat meine Mutter gesagt, ich soll mir das Grinsen vom Gesicht abschminken, daß ein Junge, wenn er verdroschen wird, wie ein verdroschener Junge auszusehen hat. Aber weißt du, als ich in meinem Boot war, hab ich mir hinten in meine Hose Moos reingestopft. Hab also gar nichts gespürt!

An dem Abend kam sie in mein Zimmer. Der Schädel von dem Alligator hockte auf meinem Bett. Sie stand da und sah ihn an. Hat dann ihr breites Lächeln aufgesetzt. Und dann hat sie unter ihre Schürze gegriffen und etwas Moos hervorgeholt.

Das hast du auf dem Örtchen liegenlassen! hat sie zu mir gesagt.

Und dann hat sie mich einfach so allein gelassen, mit dieser Riesenladung Moos, und ich, ich hab mich am Kopf gekratzt. Das war deine Großmama; sie war eine prächtige Frau.

Also, deinen Großpapa, den hab ich nicht so gut gekannt – er kam schon in den Himmel, als ich ein kleiner Junge war –, aber man erzählt sich über ihn, daß er unter Wasser einen alten Alligator hypnotisieren konnte. Der Alligator liegt einfach so in der Sonne rum. Und er, er taucht ins Wasser und streichelt dem Alligator den Bauch, und der wird ganz schläfrig, wie der schläfrigste kleine Junge. Und manchmal hat er dem schläfrigen Alligator seinen Hut auf den Kopf gesetzt, und bald sind alle zusammen eingeschlafen, alle ganz psch, psch, psch, völlig eingeschlummert, wie der schläfrigste kleine Junge.»

Walker ritzt die Initialen seiner Kinder in seine Schaufel und nimmt sie mit zum Riverside Park. Er buddelt jetzt nicht mehr, ist nur noch für das abschließende Ausstreichen der Fugen im Eisenbahntunnel zuständig – ein hoher, breiter Tunnel, für Güterzüge bestimmt –, aber er behält die Schaufel bei sich, als Erinnerung daran, daß Wunder möglich sind.

Eleanor bekommt eine Nachmittagsschicht in einer Rüstungsfabrik. Manchmal bringt sie ein paar Kugeln für Walkers Lieblingskunststück mit nach Hause. Er erzählt den Kindern die Geschichte dieses Tricks, und die Geschichte überhöht sich selbst. Doch wenn Walker das Kunststück vorführen will, ist er zu schlank, die Kugeln fallen ihm immer wieder aus dem Bauchnabel, und die Kinder sind begeistert.

Drei Jahre älter als das Jahrhundert – zu alt zum Kämpfen –, sammelt Walker Gummireifen und Schrott für die Kriegsanstrengung. Er geht durchs Viertel und brüllt: «Sieg-Schrott! Sieg-Schrott!» Er hängt eine selbstgemachte Fahne für das 369. Regiment aus dem Fenster und erzählt seinem Sohn Geschichten über die ersten farbigen Piloten, die die Straße von Anzio überflogen. Seine Hände, an denen das Rheuma nagt, vollführen große, schwungvolle Gesten in der Luft, als er von den Fliegern und ihren fabelhaften Maschinen erzählt. Als das 369. Regiment heimkehrt, gibt es eine Party in Harlem, und Wimpel flappen frech über den Straßen. Trompeten werden geblasen. Lochstreifen weißen die Bürgersteige, und der Jubel ist laut. Walker lehnt sich aus dem Fenster und sieht seinen Sohn zwischen den gesammelten Reifen tanzen, mit schnellen Schritten, pure Bewegung. Er bleibt fast den ganzen Abend am Fenster, sieht seinem Sohn zu, voller Liebe, voller Stolz, voll väterlichem Neid auf die Jugend.

7

Wir sind alle schon mal hier gewesen

Er überlegt, ob er Angela zu sich einladen soll, aber vor ein paar Jahren, in seinem zweiten Sommer unter der Erde, hatte er mal eine Frau in sein Nest mitgenommen, und sie war vor Höhenangst erstarrt. Sie saß rittlings auf dem Steg und weinte. Furchen durchzogen ihr Make-up. Er mußte die Arme um sie legen und sie wie ein störrisches Maultier den Steg hinunterführen. Sie trug enge schwarze Jeans und einen rosa Pullunder, auf Brustkorbhöhe abgesäbelt, so daß ein silberner Ring zu sehen war, der aus ihrem Bauchnabel ragte. Mitten auf dem Träger erstarrte sie wieder, blickte auf die Gleise hinunter und schrie.

Bei ihrem Anblick mußte Treefrog an ein Tier denken, das in der Falle sitzt, und er fragte sich, ob sie sich das Herz herausbeißen und mit Schlagseite forthumpeln würde.

Nach einer Stunde guten Zuredens hob er sie auf den Boden hinunter. Sie lehnte sich zitternd an ihn. Ein Rinnsal von Blut lief ihr über die Zähne, dort, wo sie sich auf die Oberlippe gebissen hatte. Danach wollte er sie nicht mehr anfassen, obwohl er fünfundzwanzig Dollar im voraus bezahlt, Monate auf ein Mädchen gewartet und sein ganzes Geld gespart hatte. Seit Dancesca hatte er keine Frau mehr gehabt, seit damals, den guten Zeiten, den besten Zeiten. Als die Frau fort war – als sie den Tunnel verlassen hatte, weit weg war, oben auf der Straße – kroch er den Träger entlang und hielt seine Nase daran und schnüffelte an dem Steg und atmete sie ein, und sie roch gut.

Die Wärme der Bibliothek auf der 42nd Street und die riesigen Treppen und die Kronleuchter mit den vielen Birnen und das fremdartige elektrische Licht und das Vergnügen, in Porzellan zu scheißen, in den Toiletten im ersten Stock, obwohl das Klopapier billig und etwas rauh ist. Am Waschbecken reinigt Treefrog unter heißem Wasser Gesicht und Hände. Er genießt es, durch die Flure zu gehen, an den Büchervitrinen vorbei in die Leseräume; manchmal schließt er die Augen, einfach zur Übung, und stößt nie mit jemandem zusammen. Überall Bücher, phantastische Bücher, sogar Technikzeitschriften, die er manchmal stiehlt, aber heute ist es zu kalt, um an Neuerwerbungen zu denken.

Statt dessen geht Treefrog in den zweiten Stock, wo er ein Formular für ein Buch über Tunnelbau ausfüllt – er kennt den Autor und die Standortnummer auswendig. Er wartet auf der langen Bank, bis die Nummer auf dem Bildschirm über seinem Kopf aufleuchtet.

«Danke, mein Freund», sagt er zu dem jungen Mann, der ihm das Buch aushändigt.

Im zweiten Stock ist es immer am wärmsten. Er nimmt in der Mitte des riesigen Lesesaals Platz, schlägt das Buch auf, liest aber nicht drin, lehnt sich einfach auf seinem Stuhl zurück, wärmt sich die Hände unter der

Tischlampe und starrt zu dem grandiosen Universum der Decke hoch, den verblaßten Wolken, den Putten, den Blumen, den Ranken, den Rosetten, den Akanthusblättern. Er nimmt seine blaue Wollmütze ab, läßt seine Haare herunterfallen, zählt die Felder in der Decke, betrachtet ihre vollkommene Symmetrie. Begnadete Männer müssen einmal diese Decke erschaffen, das Filigranwerk geschnitzt, mit winzigen Skalpellen dem Gesims das geschweifte Profil gegeben, mit langsamer, brutaler Geduld Holz in Gestalt verwandelt haben. Mit der mathematischen Geschicklichkeit ihrer Hände haben sie ihr Werk lebendig werden lassen. Treefrog würde gern eine Karte von der Decke anfertigen, sie auf Millimeterpapier noch einmal erschaffen.

Eine Asiatin auf der anderen Seite des Tisches, zu höflich, um sich zu entfernen, blickt auf, als er seinen Mantel auszieht. Er weiß, daß er riecht, und er will der Frau sagen: Ich habe meinen Stolz, Schwester Asien.

Er scharrt mit den Füßen in der Lache geschmolzenen Schnees und blickt sie verstohlen unter seinen Haaren an.

Treefrog hat schon beobachtet, wie Männer in der Bibliothek ihren Penis rausnehmen und sich unterm Tisch einen runterholen, und zwar keine Obdachlosen. Nesteln zuerst an ihren Hosenställen und lassen dann behutsam ihr Glied herausfallen. Sie blicken hinunter, als seien sie im Begriff, in ein Mikrofon zu sprechen, und dann verändert sich ihr Blick, sie starren angestrengt in Bücher, während sie anfangen, sich zu streicheln, so geschickt, daß der Rest ihres Körpers kaum zittert. Einmal hat er gesehen, wie ein Geschäftsmann sich Samen von der Hand leckte – beim Lecken erhaschte er Treefrogs Blick und grinste. Treefrog hatte eine Schere in der Tasche, hielt sie hoch, strich zärtlich an ihr entlang, und der Geschäftsmann hastete aus der Bibliothek.

Er klemmt die Arme an den Körper und verschließt die Achselhöhlen, um seinen Körpergeruch einzusperren, legt die Hände zwischen die Knie. Schwester Asien ist so reizend: Ihre blaue Bluse ist hochgeknöpft, und ihre Brille ist golden, und ihre Augen sind braun, und sie hat einen vollen roten Mund mit einem Glanz von Vaseline auf den trockenen Lippen. Er hebt den Kopf, lächelt ihr zu, aber sie starrt in ihr Buch, rückt die Brille auf ihrer Nase zurecht. Möglicherweise hat sie einen Hauch von ihm eingefangen, als er sich hinüberlehnte.

Vielleicht sollte er dem Obdachlosenheim hinter Riverside Drive einen Besuch abstatten, einfach beschwingt die Treppe zur Toilette hinauftraben. Sich sauberscheuern, bis nichts mehr übrigbleibt, vielleicht sogar seinen langen Bart abrasieren, dann auf sein Spiegelbild einschlagen, schwarzer Mann weißer Mann roter Mann brauner Mann Amerikaner.

Seine Schnürsenkel sind offen, seine Füße schwellen in den Schuhen ab, die Handschuhe entspannen sich um seine Finger, seine Mütze sitzt nicht mehr ganz so eng um den Kopf.

Die Treppe hinunter und zur Drehtür hinaus, Mantel öffnen, um der Aufsicht zu zeigen, daß er keine Bücher hat. Er spürt das Gewicht des Schraubenschlüssels in seiner Tasche.

Es ist jetzt dunkel, Treefrog kauert unter dem Portikus und zählt sein Geld. Achtzehn Dollar und siebenundvierzig Cent, und er läßt einen der Pennys in den

Schnee fallen, damit er auf einen geraden Betrag von sechsundvierzig kommt. Er geht die Stufen hinunter und streckt seine behandschuhten Hände aus, um ein paar Schneeflocken zu fangen. Irgendwann wird es aufhören zu schneien, und er wird ein paar von seinen Büchern oben am Broadway verkaufen können, paar Dollar machen, vielleicht genug für noch ein bißchen Ganja von Faraday, um über die Runden zu kommen.

Vorbei an den Statuen der weißbemäntelten Löwen, die Fifth Avenue hinunter, auf die 42nd Street, in den Bryant Park hinein.

Irgendein armer Penner liegt unter einer grünen Bank, zittert nicht einmal: Vielleicht ist er tot. Der Mond thront oben über ihm wie das Gesicht eines aufgedunsenen Säufers. Treefrog hockt sich neben den Mann. «Hallo», flüstert er laut. Der Mann rührt sich nicht. «Hallo.» Er hebt das untere Ende der Decke hoch und beginnt, dem Mann die Schuhe aufzubinden. Leder, und nicht einmal Löcher. Schade, daß sie nicht Größe neun haben. Der Schuh läßt sich leicht lösen, und der Mann wälzt sich bloß ein bißchen auf die Seite. Die Penner von oben sind alle so blöd, ihr Geld unter den Einlagen ihrer Schuhe aufzubewahren. Treefrog hebt die verschwitzte Sohle hoch. Verdammt, bloß fünf Dollar. Er hält sie sich an die Nase und riecht dran. Genug für noch eine kleine Flasche. Robin Treefrog Hood. Nimm von den Armen, um den Armen zu geben, um der Leber zu geben.

Er läßt den Schuh an der Fußspitze des Penners baumeln. Am Rand des Parks wirft er drei Steinchen nach dem Mann, trifft ihn mit dem dritten, weckt ihn auf. Der Mann schreckt hoch und blickt sich um, doch Treefrog verschwindet hinter den Büschen und springt über die

Mauer. Wollte den armen Dummkopf nur wecken, damit ihm nicht die Füße abfrieren. Tut mir leid, Bruder. Kommt nicht wieder vor. Versprochen. Waren wahrscheinlich sowieso zwanzig Dollar in dem andern Schuh.

Raus aus Bryant Park. Weiter zur Subway Times Square. Die vereisten pißglatten Stufen der Station hinunter. Er grätscht über das Drehkreuz – wieso bezahlen, um die Gänge seines eigenen Hauses zu betreten?

Er klappt den Rand seiner Wollmütze hoch und legt ihn zwei Zentimeter über den Ohren um, schlurft auf dem Bahnsteig zwischen den mit Einkaufstaschen angeschwollenen Pendlern umher. Treefrog sieht, wie eine alte Frau in der Luft herumschnuppert und ihre Handtasche fester an sich drückt. Sie hat graue Haare, eine dunkle Haut, schlammbraune Augen. Die Knochen in ihrem Gesicht sehen aus, als könnten sie klappern. Ihr Mantel ist an den Ellbogen abgewetzt. Die Finger, die die Handtasche umklammern, sind lang und schlank und abgearbeitet. Sie schnuppert wieder, ihre Lippen beben leicht, und ihre Hand packt die Handtasche noch fester. Er hat dies oft genug gesehen, um es an sich vorüberziehen zu lassen. Aber etwas an ihr ist anders: der Mantel, die Augen, die Finger. Und auf einmal möchte er die Hand nach ihr ausstrecken. Er möchte sagen: Bitte. Er möchte ihr etwas ganz Normales sagen. Treefrog greift in seine Tasche, und seine Finger zerknüllen den gestohlenen Fünf-Dollar-Schein. Die alte Frau wirft noch einen blitzschnellen Blick in seine Richtung, und dann führt sie den Ärmel ihres Mantels an die Nase. Sie klemmt sich die Handtasche unter den anderen Arm. Er atmet schwer. Fängt an zu wippen, unmerklich. Geht leicht in die Knie, richtet sich wieder auf. Sie blickt erneut zu ihm hin. Macht einen Schritt. Er will sagen: Nicht. Sie macht noch einen Schritt. Er hört auf zu wippen, beobachtet sie. Sie versucht, sich ganz beiläufig zu entfernen, aber ihre Bewegung ist schamlos. Er sagt laut: «Bitte.» Sie tut so, als würde sie ihn nicht hören. Er sagt wieder: «Bitte.» Sie verschwindet aus seinem Blickfeld, wird von den Säulen verschluckt. Er schließt die Augen. Als der Zug weg ist, bleibt Treefrog allein auf dem Bahnsteig zurück. Er öffnet die Augen, ballt die Faust um den Fünf-Dollar-Schein und geht dann die Treppe hinauf in der einsamen Abgeschiedenheit der Rush-hour. Von warm zu kalt, denkt er, von kalt zu warm.

Burma Road. Dampfschwaden aus den unterirdischen Rohren. Treefrog watet durch das Wolken-Metropolis. Das Gesicht der Frau auf dem Bahnsteig verfolgt ihn. Die Rohre sind dick und grau und heiß. Natriumlampen an der Wand strahlen bläuliches Licht aus, verleihen dem Dampf die Farbe einer frischen Prellung. Er schiebt die Hände durch die Luft, und selbst die Luft ist heiß. Er ist erst einmal hier unten gewesen, in diesem Dschungel aus Stahl, vier Stockwerke unter Grand Central. Das Herz des Herzens der Stadt. Die Decken sind niedrig, die Gänge eng, der Boden von den Dampfrohren ausgewaschen. Es wird Burma Road genannt wegen der Hitze – die Worte stehen in Graffiti am Schlund der Dampftunnel. Er weiß sehr wohl, daß hier unten Männer und Frauen leben, und er muß aufpassen. Er ist ein Scheinankömmling hier, ein Mann, der immer noch in einem letzten Rest von Licht lebt. Er hat sie gesehen, die wirklich Verdammten. Sie kauern unter Plattformen, die mit Kleidung übersät sind; oder hoch oben auf Stahlträgern; oder in versteckten Nischen; oder vergraben unter kaputten Rohren. Verwundete Männer und Frauen, die in ihrem Lazarett der Heimatlosigkeit leben. Es gibt insgesamt sieben Tunnelstockwerke – und er hat von Morden und Messerstechereien hier unten gehört. Doch Treefrog fühlt sich jetzt geborgen in seiner Scham, und er geht mit kleinen verhaltenen Schritten.

Im Gehen öffnet er seinen Mantel. Er greift sich an den Bart und fühlt die Wassertröpfchen, die sich darin eingenistet haben.

Der Korridor von Burma Road wird breiter, dort, wo sich die Rohre treffen – dünne Rohre oben und dickere, größere unten knapp über dem Boden. Alles zischt und stöhnt wie ein wildgewordenes Krankenhaus.

Die riesige weite Leere sickert in Treefrogs Magen, und er spürt, wie die Augen dieser Frau ihn immer noch verfolgen, sich ihren Weg zu ihm graben. Seine Schritte sind laut und hallend. Er schlägt nach Geräuschen in der Luft. Er klopft mit den Fingerknöcheln gegen ein Rohr und kann die Vibration hören, wie der Laut durchs Wasser wandert, durch Dampf, durch Luft, vielleicht bis hinauf in die Stadt. Er kommt zum Ende des Korridors und klettert eine Metalleiter hinunter, hinter dem Schild, auf dem steht: ACHTUNG: ZUGANG NUR FÜR BETRIEBSPERSONAL. Die Leiter ist schlüpfrig von der Feuchtigkeit, aber er schafft sie mühelos, überspringt die letzten drei Sprossen. Er steht in einem größeren Raum drei Meter weiter unten, wo sich Dutzende von Rohren treffen. Der Dampf schwillt heraus und bildet große Schwaden, die erst im Raum hängen, sich zerstreuen und dann zu Boden tröpfeln.

Das erste Mal war er hier mit Elijah, der Kupfer von den Tunneldrähten stehlen wollte. Elijah hatte unter den Rohren gestanden, die Beine von Dampf umwallt, und war dann plötzlich verschwunden, ließ Treefrog allein zurück. Als hätte er sich im Dampf verflüchtigt. Treefrog brauchte einen halben Tag, um den Weg aus dem Labyrinth zu finden, und die Kuppeldecke vom Grand Central begrüßte ihn wie ein Sonnenaufgang.

Jetzt steht Treefrog da und starrt den Raum des Dampfes an. Wasser tropft von den schmierigen Rohren wie großartiger, wohlwollender Regen. Aggregate stöhnen. Elektrisches Licht dringt herein und wird dann aufgehalten, so daß es den Dampf von außen einfärbt.

Er zieht seine Sachen aus, zuerst die Stiefel, dann seine Mäntel, seine Jeans, seine Hemden, seine Unterwäsche, und tritt nackt in die natriumblauen Wolken. Das Wasser tropft heiß auf seine Haut. Er wünschte, er hätte Seife und Shampoo dabei. Erst, als er sich in die Haare greift, merkt er, daß er noch immer seine blaue Mütze auf dem Kopf hat. Er wirft sie aus dem Dampf hinaus. Es ist Ewigkeiten her, daß er vollkommen nackt war. Das heiße Wasser malt Striemen auf seine Haut, und er wirft den Kopf zurück und läßt die Tropfen um seine geschlossenen Augen einsickern, die wunderbare Brutalität, mit der die Tropfen ihre Hitze in ihn hineinstampfen. «Scheiße!» brüllt er. «Scheiße!» Er schrubbt mit Ingrimm an sich herum, säubert seine Zehen, seine Fersen, seine Schienbeine, fährt sich über Waden und Oberschenkel. Sein Penis und seine Hoden sind schon ganz rot von der Hitze, aber er macht immer weiter, stöbert weiter in seinem Nabel, seinem Arsch, seinen Achselhöhlen, reibt sich das heiße Wasser über die Brust, die

Hitze hämmert auf ihn ein, Ekstase, Hypnose, er schlägt mit den Händen durch den Dampf, bis er sie erblickt. Zunächst sieht sie wie eine Schaufensterpuppe aus, aber dann bewegt sie sich ein ganz klein wenig und späht hinein, die Handtasche noch immer in der Hand. Sie gestattet sich ein kleines verlegenes Kichern, als sie den Dampf aus ihrem runzligen Gesicht wischt. Sie sieht ihn an und tritt vollständig bekleidet in den Dampf hinein. Sie schnuppert und nickt jetzt beifällig. Treefrog bedeckt seine Blöße mit beiden Händen und läßt den Kopf auf die Brust sinken, während die Karnevalsgestalt um ihn herumstreicht. Plötzliches Lachen ertönt, und Treefrog fällt mit ein. Seine Stirn legt sich in Falten, und sein Mund öffnet sich so weit, daß er den sengenden Dampf in seiner Kehle spürt, und er lacht weiter. Er streckt den Arm aus, um die Vision bei der Hand zu nehmen, und sie nähert sich, bis er bemerkt, daß ihn – direkt am Rand des Dampfes – etwas Wirkliches, etwas Menschliches anstarrt, ohne die geringste Regung außer dem flackernden Weiß der Augen.

Treefrog tritt aus dem Dampf heraus. Er hört ein Rascheln, das Klacken von Schuhen. Er folgt der Gestalt, die sich jetzt schnell bewegt. Er hört ein Keuchen. Treefrog erreicht die Leiter, klettert hinauf. Die seltsame Gestalt rennt schon Burma Road entlang, verschwindet laut lachend. Treefrog bleibt auf der Leiter stehen. «Scheiße», brüllt er. Er weiß, daß seine gesamte Kleidung und seine Stiefel weg sein werden, sieht also nicht mal nach, beobachtet nur die entschwindende Gestalt. Doch als sie weg ist, klettert Treefrog die Leiter zum Dampfraum hinab und blickt nach unten. Seine Sachen sind noch dort, sogar das Geld in den Taschen seiner

Jeans. Er blickt zur Leiter zurück, drückt sich die Fingerknöchel in die Augenhöhlen und tritt wieder in den Dampf hinein. Die Subway-Frau ist verschwunden, und ihm bleibt nichts anderes übrig, als sich weiter zu waschen.

Als Lenora klein war, badete er sie in der Küchenspüle. Er faltete ein Handtuch zusammen und legte es ihr unter den Kopf. Sie strampelte ein bißchen, und warmes Wasser spritzte heraus. Er feuchtete einen Lappen an, weichte ihn mit Seife ein und rieb sie damit ab. Sie schrie, bis er einen Krug Wasser nahm und ihn über sie ausgoß. Manchmal half ihm Dancesca. Wenn sie fertig waren, wickelten sie das Kind in ein Handtuch, das auf der Heizung eigens angewärmt worden war. Später wiegten sie Lenora sanft auf ihrem Schoß, während im Hintergrund der Fernseher flackerte.

Sein Kopf wird kalt von der nassen Mütze, als er auf der 42nd Street in die Nacht hinaustritt. Er beschließt, den ganzen Weg nach Harlem zu Fuß zu gehen und unterwegs die Mülleimer nach Dosen und Flaschen zu durchstöbern. Es hat aufgehört zu schneien, aber die Straßen leuchten weiß. Er trägt seine Sonnenbrille. Nicht viele Leute trinken Limos im Winter, aber er findet genug Dosen, um sie bei der Sammelstelle für zwei Dollar und vierzig Cent einzulösen. Er legt sein ganzes Geld zusammen und kauft ein paar Dosen Ravioli und die größte Flasche Gin, die er sich leisten kann.

Er geht an dem leeren Spielplatz vorbei, der besetzt ist von den Geistern der Mütter und Kinder. Er schiebt seine Sonnenbrille hoch. Lenora, Mädchen, wie geht's dir, wie ist es, so zu leben, würde es mir Spaß machen?

Er klettert über ein Geländer und die Böschung hinunter durch die Schneeverwehungen.

Eis am Tunneltor. Treefrog geht auf alle viere runter, schiebt sich mit dem Kopf zuerst durch die Lücke und zwängt seinen Körper um die Stäbe herum, zieht die Beine durch, setzt sich auf die Metallplattform und hält die Luft an. Immer ein Moment der Angst. Vielleicht wartet jemand auf ihn, gleich hinterm Eingang. Ein Mann mit nur einem Schuh, dem fünf Dollar fehlen. Oder ein Jugendlicher, der nur darauf wartet, eine Flasche Benzin zu werfen, mit einem brennenden Lappen oben drin. Oder ein Cop mit einer Knarre. Alles ist in tiefstes Schwarz getaucht, so daß er kaum seine Hand vor Augen sehen kann. Und dann, ganz allmählich, verbinden sich Tunnel und Lichtkegel, und er kann durch die Schatten hindurchsehen. Er horcht, ob sich etwas bewegt, und die Angst setzt sich in seinen Bauch und zieht sich in seine Leber zurück.

Niemand zu sehen. Er stopft seine Haare unter die Mütze, greift nach seiner Einkaufstasche, die Flasche klirrt gegen die Ravioli-Dosen. Er zieht seine Handschuhe aus und legt je einen zwischen die Flasche und die Dosen, um das Klirren zu dämpfen. Damit er nicht teilen muß, falls ihn jemand hört.

Treefrog geht lautlos die Metalltreppe hinunter. Im Westen nichts Neues. Er bleibt vor Angelas und Elijahs Kabuff stehen und legt ein Ohr an die Tür, hört, wie sie sich in eine Crack-Pfeife hineinsaugen, das langsame

Ziehen und das berauschte Ausatmen, und dann Gekicher, als sie sich unter ihren räudigen Decken bewegen.

Er stellt sich vor, wie Elijahs Hand Angelas Hemd aufknöpft, langsam ihre dunkle Haut entlangfährt, wie sich die Brustwarze zwischen Elijahs Fingern langsam aufrichtet, seine Hand dann unter ihre Brust gleitet, über ihren Bauch, ein Fingerschlängeln um ihren Bauchnabel, wie die Hand ihre knochige Hüfte nachzeichnet, sie massiert, sie streichelt, zu einem Teil von ihr wird, ihre Feuchtigkeit selbst in der eisigen Kälte spürt, wie seine Fingernägel in die warmen Schichten ihres Körpers gleiten, wie Angela sich in die Decken zurücklegt, selig stöhnend, die Augenlider fest geschlossen, wie Elijah auf ihrem Duft schwebt, sich hinunterbeugt und in ihr Ohr atmet, wie sie ihre Fingernägel über seinen Rücken zieht, kleine Furchen auf seiner Haut, wie sie atmen, schnell schnell schnell, ein wilder Stoß von beiden, bis alles zu langen Atemzügen zerdrückt wird, langsam langsam langsam, und dann beide vielleicht daliegen und auf mehr warten.

Treefrog bleibt an der Tür stehen, bis er hört, wie erneut an der Pfeife gezogen wird, und geht vorsichtig weiter – beugt sich einige Male aus der Hüfte vor, um seine Erektion zu zügeln – vorbei an der Reihe von Verschlägen und dem riesigen Gemeinschaftsplatz und den Hütten.

Nur Dean ist draußen, am brennenden Lagerfeuer, mit seinen abstehenden gelben Haaren, eng in seine Jägerjacke gehüllt. Er starrt ins Nichts, schaut nicht einmal ins Feuer, wie jeder normale Mensch es täte. Dean hat einmal einem Mann die Zunge rausgebissen, bei einem Eifersuchtsstreit. Seitdem trägt er das Leben des anderen

Mannes im Mund. Manchmal brüllt er, daß ein Rasen in Connecticut nicht gemäht worden sei, daß an den Rändern von Blumenbeeten zuviel Gras stünde, das geschnitten werden müsse. Oder daß die Porzellanteller Spaghettiflecken hätten. Oder daß die Kreditkartenrechnungen nicht bezahlt worden seien.

Treefrog winkt ihm im Vorbeigehen kurz zu, doch Dean starrt weiter in die Ferne. Ein Knabe kommt aus Deans Verschlag neben dem Müllberg geschlurft. Der Junge und Dean setzen sich nebeneinander. Dean fährt dem Jungen mit einem Finger an der Innenseite des Schenkels entlang, und dann stehen sie plötzlich engumschlungen neben dem Feuer – der Junge ist so klein, daß sein Kopf Dean nur bis zur Brust reicht –, und das Feuer erhellt ihre Umarmung. Treefrog sieht, wie der Junge an Deans Nacken knabbert und Deans Hand dem Jungen ins Kreuz gleitet.

Treefrog zittert.

Noch hundert Meter, und er ist zu Hause. Bevor er seine Klettertour startet, tut er so, als würde er einen Schlüssel im Schloß drehen, und ruft zu seinem Nest hoch: «Liebling, ich bin wieder da!»

Treefrog steckt sich die Tasche unter den Mantel, bindet die Griffe an seiner Gürtelschlaufe fest und klettert den Steg hoch, achtet dabei auf die Flasche. Er zündet ein paar Kerzen an und stellt die Tasche aufs Bett zu Castor, die zusammengerollt neben dem Kissen liegt. Aus dem Regal neben dem Gulag holt er einen Dosenöffner und seufzt: «Ich tanz auf Ihrer Hochzeit. Ich tanz auf Ihrer Hochzeit.»

Am Morgen übt er angeschnittene Bälle gegen die Wand, und der rosa Ball springt hoch in die Luft, prallt von dem Stalaktiten ab und landet genau passend für seine rechte Hand, dann für seine linke. Er fühlt sich gut, fit, fast sauber nach der gestrigen Dusche. Er schließt die Faust für einen Unterhandball, und der Ball knallt von der weichen Uhr zurück. Das Ritual setzt sich fort, bis ihn Wärme durchströmt. An einem Teil der Tunnelwand sieht er, wie sich langsam eine fette Schicht Eis bildet, die Wassertropfen kommen von oben aus einem Überlaufrohr, als wollten sie sagen: Wir sind alle schon mal hier gewesen.

«Hallo.»

«Scheiße.»

«Hey, Angela. Hier oben. Dreh dich um.»

«Wo?»

«Hallo.»

«Verdammt. Du bist das.»

«Ich bin's. Wo gehst du hin?»

«Nirgendwo», sagt sie. «Was machst du da oben?»

«Die Präsidentensuite. Ich lege Pfefferminztaler auf meine Kissen.»

«Hast du noch Decken? Unser Scheißstrom ist immer noch weg. Öfen funktionieren nicht. Elijah ist diesen Typ Edison suchen gegangen.»

«Faraday.»

«Is doch das gleiche.»

«Willst du hochkommen?» fragt Treefrog. «Ich hab grad ein Feuer brennen.»

«Niemals. Wenn Elijah mich da oben sieht, reißt er dir den Kopf ab und scheißt dir in die Kehle. Das sagt er dauernd zu mir. Er sagt, er reißt mir ...»

«Elijah wird uns gar nicht sehen. Er hat die Wildnis verlassen, wurde von Raben gefüttert und ist in einem Wirbelwind verschwunden.»

«Häh?»

«Nichts», sagt Treefrog. «Hast du die Ratten getötet?»

«Nein. Ich ...» Sie zögert und kratzt sich im Gesicht. «Ich mag die Dicke», sagt sie. «Die ist süß. Die tut niemand was. Sie ist schwanger.»

Angela steht beim Gleis, in eine Decke gewickelt, eingefangen in eine Flut von Oberlicht, das Gesicht nach oben geneigt, traurig und schön.

Treefrog sagt zu ihr: «Du solltest Papa Love fragen, ob er ein Bild von dir malt.»

«Wen?»

«Den Typ in der Hütte unten bei den Kabuffs. Mit den ganzen Bildern drauf. Er kommt nie raus, außer wenn er will. Du solltest ihn fragen, ob er ein Bild von dir malt.»

«Ich will kein Bild», sagt sie, aber dann hellt sich ihre Miene auf. «Hat er einen Ofen?»

«Ja, aber er macht nicht auf.»

«Verdammt. Wo zum Teufel steckt dieser Edison?»

«Guck mal unterm Stein nach.»

«Häh?»

«Edison ist tot. Das ist der Mann, der den ersten Phonographen gebaut hat. Der uns die Musik gegeben hat. Der uns das Licht gegeben hat. Edison ist vor sechzig Jahren krepiert. Er heißt Faraday.»

«Er ist ein Wichser.»

Treefrog lacht.

«Ich hatte mal ein warmes Haus», sagt Angela und

stampft mit den Füßen auf den Tunnelkies, während sie zu Treefrog hochsieht, der sieben Meter über ihr auf seinem Steg sitzt.

«Es hatte eine durchgehende Veranda und ein Vogelhäuschen», sagt sie, «und es war hell wie nur was. Draußen waren Bäume, und manchmal sind wir in den Ästen rumgeklettert. Ich hasse New York. Es ist kalt. Ist dir nicht kalt?»

«Du bist high, stimmt's?»

Sie ignoriert ihn: «Es war kalt in Iowa, aber wir hatten ein Ofenrohr, und mein Vater, der hat's abgebrochen und es meiner Mama ins Gesicht geschlagen. Hat eine große Delle in ihren Wangenknochen gehauen. Das ist mit dem Ofenrohr auch passiert. Große Delle im Ofenrohr, nachdem er es gegen die Wand geknallt hat, weil es ihm leid getan hat. Dann hat er's wieder gemacht. Ich hasse ihn. Er hat immer gesagt, er fährt mit mir ans Meer, aber er hat's nie gemacht. Hat bloß die Sache mit dem Ofenrohr gemacht. Der Arzt hat ihr eine Augenklappe gegeben. Sie hat sie in einen Brunnen geworfen. Schon mal verheiratet gewesen?»

«Ja.»

«Wie heißt sie?»

«Dancesca.»

«Hast du sie geschlagen?»

«Nein.»

«Du lügst. Ich weiß, daß du lügst.»

«Tu ich nicht.»

«Bist du schon mal geschlagen worden?» fragt Angela nach einer Weile. «Man gewöhnt sich dran; wie unter Wasser atmen.»

Und aus irgendeinem Grund glaubt er, daß sie lächelt,

obwohl sie ihm jetzt den Rücken zugekehrt hat und er nur ihre gekrümmte, in Decken gewickelte Gestalt sehen kann.

«Angela», sagt er. «Dreh dich um. Ich will dich sehen.»

«Ich wette, du hast sie geschlagen, bis sie nicht mehr gehen konnte.»

«Hab ich nicht.»

«Ich wette, du hast dir einen blauen Waschlappen um die Faust gewickelt, damit man die Prellungen nicht sieht.»

«Halt den Mund.»

«Ich wette, du hast ihr einen gelben Bleistift ins Ohr gesteckt und ihn so lange gedreht, bis die Spitze abgebrochen und in ihr Hirn gedrungen ist.»

«Halt die Klappe.»

«Ich weiß genau, daß du's getan hast.»

Er verlagert sein Gewicht auf dem Steg. «Ich hatte Frau und Kind», sagt er. «Ich hab sie kein einziges Mal geschlagen.»

«Natürlich nicht!»

«Sie hat mich verlassen.»

«Na klar.»

«Sie haben mich beide verlassen.»

«Aber klar doch. Ich hab kein Mitleid mit dir.»

Und für einen Moment ist er wieder auf dem Spielplatz bei der 97th Street, und es ist vor vier Jahren, und er ist mit seiner Tochter zusammen, und sie ist auf der Schwelle zur Pubertät. Es ist ein Sommertag, und er gibt ihr Schwung auf der Schaukel – sie ist zu alt zum Schaukeln, und ihre Beine sind zu lang, und so klemmt sie sie unter den schmalen Holzsitz, schleudert sie aber nach vorn, wenn sie aufsteigt. Er muß mit beiden Händen anstoßen, und sie juchzt. Dies ist der Moment, den Lenora am meisten liebt, aber sie wird ihn nicht mehr lange lieben. Er stemmt seine Hände in ihren Rücken, zwischen die Schulterblätter, aber eine Hand rutscht ihm weg, und sie hat ein enges T-Shirt an, sie ist in den letzten Monaten gewachsen, und es gibt nicht viel Geld für neue Sachen, er hat seinen Job verloren, er hat die Beherrschung über seine Hände verloren, er faßt jetzt an den Achselhöhlen an, und sie schaukelt fröhlich weiter, und seine Finger berühren aus Versehen die neue weiche Schwellung, nur mit einer Hand, und sein Herz pocht, und er muß den Druck ausgleichen, und seine Finger berühren sanft die andere Seite ihres Körpers, und ihn durchschießt so etwas wie ein Stromschlag, und er zittert, aber es fühlt sich so weich an, so wunderschön, es erleichtert ihn für eine Sekunde, während der ganzen Zeit stößt er sie an, und sie merkt es nicht einmal, seine Hände sind unter ihren Achselhöhlen, und er wünschte, er könnte seine Geschichte aus ihr herausheben, seiner Tochter, er berührt sie, und er wird sie wieder berühren, und er wird erwischt werden, und er wird in den Tunnel hinuntergehen, und aus Scham wird er versuchen, seine Hände umzubringen.

«Sie haben mich verlassen», sagt Treefrog.

Angela dreht sich um und zeigt zu ihm hoch: «Ich wette, du hast einen blauen Waschlappen gehabt. Ich wette, du hast einen gelben Bleistift gehabt. Ich wette, du hast ihnen die Augen in den Schädel gerammt.»

«Nein, hab ich nicht.»

«Ich wette, du hast ihnen die Arme auf den Rücken gedreht. Ich hab kein Mitleid mit dir. Du bist nur auf einen Fick aus. Das suchst du. Einen Fick. Willst du einen Fick? Fick dich verdammt noch mal selbst.»

«Angela», sagt er.

«Du bist genau wie alle andern. Ich hab null Mitleid mit dir, kein bißchen. Hoffentlich fällst du. Hoffentlich fällst du in einen gottverdammten Brunnen. Du solltest dir den Bart abschneiden. Und die Haare. Und dann in einen Brunnen fallen. Besorg dir eine Augenklappe.»

Lenora taucht erneut blitzartig vor seinem inneren Auge auf.

«Ich hab ihr nichts getan», sagt er.

«Scheiße», sagt Angela, dehnt das Wort so, daß es beinahe lyrisch klingt.

Treefrog vergräbt für eine Weile das Gesicht in den Händen, dann steht er auf, geht mit ausgestreckten Armen den Steg entlang. Er verschwindet im hinteren Teil seiner Höhle, stößt die Pinkelflaschen hinter seiner Matratze um. Er langt nach dem klapprigen Nachttisch und kramt in der kaputten Schublade. Der Geruch von Pisse steigt auf, dort, wo die Flaschen über den Boden ausgelaufen sind. Er durchwühlt die Kleider – einige seiner alten handgezeichneten Karten auf Millimeterpapier liegen zerknüllt dazwischen – und schmeißt die Sachen raus, bis er ein Thermohemd findet. Er steckt es in seinen Mantel, stolpert im Dunkeln über seine Matratze, schwingt sich die beiden Stege hinunter und landet – mit gebeugten Knien – direkt vor Angela.

Sie duckt sich und verbirgt das Gesicht. «Laß mich in Ruhe, du Wichser!»

«Hier.»

«Nicht schlagen, nicht schlagen, nicht schlagen!»

Er streckt ihr das Thermohemd entgegen. Angela nimmt den Arm herunter, sieht ihn an und sagt:

«Wow.»

«Das hält dich warm», sagt Treefrog.

«Danke.»

«Zieh's an.»

«Jetzt?»

«Ja.»

«Du willst mich doch nur nackt sehen. Ich hab gesehen, wie du die Augen zugekniffen hast. Ich hab's gesehen, Mann.»

«Halt den Mund, okay? Zieh's einfach an.»

Sie blickt ihn scheu und mißtrauisch an. «Dreh dich um.»

Er dreht sich um und sieht, wie auf der anderen Tunnelseite ein Klumpen Schnee durch das Metallgitter fällt. Sie drapiert den Pelzmantel über seine Schulter, und als er sich wieder umdreht, lächelt Angela, Arme hinterm Kopf, Ellbogen auswärts, wie ein Filmstar. Sie hat das Thermohemd über drei oder vier Blusen gezogen, aber trotzdem stellt er sich ihre Brustwarzen erigiert vor in der Kälte, und er möchte sie berühren, aber er tut es nicht, kann es nicht, wird es nicht tun.

«Ich hab niemandem weh getan.»

«Ich glaub dir, Treefy.»

«Wirklich?» sagt er mit plötzlichem Erstaunen.

«Ja, natürlich glaub ich dir.»

Und dann greift Angela nach dem Pelzmantel und sagt: «Bin ich nicht süß?»

«Ja», sagt er und legt seine Arme um sie. «Danke.»

«Du stinkst, Mann.»

«Hab gestern geduscht. Im Grand Central. Im

Dampftunnel. Solltest mal mit mir mitkommen irgendwann. Das Wasser ist heiß.»

Weiter hinten im Tunnel hören sie ein Rattern am Tor.

Angelas Augen weiten sich erschrocken. Sie löst sich aus Treefrogs Umarmung. «Elijah!» sagt sie.

Im Handumdrehen hat Treefrog die Finger in der Kerbe, und Sekunden später ist er oben in seinem Nest. Angela zieht ihren Pelzmantel an, macht ihn zu und eilt den Tunnel entlang. Treefrog beobachtet, wie in der Ferne Elijah mit einem Ofen im Schlepptau aus einem Lichtkegel tritt und brüllt: «Hey, Faraday! Yo. Wo zum Teufel ist Faraday?»

8

1950 – 55

Walker hat es perfekt abgepaßt. Kurz bevor die Sonne über die Dächer der 131st Street steigt und durchs Fenster scheint, ist sein Arm oben und schirmt die Augen ab. Es ist eine gute Übung: Seine Muskeln geben immer mehr dem Rheuma nach, dem Leiden der Tunnelmänner. Er behält den Arm oben, bis die Sonne aufs Fensterkreuz trifft, dann ist er für genau zweieinhalb Minuten erlöst.

Ein Schatten gewonnen, ein Schatten verloren, der Unterarm wird angehoben, die Sonne steigt weiter.

Walker mag das Sofa, auch wenn er zwei Stunden am Tag daran gefesselt ist, vor Schmerzen, nicht aus Lust. Es hat sich seinen Körperformen angepaßt, und es gewährt ihm einen Blick auf die Straße, die seit ein paar Jahren vor lauter Verkehr ganz verrückt ist. Er hockt auf einem Haufen von Münzen, die unter die Polster gefallen sind, und manchmal, wenn er Lust auf Kautabak hat, greift er unters Polster, schnappt sich ein paar Zehner und wirft sie seinen Kindern hinunter, die, wenn sie nicht in der Schule sind, unten auf den Stufen sitzen. Die Münzen landen mit lautem Geklapper, und seine Kinder sammeln sie ein und machen sich auf den Weg zum Laden.

Der Saphir des Plattenspielers holpert über eine alte Jazz-Platte. Louis Armstrong. Der Beat dieses Mannes. Der himmlische Rhythmus. Der synkopierte Schleifer. Walker bewegt den Kopf im Takt, und das silberne Kreuz baumelt sachte gegen seinen Nacken. Als die Platte zu Ende ist, erhebt er sich vom Sofa, um die Steifheit in seinen Knien abzuschütteln, und streckt sich ausgiebig, biegt den Schmerz aus seinen Fingern heraus. Vorsichtig legt er die Nadel in eine Rille kurz hinter einem Kratzer im Vinyl auf. Letzte Woche fing die Nadel an zu springen, aber das Stechen in seinen Knien war so stark, daß er die Nadel einfach auf dem schrillen Trompetenton hängen ließ – so lange, daß er es schließlich gar nicht mehr hörte, er war wieder unter einem Fluß, er buddelte, seine Freunde waren bei ihm, es war das Druckluftgerät, das da schrillte – bis Eleanor nach Hause kam und die Nadel weitersetzte.

Sie möchte die Platte noch mal neu kaufen, aber das Geld ist knapp zur Zeit – mit den Tunneln ist es längst vorbei, es besteht kein Bedarf mehr an Mineuren. Das meiste Geld der Familie kommt von ihrem Job in einer Bekleidungsfabrik – der Lohn ist niedrig, die Arbeitszeit lang. Walker erledigt jetzt einen Teil der Hausarbeit, das Zimmer ist hell und aufgeräumt und, durch einen Vorhang unterteilt, der von der Decke hängt. Walkers Schaufel hängt über dem Kamin. Auf dem Kaminsims eine Reihe von Fotos. In der Küche sind fünf Stühle um einen kleinen Tisch gruppiert. Es gibt drei Betten, ein Doppelbett für sie, ein Doppelbett für die beiden Mädchen, ein Einzelbett für Clarence. Walker hat das Einzelbett selber gemacht, hat das Seil zwischen den Pfosten gespannt, über Kreuz festgezurrt, bis es straff und haltbar war.

An den Tagen, an denen seine Finger ihn nicht im Stich lassen, fertigt Walker Möbel an, die er an einem Straßenstand verkauft – Stühle. Regale. Nachttische. Wer nicht im voraus zahlen kann, dem gibt er Kredit. Tage um Tage bringt er mit jedem feingeschnitzten Stück zu. Danach muß er seine tauben Hände zur Linderung ins Wasser halten.

Walker läßt die Musik in ihm herumwandern und schlurft zum Herd, um den Kessel aufzusetzen. Eleanor hat ihm die Kunst der Teezubereitung beigebracht, die Notwendigkeit, die Kanne vorzuwärmen, zu trocknen, die Blätter sorgfältig zu dosieren, ihn ein oder zwei Minuten ziehen zu lassen. Er benutzt einen Teewärmer, ein fremdes Utensil, das er von Maura O'Leary geerbt hat. Walker ist sogar auf den Geschmack gekommen, Tee mit Milch zu trinken. Er bleibt beim Kochtopf stehen, deckt ihn dann mit einem Teller zu, damit das Wasser schneller kocht. Diese kleinen Tricks häuslicher Routine mußte er erst lernen. Wie Bettenmachen und das Laken um die Decke schlagen. Oder mit einem schrillen Pfiff vom Fenster aus den Milchwagen rufen. Oder dem Wischwasser einen Schuß Essig beifügen. Es gibt keinen Kühlschrank, aber Walker hat einem Veteranen aus dem Zweiten Weltkrieg eine Plastik-Eisbox abgekauft. Der Veteran behauptete, die würde ebenso gut funktionieren.

Er bückt sich, um die Milch herauszunehmen, aber sie ist schon ein bißchen dick geworden, also schüttelt er sie heftig, und Schmerz schießt ihm durch Arm und Schulter. Er ist großzügig mit der Milch. Sie wird nicht mehr lange halten. Er guckt zu, wie sie durch den dunklen Tee wirbelt.

Während er nippt, bereitet er alles für Eleanors Heimkehr vor, legt den Wärmer auf die Kanne, tut einen Würfel Zucker auf einen Löffel, arrangiert alles ordentlich auf der Anrichte, so daß sie nur noch einzugießen und umzurühren braucht. Die Trägheit dieser Tage. Es ist fast so, als würde er seinem Körper nicht innewohnen, sondern irgendwo jenseits von ihm schweben und sich selbst dabei zusehen, wie er allmählich zusammenbricht. Manchmal verharrt er gern, vollkommen reglos, bleibt einfach in der Küche stehen und krümmt den Körper so, daß er keinen Schmerz mehr spürt. Der Arzt hat gesagt, es wird nur noch schlimmer werden. Es wird an seinen Ellbogen nagen, in seine Hüfte schlüpfen. Walker hatte Medizin bekommen, doch nach einem Monat war sie aufgebraucht, kostete zuviel, und im Drugstore gibt man ihm keinen Kredit.

Er versucht sich an seine Mutter in Georgia zu erinnern – es gab dort eine Pflanze, mit der sie das Rheuma bekämpfte, aber Walker fällt der Name nicht mehr ein.

Während er beim Herd steht, wieder entrückt, wieder schwebend, sieht Walker sich als kleinen Jungen, wie er ein Kanu durch die schwarzen Sümpfe steuert, an Zypressen entlang, die vom Blitz gefällt wurden. Er ahmt das Wenden des Paddels nach, an das er sich erinnert, schlurft dann durchs Zimmer, durch die Staubteilchen, die im Sonnenlicht wirbeln, zum Plattenspieler.

Er haßt es, den großen Daniel Louis Armstrong mitten im Flug abzufangen, aber es ist besser, als ständig vom Sofa aufzustehen. Seine Hände zittern, als er den Deckel des Plattenspielers hochhebt und die Nadel aufsetzt. Auf dem Sofa streckt er die Beine aus und reckt den Hals, um auf die Straße hinunterzusehen, aber es gibt wenig zu beobachten, nur die Frauen, die aus dem Waschsalon herauskommen, ein flackerndes Schild über der Pfandleihe und ein paar junge Männer, die rauchend um einen Hydranten herumstehen, den Rauch zum Himmel blasen, der sich träge über ihren Köpfen zwirbelt. Drei Prostituierte in engen Hosen stöckeln um die Ecke, hin und her, und tauschen mit den Jungs Anzüglichkeiten aus.

Walker lehnt sich vorsichtig zurück und bläst auf seinen Tee, obwohl er schon abgekühlt ist. Der Nachmittag welkt dahin.

Von der hüpfenden Musik gebannt, schläft er ein, und als er aufwacht, stehen seine drei halbwüchsigen Kinder, die gerade von der Schule heimgekehrt sind, vor ihm und lachen, weil sie ihm den Teewärmer schief auf den Kopf gesetzt haben.

Unter ihnen, in einem Marihuana-geschwängerten Zimmer, ist Hoofer McAuliffe, ein Automechaniker, zu jeder Nachtzeit zu hören. Ein hartgesottener Bursche mit entstelltem Gesicht – bei einem Streit wurde ihm ein Nasenflügel abgebissen, und seitdem hat er eine verstümmelte, vernarbte Nase. McAuliffe nimmt spätabends Huren mit aufs Zimmer. Er führt sie behutsam am Arm. Der Geruch von Joints weht die Treppe hoch. Gelächter steigt in dicken Blasen durch die Dielen nach oben. Man hört laute Hiebe und dann ganz leises Wimmern. Die Frauen schleichen sich aus dem Zimmer, kleinlaut, bedröhnt und geschlagen.

Eines Morgens, als Walker seine Töchter auf ihrem Weg zur Schule die Treppe hinunter begleitet – an den üppigen Graffiti an der Treppenhauswand vorbei –, läßt

Hoofer McAuliffe im Spalt seiner halbgeöffneten Tür seine Zunge lang und lüstern heraushängen. Walker drückt die Tür auf und steht vor ihm.

«Würde ich sowieso nicht anfassen», sagt McAuliffe. «Gemischte Möse ist schlecht für einen Mann.»

Walker knallt McAuliffe gegen die Wand, rammt ihm das Knie zwischen die Beine, drückt ihm die Finger in die Kehle, sieht zu, wie McAuliffe vor ihm zu Boden rutscht, nach Luft ringt, die Augen weit und weiß, der eine Nasenflügel gebläht. Die Morgensonne verdichtet den Rauch in dem Raum, läßt ihn durch die Luft schweben. Walker zählt bis zehn, drückt dann McAuliffes Kehle ein letztes Mal zu und flüstert: «Guck meine Mädchen nie wieder so an, hast du gehört? Dreh dich nicht mal nach ihnen um. Hast du gehört? Hast du gehört?»

McAuliffe nickt und windet seinen Kopf heraus, taumelt durch den Raum, reißt das Fenster auf und japst nach Luft. Als Walker sich umdreht, steht Clarence in der Tür, Schulbücher in der Hand, und starrt ihn an.

«Du gehst auf der Stelle zur Schule und vergißt deine Augen», sagt Walker, «vergiß alles, was du gesehen hast.»

Sein Sohn nickt und geht, geht langsam die Treppe hinunter, die Bücher unter den Arm geklemmt.

Walker verbringt den Rest des Tages in der Wohnung und versorgt seine schmerzenden Hände mit Eis.

An besseren Tagen fährt er mit den Zügen und sieht sich die Kurven der Tunnelwände an. Er steht im ersten Wagen neben dem Fahrer und starrt durchs Fenster, das Gesicht an der Scheibe. Er schirmt den oberen Teil seines Kopfes mit einer Zeitung ab, damit es nicht so blendet.

Die Tunnel empfangen ihn mit rasanter Geschwindigkeit. Er kann die Fehler entdecken – die zu plötzliche Kurve, wo sich ein Ingenieur verrechnet hat, ein Abschnitt, der bei Regen leicht überschwemmt werden kann, eine Weiche, die an der falschen Stelle des Gleises angebracht wurde. Er würde gern wieder unten sein und im Schlamm buddeln. Wieder die Geschmeidigkeit seiner Schaufel spüren. Eins, zwei, drei, Schlag, zurück. Er hat sich sogar als Schienenläufer beworben – durch Subway-Tunnel gehen und sie auf Gaslecks, offenes Feuer oder tote Tiere überprüfen – aber die Bewerbung wurde abgelehnt, so wie all seine anderen Stellenbewerbungen.

Trotzdem liebt er die Tunnel, den Moment, wenn er aus der Dunkelheit in das helle gelbe Licht der Bahnhöfe eintritt, das langsame Rollen zurück ins Schwarze, das Kreischen von Stahl auf Stahl, die Arbeiter, die ihre Taschenlampen leuchten lassen, das Hochgefühl, in einem Vormittags-Expreß vorbeizuflitzen, während draußen auf den Bahnsteigen die Pendler umherschlurfen.

An Wochenenden nimmt er Clarence mit und wird von den Fahrgästen mit neugierigen Blicken bedacht, die die hellere Haut seines heranwachsenden Sohnes bemerken. Clarence ist so groß, daß er sich am Fenster bücken muß, um in den Tunnel zu sehen. Auf der Oberlippe zeigen sich die Anfänge eines Schnurrbarts, aber es ist ihm noch peinlich, sich zu rasieren. Er steht schweigend da, sieht zum Fenster raus, die Hand seines Vaters auf seiner Schulter.

Manchmal fährt Walker ganz bis nach Downtown und trifft sich mit Vannucci und Power auf der Manhattan-Seite des Flusses.

Die Männer lassen ihre Tauben hin und her über den

East River um die Wette fliegen. Vannucci hat neue Farben für seine Vögel gewählt – Rot, Weiß und Grün. In einem Moment der Trunkenheit hat Power eine seiner Lieblingstauben mit fünfzig winzigen blauen Sternchen bemalt. Die Männer sitzen am Wasser und trinken – Kentucky Bourbon und Grappa –, reichen einander die Flaschen in schweißzerknitterten braunen Tüten.

Während sie auf die Rückkehr der Tauben warten, erinnern sich die Männer an ihre Jugend, tauchen glücklich und voller Reue in den Alkohol ein.

«Gib mir den Fusel!» brüllt Power. «Der Mensch muß bechern. Bechern bis ans Ende aller Tage.»

«Wißt ihr noch, wie ich und El die Tauben eingetunkt haben?» fragt Walker.

«Ich hätt dir deinen häßlichen schwarzen Arsch platttreten sollen.»

«Das waren noch Zeiten, hm?» sagt Walker.

«Du sagst es. Wie geht's deiner Wahrsagerin, Nathan?»

«Sie sagt, du wirst bis ans Ende aller Tage bechern.»

«Hab ich nichts gegen, Kumpel.» Power klatscht in die Hände. «Ich wette, diese Frau könnt mir glatt den Chrom von der Stoßstange saugen.»

«Außer daß du kein Auto hast!»

«Ganz genau.»

«Was ist die Bedeutung, den Chrom?» fragt Vannucci.

«Frag deine Frau, Ruby. Und Ruby …»

«Was?»

«… vergiß nicht, sie wegen der Soße zu fragen.»

«Ich verstehe nicht.»

«Gib mir die Flasche rüber, und ich zeig's dir!»

Eines Nachmittags nehmen sie die Subway unter den

East River. Sie sitzen im ersten Wagen und bitten den Fahrer, den Zug für einen Moment anzuhalten. Der Fahrer bleckt die Zähne und schüttelt den Kopf. «Nein.» – «Na komm, Kumpel.» – «Nein.» – «Einen Dollar?» – «Nein.» – «Anderthalb Dollar?» – «Nein.» – «Eine dicke Backe?» – «Na kommt, Jungs, laßt den Quatsch, ich hab nein gesagt.»

Und dann wedelt Power mit seinem Gewerkschaftsausweis und einigen Dollars. Der Fahrer nickt, und der Zug hält. Sie drängen sich in die Fahrerkabine und breiten die Sportseite der Zeitung aus. Power lehnt sich aus dem Fenster und liest Con O'Leary die Baseball-Ergebnisse vor: Es ist Juni 1950, und die Brooklyn Dodgers sind gerade auf den ersten Platz der National League gekommen, nachdem sie in Ebbets Field die Cincinnati Kids mit 8:2 geschlagen haben. Gil Hodges landete im dritten Inning einen Grand-Slam-Homerun mitten auf die Zuschauertribüne. «Jawoll, Mister Big Gil persönlich», sagt Power. Und dann lehnt sich Walker über seinen Kollegen und sagt: «Und der gute alte Jackie Robinson hat einen Double geschafft, Kumpel.»

Der Fahrer wird allmählich nervös und knetet seine Hände, während die Männer weitere Ergebnisse der Tunneldecke entgegenbrüllen.

Am Nachmittag übernehmen die Flaschen das Kommando. Die Männer fahren zwischen den beiden Stationen hin und her, werden laut und rüpelhaft, bis sie aus einem Zug rausgeschmissen werden und Power brüllt: «Ihr könnt uns nicht rausschmeißen, wir sind die Himmelfahrtsmänner!»

Eleanor steht in der Tür und lehnt ihren Kopf an den Rahmen. Walker, in der Mitte des Zimmers, sieht, daß sie weint. Und dann wird ihm klar, daß sie die Schwelle nicht übertreten will, als hätte irgendwas sie dort festgenagelt.

«Ich saß in der Werkstatt, Nathan. Hab den Saum an einer Hose genäht. Wir sitzen alle in einer langen Reihe. Die Singer-Maschinen vor uns. Ich weiß nicht, was über mich gekommen ist, Nathan. Es war schrecklich. Er kam von der Schule. Er hatte sein Zeugnis dabei. Er hatte eine Eins in Biologie. Ich schätze, das wollt er mir erzählen. Ich schätze, er wollte einfach seiner Mama erzählen, daß er gut in der Schule ist. Und die andern Frauen, Nathan, die wissen nichts über mich. Nur daß ich im Norden wohne. Sie wissen nicht mal, wo im Norden. Sie wissen nichts über dich oder die Kinder. Es ist nur, daß – na ja, es ist nur – ich weiß nicht, was es ist. Es ist nicht, daß ich mich schäme. Ich denke, ich wollte bloß einfach nicht, daß sie irgendwas über mich erfahren. Nur um uns alle zu schützen, verstehst du?»

«Beruhig dich, El.»

«Weißt du noch, wie ich dir erzählt hab, daß der Boss O'Leary heißt? Na ja, ich hab ihm gesagt – als ich den Job bekam –, daß mein Mädchenname auch O'Leary ist. Hab nicht gesagt, daß ich eine Walker bin. Und weil ich eine O'Leary bin, ist er nett zu mir, schreit mich nicht an, wenn ich die Kaffeepause überzieh oder so, wo ich doch Irin bin. Er mag mich – nicht so – aber er mag mich. Jedenfalls, ich nähe grade diesen Saum um, als ich hochguck, und da steht unser Clarence an der Tür zur Werkstatt. Er zeigt auf mich. Ich senk den Kopf. Nathan, ich weiß nicht, warum. Ich hab gezittert. Ich hab so getan, als würd ich mich auf den Saum konzentrieren, als müßt ich damit ganz vorsichtig sein. Ich konnte die Schritte hören. Das waren die lautesten Schritte, die ich je gehört hab. Und als ich wieder hochguck, stehen beide vor mir.»

«Nicht weinen, Schatz.»

«Und O'Leary sagt zu mir: ‹Dieser Junge hier sagt, er will seine Mama sehen.›»

«Oh, nein.»

«Ich weiß nicht, was über mich gekommen ist. Auf einmal hab ich die Hose losgelassen, und die Nadel ist im Zickzack drüber. Du glaubst nicht, wie still es da war. Alle haben mich angeguckt, all die andern Näherinnen, totenstill. Ich hab bloß gesagt, ‹Wie bitte?› Und der Boss sagt: ‹Dieser Junge hier sagt, er will seine Mutter sprechen.› Richtig hartnäckig, der Boss, richtig hartnäckig. Und ich kicher bloß nervös, Nathan. Ich sitz bloß da und kicher nervös. Und dann hab ich gesagt: ‹Ach, das ist nur so eine Redewendung. Ich kenn seine Mama sehr gut.›»

«Oh, nein, El. Das ist nicht dein Ernst. Das kann nicht sein.»

«Es tut mir leid. Es tut mir leid.»

«Oh, Eleanor.»

«Und O'Leary hat mich angestarrt, mit großen Augen. Und Clarence ist auch nur am Starren. Clarence hat sein Zeugnis in der Hand. Ich hab den Boss angeguckt und noch mal gesagt: ‹Das ist nur so eine Redewendung, Sie wissen ja, wie man das so sagt.› Und Clarence macht ein Gesicht, als wär grad die ganze Welt über ihm zusammengestürzt. Als wär irgendwas in ihn rein und hätt sein Gesicht zum Einstürzen gebracht. Er sagt zu mir: ‹Mama.› Ich glaub, ich werd dieses Wort ewig hören, so wie er es gesagt hat, Mama. Mama. Mama. Wie wenn es das Wichtigste ist, was er überhaupt jemals gesagt hat. Aber ich hab bloß im Lagerhaus rumgeguckt, und alle haben mich angestarrt. ‹Seine Mama ist eine Freundin von mir, seine Mama wohnt bei mir in der Nähe› – das hab ich gesagt. Und O'Leary packt Clarence am Kragen. ‹Was verschwendest du die Zeit von dieser Lady?› sagt er. Und Clarence sagt: ‹Ich wollte ihr nur sagen, daß ich eine Eins in Biologie hab.› Und O'Leary plustert sich richtig auf und hustet und sieht sich im Lagerhaus um. ‹Eine Eins in Biologie!› brüllt er. ‹Muß wohl in Evolution gewesen sein!›»

«Der Dreckskerl.»

«Und Clarence war da und hat geweint.»

«Ich glaub es nicht, El.»

«Ihm laufen dicke Tränen das Gesicht runter. Und er sagt zu mir wieder: ‹Mama.› Und ich hab kein Wort zu ihm gesagt, ich hab einfach kein Wort gesagt. Ich hab noch nicht mal gesagt, gut gemacht. Gut gemacht, eine Eins in Biologie. Ich war einfach wie gelähmt, und ich hab's nicht so gemeint, ich wollt nicht so sein, es ist mir einfach passiert, Nathan, ich schwör's, ich hab's nicht so gemeint, o Gott im Himmel, glaub mir, daß ich ihn nie so verleugnen wollte. Ich saß da und hab zugesehen, wie O'Leary Clarence aus dem Lagerhaus zerrt, und ich hab in meinem ganzen Leben nichts Traurigeres gesehen, nie. Ich hab mich umgedreht und die andern Näherinnen angesehen, und, o Gott, Nathan, ich bin einfach aufgestanden, hab mich an O'Leary vorbeigezwängt, mir meinen Mantel geschnappt und bin losgerannt, um Clarence zu suchen. Aber er war nirgends. Ich hab gesucht und gesucht, aber er war verschwunden. Ich weiß, daß ich meinen Job los bin, aber das ist mir egal. Ich bin einfach gerannt und gerannt, aber ich konnt ihn nicht finden.»

«Wo ist er jetzt?»

«Ich weiß nicht.»

«Genug geweint, Eleanor.»

«Kannst du ihn für mich suchen, Nathan? Bitte? Kannst du es ihm erklären? Für mich?»

«Schätze, El, so was kann ich nicht erklären.»

«Ich wollt ihn doch nicht verleugnen.»

«Eins sag ich dir, und ich sag es nur einmal – das ist das Schrecklichste, was ich je in meinem Leben gehört hab.»

«Oh, bitte.»

«Es ist schrecklich, El. Einfach schrecklich.»

«Ich schwöre bei Gott, daß ich so was nie wieder tu, solang ich lebe. Es ist nur so, daß manchmal, manchmal, manchmal passieren uns Dinge, und wir wissen nicht, warum. Sag ihm das. Bitte. Sag ihm, ich weiß nicht, was über mich gekommen ist. Sag ihm, ich bereue es so sehr, wie ich noch nie was bereut hab. Sag ihm, ich liebe ihn. Sag ihm, daß das die Wahrheit ist. Das ist die Wahrheit, ich schwör's.»

«Also, das mußt du schon selber tun, El.»

«Nathan.»

«Nein.»

«Bitte. Erklär es ihm einfach für mich.»

«Nein! Wenn du aufgehört hast zu weinen, kannst du's ihm selber erklären. Ich geh ihn suchen, und du kannst es erklären. Das ist dein Kreuz, das du da tragen mußt. Meins ist es wohl auch, aber du mußt die Sache bereinigen.»

Clarence sagt nichts, als Eleanor die Arme um ihn legt. Der junge Mann läßt den Kopf auf der Schulter seiner Mutter liegen und starrt in eine unergründliche Ferne.

Und an dem Abend, als sie nebeneinander im Bett liegen, wendet auch Walker sein Gesicht von ihr ab. Sie sondert ihren Kummer ab, vergräbt ihn in einem Kissen. Doch in den folgenden Wochen bewegt sie sich auf Walker zu, legt ihre Knie in seine Kniekehlen, drückt ihre Brust gegen seinen Rücken, atmet warm und ängstlich in seinen Nacken. Sie bleibt an ihn geschmiegt, bis Walker den Mut aufbringt, sich umzudrehen und unbeholfen nach ihren Haaren zu tasten.

In den Wochen, bevor Clarence ins militärische Ausbildungslager in Virginia aufbricht, klärt ihn sein Pate, Rhubarb Vannucci, über den Umgang mit Dynamit auf, wie und wo man es bündelt, wie tief man mit den Bohrlöchern gehen muß, wo man die Runden plaziert, wenn man Spuren vernichten will: Eine Leiche, ein Pferd, einen Baumstumpf. Der Unterricht findet auf Vannuccis Dach statt. Der alte Italiener nimmt es sehr genau mit seiner Unterweisung, kniet auf einem Stück Pappe, zeichnet mit den Fingern imaginäre Karten auf den Boden.

Vannucci muß immer wieder Clarences Gesicht in beide Hände nehmen, um den Blick des jungen Mannes von den bunten Tauben und über den Boden verstreuten Federn abzuwenden.

«*Ascoltami!*» sagt er.

«Wie bitte?»

«Hör mich!»

Alle wichtigen Begriffe nennt er in seiner eigenen

Sprache: *Carica, explosivo, spoletta detonante, una valvola.* Er skizziert Schaubilder – wie man einen richtigen Tunnel gräbt, eine Schreckladung entschärft, wie man mit den Sicherungsbolzen umgeht, die in einer Granate die Federn zurückhalten. Er rät Clarence, immer einen Ersatz-Schnürsenkel dabeizuhaben, weil man ihn brauchen könnte. Such vorsichtig nach der Blindsicherung. Bring deiner Stirn bei, keinen Schweiß abzusondern. Laß deine Finger nie zittern, selbst wenn du nicht arbeitest. Lerne, beim Entschärfen immer die gleiche Melodie zu summen – das hält dich davon ab, mit den Gedanken abzuschweifen.

Am Ende einer Unterrichtsstunde sagt er: «Und sag deinem Vater, daß ich die Soße hab.»

Clarence kommt nach Hause und übermittelt die Botschaft: «Rhubarb sagt, er hat die Soße, was zum Teufel das auch immer heißen soll.»

Walker, der am Herd steht, schlägt sich vor Wonne auf die Schenkel. Er durchquert den Raum und flüstert seiner Frau etwas ins Ohr, und sie tadelt ihn mit einem sanften Klaps aufs Handgelenk.

Clarence verdreht die Augen. Es ist ihm unangenehm, mit seinen Eltern ein Zimmer zu teilen, und so rollt er sich zum Schlafen draußen auf der Feuerleiter zusammen. Nachts hört er, wie sie sich einander annähern, zögerlich, wenn sie denken, daß alle anderen schlafen, eine Bewegung in den Laken, seltsame gedämpfte Laute, ein Aneinanderreiben ihrer Körper, und es gibt nichts, was Clarence mehr haßt als dieses Geräusch.

Er will zu den Kampfmittelräumern, aber statt dessen wird er als Koch verpflichtet. Er ist siebzehn. Ein Foto wird von ihm gemacht – seine Haare schimmern nicht mehr rötlich, und sie beißen sich nicht mit seiner Uniform. Die Sommersprossen sind aus seinen Wangen verblaßt. Er hat weiße Zähne und grinst, aber trotz des Grinsens sind die Augen tief und braun und ernst, wie zwei sorgfältig herausgesprengte Löcher in seinem Kopf.

Eleanor geht mit dem Foto in Ration Rollins' Laden und sagt ihm, wenn er es nicht aufhängt, geht sie zukünftig in einem anderen Laden weiter unten in der Straße einkaufen. Ration klebt das Foto an seinen Kassentisch, zusammen mit den Bildern all der anderen Männer aus der Nachbarschaft, die zum Kämpfen nach Korea gegangen sind. Ihre Gesichter verdecken die Zahlen, die im Kassenfenster auftauchen. Ein Dollar sechsundfünfzig Cent. Fünf Dollar vierunddreißig. Sechzehn Cent. Der Rand von Clarences Gesicht bedeckt das Quadrat, wo die Pennies entlangrollen.

Jeden Abend gehen Walker und seine Frau hinunter zum Gemüseladen, um sich im Fernsehen die Nachrichten anzuschauen. Eleanor bleibt schweigend hinten neben einer Kühltruhe voller Eiskrem stehen und fummelt an einem Totenbildchen herum, das in einer Plastikhülle steckt. Walker steht neben ihr, aber in der Öffentlichkeit fassen sie sich noch immer nicht an. Vom Bildschirm blickt Eisenhower streng auf sie herab. Sie suchen nach dem Gesicht ihres Sohnes in den Reihen erschöpfter Männer, die heiße, staubige Straßen entlanglaufen. Sie stellen sich vor, wie Hubschrauber über die Reisfelder

der Toten hereinknattern, Reihen über Reihen von Männern und Reis.

Wenn sie wieder in ihrer Wohnung sind, schreibt Eleanor lange Briefe. Ihre Schrift ist winzig und sauber:

Wie geht es dir da drüben? Wir hoffen, es geht dir gut und du ziehst immer schön deinen hübschen Kopf ein. Uns allen geht es gut. Wir vermissen dich furchtbar. Besonders ich vermisse dich furchtbar. Dein Vater macht eine Menge Möbel. Die Mädchen werden immer größer, du glaubst gar nicht, wie schnell das geht. Deirdre hat einen Musiker kennengelernt, und er ist gekommen und hat unser Klavier gestimmt. Es klingt prima. Maxine hat einen Song von Marie Lou Williams gesungen. Neulich abend sind wir ins Metropol gegangen und haben uns Henry Red Allen angehört, wie er in Anzug und Krawatte auf seinem Ding bläst. Whamp! Whamp! *Er ist urkomisch. Alle erkundigen sich nach dir, besonders einige hübsche Mädchen, die dein Foto in Ration Rollins' Laden gesehen haben. Du wirst es nicht glauben, aber Ration ist in letzter Zeit sehr freundlich zu uns. Er erkundigt sich jeden Tag nach dir, und er hat uns sogar etwas Tee geschenkt. Stell dir das mal vor. Als wir im Laden waren, hat jemand gesagt, daß die da drüben in Korea Hunde essen. Das stimmt doch nicht, oder? Deine Schwester Maxine sagt* Wuff Wuff! *Und dein Vater sagt, meide das hintere Ende. Nimm einfach ein bißchen Barbecue-Soße, sagt er!*

Sie spitzt den Bleistift an. Die Späne fallen um Walkers ausgestreckte Füße herunter.

Die traurige Nachricht von hier ist, daß der alte Freund deines Vaters, Sean Power, das Zeitliche gesegnet hat. Wenigstens hatte er ordentlich viele Jahre auf dem Buckel. Die Leberzirrhose hat ihn geholt. Rhubarb hat ihm eine Flasche Bourbon in den Sarg gelegt, für die Reise. Jeder von uns muß irgendwann mal gehen, aber es war traurig. Dein Vater hat beim Gottesdienst ein Gebet gesprochen. Bei der Totenwache haben sich alle betrunken und gesungen. Jemand hat deinen Vater gefragt, ob er ein Kellner sei. Sie haben gesagt, bring mir einen Whiskey, Boy. Und dann haben sie alle möglichen Sachen über ihn gesagt. Boy dies. Boy das. Es gab fast eine Schlägerei, aber es gab keine. Rhubarb hat allen gesagt, sie sollen den Mund halten. Ich hab deinen Vater gebeten, sich zurückzuhalten, aber du kennst ihn ja. Am Ende des Abends haben dein Vater und Rhubarb in der Ecke gesessen und über alte Zeiten geredet.

Ich kann dir gar nicht sagen, wie oft ich an die alten Zeiten denke, Clarence. Ich denk nur noch an die alten Zeiten, seit du weg bist.

Eines muß ich dir noch sagen, Clarence, und ich muß es immer wieder sagen – es liegt mir auf dem Herzen, und es ist so schwer, daß ich es kaum ertragen kann – ich hab das nicht so gemeint, an dem Tag, als du die Eins in Biologie gekriegt hast. Ich weiß einfach nicht, was da passiert ist. Wahrscheinlich werde ich es mit ins Grab nehmen. Ich habe mich noch nie so geschämt, und ich möchte, daß du das weißt. Ich trage es in mir wie die schwerste Sache der Welt. Ich bitte dich nicht um Vergebung, ich will nur, daß du verstehst. Ich glaube, Verstehen ist wichtiger als Vergeben. Also bitte verstehe mich. Manchmal drückt es mich vollkommen zu Boden, so sehr, daß ich das Gefühl habe, ich gehe ganz krumm.

Eleanor schließt ihre Briefe immer mit dem gleichen Satz:

> *Wie gesagt, zieh immer schön deinen hübschen Kopf ein, Clarence, und komm heil zu uns zurück, damit uns hier der Fluß nicht überläuft, weil wir so viel weinen müssen.*

An dem Abend, als der Krieg offiziell mit einem Patt endet, erhalten sie einen Brief von Clarence, in dem er ihnen mitteilt, daß er noch in der entmilitarisierten Zone bleiben wird. Bald würde er zu Hause sein. Er deutet an, daß er auf dem Army-Stützpunkt ein Mädchen kennengelernt hat – sie ist eine Schwesternhelferin, und sie hat eine Schale Grütze vorne auf seinen Kochhelm gemalt. Die Briefe kommen jeden Monat – einer kommt sogar, als Clarence auf Erholungsurlaub in Japan ist. Eleanor bewahrt die Briefmarken in einem gesonderten Umschlag auf.

Und dann eines Nachmittags, im Spätsommer, erhalten sie einen weiteren Brief. Sie öffnen ihn mit gramgebeugten Köpfen. Sie wissen schon aus einem zwei Wochen alten Telegramm, daß Clarence verwundet wurde. Ein Messer gleitet unter die Umschlagklappe. Walker spürt, wie ihm ein Schweißtropfen das Rückgrat hinunterläuft. Er entfaltet das Blatt Papier sehr langsam und gibt es Eleanor zum Lesen.

Als sie den Brief liest, wirft sie die Arme um ihn, vor Kummer und Erleichterung. Der Brief wurde der Schwesternhelferin von Clarence diktiert. Eleanor braucht einen Moment, um sich auf die Handschrift einzustellen.

Liebe Mama, lieber Papa. Ich bin wohlauf. Ich wurde beim Spazierengehen von einer Mine erwischt. Wir hatten gerade in der Kantine Schluß gemacht, ein Kumpel und ich. Wir waren südlich von Pusan, wollten nur einen Spaziergang durch den Wald am Fuß des Berges machen. Es muß ein Stolperdraht gewesen sein. Ich hätte besser auf Rhubarb hören sollen. Mein Kumpel hat beide Beine verloren. Schrapnellsplitter haben meinen Augapfel getroffen, und ich hab mein Auge verloren. Ich sitze hier und versuche tapfer zu sein, aber Teufel noch mal. Jedenfalls, die Schwestern hier haben sich gut um mich gekümmert, vor allem diese Louisa, von der ich euch geschrieben habe. Sie sitzt hier gleich neben mir und schreibt jedes Wort auf, das ich sage. Na ja, fast jedes Wort! Sie ist aus dem Chippewa-Gebiet im Westen. Sie hat mich besonders gut behandelt. Sie hat mir sogar ein Grammophon besorgt und ein paar alte 45er von Rex Stewart, damit ich zuhören kann, wie er seine Trompete bläst. Die Radiosender hier sind nicht so toll – immer nur Nat King Cole und das Zeug. Aber ich kann mir den alten Rex anhören. Liege einfach hier im Bett und laß ihn spielen. Die Wunde tut nicht so weh. Manchmal ist es schwierig, nur mit einem Auge zu gucken, aber ich schätze, ich werd mich dran gewöhnen. Laßt den Fluß nicht überlaufen, denn mir geht's gut, den Umständen entsprechend eben. Wißt ihr, diese Schale Grütze, von der ich euch geschrieben habe – Louisa hat sie für mich gemalt –, also, ich finde, das ist wahnsinnig komisch. Ich freue mich darauf, wenn ihr alle Louisa kennenlernt. Wir sind gute Freunde. Na ja, mehr als gute Freunde, um ehrlich zu sein. Und weißt du was, Mom? Ich verstehe diesen Tag, jetzt verstehe ich diesen Tag, als du gesagt hast, du würdest mich nicht kennen. In der Army lernt man, sich selbst überhaupt nicht mehr zu kennen. Und da bin ich nachdenklich geworden. Und ich weiß, was du meinst. Also verstehe ich und verzeihe dir, Mom. Na, ich will nicht, daß du jetzt das Heulen kriegst, also mach ich mal Schluß. Nur noch eine Sache, wir haben uns überlegt, unsere Entlassung zu beantragen und nach New York zurückzukehren, Louisa und ich, ein kleines Geschäft aufzumachen, was, weiß ich noch nicht genau. Vielleicht sogar heiraten, wie wär's damit! Irgendwas, damit wir uns alle zusammen eine große Wohnung nehmen und zusammenleben und glücklich sein können und kein Fluß mehr für uns überlaufen muß.

Der Brief ist unterschrieben mit *Clarence W. und Louisa Turiver.* Darunter ein P. S.: *Ich hab so ein Gefühl, daß irgendwas in dem Wald wachsen wird, wo mein Augapfel liegt.* Und darunter noch ein P. S.: *Und keine Witze über Augenklappen, ja?!*

Achtzehn Monate später, im Jahr 1955, lugen Walker und Eleanor um den Vorhang, der sie von ihren Töchtern trennt, schlüpfen hinaus in den Flur – während von Hoofer McAuliffes Wohnung das dumpfe Schlagen von Fäusten die Treppe heraufdringt – und gehen über die knarrenden Dielen zum Gemeinschaftsbad. Eleanor legt Walker einen Finger auf die Lippen, damit er nicht lacht. Die Wände sind gelb und mit Handabdrücken verschmiert. Die Kacheln auf dem Boden sind schwarz und gesprungen. Eleanor scheuert das Waschbecken und wischt die Seiten mit Toilettenpapier ab, bis es makellos rein ist, so daß sie sich, als sie sich auf den Keramikrand hinaufschiebt und ihr Nachthemd hochhebt, um ihn in sich aufzunehmen, sauber und jung fühlt, obwohl sie schon achtunddreißig ist und ihr Körper angefangen hat, abwärts zu wandern.

«Wie geht's deinen Knien?» fragt sie, als Walker sich auf die Zehenspitzen stellt und das Kreuz durchdrückt.

Eine verirrte Brise weht durch das kleine geöffnete Fenster und kühlt das Badezimmer. Eleanor löst die Spange hinten in ihrem Haar, greift nach seiner Hüfte.

«Wie geht's deinen Knien, Schatz?» fragt Eleanor wieder.

«Noch da, Oma», sagt Walker, der auf den Fußballen wippt und sich auf die Unterlippe beißt, um das Lachen aufzuhalten.

Sie boxt ihn auf die Brust. «Sag nicht Oma zu mir. Noch bin ich keine.»

Sie verweilen dort, lieben sich, und Walker wird sich auf ewig daran erinnern: das saubere Waschbecken, die gelben Wände, die Handabdrücke, das hochgeschobene Nachthemd, das Omen eines Falters, der hektisch unter der nackten Glühbirne herumflattert.

9 Wieder unten, wo du hingehörst

Ein Schlurfen und Scharren, und Treefrog weiß, daß Menschen am Tunneltor sind. Vielleicht ein paar Jugendliche, die gekommen sind, um Maulwurfverbrennen zu spielen. Oder Elijah und Angela, die sich wieder einmal lieben, schreien in ihrer Ekstase und Schwermut. Oder Dean mit einer Horde Knaben um die Lenden. Die Stimmen tragen weit, und dann sagt jemand ganz laut: «Maul halten, ihr Arschlöcher.»

Taschenlampen erhellen den Tunnel.

Treefrog klettert aus dem Bett und zieht seinen Mantel an, stopft die Füße in seine Stiefel. Er bläst alle Sabbatkerzen aus. Vollkommene Finsternis. Draußen auf dem Steg schlägt er seinen Mantel unter, setzt sich, läßt die Beine baumeln. Er sieht, wie in den Lichtkegeln der Taschenlampen der Schnee aufleuchtet, der durch das Deckengitter fällt, und er hört eine Stimme: «Ich glaub, mich fickt ein Hund.»

Es sind acht, einige in Zivil.

Sie drängen sich dicht aneinander. Ihre Pistolentaschen sind geöffnet. Behandschuhte Hände an den Waffen. Sie kriechen in ihre Funkgeräte hinein, als würden sie unsterbliche Geheimnisse verraten. Ihre Taschenlampen zucken hektisch hin und her, fangen mit ihrem Licht den abgestorbenen Baum ein, der unter eins der Gitter gepflanzt wurde, wandern weiter zu den Wandbildern, und dieselbe Stimme verkündet wieder: «Ich glaub, mich leckt ein Esel, Jungs, die haben hier unten sogar 'n gottverdammten Baum.»

«Leck mich», flüstert Treefrog, «leck mich.»

Die Cops rücken am Gleis entlang vor, und Treefrog sagt, etwas lauter, aber nicht so laut, daß sie es hören könnten: «Oink, oink.»

Er zieht die Beine an und sieht zu, daß er verdeckt und unsichtbar ist. Das letzte Mal, als die Cops runterkamen, hatte man unter der 103rd Street einen ermordeten Mann gefunden. Niemand kannte ihn; er war mit erigiertem Penis gestorben, eine Kette von Kugeln in der Brust. Dean hatte den Mann entdeckt und ihm den Spitznamen ‹Lattenmann› gegeben, und die Cops kamen herunter, rannten kreuz und quer durch die Dunkelheit wie die Keystone-Cops, fuchtelten mit ihren Waffen vor den Schatten herum. Sie befahlen allen, sich entlang der Wand aufzustellen – «Ran an die Wand, ihr Wichser!» – und durchsuchten sie nach Waffen. Sie stritten sich darüber, wer Treefrogs Nest durchsuchen sollte, sie hatten Angst, dort hochzuklettern. Schließlich holten sie eine Leiter. Obwohl er eine Karte mitgehen ließ, die Treefrog gerade erschuf, versuchte einer der Cops, Treefrog dazu zu bringen, in eine Obdachlosenunterkunft zu gehen: «Du lebst hier ja wie ein Tier! Du solltest dir helfen lassen, Mann, du lebst hier ja wie eine gottverdammte Ratte!» Doch Treefrog stand unbeteiligt da, die langen Haare um die Augen, und fing irgendwann an zu kichern. Der Cop schlug ihm mit dem

Handrücken ins Gesicht und sagte, er solle sich das Grinsen abschminken, sonst würde er noch wie der Tote enden.

«Wie? Mit 'ner Latte?» fragte Treefrog.

Und der Cop sagte: «Halt's Maul, Mann.»

Zwei Tage lang waren sie unten im Tunnel, aber niemand fand heraus, wer der Tote war oder warum er ermordet wurde, oder ob er sich selbst umgebracht hatte.

Treefrog beobachtet, wie sie bei der Reihe von Verschlägen ankommen und vor Elijahs und Angelas Kabuff stehenbleiben. Etwas Licht dringt heraus. Die Cops verteilen sich paarweise nach hinten, einige hocken sich mit gezückten Waffen bei den Gleisen nieder. «POLIZEI! RAUSKOMMEN! POLIZEI!» Treefrog fragt sich, ob sich Elijah und Angela gerade eine Pfeife reinziehen. «POLIZEI!»

Einer der Cops geht vor und tritt gegen die Tür, auf einmal kommt Elijah mit erhobenen Händen aus dem Verschlag, hinter ihm Angela, die ihren Pelzmantel über das Thermohemd zieht und brüllt: «Wir haben nichts getan, wir haben nichts getan!»

«Ganz ruhig», sagt ein Cop.

«Faßt mich nicht an!» schreit Angela. «Faßt mich nicht an, faßt mich nicht an!»

«Stehenbleiben!»

«Laßt uns in Ruhe, wir haben keine Drogen.»

«Halt endlich das Maul, Lady, okay?»

«Wir haben nichts. Wir haben geschlafen!»

«Hey, kann mal jemand dieser Fotze das Maul stopfen?»

«Wen nennst du da Fotze, du Wichser?» fragt Elijah.

«Du meine Scheiße», sagt ein Cop.

«Ihr wißt, daß es verboten ist, sich hier unten aufzuhalten?»

«Ich hab den Schlüssel zu meinem Penthouse verloren.»

«Sehr komisch.»

«Die Hypothekenzahlung hab ich auch vergessen.»

«Hab euch doch gesagt, die spinnen alle hier unten, was hab ich euch gesagt? Ich hab's euch doch gesagt, oder? Maulwürfe! Die spinnen.»

«Leck mich», sagte Elijah, «ich bin kein Maulwurf.»

«Wieso lebst du dann unter der Erde, Maulwurf?»

«Das reicht!» brüllt einer der Cops. «Ihr kennt alle James Francis Bedford?»

Stille im Tunnel, und Treefrog sieht, wie einer der Cops über die Gleise zu dem toten Baum geht und zur Decke hochblickt, während im Kegel seiner Taschenlampe Schnee um ihn herabfällt. Der Cop schüttelt staunend den Kopf.

«Habt ihr schon mal den Namen James Francis Bedford gehört?»

«Wie bitte?»

«Verarscht mich nicht, beantwortet mir meine Frage!»

«Nie gehört.»

Treefrog sieht zu, während Elijah und Angela zitternd in der Kälte stehen. Eine Taschenlampe schwenkt herum und leuchtet in Deans Gesicht, als er gerade aus seiner Hütte schlüpft. Er hält schützend den Arm vor die Augen. Papa Love zieht den Vorhang seiner Verschlagtür zur Seite.

«Noch mehr Maulwürfe hier!»

Papa Love steht schweigend vor seiner Hütte, seine grauen Dreadlocks schlapp auf den Schultern. Dean stolziert zu den Cops hinüber und hebt die Klappe seiner Jägermütze von den Ohren.

«Kennst du einen James Francis Bedford?» fragt ein Cop.

«Wen?»

«Zum Mitschreiben: James. Francis. Bedford.»

«Nie gehört.»

«Ein Weißer. Eins neunzig. Narbe auf der Brust. Tätowierung hier.»

«Was ist mit ihm?» fragt Dean.

«Wurde gestern tot aufgefunden. Haben gehört, er hat hier unten gelebt.»

«Scheiße», sagt Elijah, «jemand gestorben?»

Der Cop leuchtet Elijah die Taschenlampe in die Augen: «Sechshundert Volt. Der Strom ist ihm direkt durch den Kopf gefahren. Hat ihn ein bißchen verspritzt.»

«Verdammt», sagt Dean. «Das ist Faraday.»

«Wer ist Faraday?» fragt der Cop.

«Was ist mit Faraday?» sagt Angela.

«James Francis Bedford», sagt der Cop.

«Das ist Faraday. Das ist sein Spitzname.»

«Weißer?»

«Ja», sagt Dean.

Der Cop hebt die Hand. «Etwa so groß wie du?»

«Ja.»

«Hier 'ne Tätowierung von einem Schaltkreis.»

«Tot?»

«Mausetot, Freundchen.»

«Die haben Faraday umgebracht!» kreischt Angela.

«Du weißt doch noch nicht mal, wer Faraday ist», sagt Elijah.

«Sie haben ihn umgebracht, sie haben ihn umgebracht, sie haben ihn umgebracht!» Sie schluchzt in den Ärmel ihres Mantels hinein.

«Ich mochte Faraday! Ich mochte ihn!»

«Wo hat er gewohnt?» fragt ein Cop.

«Wozu wollt ihr das wissen?» sagt Elijah.

«Seine Familie will seinen Kram haben.»

«Seine Familie?»

«Ja, du weißt schon, Brüder, Schwestern, Tanten, Onkels. Kommt schon, macht hier nicht rum. Hey, du! Schleimbeutel! Wo hat er gewohnt?»

«Da.»

Dean zeigt auf Faradays Kabuff.

«In dem Stück Dreck hat der gewohnt?»

«Das ist sein Haus.»

«Verdammte Scheiße. Wozu ist die Klobrille?»

«Eine Türglocke.»

«Ich faß es nicht.»

Einer der Cops stemmt das Schloß auf und öffnet die Tür zu Faradays Wohnung. Sie gehen hinein und kommen wenig später mit einer Kiste voller Papiere heraus.

«Nichts drin außer ein paar Bücher», sagt ein Cop.

«Wißt Ihr alle, wer James Francis Bedford war?»

«Er war Faraday.»

«Er war mal ein Cop.»

«Faraday? Ein Cop?»

«Er war mal was Beßres», sagt der Cop. «Hat 'n Unfall gehabt. Die Nerven verloren. Hat jemand erschossen. Hat sich nie davon erholt. Seine Familie hat mich gebeten, hier runterzugehen und seine Sachen zu holen. Feine Leute, Bedfords Familie. Die waren alle was Beßres. Sogar Bedford war mal was Beßres. Bevor er hier runterkam.»

Treefrog springt vom Steg herunter und geht lautlos über den Tunnelkies, bis ein Cop ihn mit einem Lichtstrahl festnagelt.

«Scheiße, Maulwürfe überall!»

Sie versammeln sich draußen vor dem Verschlag – Elijah, Angela, Dean, Papa Love, Treefrog – und sehen zu, wie die Cops Faradays Hütte durchkämmen.

«Was suchen die?»

«Keine Ahnung. Vielleicht 'ne Knarre.»

«Wichser», flüstert Angela.

«'scheinlich haben sie ihn umgebracht», sagte Elijah.

«Glaubst du wirklich, daß Faraday ein Cop war?»

«Nie im Leben.»

«Glaubst du, daß er mal jemand erschossen hat?»

«Kann sein.»

«Er schuldet mir zwanzig Dollar!» sagt Dean.

«Halt's Maul, Mann.»

«Hey!» sagt Dean zu den Cops. «Laßt Faradays Krempel in Ruhe! Er schuldet mir zwanzig Kröten! Laßt das liegen! Das gehört mir!»

«Finderlohn», flüstert Angela. «Die haben mich zuerst geweckt. Ich behalt Faradays Krempel.»

«Ich knall dir eine, du Fotze», sagte Dean.

«Elijah!» schreit sie. «Elijah!»

Aber als sie sich umdreht, sieht sie, daß Elijah gar nicht zuhört. Er hat die Kapuze seines Sweatshirts heruntergezogen, die Augenbrauen zusammengekrumpelt und den Kopf schiefgelegt. Dann kratzt er sich den Schädel und sagt: «Faraday? Faraday hatte eine Familie?»

Faraday – so erfahren sie später – war zum Tunnel unter der Second Avenue gegangen, um dort Strom abzuzapfen. Er wollte jemandem helfen, einen Transformator anzuschließen, aber unterwegs fand er in einem Mülleimer in der Bowery eine Angel. Er war zu, nachdem er Heroin geschnupft hatte, und wollte die Angel ausprobieren. Faraday peitschte sie durch die Luft und stieg durch den Notschacht in den Second-Avenue-Tunnel ein. Er stellte sich an den Rand der Gleise und spielte Flußufer mit der Dunkelheit, ließ die Rute wie einen Traum über seinem Kopf schwirren. Der kleine Fliegenhaken am Ende der Schnur wirbelte aufs Gleis hinaus, kam wieder hoch und tänzelte in der Luft, als Faraday die Rute wie ein Lasso über die Schulter zurückwarf. Es geschah ganz schnell – er stolperte, fiel aufs Gleis und kam mit der Hand an die Stromschiene. Der Strom saugte ihn an, sein Körper schlug der Länge nach aufs Metall, die Angel schloß den Kreis. Er muß eine Leiche aus wilden blauen Funken gewesen sein. Zuerst kochten die Flüssigkeiten in seinem Körper, Blut und Wasser und Samen und Alkohol verdampften zu nichts. Sechshundert Volt Gleichstrom pusteten ihm ein Loch in die Schädeldecke. Die Cops mußten den Strom abstellen, bevor sie ihn von der Schiene abpulen konnten. Sie steckten ein Stück seines Hirns in eine blaue Plastiktüte, einer der Cops mußte sich bei dem Anblick erbrechen, und die Leute im Tunnel standen herum, starrten und sagten nichts. Doch einer rannte später mit der Angelrute davon – Angela war überzeugt, daß es Jigsaw war – und sagte, es gäbe wunderschöne Regenbogenforellen in den Pfützen unter den Bahnsteigen, die fabelhaftesten Regenbogenforellen, die je in der Stadt gesichtet worden seien.

Treefrog knüpft die Wäscheleine auf, nimmt eine dunkle Krawatte heraus und schlägt sie gegen die Wand, um den Tunnelstaub herauszuklopfen. Der Staub schweift durch das Kerzenlicht und fällt träge herab, landet auf den wächsernen Spinnenbeinen am Fuß der Kerzen. Die Krawatte wird schwarz, mit roten Eichhörnchen. Er hat vergessen, wie man einen Knoten bindet, und so schlingt er sie einfach unter den Kragen eines dreckigen Holzfällerhemds. Er versucht sich zu kämmen, aber seine Haare sind zu lang und verfilzt. Er stopft sich ein extra T-Shirt in die Manteltasche, als Kissenschoner für später, für alle Fälle. Er greift in seine Nachttischschublade und nimmt ein Probefläschchen Aftershave heraus, das er einmal im Drugstore geklaut hat, und tupft sich etwas davon auf die Wangen. Von dem Geruch wird ihm übel. Er vollendet das blinde Ritual durch sein Nest, berührt alles mit beiden Händen, legt schließlich die Hände auf den Tacho.

Während er auf die anderen wartet, hält sich Treefrog warm, indem er seinen Ball gegen die weiche Uhr wirft. Er hat jetzt nur noch einen Ball und wird sich bald einen neuen kaufen müssen, falls er ihn verliert.

Als Angela, Dean und Elijah kommen, hebt er seinen Bart an und zeigt ihnen die Krawatte. Sie lachen – «Mister Treefrog Rockefeller!» sagt Angela – also wickelt er sie sich um die Stirn, und dann verlassen die vier den Tunnel. Papa Love hat beschlossen, nicht mitzukommen. Sie zwängen sich durch die Lücke im Tor, und auf dem steilen Hang zum Park hinterlassen sie Fußspuren im Schnee. Angela quietscht, als der Schnee ihre Füße näßt. Sie und Elijah schweben auf dem, was sie geraucht haben, und sie hat sich den Mund mit Lippenstift vollgeschmiert, sieht auf unbestimmte Weise schön und schrill aus.

Treefrog muß den Hang viermal rauf- und runtergehen, um eine gerade Anzahl von Schritten zusammenzubekommen –, streift im Gehen jedesmal mit der Hand die eisigen Stämme der Holzapfelbäume.

«Du bist ein verdammter Spinner», ruft Angela.

Er springt über den Zaun und holt die anderen ein, als sie beim Spielplatz an der 97th vorbeigehen. Ein Schauer durchfährt ihn, als er bei den Schaukeln eine Mutter sieht, die ihr Kind anstößt. Die Beine des Kindes schwingen durch die Luft. Er schiebt sich die Sonnenbrille auf die Stirn und winkt Lenora zum Abschied zu.

Zwischen West End und Broadway halten sie beim Laden der Heilsarmee an, damit Angela sich einen Schal holen kann. Sie kommt mit einem extra Paar Socken zurück, das sie sich unter den Pelzmantel gesteckt hat, und sagt: «Ich glaub, ich bin jetzt fast tiefgefroren.»

Sie zieht die Socken über ihre Waden und steigt wieder in ihre schiefen Stöckelschuhe.

In der Subway nach Brooklyn sitzt Treefrog allein am hinteren Ende des Wagens. Die anderen bleiben bei der Tür stehen und betrachten ihr Spiegelbild im dunklen Glas. Treefrog kauert sich in die Ecke, holt seine Hohner heraus und beginnt, leise zu spielen.

In einem Brooklyner Eßcafé beherrscht der Koch das Eieraufschlagen so perfekt, daß er es mit geschlossenen Augen tut. Treefrog nickt ihm voller Hochachtung zu. Der Koch durchsticht die Schale mit einem langen Fingernagel und schnickt den Inhalt leichthändig hinaus, zwei Eier nebeneinander.

Die Eigelbe bleiben ganz. Hände und Schieber werden über die heiße Platte gehalten.

Während er den Koch beobachtet, reibt Treefrog, der immer noch seine Krawatte um die Stirn trägt, einen Schein zwischen den Fingern – er hat das Geld bei Faradays Beerdigung bekommen. Für die Messe waren sie zu spät, aber ein Diakon sagte ihnen, wo das Begräbnis stattfinden würde. Sie liefen zum nahegelegenen Friedhof. Der Vater des Verstorbenen sah sie mitten in der Zeremonie ankommen. Er schlurfte an einem Stock zu ihnen hinüber und bot ihnen zehn Dollar pro Mann, wenn sie sich fernhielten. «Bitte», sagte er, als würde sein gesamtes Wohl davon abhängen. Hinter ihm, am Rand des Grabes, stand der Rest der Familie und sah zu. Eine Frau – es war wohl Faradays Mutter, betupfte unaufhörlich ihre Augen mit einem langen schwarzen Schal. Dean verlangte zwanzig Dollar pro Nase, und Faradays Vater sah ihn lange und traurig an. Dean zuckte die Achseln. Faradays Vater griff in die Tasche und nahm einen Bündel Geldscheine aus einem Umschlag, der für den Priester bestimmt war. Der alte Mann zog einen Handschuh aus und verteilte mit zitternden Händen die Zwanzig-Dollar-Scheine.

Als er bei Treefrog ankam, hatte er nur noch einen Zehner und einen Fünfer übrig, aber Treefrog sagte: «Ist schon okay, Mr. Bedford.»

Faradays Vater sah ihn an, und für einen Moment hellte sich seine Miene auf, dann aber sagte er: «Bleiben Sie einfach dem Grab fern, okay?»

Er drehte sich um und ging von dannen, wie jemand, dem eine schwere Last genommen wurde.

Die vier verfolgten die restliche Zeremonie von einem entfernten Grabstein aus.

«Da geht Faraday», sagte Elijah, als der Sarg hinabgelassen wurde.

«Der heißt nicht Faraday», sagte Angela.

«Für mich ist er Faraday.»

«Ich hätt vierzig Mäuse kriegen müssen», sagte Dean. «Er schuldete mir zwanzig! Hat's mir nie zurückgezahlt, der Dreckskerl!»

«Mann, guckt euch diesen Sarg an», flüsterte Angela. «Diese Goldgriffe. Verdammt. Der geht mit Stil.»

«Aber abwärts», lachte Elijah.

«Ich wette, der war reich», sagte Dean.

«Genauso tot, ob nun reich oder nicht», sagte Treefrog.

Er dreht sich ein wenig auf dem Hocker. Das Geld ist jetzt warm in seiner Hand.

Während er den Koch beobachtet, hält sich Treefrog die Scheine unter die Nase und riecht daran. Dann faltet er den Zehn-Dollar-Schein, bis er ganz winzig ist, und sucht alle Manteltaschen nach einem guten Versteck ab. Das rote Futter ist voller Löcher, aber er findet ein gutes Plätzchen für den Schein und befestigt ihn mit drei Nadeln, damit er ihn ja nicht verliert. Er kichert, als die Nadel das Auge eines toten Präsidenten durchsticht.

Der Koch wirft die Eier in die Luft, sie machen einen Salto und landen auf einem Brötchen. Während er Schinken auf die Eier legt, zwinkert er Treefrog zu.

Vielleicht wird er dem Koch ein Trinkgeld für die Show geben. Seit Jahren hat er niemandem mehr Trinkgeld gegeben, aber nun fühlt er sich auf einmal groß und edel. Als der Teller auf dem Tresen steht, bindet Treefrog die Krawatte ab, steckt sie in die Tasche, dreht den Teller zweimal herum, leckt sich jeden Finger und verharrt über der Speise wie ein verliebter Mann.

Ein Sichelmond am Himmel, der Schneefall hat für kurze Zeit nachgelassen. Treefrog zwängt sich durch das Tor und klettert mit zwei Flaschen zu seinem Nest hoch.

Er läßt einen Haufen Zweige und splittriges Holz aus seinem Mantel herausfallen, das er auf dem Heimweg unter der Überführung gefunden hat. Das Lager hat irgendeinem Penner von oben gehört, der an der 96th Street unter der Brücke lebt. Das Holz war in eine Decke eingewickelt, damit es trocken blieb. Was die da oben für Dämlichkeiten anstellen, einige wärmen sich über Dampfgittern, lassen sich die Unterseite von heißen Windstößen gar kochen, während ihnen die Oberseite abfriert, wenden sich am laufenden Band wie törichte Toastscheiben.

Mit seinem Schweizer Armeemesser zerhackt Treefrog einen Teil des Holzes zu Anmachholz, baut ein kleines Zelt aus Zweigen, reißt eine Zeitung in Streifen. Er hockt sich mit hochgerafftem Mantel über das Feuerchen, mit dem Hintern knapp über den Flammen.

Dort bleibt er, bis die Hitze ihn durchdringt, dann wirft er ein paar größere Zweige und eine schwarze Plastiktüte obendrauf, um das Feuer anzufachen. Als die Flammen nach oben züngeln, geht Treefrog zu seinem Bett und legt sich hin, verschränkt die Arme hinterm Kopf wie ein gelangweilter Teenager. Der Rauch zieht durch den Tunnel, hinaus durch das Gitter auf der anderen Seite.

Er tritt gegen das Fußende der Decke und sieht, wie ein paar Rattenködel durch die Luft fliegen. Er pfeift nach Castor – «Komm, mein Mädchen, komm» –, aber sie kommt nicht.

Er öffnet die erste Flasche Gin, steckt einen schmutzigen Stohhalm in den Flaschenhals und trinkt, nestelt dann unter der Jeans an seiner langen Thermo-Unterhose und legt die Hände über sein Geschlecht, um die Wärme einzufangen.

Als er die erste Flasche ausgetrunken hat, starrt er ins Nichts hinauf. Im Tunnel ist es still. Er zieht die Mundharmonika aus der Tasche, aber sie ist kalt, und er beschließt, sie nicht zu wärmen. Der Zug aus Albany donnert durch den Tunnel, und Treefrog steht trunken auf, als er in der Ferne jemand pfeifen hört. Er blickt hinunter, den Tunnel entlang, und sieht Papa Love aus seiner Hütte treten.

Treefrog lehnt sich weit über den Steg hinaus, um besser sehen zu können.

Papa Love, ein Mann mittleren Alters mit Dreadlocks, ist dick eingemummelt, bis auf Hände und Gesicht. Dennoch sind seine Bewegungen geschmeidig. Er legt Holz auf das Feuer gegenüber seiner Hütte und plaziert sorgfältig Dosen mit Sprühfarbe auf ein paar alten Korbstühlen. Mit bedächtiger Anmut reiht Papa Love die Dosen eine nach der anderen auf und schlägt die Arme um den Körper, um die Kälte zu vertreiben. Entlang der seitlichen Hüttenwand, auf den Brettern, steht: MAN KANN SICH NICHT SELBST ENTDECKEN, MAN KANN SICH NUR SELBST ERSCHAFFEN. Darunter eine Collage gelber Linien und einer Konföderierten-Fahne in afrikanischen Befreiungsfarben.

Treefrog hat Papa Love nur selten nach oben gehen sehen, außer um Essen und Farben zu besorgen. Der alte Künstler hat noch immer ein Bankkonto aus seiner Zeit als Kunstlehrer an der High School. Papa Love kam in die Tunnel, nachdem sein Freund von einer Kugel getroffen worden war. Einfach aus einem vorbeifahrenden Auto, die Killer waren vollgepumpt mit Amphetaminen. Sein Freund wurde umgehend in ein Krankenhaus in Manhattan gebracht, aber die rote Linie der Herzmaschine piepte und sackte ab. Papa Love hatte viele Männer in Vietnam sterben sehen, doch er war nicht darauf vorbereitet gewesen, seinen Freund diesen Weg gehen zu sehen. Nach seinem Tod fing Papa Love an, herumzustreunen, lief kreuz und quer durch die ganze Stadt, schlief auf den Stufen einer Kirche. Und dann, eines Sommers, beschloß er, sein Herz an einen Pappkarton zu schnallen. Die Pappe fand er vor einer Eingangstür auf dem Riverside Drive, er klemmte sie sich unter den Arm und trug sie in die Tunnel hinunter, und er schnallte seine Aorta auf die eine Seite, und er schnallte seine Lungenschlagader auf die andere, und er band sie sauber und ordentlich zusammen, und er schnallte all seine Venen längs der Pappe fest, und er schnallte all seine Arterien in der entgegengesetzten Richtung fest, und er verwob sie mit einem Muskel seines Herzens, und er hatte das Gefühl, all sein Blut würde explodieren, und er streckte sich auf dem braunen Boden aus und blickte den dunklen Tunnel hinunter und sah eine Ratte über die Gleise huschen, und er kicherte in seinem Kummer, und er sagte zu sich: Ich hab mein Herz an einen Pappkarton geschnallt.

Das war Papa Loves erstes Bild – ein Selbstporträt seines Herzens, um ein Stück Pappe gebunden, und die Leute hielten es irrtümlich für ein Liebesherz und gaben ihm seinen Spitznamen, und er hat ihnen nie widersprochen.

Vor Jahren einmal kam ein Galerist in den Tunnel hinunter, weckte Papa Love und forderte den Künstler auf, oben etwas für ihn zu machen. Papa Love hatte noch ein anderes Selbstporträt gemalt – als Kaffeemaschine, das langsame Herabtropfen dunklen Fleisches. Der Galerist wollte es auf Leinwand haben. Papa Love lehnte ab, und der Galerist eilte aus dem Tunnel, Schweißtropfen auf der kalten Stirn. Solche Angst hatte er, daß ihm fast die Beine wegsackten. Dean rempelte ihn an und klaute ihm die Brieftasche. Es war das einzige Mal, daß irgend jemand Papa Love zornig erlebte. Er rammte Deans blonden Kopf gegen die Wand und rannte dem Galeristen mit der Brieftasche hinterher nach oben. Als er keuchend in den Tunnel zurückkam, schrie er nach Dean, aber Dean war weggelaufen. Aus Rache malte Papa Love Deans Porträt unter eine Reihe von Gittern unter der 86th Street, wo das Licht wie durch Kirchenfenster hereinfiel, und schrieb in riesigen Buchstaben das Wort KINDERFICKER darunter, doch noch am selben Tag bekam er ein schlechtes Gewissen, schrubbte die Buchstaben wieder weg und ließ das Bild stehen, und Dean faßte es als Kompliment auf, sein Porträt an der Tunnelwand.

Von seinem Nest aus sieht Treefrog, daß eine riesige Fläche der Tunnelwand – direkt gegenüber Papa Loves Hütte, im Schein der Flammen – schon weiß grundiert ist, ein akkurates, schwarz umrandetes Rechteck.

Papa Love stapelt vier Kisten als Leiter übereinander. Er bedeckt Mund und Nase mit einem roten Tuch, um keine Farbdämpfe einzuatmen. Über das Tuch kommt eine alte zerdepperte Brille, ein komischer Anblick. Er stellt sich auf die Kästen, schüttelt eine Farbdose. Treefrog kann die Metallkugel drinnen klacken hören. Papa Love streckt die Arme aus, und in einem jähen Ausbruch stößt er auf die Wand nieder und läßt die Arme in einem riesigen Bogen kreisen.

Atemnebel steigt aus dem Kopftuch auf, als Papa Love von den Kästen heruntersteigt – sie fallen bereits wie ein Kartenhaus zusammen –, sein Körper gleitet wie an einem Seil durch die Dunkelheit, und die Farbe knallt gegen die Wand, ein großer schwungvoller Halbkreis; und dann, fast genauso schnell, ist Papa Love auf dem Boden neben dem Feuer und reibt sich die Knie, die von dem Sturz auf den Tunnelboden schmerzen.

Er tritt zurück, nickt der Wand zu und stapelt die Kästen wieder aufeinander. Papa Love stellt sich ein weiteres Mal auf seine merkwürdige Leiter und stürzt der Wand entgegen, und er sprüht in einem vollendeten Bogen ein zweites Mal über den Halbkreis. Seine grauen Haare wippen im Flug. Die Farbe deckt jeden Zentimeter seines ersten Malschwungs ab. Er landet neben dem Feuer und reibt sich die Hände kräftig gegen die Kälte. Er breitet die Kästen aus und stellt sich breitbeinig hin – er könnte der Geist von Nathan Walker sein; er könnte buddeln –, nimmt eine andere Farbdose und sprüht zwei Monde unter den Halbkreis. Jedesmal, wenn er zurücktritt, wärmt er sich die Hände über dem Feuer.

Treefrog läßt sich vom Steg herunterfallen und geht weiter den Tunnel hinauf, bleibt in den Schatten stehen und guckt zu.

Papa Love bückt sich und malt einen langen geraden Schlauch, der aus dem Halbkreis hervorkommt. Über den Schlauch zieht er eine Reihe von Striemen. Die Mitte des Bildes wird gelb eingesprüht und dann an den Rändern mit einer Wolke von Rot abgetönt. Papa Love arbeitet wie ein Besessener, die Dosen liegen um ihn herum auf dem Boden verstreut, alle paar Minuten hält er inne, um Lagerfeuerwärme in seine Hände aufzunehmen, steigt wieder auf die Kästen, verhext die Wand mit Farbe, mit weiten Armschwüngen, und konzentriert sich dann auf eine Stelle, malt Linien, die oben aus dem Kreis heraustreten.

Das Bild an der Tunnelwand wächst, und eine riesige, drei Meter hohe Glühbirne kommt zum Vorschein. Papa Love steht am Feuer und bearbeitet die Düse einer Sprühdose mit seinem Messer. In die obere Hälfte der Glühbirne malt er zwei pelzige Linien und darunter bläuliche Ovale. Treefrog erkennt, daß der alte Künstler ein Augenpaar in die Glühbirne gemalt hat.

Papa Love, der jetzt nur noch auf einer Kiste steht, malt mit einem Pinsel Schaltkreise als Pupillen. Dann ein langes Stück Nase unter den Augen und einen Mund, der in einem zaghaften Grinsen erstarrt. Unten an die Birne kommen noch ein paar Stoppeln.

Papa Love tritt einen Schritt zurück und betrachtet sein Werk, die Hände im Overall vergraben.

«Hallo», sagt Treefrog und kommt näher.

«Warst du bei der Beerdigung?»

«Ja, wir wurden bezahlt. Faradays Vater hat mir fünfzehn Mäuse gegeben, damit ich nicht hingeh. Die andern haben zwanzig gekriegt.»

«Erzähl kein' Scheiß.»

«Erste Beerdigung, für die ich bezahlt wurde.»

«Ich bin zu alt für Beerdigungen», sagt Papa Love.

Treefrog zeigt auf das Wandgemälde: «Das ist Faraday, stimmt's?»

«Wird. Vielleicht. Ist noch nicht ganz fertig.»

«Sieht gut aus.»

«Ein echter Bruder», sagt Papa Love.

Treefrog scharrt im Kies: «In jedem von uns steckt ein Grab.» Und dann ist ihm peinlich, was er gesagt hat, und er murmelt: «Glaubst du, es hört irgendwann mal auf zu schneien?»

Papa Love zuckt die Achseln.

«Glaubst du, Faraday hat's absichtlich gemacht?» fragt Treefrog.

«Nee. Aber wenigstens ist er auf seine Art abgetreten. Ich mein, so hätt er's wahrscheinlich gewollt.»

«Hey», sagt Treefrog. «Wenn du ein Bild von mir malen würdest, wie würdest du mich malen?»

«Mann, ich mal nur tote Leute.»

«Du hast dich selbst gemalt. Und Dean.»

«Tote und Leute, die's sein sollen.»

«Oh.» Treefrog schweigt lange. «Und was ist mit Miriam Makeba?»

«Wollt, die wär auch tot», sagt Papa Love.

«Wieso?»

«Damit sie hier runterkommt und mir Gesellschaft leistet.»

Treefrog lacht.

Papa Love wendet sich seinem Wandbild zu. «Gefällt's dir?» fragt er.

«Ja, Mann, 'türlich gefällt's mir. Der alte Faraday, Mann. Verdammt. Echt schade, daß er weg ist.»

«Echter Blutsbruder.»

Papa Love schüttelt eine weitere Farbdose.

«Hast du diese Angela schon gesehen?» fragt Treefrog.

«Ja», sagt Papa Love. «Die Schwester, die mit Elijah zusammenlebt.»

«Mann, die solltest du malen.»

«Letztes Mal, wo ich sie gesehen hab, schien sie noch ganz hübsch zu atmen.»

«Ja, aber du solltest sie trotzdem malen», sagt Treefrog.

Er klopft Papa Love auf die Schulter, als der Alte sich an Faradays Kinn macht.

In sein Notizbuch schreibt Treefrog: *Wieder unter der Erde, wo du hingehörst. Wieder unter der Erde, wo du hingehörst.* Jeder Buchstabe ist wie ein vollendetes Spiegelbild des vorangegangenen, seine Handschrift ist winzig, präzise und steil. Er könnte eine Karte von diesen Worten anfertigen, beginnend mit dem W und endend mit dem t – wo aller Anfang beginnt und endet –, und sie würden die seltsamsten überirdischen und unterirdischen Topographien ergeben. Und dann schreibt er: *Angela.* Zwei A's, eins an jedem Ende. Das ist hübsch. Ein feiner Name. Wunderschön. Ein Bleistiftschnörkel am Ende, eine Heckflosse.

10
1955 – 64

Ein riesiger blauer Buick mit überdimensionaler Heckflosse kreuzt durchs Viertel. Der Fahrer läßt den Arm aus dem linken Fenster baumeln, zwischen den Beinen eine offene Whiskeyflasche. Er trägt eine Sonnenbrille und ein Hemd mit Spielkartenmuster, ein Pikbube am offenen Kragen. Ein Päckchen Marihuana beult die Brusttasche aus.

Hoofer McAuliffe lenkt mit den Knien, eine Hand klopft gegen das Armaturenbrett, und die Finger der anderen Hand trommeln draußen gegen die Wagentür. Beim Fahren lehnt er sich aus dem Fenster, um seinen nagelneuen Satz Weißwandreifen zu bewundern, ist regelrecht hypnotisiert von ihrem Wirbeln. Er nimmt die Hand vom Armaturenbrett, packt die Whiskeyflasche und nimmt einen langen, tiefen Schluck. Whiskey fließt über sein Kinn, tröpfelt zwischen den Stoppeln herab. Der Wagen fährt langsam, fünfundzwanzig Meilen die Stunde.

Auf der anderen Seite der Straße sieht McAuliffe ein paar Jungs an einem Hydranten herumspielen. Riesige Wasserfontänen schießen über die Straße. Die Jungs lachen über jedes vorbeifahrende Auto, das sie erwischen, und einer der Jungs deutet auf McAuliffes Wagen. Die Jungs boxen sich gegenseitig vor Vergnügen, und die Fäuste rutschen an ihren nassen Schultern ab.

McAuliffe zieht den Arm ein, und als er mit hektischen Bewegungen das Fenster hochkurbelt, kullert die Whiskeyflasche zu Boden. Er flucht laut ins Lenkrad hinein, reißt das Steuer herum und lenkt den Wagen quer über drei Spuren, weg von den Jungs. Hinter ihm hupt ein Taxi. Hoofer McAuliffe richtet sich im Sitz auf, voll konzentriert. Ein Fahrradfahrer, der sich durch den Verkehr hindurchschlängelt, schwenkt zur Seite, um dem Buick auszuweichen.

McAuliffe tritt kurz auf die Bremse, aber die Jungs auf der anderen Straßenseite haben den Hydrantenstrahl auf ihn gerichtet, eine Riesenfontäne, die in einem Bogen durch die Luft spritzt, und er rammt den Fuß wieder aufs Gaspedal.

Die Ampel ist rot, und das Gaspedal wird bis zum Anschlag durchgedrückt, und der Motor heult auf.

Er sieht die Frau auf dem Fußgängerübergang nicht, die die große Wäschetüte im Arm trägt. Sie blickt über die Schulter und kichert über die Jungs, die die Straße mit Wasser salben. Ein Brüllen gellt ihr in den Ohren – «ACHTUUUUUNG, LADYYYY!» – und sie fährt herum, zu spät. Der Buick erwischt sie an der Hüfte, und schon ist sie in der Luft, fliegt, mit einem halben Purzelbaum, Wäscheklammern regnen aus der Tasche ihres Kleides, ihre dünne Gestalt kracht gegen die Windschutzscheibe, hinterläßt ein Spinnennetz im Glas, ihr Körper rollt aufs Dach, dellt das Blech ein, das grüne Kleid bläht sich – die Straße ist still bis auf das Prasseln des Wassers und das Kreischen der Bremsen. Ihre Wäschetüte – Stoffwindeln und Babykleidung – bleibt vorne am Auto hängen. Sie wird nach hinten geschleudert, ihre ausgestreckten Arme klatschen gegen die schöne Heckflosse.

Sie fliegt weiter, schlägt mit dem Kopf auf dem Pflaster auf, mit einem derartigen Knall, daß die Umstehenden sich später nur an dieses eine Geräusch erinnern werden, an den dumpfen Aufprall ihres Kopfes auf Beton. Und an den Anblick einer Wäscheklammer, die sich mit Blut vollsaugt, und weiterer Klammern, die sich über die Straße verteilen.

Der Buick rammt einen Briefkasten – drückt die Wäschetüte dagegen – schert aus, schlittert über zwei Spuren, bleibt stehen.

Hoofer McAuliffe steigt aus seinem Wagen, zerrt an den Knöpfen seines Hemdes. Als es sich öffnet, fallen ihm die gemusterten Spielkarten um die Hüfte. Er rennt zwischen dem Auto und der Frau hin und her, trommelt sich mit den Fäusten gegen den Kopf. Auf der anderen Straßenseite schließt jemand mit einem Schraubenschlüssel den Hydranten. McAuliffes Gejammer wird lauter, und er sinkt vor seinem Auto auf die Knie, betastet die riesigen Dellen in der Kühlerhaube seines Buick.

Eine Viertelstunde vergeht, bis Clarence nach Hause gelaufen kommt und ruft: «Mama ist von einem Auto angefahren worden!»

Walker springt von seinem Platz auf, sein Bein erwischt den Plattenspieler, und ein weiterer Kratzer ritzt sich durchs Vinyl, und die Nadel hüpft und hüpft und hüpft, während Vater und Sohn zur Tür rennen. Clarence stützt seinen Vater, als sie die Treppe hinunterlaufen. An der Straßenecke streicht Hoofer McAuliffe mit den Fingern über die Delle in seinem Auto und schreit Walker an: «Es war nicht meine Schuld! Die Ampel war grün! Sie ist mir direkt vors Auto gerannt! Da!»

Und er zeigt auf den Abdruck ihres Körpers in der Haube, und leise sagt er: «Fotze ist mir vors Auto gerannt.»

Die Menge verstummt, als Walker sich auf den Boden kniet und Eleanors Kopf in die Hände nimmt. Wie Eleanors Haare ihn in lustvollen Momenten berührten, etwa wenn sie sich zusammen über einen Brief beugten und sie den Kopf wandte und ihre widerspenstigen roten Strähnen sein Gesicht streiften. Oder wenn sie, nachdem die Kinder eingeschlafen waren, den Trennvorhang zuzog, neben ihn ins Doppelbett schlüpfte und ihre Haare übers Kopfkissen ausfächerte. Oder auf dem Fahrrad, bevor sie verheiratet waren, als sie ihm, auf der Stange sitzend, mit ihren langen Locken einen roten Schnurrbart anlegte und scherzte: «So werden mal unsere Kinder aussehen!» Wenn sie sich die Haare wusch, blieben lange Strähnen im Waschbecken zurück, und als seine eigenen allmählich ausfielen, nahm sie die Strähnen und legte sie ihm lachend über die Stirn. Wie sie Deirdre und Maxine die Haare bürstete, aber nie so gründlich, daß alle Kringel und Locken herausgekämmt wurden. Sie sagte ihren Töchtern, sie sollten stolz auf ihre Locken sein. Oder wie er einmal ein Marmeladenglas gegen die Wand schmetterte, als sie mit kurzgeschorenen Haaren nach Hause kam. Achtzehn Monate später waren die Locken wieder da, und lang. Und wie sie einmal, als er gerade den Boden gewischt hatte, nach Hause kam, staunte und dann vornübergebeugt im Krebsgang den Raum durchquerte und ihre Haare über sein Werk zog, ihm versicherte, sie vertraue ihm auf Schritt und Tritt, und, als sie die gegenüberliegende Seite des Zimmers erreicht hatte, glucksend zu ihm sagte: «Guck, kein bißchen Dreck in meinen Haaren! Du bist der perfekteste Putzmann, der mir je begegnet ist!»

Walker zieht sein Hemd aus und bettet den Kopf seiner Frau darauf, dann steht er auf und geht langsam zu dem Buick hinüber. Während ihm die Tränen übers Gesicht strömen, hämmert er seine Faust in die Kühlerhaube, bis sie mit Wellen und Dellen überzogen ist.

Später am selben Abend ist Hoofer McAuliffe auf der Straße und zeigt beiläufig auf die Dellen in seinem Fahrzeug. Die Kleider und Windeln, die Eleanor für ihren Enkel gewaschen hatte, sind inzwischen eingesammelt worden.

Er nimmt das Metallblatt von der Schaufel, legt es unten vor die Tür und legt einen Zettel darauf.

Ich bin vielleicht für eine Weile weg, Pa. Bitte kümmer dich für mich um Louisa und das Kind. Ich werde an dem Ort sein, von dem du mir erzählt hast, wo du als Junge warst. Sag niemandem etwas davon. Ich komm zurück, wenn die Luft wieder rein ist.

Clarence steckt die Holzstange unter den Mantel, nimmt seinen Pappkoffer, geht zwei Stufen auf einmal die Treppe hinunter und taucht in die Dunkelheit des frühen Morgens ein, während der Regen schräg durch das gelbe Licht von Harlems Straßenlaternen fällt.

Er fühlt das Holz in seinen Händen und wie es den Schädel zertrümmert, als wenn man eine Honigmelone mit einem einzigen Schlag spaltet. McAuliffe sackt gegen die Stoßstange seines zerdellten Buick. Clarence knüppelt wieder mit dem Schaufelgriff auf ihn ein. Etwas Blut spritzt hervor und trifft ihn am Rand seiner Augenklappe. Er sagt zu der Leiche: «Wir vergessen, daß wir Blut haben, bis es aus uns rauskommt, Wichser.»

Als er in rasendem Tempo um die Ecke biegt, ertönt eine Trillerpfeife, und er wird von einem Polizeischlagstock zurückgestoßen. Aber das Adrenalin in ihm treibt ihn an, unaufhaltsam, und er erhebt sich mit schwingendem Schaufelgriff vom Boden. Eine mächtige Wucht sitzt in dem Schlag, den er auf den Kiefer des weißen Cops zielt.

Hoofer McAuliffe und der weiße Cop bleiben in jähem Schweigen zurück, mit den ungläubigen Blicken von Männern, die nach dem verstummten Schlag ihrer Herzen suchen.

Clarence wird zwischen den Wagen eines Zuges Richtung Süden hin- und hergerüttelt. Noch immer schießt Adrenalin in sein dreiundzwanzig Jahre altes Herz. Ein kühlender Wind bringt ihm Erleichterung, die Hitze ist unerträglich hinten im Zug. Er stemmt seine sehnigen Arme zwischen die Wagen und geht mit der Schaukelbewegung. Clarence blickt hinunter auf die Blutflecken auf seinen Schuhen, spuckt auf jeden einzelnen, schmiert das Blut hinten auf seinen Overall.

Es ist Morgen, und die Welt heizt sich schon wieder auf, als der Zug aus einem Tunnel herauspeitscht und in das Grau und Grün von New Jersey eintaucht – zwei

Jungs, die sich auf einem Kohlehaufen schlagen, verwüstete Autos auf Ascheblöcken am Rand der Weiden, Lagerhäuser, ein Kirchturm, der in der Ferne aufragt.

Der Schaffner nimmt seinen Fahrschein entgegen. «Georgia?» fragt er.

Clarence antwortet nicht.

«In Washington umsteigen.»

Clarence starrt auf das Abzeichen des Schaffners.

«Hey», sagt der Schaffner und starrt Clarence ins Gesicht. «Schon mal die Worte ‹Ja, Sir› gehört?»

Keine Antwort.

«Hey, du aufgeblasener Nigger, ich rede mit dir.»

Nach einer Pause beugt er sich dicht zu Clarences Gesicht herunter. «Ihr seid gottverdammte Dreckskerle, allesamt. Hast du gehört? Du bist ein gottverdammter aufgeblasener Dreckskerl. Kapiert?»

Und in seiner Erschöpfung sagt der junge Mann: «Ja, Sir.»

Als der Schaffner weitergeht, lehnt sich Clarence gegen den Wagen, legt die Wange auf das kühle Metall. Er könnte auf der Stelle hinunterfallen, auf den Gleisen landen und dort liegenbleiben, wie eine Schlange, und auf die Zerstückelung seines Körpers warten, darauf warten, daß die Räder ihn in winzige Stücke zerhacken, sein Kopf sich eine Meile von seinen Beinen entfernt, sein Herz in zwei pumpende Teile zerschnitten wird, seine Zehen in alle Windrichtungen verstreut werden.

Während er auf den wirbelnden Kies zu seinen Füßen blickt, stellt Clarence sich vor, wie seine Mutter mit der Wäsche nach Hause kommt, wie sie es eigentlich hätte tun sollen. In seiner Vorstellung sitzt sie auf dem Sofa neben ihrem Enkel und steckt dem Kind scherzhaft einen

Finger in den Bauchnabel. Dann geht sie durchs Zimmer zurück zur Küche, wo sie den Wärmer von der Kanne nimmt und sich eine Tasse Tee eingießt. Sie tut den Zuckerwürfel hinein und läßt den Löffel kreisen und sagt: «Ahhh, das ist Medizin.» Sie geht mit der dampfenden Tasse durchs Zimmer und setzt sich auf den Rand des Sessels, und nach Teeblättern duftend beugt sie sich über ihren Enkel und sagt: «Er ist das Süßeste, was ich je gesehen habe.»

Clarence läßt die Vorstellung mit den Meilen ziehen – Getreidesilos, Rauch und Schlackehalden, weißgetünchte Farmhäuser.

Am nächsten Tag erreicht er die Brookwood Station in Atlanta, wandert weit über die Peachtree Street hinaus. Die Stadt ist ein Knäuel von Highways und Überführungen. Sämtlicher Energie beraubt, stolpert er durch die Gegend, und die Füße schlappen träge durch Pfützen. Am Stadtrand ragt eine neue Betonrampe ins Leere. Männer arbeiten auf der Rampe, baumeln an Seilen in der Luft. Er beobachtet ihre Kunststücke im Regen, hebt dann den Kopf, sieht die Sonne hinter trüben Wolken hervorbrechen.

Am Nachmittag findet er einen Waschsalon in der Nähe der Hunter Street, und der dunkelhäutige Besitzer läßt Clarence in Unterwäsche in der Toilette hocken, bis seine Wäsche fertig ist. Auf dem Boden liegt eine Zeitung. Er hebt sie auf. Auf der Titelseite ist ein Bericht über einen Vierzehnjährigen, der in Greenwood, Mississippi, gelyncht wurde, weil er einer weißen Frau nachgepfiffen hatte. Vielleicht hat der Junge gepfiffen, vielleicht auch nicht. Vielleicht pfeift seine Leiche immer noch. Vielleicht wird er für immer pfeifen. Das Gesicht starrt ihm aus der Zeitung entgegen, und Clarence zittern die Hände.

Eine Stunde später reicht ihm der Besitzer seine Sachen durch die Tür. Clarence stellt fest, daß das Blut kleine kupferrote Flecken auf seinem Overall hinterlassen hat. Wieder angezogen, sieht er sich lange und durchdringend in einem gesprungenen Spiegel an, schlendert dann zu einem Friseurladen hinüber, vor dem sich eine rotweiße Stange fröhlich dreht. Er läßt sich die Haare bis zum Schädel abschneiden, und der schwarze Friseur sagt zu ihm: «So, Kumpel, so gut wie neu.»

Clarence betrachtet sich im Friseurspiegel.

«Rasieren Sie mich», sagt er.

Der Friseur legt ihm das heiße nasse Tuch in den Nacken und schäumt ihn ein. Das Rasiermesser sitzt kühl an seiner Kehle. Clarence stellt sich vor, wie es tiefer und tiefer in seinen Hals eindringt, bis hinunter zu den Sehnen und Adern und noch weiter – wenn die Adern tief geöffnet sind, wird sein kleiner Sohn in seiner Blutbahn entlangschwimmen, in sein Geschlecht, in sein Hirn, in sein Herz.

Das Handtuch kühlt ab, während das Rasiermesser über sein Gesicht gleitet.

«Sogar noch besser als neu», sagt der Friseur und zieht die Seite des Rasiermessers an der Hüfttasche seiner Schürze ab. Clarence gibt ihm ein kleines Trinkgeld und wandert weiter, betrachtet sein Spiegelbild in Schaufenstern, sieht einen Menschen, der er nicht sein will.

Zum Ende der Woche, in der Hauptpost an der Forsyth Street, forscht er auf den ‹Gesucht›-Plakaten nach seinem eigenen Gesicht, sieht aber nur die Augen anderer Männer, dunkel und grimmig, in Erwartung des Todes. Er geht durch die Straßen Atlantas und weint.

Vier Polizisten stehen in Walkers Zimmer, wo er sitzt und Louisas Hand hält. Louisa zittert. Sie hält ihr Baby hoch, versteckt einen Milchfleck auf ihrem Kleid. Maxine und Deirdre liegen schluchzend auf ihrem Bett.

«Und», sagt einer der Cops, «was meinen Sie, wo er hin ist?»

«Keine Ahnung.»

«Allzuweit wird er nicht kommen, mit einem kaputten Auge. Gibt nicht allzu viele Männer, die mit Augenklappen rumlaufen. Hören Sie mich, Walker?»

«Mister Walker für Sie.»

«Wo ist er?»

Walker blickt zur Decke und erinnert sich, wie er als Junge im Kanu unter den Zypressen hindurchglitt, die fast das ganze Sommerlicht abhielten. Er greift nach oben, um Spanisches Moos herunterzuholen, sein knorriges Paddel macht lange Züge im Wasser, eine Stille liegt in seinen Bewegungen, eine ruhige Absicht; ein leichtes Drehen des Handgelenks am Ende jedes Schlages, um den Kurs des Kanus zu korrigieren, das Paddel macht kaum einen Platscher, er stemmt sich in die immergleichen Bewegungen hinein, das Moos fällt unter seinen Fingern sachte auseinander, während die Okefenokee um ihn herum kreischen.

Der Cop beugt sich vor und starrt Walker ins Gesicht.

«Sie müssen uns sagen, wo Ihr Sohn Ihrer Meinung nach hingehen könnte. Er steckt tief in der Scheiße.»

«Tatsächlich?»

«Wir können ihm helfen.»

«Das glaub ich gern.»

«Sie wollen's offenbar nicht anders, Alter.»

Walker erinnert sich, wie er um eine Ecke bog, einen flammenden Ast in der Hand mit brennendem Harz, und wie er eine riesige weiße Woge in die Nachtluft aufsteigen sah, einen ganzen Schwarm, und einen einsamen, reglosen Wächter am Rand des Sumpfes.

«Wenn Sie's rausfinden, sollten Sie uns lieber Bescheid sagen. Das ist zu seinem eigenen Besten.»

«Na klar», sagt Walker.

«Werd nicht frech, Alter.»

Ein vergiftetes Schweigen schwebt durch den Raum.

«Wo ist er, verdammt noch mal?»

«Würd sagen, er ist runter nach Kalifornien, er hat immer von Kalifornien geredet. Stimmt's, Louisa?»

«Stimmt», sagt sie.

«Kleines Städtchen namens Mendocino, glaub ich. Er hat immer von Mendocino geredet. Weiß nicht, was ihn daran so gereizt hat. Aber er hat immer von Mendocino gefaselt. Sonne und Wellen. Die Vorstellung gefiel ihm, Sonne und Wellen.»

«Will wohl braun werden, wie?»

«Bin mir nicht so sicher, ob er das nötig hat.»

«Kalifornien?»

«Da wird er wohl sein.»

Die Cops gehen zur Tür. «Ich weiß, daß Sie lügen.»

«Tun Sie ihm nichts», sagt Walker. «Wenn Sie ihm was antun, dann tu ich Ihnen was an. Das versprech ich Ihnen.»

«Würd sagen, das ist eher eine Drohung.»

«Tun Sie ihm nichts», sagt Walker wieder. «Bitte tun Sie ihm nichts.»

Drei Wochen nach dem Besuch der Cops leiht sich Walker von Rhubarb Vannucci fünfzig Dollar und nimmt einen Zug runter nach Atlanta, wo die Polizei Clarence gefunden hat.

Walker beugt seine große Gestalt in der Hitze, trinkt Wasser aus einem Trinkbrunnen für Farbige. Überall in der Stadt stehen die Bäume in Blüte. Stärlinge zetern laut auf den Ästen. Frauen in Pastellhüten schützen ihre Gesichter vor Autoabgasen. Vor dem Bahnhof sieht er einen Jungen Schuhe putzen. Der Junge blickt zu ihm auf und lächelt. Walker überlegt, wo er den Jungen schon mal gesehen hat, aber er kommt nicht drauf.

Er geht entschlossen, mit schwingenden Schultern, nicht bereit, seinen Kummer zu zeigen.

Moskitos versammeln sich wie zum Gebet vor dem Fenster seines Hotelzimmers. Die Hitze ist unerträglich, und er macht das Fenster auf. Die Insekten schwärmen herein, scharen sich um ihn. Er zerdrückt ein paar Moskitos, und an seinen Fingern bleibt ein kleiner Schmierer seines eigenen Blutes zurück. Unter seinem Auge schwillt ein Stich an. Er steht am Fenster, und sein Blick verschleiert sich – Bäume formen Gestalten, und ein Barschild verschwimmt. Er verläßt das Hotel und geht zur Bar hinüber, bestellt einen Whiskey. Eine Jazzsängerin sieht ihn von der Bühne herunter heißblütig an, rollt ihre rosa Zunge anzüglich durch den Mund. Walker fällt plötzlich das Gesicht des Jungen ein, der am Bahnhof Schuhe geputzt hat, und ihm wird klar, daß er womöglich sich selbst als Jungen gesehen hat. Er legt das Gesicht in seine Hände, wirft das volle Whiskeyglas um, schiebt sich in die Nacht hinaus.

Über die Straße taumelnd, schlägt er nach einem vorbeifliegenden Falter. Er schnippt die Staubreste von seinen Handflächen. Ein fadenartiger Fühler bleibt dort haften, und er bläst ihn weg, erinnert sich dabei an einen anderen Falter in einem anderen Raum, Monate zuvor.

Am Morgen wird er von Vogelgezwitscher geweckt, und er macht sich auf den Weg zum Leichenschauhaus. Nicht einmal das Geschick des Leichenbestatters konnte die Schläge kaschieren, die Clarence abbekommen hatte, sein Kiefer hängt schief, seine Wangenknochen sind aufgeschwollen, eine neue Augenklappe über einer noch tieferen Wunde in der Augenhöhle. Die Polizei erzählt ihm, Clarence sei bei dem Versuch, über einen Schrottplatz am Stadtrand zu entfliehen, erschossen worden. Clarence, behaupten sie, habe mit einem Messer einen Spirituosenladen überfallen, sei auf den Schrottplatz gerannt, um sich zu verstecken, und erschossen worden, als er auf Ölfässern ausrutschte. Das Messer sei am Tatort sichergestellt worden, und Clarences Taschen seien mit Geld vollgestopft gewesen.

«So was geschieht mit einem Copkiller», sagen sie.

Walker starrt auf die Ankläger seines Sohnes.

«Weißt du», sagt einer der Cops, «ich hatte mal einen von eurer Sorte in meinem Baum.» Er bohrt mit einem Zahnstocher in den Zähnen und sagt: «Baumelte vom höchsten Ast.»

Tränen trüben Walkers Blick. Er kämpft sie zurück, beißt sich auf die Lippen.

Als er in sein Hotelzimmer zurückkehrt, fällt er auf die schmutzigen Laken, läßt die abendlichen Moskitos um ihn herumwüten. Er zuckt nicht einmal, als sie stechen. Er überlegt kurz, ob er die Okefenokee seiner Kindheit noch einmal aufsuchen soll, entscheidet sich aber dagegen. Als er in den Zug nach New York steigt, ist sein Gesicht von roten Schwielen aufgedunsen. Ein Schaffner schiebt ihn in den hintersten Wagen. Vom Zugfenster aus sieht er die Landschaft Amerikas vorbeifließen.

Zu Hause schläft er in Clarences Bett. Dann geht er hinüber und schüttelt die Kissen neben dem Geist seiner Frau auf. Zu dritt legen sie sich hin. Der Beat von Louis Armstrong kommt aus dem Plattenspieler, die Klänge winden sich zärtlich durch seine Qual.

An einem fahlen Wochentag beerdigt er Clarence, läßt ihn neben Eleanor auf einem Friedhof in der Bronx zurück. Seine Töchter und Louisa stehen neben ihm.

Walker kniet vor dem Stein, spricht aber kein Gebet. Gebete erscheinen ihm jetzt ohnmächtig – sinnlose Beschwörungen, die sich nur bis zu den Kehlen der Menschen hinaufschlingen, bevor sie wieder in die Mägen zurückfallen. Geistiges Wiederkäuen. Er ignoriert die Totengräber, die fett und selbstgefällig am frisch gegrabenen Loch stehen. Walker nimmt eine Schaufel, wirft den ersten Erdklumpen auf den Sarg seines Sohnes. Er tritt zurück, nimmt seine Töchter in die Arme, und sie gehen zusammen zu einem wartenden Auto.

Er hat das Auto gemietet, um seine Familie heimzufahren. Die Mädchen steigen ein, aber Walker beschließt, alleine zu Fuß zu gehen. Dumpfe graue Vögel begleiten ihn, als er quer durch die Bronx über die Brücke bis zu seiner Straße in Harlem geht – ein fünfstündiger Fußmarsch – wo er sich vornimmt, für den Rest seines Lebens seinen Körper ans Sofa zu schnallen, Ellbogen auf der Lehne. Sogar der Gedanke an Rache erscheint ihm hohl.

Walker starrt zur Decke, sein Körper ein dunkler Raum des Nichts, leer, unbewohnt. Er erkennt die Notwendigkeit von Trauer – wenn die Trauer nachläßt, verblaßt auch die Erinnerung. Er hält die Trauer der Erinnerung zuliebe am Leben, beschwört Eleanors Bewegungen herauf, spielt sie in seiner Vorstellung durch. Sein Kopf schwirrt durch ihre Gymnastik der Liebe. Kleine Schocks erinnerter Seligkeit. Er vereint die Schönheit ihrer beider Leben, wiegt sie in seinen Händen. Selbst die langweiligsten Augenblicke bei einer Tasse Tee werden noch einmal hervorgeholt. Das gleiche tut er mit seiner Erinnerung an Clarence, verknüpft sie dann, läßt Ehefrau und Sohn gemeinsam am Klavier stehen, wo er mit ihnen redet.

«Eleanor», flüstert er, «du siehst gut aus.»

«Hey, Clar, hol deiner Mutter die Bürste.»

«So schön hast du noch nie ausgesehen, Liebes.»

«Danke, mein Sohn», sagt er und greift nach der Haarbürste, die nicht da ist. «Laß uns einen Moment allein, deine Mama und mich.»

Und nach einer Pause: «Er blüht auf wie eine Blume, findest du nicht, El?»

Die Tage verstreichen in einer tückischen Lethargie. Selbst das Licht läßt sich Zeit. Die Zukunft wirkt durch eine ewige Gegenwart aufgeschoben. Walker entwickelt ein Grauen vor der Zeit. Er dreht das Ziffernblatt der Uhr zur Wand. Der einzige Tag, den er ausmachen kann, ist Sonntag, wegen der Kirchgänger, die er durchs Fenster sieht. Er nimmt ihnen ihre weißen Zähne übel, ihre Fröhlichkeit, die bequem unter den Arm geklemmten

Bibeln. Während sie vorübergehen, scheint die Gospelmusik bereits in ihnen aufzuwallen, so wie sie auf den Zehenspitzen wippen. Sie werden in die Kirche gehen und ihre Stimmen zu irgendeinem sinnlosem Himmel erheben. Ein vereintes Lied der Selbsttäuschung. Gott existiert nur im Glück, oder wenigstens in dessen Verheißung.

Walker dreht seine Bibel mit dem Rücken zur Wand, stopft sie zwischen andere Bücher, ungelesen. Sollen sie doch in ihre lächerliche Kirche gehen. Sollen sie doch zu ihren Decken singen. Mich werdet ihr nicht dabei ertappen, wie ich irgendeinen Jesus anrufe. Das hab ich alles hinter mir.

Er geht nicht zum Plattenspieler, läßt sich einfach ins Sofa hineinsinken. Neben ihm wird ein Spucknapf allmählich voll und braun von Kautabak. Eines Morgens spuckt er einen faulen Zahn aus und denkt sich nichts dabei. Er schiebt einen Teller Essen beiseite. Seine Töchter und Louisa bringen ihm Tee, der neben seinem Ellbogen kalt wird. Das Fenster ist gegen den Lärm der Straße verschlossen. Walker flucht leise vor sich hin. Mit den Wochen wird er siech und mager, und unter seinen Augen bilden sich riesige Tränensäcke. Der Spucknapf quillt über und befleckt die Armlehne. Er scheucht den Prediger fort und trägt seinen Töchtern auf, Rhubarb Vannucci zu sagen, daß er nicht zu Hause ist, sollte der Italiener vorbeikommen.

Seinen Enkel in der Wiege würdigt er kaum eines Blickes. Der Junge ist bloß ein bedeutungsloses, vages Stück Fleisch.

Abends versucht Louisa, ihn den Flur hinunterzulokken, damit er sich wäscht, aber er wird zu einem Backstein zwischen ihren Händen, und sie gibt auf. Er heißt sich wieder im Sofa willkommen.

«Hier werde ich liegen», sagt er. Er könnte seinen Körper mit den Polstern verschmelzen lassen und dort in Vergessenheit geraten, wie eine seiner heruntergefallenen Münzen. Er könnte nach den verwesten Teilen seiner selbst greifen und sie aus dem Fenster werfen, zu Clarences Geist unten auf den Stufen, Stücke seiner Arme, Beine, Finger und einen Augapfel im Austausch für den verschwundenen.

Ihm fällt auf, daß seine Töchter jetzt bis spätabends weg sind, aber er sagt nichts. Louisa bleibt mit ihm zusammen in der Wohnung, von Tequilaflaschen umringt. Sie hat eine heftige Alkoholfahne. Sie verbringt ihre Zeit damit, indianische Perlen aufzuziehen, die sie auf dem Markt verkauft. Zwischen ihnen hat sich Schweigen wie eine Seuche ausgebreitet. Sie hat beschlossen, das Kind Clarence Nathan zu nennen, nach seinem Vater und seinem Großvater. Doch Walker hat den Namen mit einem Wink abgetan, froh über den Schmerz, den es ihm bereitet. «Ist mir doch scheißegal, wie du ihn nennst.»

Louisa bastelt einen Traumfänger, den sie über dem Kopf des Jungen aufhängt. Der Traumfänger besteht aus Zweigen, die, kreuzförmig mit Schnur zusammengebunden, zu einem Dreieck geformt sind, einem Hundezahn, Perlen und einer Feder, die an Fäden hängen.

«Das wird seine Träume fangen», sagt sie.

«Weiter kommen die sowieso nicht», sagt Walker.

«Sei nicht so verbittert. Ich halt das nicht aus.»

«Ich bin so verbittert, wie ich verdammt noch mal will.»

«Ich gehe», sagt sie.

«Geh doch. Nimm deine Flaschen mit. Schnapp dir deine Perlen und Fäden und Schnüre und wickle sie um deine Flaschen und bau dir ein verdammtes Floß draus.»

Sie geht nicht, und sie sieht mit an, wie er weiter ins Sofa hineinschwindet. Manchmal kocht sie für ihn und bereitet das Essen mit großer Zärtlichkeit zu, selbst wenn sie betrunken ist – gebackenes Hühnchen, Reis und Bohnen, Gurken-Sandwiches – doch sie trinkt immer mehr. Die Flaschen, die sie kauft, werden immer größer. Sie machen eine riesige Beule in die Einkaufstüten, in denen sie sie zu verstecken sucht. Manchmal gießt sie etwas Tequila ins Essen, damit sie ihn riechen kann, wenn sie sich über den Herd beugt.

Und dann, eines Morgens – sie ist allein mit Walker –, kommt sie aus dem Badezimmer und hört, wie er vor sich hinmurmelt. Der Klang seiner Stimme überrascht sie, klar, tief und verrückt: «Bestimmt hat er sie nicht mal gesehen», sagt er. «Bestimmt hat er sie nicht mal gesehen.»

«Was hast du gesagt?» fragt sie.

«Nichts.»

«Was hast du gesagt?»

«Nichts hab ich gesagt.»

«Was gesehen?»

«Verdammt noch mal nichts gesehen!» brüllt er. «Sie haben ihn auf einem Schrottplatz erschossen! Hat all die Dinge nicht gesehen, von denen ich ihm erzählt hab! Einen gottverdammten Kranich! Er hat nicht mal die Chance gehabt, einen Kranich zu sehen! Das hab ich mir immer für ihn gewünscht! Seit seiner Geburt! Ich wollte, daß er einen Kranich tanzen sieht! Guck mich nicht so an! Ich scheiß auf dich, wenn du das dämlich findest!

Scheiß auf dich. Ich wollte, daß er einen Kranich sieht! Das wollte ich! Ich hatte nie die Chance, ihm auch nur einen Kranich zu zeigen!»

Er schnappt nach Luft, und seine Brust hebt und senkt sich mit einem Murren. Louisa legt ihm eine Hand auf die Schulter. Er wischt sie weg, sabbert dabei Tabak über sein Kinn.

Sie geht in die Küche und läßt ihn in Ruhe, aber dann dreht sie sich um, starrt ihn an und sagt: «Ich hab mal siebenundzwanzig von denen gesehen.»

Walker reagiert nicht.

«In der Nähe des Trailers in South Dakota, wo meine Familie lebt.»

Er wiegt sich sachte auf der Couch.

«Es war am Ufer eines Sees», sagt sie. «Einer nach dem andern. Und dann der ganze Schwarm. Am Rand des Schlamms. Er war weich, und sie haben Spuren hinterlassen. Dann ist die Sonne rausgekommen und hat sie gebacken. Die Fußabdrücke waren den ganzen Sommer über da. Ich bin immer auf meinem Fahrrad zwischen ihnen durchgefahren. Ich hab geweint, als der Regen sie weggewaschen hat. Mein Vater hat mich geschlagen, weil ich nicht aufhören konnte zu weinen.»

Louisa stellt den Spucknapf weg, setzt sich auf die Sofalehne. «Im Jahr darauf kamen sie wieder», sagt sie, «aber ich fand mich zu alt fürs Fahrrad. Außerdem hat mein Bruder die Reifen für seine Schleudern benutzt. Ich konnte gar nicht mehr damit fahren, selbst wenn ich gewollt hätte.»

«Ihr habt nie geheiratet, stimmt's?»

«Wir kamen nicht mehr dazu.»

«Das heißt, das Baby ist ein Bastard.»

«Sag das nie wieder. Hast du gehört? Nenn meinen Sohn nie wieder so.»

«Weißt du, daß sie Clarence totgeprügelt haben?» sagt Walker.

«Ich will nicht darüber nachdenken. Es gibt bestimmte Dinge, die man nicht erinnern muß.»

«Und bestimmte Dinge, die man erinnern muß», sagt Walker. «Sie haben meinen Sohn ermordet. Sie haben ihm ihre Pistolenläufe ins Auge gestopft. Sie haben aus seinem Kopf ein Grab gemacht.»

«Halt den Mund!» sagt sie. «Halt verdammt noch mal den Mund und hör zu. Siebenundzwanzig Kraniche. So was Schönes hatte ich noch nie gesehen. Hin und her. Sind in die Luft gestiegen, die Flügel voll ausgebreitet. Immer im Kreis, immer im Kreis.»

Sie verharren reglos, doch nach einer Weile rührt sich Walker auf seinem Platz und sagt zu ihr: «Dann mach's.»

«Was?»

«Zeig's mir.»

«Du bist verrückt.»

«Bitte. Zeig's mir.»

«Werd mir nicht verrückt, Nathan.»

«Na los», sagt er. «Wenn du dich so gut erinnerst, mach's.»

«Nathan.»

«Mach's!» brüllt er.

Louisa senkt den Kopf und gießt sich ein großes Glas Tequila ein. Sie läßt sich nichts anmerken, als der Alkohol ihren Rachen erreicht. Sie sieht Walker an, zögert einen Moment. Schließt kurz die Augen. Dann lächelt sie, ein beinahe spöttisches Lächeln. Sie wischt sich über die Lippen, streckt einen Arm aus, kichert, hält inne.

«Weiter», sagt Walker.

Sie fängt an, sich zu bewegen. Die hohen Wangenknochen, das geflochtene Haar, die blitzweißen Zähne, ein graues Kleid, keine Schuhe, die braunen Zehen träumerisch auf dem abgewetzten Teppich. Walker wendet verlegen den Kopf ab, sieht dann aber wieder hin, als Louisa tanzt, mit ausgestreckten Händen, wirbelnden Armen, Beine vor und zurück, die primitivsten Bewegungen, und langsam ihrem Körper entflieht. Walker spürt ein Pochen in den Schläfen, spürt, wie etwas Ursprüngliches in ihm zum Leben erwacht, eine Freude, die sich allmählich ausbreitet und aufsteigt, ausschwärmt und ihn wärmt, ihm eine Gänsehaut beschert. Er sitzt auf dem Sofa und starrt sie an. Er weiß, daß der Alkohol durch Louisa tobt, aber er vergißt es einfach; er läßt sich von der Bewegung umfangen, bis sie ihn einatmet, eins wird mit ihm, uralt und überwältigend. Und als Louisa allmählich die Luft ausgeht, erhebt sich Walker linkisch, greift nach ihrer Hand, und sie hört auf zu tanzen. Er berührt ihre Wange. Sie läßt das Kinn auf die Brust fallen. Sie schweigen lange, und dann flüstert er ihr mit einem Lächeln zu: «Weißt du, du hast lächerlich ausgesehen, wie du da getanzt hast.»

Sie legt den Kopf auf seine Schulter, und gemeinsam brechen sie in ein langes Gelächter aus, und die Gänsehaut jagt immer noch über Walkers Haut.

«Es gibt etwas, das wir tun müssen», sagt er später am Nachmittag.

«Was denn?» fragt sie.

«Ein Familienritual.»

«Ein Ritual?»

Er staunt über sich selbst, seine Bewegungen, eine

seltsame Geschmeidigkeit bemächtigt sich seiner Knie. Er lockt Louisa mit einem krummen Finger durchs Zimmer. Seite an Seite beugen sie sich über die Wiege, heben den Traumfänger hoch, proben zuerst die Worte und sagen dann zu dem Kind: «Clarence Nathan Walker, du siehst so verdammt gut aus!»

Jahre später, in einer Zeit der Unruhen und Blumen und auf Mauern gepinselten dunklen Fäuste, werden Walker und sein Enkel zusammen in der Kellerkirche im Saint Nicholas Park sitzen, wo Eleanor einst getauft wurde. Ein neuer junger Prediger wird die Geschichte eines alten Königs, Hezekia, erzählen. Es wird still sein in der Kirche. Walker und der Junge werden nebeneinander sitzen, ihre Oberschenkel werden sich berühren, eine Nähe, die ihnen ganz natürlich erscheint. Es wird heiß sein. Sie werden ein Taschentuch hin- und herreichen. Der Prediger wird sich endlos über Toleranz, die Notwendigkeit des Glaubens und den ewigen Kampf auslassen. Enkel und Großvater werden der Predigt nicht wirklich folgen, bis der Prediger einen alten Tunnel erwähnt.

Walker wird seinen Enkel mit dem Ellbogen anstoßen und sagen: «Hey.»

«Was?»

«Hör zu.»

Hezekia, so wird der Prediger erzählen, wollte einen Tunnel zwischen zwei Seen erschaffen, zwischen Siloam und dem Teich der Jungfrauen. Von jedem der beiden Seen aus begann ein Trupp Männer zu graben, und sie gelobten, sich irgendwo in der Mitte zu treffen. Unter der Erde trieben die Arbeiter den Tunnel voran, weiter und weiter. Bis sie aufeinandertreffen würden. Aber sie verrechneten sich, und die Tunnel verfehlten einander. Die Männer brüllten vor Wut und Enttäuschung, und dann vernahmen sie plötzlich – mitten in ihrer Wut – durch das Gestein hindurch ganz schwach die Stimmen der anderen Männer. Unter der Erde änderten sie ihre Richtung. Und so setzten sich die Tunnel wieder in Bewegung. Äxte und Schaufeln wurden geschwungen. Die schlammgefüllten Stollen wanden und krümmten sich. Die Männer folgten dem Klang der Stimmen, noch immer gedämpft durch das Gestein. Und die Stimmen wurden lauter, und sie kamen sich näher, bis ihre Spitzhakken funkensprühend gegeneinanderknallten und ihre Stimmen sich trafen. Sie räumten das restliche Gestein beiseite, und die Männer blickten sich tief in die müden Augen. Dann streckten sie die Hände aus und berührten einander, um sich zu vergewissern, daß sie wirklich existierten. Der Tunnel formte ein riesiges krummes S, aber nach einer Weile – obwohl die Männer zunächst gescheitert waren – begann Wasser zwischen den beiden uralten Seen zu fließen.

11

Wie Gott es vorgesehen hat

Die Wintersonne gebiert sich selbst für einen Tag am Himmel und beginnt, den Schnee aufzutauen, und Treefrog hört, wie die Autos oben durch den Matsch schippern. Doch durch den Tunnel peitscht der Wind und bringt seine beharrliche Kälte mit. Zweiunddreißig Tage Schnee und Eis. Der härteste Winter, den er hier unten erlebt hat. Treefrog zieht die Kapuze seines Schlafsacks um den Kopf und legt sich ein Hemd übers Gesicht, die Knöpfe liegen eisig auf seiner Nase.

Am besten bleibt er für den Rest des Tages im Bett, denkt er, aber Castor kommt zu ihm, wühlt sich mit der Schnauze unters Hemd, und er spürt, wie sich ihr Brustkorb an sein Gesicht drückt.

Im Schlafsack liegend schafft es Treefrog, ein paar zusätzliche Hemden und Handschuhe überzuziehen, springt auf und holt Milch aus dem Gulag. Sie ist steinhart gefroren. Er sticht den Karton mit seinem Messer auf, und ein Würfel Milch fällt in den Topf. Er erhitzt sie schnell über einem kleinen Feuer. Castor schleckt das Festmahl auf, hüpft danach auf die Matratze und kringelt sich auf den Decken zusammen. Das weiße Fell hat im Dunkeln einen beinahe phosphoreszierenden Glanz.

Treefrog nimmt ein altes Thermometer aus einem Kasten voller Radkappen. Er steht auf und mißt überall – an dem Stalaktiten, an der Eiswand, auf den Gleisen, in seiner hinteren Höhle, an Faradays kaputter Ampel, im Gulag, bei der Feuerstelle, auf dem Nachttisch, wo es zwölf Grad minus anzeigt, kalt, so verdammt kalt.

Er wärmt das Thermometer mit seinem Atem, bis es auf glatte minus zehn ansteigt, stellt sich hin und uriniert unter Schmerzen in eine Pißflasche.

Zeit, die Flaschen oben auszuleeren.

Mit Castor unterm Hemd geht Treefrog nach draußen, durch das Tunneltor, wo ihn das grelle Licht blendet. Er setzt seine Sonnenbrille auf und gießt bei den Holzapfelbäumen seinen Namen ins Weiß, aber es ist nicht genug da, um die Worte zu vollenden. Er bricht einen gefrorenen Zweig von einem Baum und ritzt die restlichen Buchstaben ein.

Schon zweieinhalb Wochen unnachgiebiger Frost und Schnee. Vielleicht sollte er am Gulag Kerben einritzen, um die Tage zu zählen.

Er folgt der Biegung der Highway-Zufahrt, hinunter zu den grünen Bänken am Rande des Hudson.

Immer noch Eis auf dem Wasser, und er fragt sich, was aus seinem Kranich geworden ist, wie weit er Richtung Meer geschwommen ist. Am anderen Ufer blinkt New Jersey im Sonnenlicht.

Angela sitzt auf der Bank, allein. Um ihre Schuhe herum ein Häufchen Schnee.

«Hallo», sagt er, aber sie antwortet nicht.

Sie hat eine blaue Plastiktüte unter sich ausgebreitet, damit ihre Kleidung nicht feucht wird. Treefrog setzt sich auf die Rückenlehne der Bank. Er nimmt Castor und setzt sie Angela in den Schoß, und die Katze rollt sich behaglich zusammen, als Angela sie streichelt.

«Schöner Morgen», sagt Treefrog, «schöner Morgen.»

«Stimmt nicht», sagt Angela.

«Was ist los?»

«Ich will mir die Haare waschen.»

«Gehen wir in mein Nest. Ich koch dir ein bißchen Wasser auf.»

«Kommt nicht in Frage, da kletter ich nicht hoch.»

Sie zieht sich den Schal fest um den Hals: «Wie kommt es, daß es so kalt ist und die Sonne trotzdem scheint?»

«Lichtbrechung», sagt er. «Die Sonne prallt vom Schnee ab.»

«Ach ja? Du bist 'n ganz Schlauer, was? Das einzige, was da vom Schnee abprallt, ist dein Gesülze.» Aber kurz darauf sagt sie: «Weißt du was? Als ich in dem Haus mit der Veranda drumrum wohnte, hatten wir die ganze Zeit heißes Wasser. Aber es war rot, weil da zuviel Eisen drin war, und da wollt ich nicht meine Haare drin waschen, weil es sie steif gemacht hat, und ich dachte, die färben sich komisch, aber jetzt wünsch ich mir, ich könnt mir die Haare in dieser warmen Brühe waschen. Ich würd mir den ganzen Tag lang die Haare in dieser warmen Brühe waschen, und auch die ganze Nacht.»

«Dann wären sie sauber.»

«Sie sind sauber, du Arsch!»

«Ich mein ja nur.»

«Und nachmittags würd ich sie mir auch waschen, wenn ich die Zeit hätte.»

Treefrog rückt die Brille zurecht. «Sag mal, wo ist Elijah?»

«Seine Stütze holen gegangen. Fünfhundert Mäuse im Monat.»

«Mann», sagt Treefrog. «Er hat ’ne Adresse?»

«Er hat einen Freund mit ’ner Wohnung, und dann kriegen sie das Geld, und dann gehen sie zum Candyman. Hoffe, er hebt mir was auf. Er hat versprochen, mir was aufzuheben.»

«Das Zeug ist schlecht für dich», sagt er.

Sie kichert und wendet den Blick ab.

«Hey, Angela», sagt er. «Hast du die Ratten schon getötet?»

«Hab dir doch gesagt, die Schwangere ist schwanger. Sie heißt Skagerrak.»

«Hä?»

«Papa Love hat gesagt, das sind norwegische Ratten, und ich hab ihn nach dem Namen von ’ner Gegend in Norwegen gefragt, irgendwo im Meer, und er hat mir gesagt, Skagerrak und Barents, also hab ich sie Skagerrak und Barents genannt.»

«Du hast mit Papa Love geredet?»

«Er war draußen und hat diesem Typ Edison den letzten Schliff gegeben.»

«Faraday.»

«Ja, ja, ja, was auch immer.»

«Und du hast ihn über Ratten ausgefragt?»

«Ja.»

«Und du hast ihnen Namen gegeben?»

«Ja, was geht dich das an?»

«Jetzt weiß ich Bescheid.»

«Das Rattenmädchen ist süß. Sie kommt ganz dicht an mich ran. Irgendwann frißt sie mir das Brot direkt aus der Hand.»

«So was.»

Sie sitzen da in einem langen Schweigen, er auf der Rückenlehne der Bank, und sehen zu, wie das Wasser vor sich hindöst.

«Das Meer sieht schön aus», sagt sie.

«Das ist nicht das Meer, das ist der Hudson. Das Meer ist da hinten.»

Sie schürzt die Lippen, als wollte sie die Luft küssen. «Weißt du was? Ich wollte immer schon das Meer sehen. Als wir in Iowa waren, hatten wir ein Auto, einen Plymouth Volare, ein zerdelltes Stück Scheiße, verstehst du, und ich und meine Schwestern saßen auf dem Rücksitz und haben immer gesagt, *ich seh das Meer, und das Meer sieht mich.* Und mein Vater hat gesagt, wir fahren ans Meer. Aber dann ist uns vorher immer der Sprit ausgegangen, und dann hat er gegen dieses zerdellte Stück Scheiße getreten und gesagt, einen Moment. Ist dann die Straße runter, um Sprit zu holen – er hatte einen Kanister im Kofferraum –, aber dann ist er in einer Bar hängengeblieben, und das war's dann. Und wir auf dem Rücksitz und singen dieses dämliche Lied. *Ich seh das Meer, und das Meer sieht mich.* Einmal haben wir versucht, durch die Felder nach Hause zu laufen, aber die Maisstengel waren ganz hoch über unserm Kopf, und dann haben wir Schiß gekriegt und sind zurück zum Auto.»

«Jetzt kannst du doch hin und es dir ansehen, oder?»

«Ja, mag sein.»

«Du solltest es dir ansehen», sagt er. «Nimm den Zug nach Coney Island, ist schön da draußen.»

Er verläßt seinen Platz auf der Lehne, um sich auf die Bank zu setzen, zupft ein Ende von Angelas Plastiktüte raus und hockt sich neben sie, aber sie wendet sich ab. «Hey», sagt er.

Sie verdeckt ihr Gesicht. «Laß mich in Ruhe.»

«Was ist passiert?»

«Nichts.»

«Er hat dich geschlagen, stimmt's?»

«Ich bin hingefallen, verdammt, laß mich in Ruhe.»

«Wann hat er dich geschlagen?»

«Du gehst mir auf 'n Sack, weißt du das, du gehst mir total auf 'n Sack. Ich sitz hier, gönn mir 'n bißchen Ruhe, und dann kommst du daher. Warum läßt du mich nicht in Ruhe, verdammt noch mal?»

«Du solltest in ein Frauenhaus gehen.»

«Schon mal in so 'nem Ding gewesen? Die haben da Frauen mit zertrümmerten Knochen und zerbissenen Ohren und Lücken in den Zähnen, die so breit sind, daß da 'n D-Zug durchfahren kann.»

«Warum bleibst du bei ihm?»

Angela greift in ihre Tasche, holt eine leere Ampulle mit oranger Kappe heraus und zwirbelt sie lächelnd in den Händen.

«Du solltest die Finger von dieser Scheiße lassen.»

«Ja, Sir, Mister Treefrog, Prediger, Sir.» Sie seufzt. «Elijah fand das nicht gut, daß ich meinen Ratten ein' Namen gegeben hab. Hat gesagt, das wär dämlich. Hat gesagt, er wird sie töten. Er wird Rattengift besorgen und es ihnen zu fressen geben. Will sich vielleicht 'ne Katze zulegen.»

«Er mag keine Katzen.»

«Jetzt mag er sie. Das sind einfach nur Tiere wie du und ich.»

Und dann erinnert sich Treefrog, wie er einmal im

Frühling – damals in den schlechten Zeiten, den schlimmsten Zeiten – mit einem Stück Brot neben seinem Kopfkissen eingeschlafen war. Als er aufwachte, hatte eine Ratte ein kleines Stück oben aus seinem rechten Ohr herausgeknabbert. Das Blut rann ihm übers Gesicht und trocknete in seinem Bart. Er jagte der Ratte in den hinteren Teil des Nests nach. Überall auf dem Boden lagen kleine braune Nagerködel. Treefrog polterte in der Dunkelheit herum, hatte die Orientierung so weit verloren, daß er mit dem Ohr an der Wand entlangschrabte, und dann war die Wunde voll schwarzen Tunnelstaubs. Er wusch sie mit Wasser aus und desinfizierte sie mit Gin, riß einen Streifen aus einem weißen Hemd, wikkelte ihn sich als Verband um den Kopf und unter seinen Bart. Tagelang jagte ihm sein Ohr Schmerzstiche durch den Körper. Treefrog hatte Angst, er könne seinen Gleichgewichtssinn verlieren. Ständig kniff er sich mit dem Fingernagel ins andere Ohr, durchstach einmal sogar die Haut, aber es war kein schlimmer Schnitt. Er vergaß, den Verband zu wechseln, und Papa Love nannte ihn eine Zeitlang van Gogh, aber der Spitzname geriet wieder in Vergessenheit, als Treefrogs Ohr verheilte. Einen Monat später fing er die Ratte in einer Falle unter seinem Bibliotheksregal. Sie zappelte und quietschte unter dem Metallbügel, der ihren Körper gefangenhielt. Er zertrümmerte ihren Schädel mit seinem Schraubenschlüssel, und sie gab ein letztes Quietschen von sich. Treefrog trug das Tier nach oben, grub ein kleines Loch in dem Stück Brachland unten beim Fluß und begrub die Ratte mit großem Zeremoniell, nur für den Fall, daß sie weiterhin den Happen Ohr benutzte, um den Geheimnissen seiner Seele und seines Körpers zu lauschen.

«Ich weiß, was du meinst», sagt er.

«Glaubst du, es schneit noch mal?» fragt Angela. Und dann blickt sie zum Fluß. «Weißt du was? Ich hatte mal einen Onkel, der konnte das Wetter vorhersagen. Er konnte ein Gewitter aus einer Million Meilen Entfernung vorhersagen. Hat sich ins Maisfeld gestellt und gesagt, es kommt ein Gewitter. Oder, die Sonne kommt. Oder, ein Orkan ist im Anzug. Er sah auch aus wie das Wetter. Er hatte ein Gesicht wie das Wetter. Hey, Treefy, findest du, ich seh aus wie das Wetter?»

«Du siehst aus wie Sonnenschein.»

«Du bist süß, Treefy. Außer daß man von Sonnenschein Krebs kriegt.»

«Wirklich?»

«Das ist bekannt.»

«Gib mir 'ne Zigarette.»

«Die auch. Sonnenschein und Zigaretten.»

Sie läßt den goldenen Verschluß ihrer Handtasche aufschnappen, taucht tief hinein, zieht eine halbe geplättete Zigarette hervor, dreht sie zwischen den Fingern, um sie wieder rund zu machen. Er gibt ihr Feuer, und sie bläst den Rauch von ihm weg, aber der Wind trägt ihn zurück. Sie nimmt fünf heftige Züge, reicht die Zigarette dann an ihn weiter, und Treefrog hält sie wie eine Geliebte. Als der Rauch seine Lunge kitzelt, überkommt ihn ein plötzlicher, inniger Gedanke.

«Ich würd gern eine Karte von deinem Gesicht machen.»

«Was soll das, eine Karte von meinem Gesicht?»

«Bloß eine Karte.»

«Karten sind zum Autofahren, du Wichser.»

«Na, komm, laß es uns probieren.»

«Wo?»

«In meinem Nest.»

«Ich kletter nirgendwohin. Du willst bloß bumsen.»

«Bumm bumm, der Bumser ist da.»

«Furchtbar witzig», sagt sie.

«Sollte gar nicht witzig sein. Komm. Ich zeig's dir.»

Er reicht ihr die Zigarette, und sie zieht kräftig daran, obwohl der Filter schon glimmt. «Karten?» sagt sie.

«Ich sammel Karten. Manchmal mach ich auch Karten.»

«Wofür zum Teufel machst du Karten? Du gehst doch nirgendwohin.»

In der Dunkelheit, unter seinem Nest – sie weigert sich hochzuklettern –, schließt er die Augen und berührt ihre Wange. Sie schaudert einen Moment, aber er läßt seine Finger dort, bis ihr Körper aufhört zu beben und sie sich entspannt und sagt: «Das ist doch dämlich.»

Seine Finger bewegen sich langsam und präzise. Er wird eine Linie von Ohr zu Nase ziehen, eine absolut gerade Linie, sonst wird die Übertragung ungenau. Er beginnt am äußeren Rand ihres Ohrs – er hat die Handschuhe ausgezogen, um exakt arbeiten zu können, hat sich auf die Finger gespuckt, sie vom Tunnelstaub gesäubert und am Mantel abgetrocknet. Er zieht den Finger von der Seite ihres Ohrs zum Hautlappen, und er bemißt die winzige Entfernung entlang seiner Fingerspitze. Nachdem die Entfernung feststeht, öffnet Treefrog die Augen und holt ein Blatt Millimeterpapier und einen Bleistift aus seiner Manteltasche. Auf das Millimeterpapier zeichnet er zwei Linien, eine senkrecht, die andere waagerecht, die sich auf einer Achse treffen, starr und endlich in der Mitte des Blattes. Erhebung auf der Senkrechten, Entfernung auf der Waagerechten. Er schnippt das Feuerzeug, erst mit der einen, dann mit der anderen Hand, und markiert die Erhebung ihres Ohrs, der Spitze und des Hautlappens: zwei kleine Bleistiftpunkte auf dem Millimeterpapier.

Er muß aufpassen, der Radiergummi ist nur noch ein Stummel, und er will keinen Fehler machen. Er schließt wieder die Augen und tastet sich an ihrem Ohr entlang – es ist voller Rippel und Furchen –, und sie sagt: «Ohhhh.»

Der Tunnel ist schmerzhaft still, da ist nur das Vorüberflitzen der Autos oben, ein Geräusch, so stetig, daß es verschluckt wird. Seine Finger verharren, zögerlich, in der Mitte ihres Ohrs, am Gehörgang, und er spürt, wie die Nervosität durch sie hindurchbebt.

«Ich mag das nicht, wenn du mich da anfaßt», sagt Angela, aber er sagt ihr, es wird aussehen wie ein Miniatursee. Ein andermal, denkt er, wird er von einem anderen Punkt beginnen, vielleicht an dem Ohrläppchen, wo der fehlende Ohrring eine Art Doline bilden wird. Angela verändert ihre Stellung und zündet sich noch eine Zigarette an. Während sie raucht, will er ihr Gesicht nicht berühren; er sagt, es verfälscht die Messung, das Einsaugen der Wangen, wenn sie am Filter zieht. Sie raucht die Zigarette bis zum Filter herunter, und dann zertritt Treefrog die Kippe mit dem Fuß.

Er schließt wieder die Augen und tastet über das Ohr, bis sein Finger die Seite ihres Gesichts berührt, die weiche Stelle oben an ihrem Wangenknochen.

«Hast du überhaupt saubere Finger?» fragt sie.

«Ja», flüstert er.

Am Knochen ist ein winziger Rippel, und er verzeichnet ihn auf seinem Blatt. Angela ist jetzt still, und auch sie schließt die Augen. Treefrog reckt den Kopf in die Luft, und er ist überzeugt, daß er ihren wunderbaren Moschusgeruch erschnuppert, aber dann zuckt sie zusammen, als er die Prellung mitten auf ihrer Wange berührt – die Topographie der Gewalt –, und er versucht, nur ganz flüchtig über die Haut zu streichen, dort, wo sie wahrscheinlich blau verfärbt ist.

«Das tut weh.»

«Tut mir leid.»

Wenn sie weint, so fragt er sich, wird er dann mit seinen Fingern das Wasser aufhalten können, damit die gespannten Moleküle eine einzige Sekunde lang stehenbleiben und für immer ein Teil ihres Gesichts werden können? Aber sie weint nicht, und seine Finger tasten sich jetzt etwas schneller vor, weg von der Prellung. Ihre Haut hat einen kleinen Huppel, dort, wo sich die Nase bläht.

«Du hast eine hübsche Nase», sagt er zu ihr, als seine Finger zum Nasenbein aufsteigen, das sich anfühlt, als sei es schon viele Male gebrochen gewesen. Er wandert über die Seiten ihrer Nasenflügel und erreicht die Mitte ihres Gesichts, streicht seine Finger sanft über ihre Wange.

«Bist du endlich fertig, du Arschloch?»

«Ich muß noch die andere Seite machen.»

«Wieso?»

«Weil du nicht bloß ein halbes Gesicht haben kannst.»

«Und wenn Elijah uns sieht?»

«Dann mach ich eine Karte von seiner Faust. Sie wird wie ein Kamm aussehen, mit einem großen Knubbel am Ende.»

Sie kichert.

«Halt still, verdammt.»

Treefrog hebt die linke Hand und berührt ihr rechtes Ohr, behält dabei genau die entsprechenden Bewegungen seiner Finger auf der anderen Gesichtshälfte im Kopf. Es ist wichtig, daß jede Hand die gleiche Menge von Berührungen absolviert. Seine Finger gleiten über ihren Wangenknochen – keine Prellungen auf dieser Seite –, und mit unendlicher Zärtlichkeit vermißt er Angelas Geographie. Als er fertig ist, klettert er zu seinem Nest hoch, holt vier Decken herunter, und sie setzen sich auf den Tunnelboden unter dem Wandgemälde mit der weichen Uhr. Ein Zug saust keine drei Meter entfernt vorbei. Er verbindet die Punkte auf dem Millimeterpapier, leckt die Spitze des Bleistifts an, damit die Verbindungslinie dunkel ist und sichtbar hervortritt.

Er arbeitet mit großer Sorgfalt, achtet darauf, daß die Linien einheitlich sind, gleichmäßig, zielsicher, daß eine sanfte Kurve zwischen den Punkten erscheint, daß das Diagramm nicht krumm oder unordentlich wird. Kein einziges Mal benutzt er den Radiergummi. Das Feuerzeug und der Bleistift wandern von einer Hand zur anderen, seine Finger zittern in der Kälte. Angela blickt ihm über die Schulter, ihr Kinn auf seinem Mantel, und sagt: «Das ist so ungefähr das Dämlichste, was ich jemals gesehen hab.»

Als Treefrog fertig ist, hält er das Blatt hoch und zeigt Angela die Erhebungen und Kurven ihres Gesichts – die Canyons und Kämme und Flußbette und hängenden Täler, die sie geworden ist.

«Hallo», sagt er zu dem Papier.

«Das bin ich?»

«Da sind deine Ohren, das ist deine Nase, das ist deine Wange.»

«Sieht hupplig aus.»

«Ich kann den Maßstab ändern», sagt Treefrog.

«Kannst du mir ’n Gefallen tun, Treefy?»

«Klar.»

«Laß die Prellung da verschwinden», sagt sie.

Er blickt sie an und lächelt.

Er rauht mit den Fingernägeln den Radiergummi auf, damit er keinen schwarzen Schmierer auf dem Millimeterpapier hinterläßt, und radiert die Erhebung weg, wo die Prellung war. Sie küßt ihn auf die Wange und sagt leise: «Doktor Treefrog.»

«Wenn ich alles ausmessen könnte, dann könnte ich eine Karte von deinem ganzen Gesicht machen. Ich hätte dann all diese Umrisse, und dein Gesicht würde so aussehen.» Er zeichnet eine Reihe von verzerrten Kreisen. «Deine Nase würde so aussehen. Und dein Ohr so. Und deine Lippen, die wären ganz seltsam. So.»

«Wo hast du das denn gelernt?»

«Hab’s mir selber beigebracht. Mach schon lange Karten.»

«Hast du’s schon mal für jemand andern gemacht?»

«Für Dancesca.»

«Wer ist das?»

«Ich hab dir von ihr erzählt. Und auch von Lenora. Meiner kleinen Tochter.»

«Wo ist sie?»

«Ich weiß nicht.»

«Wo ich bin, weiß auch keiner», sagt Angela.

Walker sitzt am Fenster. Die Wohnung ist umgebaut worden. Sie ist jetzt doppelt so groß wie früher, nachdem der Vermieter wegen Mietwuchers verwarnt wurde. Der Blick aus dem Fenster hat sich in den letzten Jahren verändert – die Sonne wird von hohen Gebäuden abgeschirmt, die sich quer durch die Stadt fortpflanzen. Riesige graubraune Bauten, die finster vor der Skyline aufragen. Wäsche flattert auf den Balkons. Kinder hokken an benachbarten Fenstern und spielen Telefonieren mit Schnur und Blechdosen. Selbstmörder erkennt man an der Länge ihrer Schreie.

Nur Louisa und der Junge wohnen noch mit ihm zusammen in der Wohnung. Walkers Töchter sind beide ausgezogen und haben geheiratet. Deirdre einen Rohrverleger von den Ölfeldern in Texas, Maxine einen Schweißer aus Philadelphia. Nach und nach sind die Mädchen aus seinem Leben verblaßt. Fotos von ihren Kindern treffen manchmal mit großer Verzögerung ein, als wären sie plötzlich im Alter von ein oder zwei Jahren auf die Welt gekommen. Walker denkt oft daran, sie besuchen zu fahren, aber dazu kommt es nie, sein Bankkonto läßt es nicht zu.

Die meiste Zeit verbringt er am Fenster, von wo aus er seinen zehnjährigen Enkel Clarence Nathan beobachtet, der allein in einer Baulücke auf der anderen Straßenseite spielt.

Manchmal tanzt Louisa in der Wohnung. Walker dreht das Sofa herum, so daß er in die Mitte des Zimmers blickt, zieht eine Decke über die Beine stramm, balanciert eine Tasse Tee auf der Armlehne. Clarence Nathan sieht auch zu – wenn sich die Arme seiner Mutter nach einem ungesungenen Lied ausstrecken und ihre Füße grazil vor und zurück tippeln, während Walkers mächtige Lachsalven sich mit den Sirenen der Stadt vermischen. Sie drückt den Kopf an die Brust, wie unter einen Flügel. Hebt ihn wieder. Die Arme steigen auf gegen eine schwere Luft, sie wirkt bereit für den Himmel, eine Chimäre von Bewegung und Geometrie. Aber Walker hat in den letzten Jahren Veränderungen in ihrem Rhythmus bemerkt. Von seinen weichen Kissen aus beobachtet er, wie sich in Louisas Bewegungen eine gewisse Ruckartigkeit eingeschlichen hat, ein Nachlassen ihrer Körperbeherrschung. Die großgewachsene, langbeinige Frau gleicht immer mehr einem verwundeten Geschöpf. Ihre Arme reichen nicht mehr ganz so weit wie früher. Ihre Beine sind nicht mehr so träumerisch. Sie atmet stoßweise. Die primitive Unschuld ist nicht mehr so ausgeprägt, und ihre Drehungen klappen nicht mehr so gut. Oft gibt es ein kurzes Stolpern am Teppichrand, als hätte sich ihre Geschmeidigkeit in den Tequila hineingesaugt, wo Louisa nach ihr sucht. Anderthalb Flaschen am Tag. Morgens stolpert sie aus dem Bett und geht direkt zum Schrank, zuckt beim ersten Schluck nicht einmal mit der Wimper. Sie pult gerne die Etiketten ab, kratzt sie mit den Fingernägeln herunter. Manchmal schließt sie sich stundenlang im Bad ein und kommt mit der leeren Flasche wieder heraus.

Louisa trägt Muscheln um den Hals, die auf weißen Zwirn aufgefädelt sind. Die Muscheln klimpern, wenn sie sich bewegt. Sie sagt immer, ihr sei etwas schummrig, ein Arzt habe ihr Pillen gegeben für ihr Leiden. Sie schluckt die Pillen, eine Handvoll auf einmal, und sie halten sie lange wach. Sie treibt sich in Nachtklubs rum, ist wie von Sinnen, wenn sie heimkommt, ihre Haare dröseln sich auf, während sie sich in dem Einzelbett neben ihrem Sohn hin und her wälzt. Nachmittags wacht sie bloß auf, um dem Jungen einen flüchtigen Kuß zu geben, dann fällt sie stumm aufs Bett zurück.

Myriaden von Männern klingeln an der Tür, und Walker stellt mit wachsender Beschämung fest, daß Louisas Röcke immer mehr Bein zeigen.

Dinge kommen aus der Wohnung abhanden: eine Vase, ein Suppenlöffel, ein Bilderrahmen, aber nicht das Bild.

«Hast du Clarences Rahmen gesehen?» fragt Walker sie. «Er sieht verdammt nackt aus ohne.»

«Hab ihn nirgendwo gesehen», sagt sie.

«Ist nicht zufällig in der Pfandleihe?»

«'türlich nicht. Für was hältst du mich, eine Diebin?»

«Immer mit der Ruhe, Mädchen. Du weißt doch, daß ich so was nicht denke.»

«Willst du behaupten, ich hätt seinen Rahmen verscherbelt?»

«Natürlich nicht», sagt Walker. «Tut mir leid. Ist mir nur so rausgerutscht. Vergiß es.»

«Nach all dem, was ich hier für dich mache? Kochen und putzen. Dafür sorgen, daß du deinen Enkel in der Nähe hast. Weißt du, ich könnt wohnen, wo ich will. Und du sagst mir, ich wär eine Diebin?»

«Ich hab mich nur gefragt, wo der Rahmen steckt.»

«Dann hör auf, dich zu fragen.»

«Hey», sagt Walker nach einer Weile, «hast du jemals dran gedacht, was an der Stelle von Clarences Augapfel wachsen könnte?»

«Was?»

«Sein Augapfel. Ich mein, was für 'ne Pflanze? In Korea. Ich mein, das hat er doch mal gesagt, nicht, lange her? Daß irgendwas an der Stelle wachsen könnte.»

«Hast du Fieber oder was, Nathan? Hab keine Ahnung, wovon du redest. Ich hör in letzter Zeit nur noch Zeug von dir, das überhaupt keinen gottverdammten Sinn macht.»

«Nicht fluchen vor dem Jungen.»

«Ich fluch, wann ich will.»

«Manchmal denk ich, es könnte eine große Amerikanische Eiche sein.»

«So was gibt's gar nicht», sagt sie.

«Oder 'ne Kastanie oder so.»

«Gibt keine Kastanien in Korea.»

«Vielleicht ein Ahorn.»

Sie wendet sich ab. «Ich geh mal ein bißchen raus.»

«Wohin gehst du denn jetzt?»

«Bloß raus.»

«Paß auf, daß dein Rock nicht ganz verschwindet. Du wirst die ganze Straße runterpfeifen. Die hören dich dann schon um die Ecke kommen.»

«Sehr komisch.» Und dann seufzt sie. «Paßt du auf Claren auf?»

«Großer Gott», sagt Walker.

«Na?»

«Du weißt doch, daß ich immer auf den Jungen aufpasse.»

«Danke», sagt sie und drückt Clarence Nathan einen abrupten Kuß auf die Stirn.

«Mein Gott», sagt Walker, als sie geht.

Eines Abends wird Walker von Louisa geweckt, und während ihre Pupillen zu den Lidern hochwandern, beharrt sie darauf, zu tanzen. Der Junge schläft. Mit einem

Finger auf den Lippen fordert sie seine stumme Aufmerksamkeit und stellt sich in der Mitte des Zimmers auf. Die Muschelkette liegt weiß auf ihrer braunen Haut. Sie hat sich einen dünnen blauen Schal um den Kopf gewickelt. Vier weitere Tücher hängen daran herab, bis zu ihrem Kreuz hinunter, wogen mit ihren schmutzstarrenden Haaren. Sie dreht und wirbelt herum und schleudert die Arme hinaus, und Walker ist vorübergehend verzaubert, bis sie plötzlich die Kontrolle über sich verliert und fällt. Wie in Zeitlupe wandert ein Bein hoch in die Luft, ihre Arme kreiseln wie halbe Windmühlenflügel, ihr Ellbogen schrammt über den Boden, und sie stürzt gegen die Kommode, wobei sie mit dem Kopf gegen einen Metallgriff schlägt.

Walker, im Schlafanzug, rappelt sich auf und hebt Louisa vom Boden hoch. Er beugt sich über sie und stellt fest, daß ihr Atem ganz leicht nach Erbrochenem riecht. Dankbar registriert er, daß da kein Blut ist, bloß eine Schramme auf ihrer Stirn.

Als er die Knöpfe am Ärmel ihrer Bluse öffnet, um ihren Puls zu fühlen, sieht er auf der Innenseite ihres Handgelenks ein Armband aus winzigen Gleislinien.

«Geh wieder ins Bett», sagt er zu seinem Enkel, der aufgewacht ist und neben ihm steht.

«Was ist passiert, Mister Walker?»

«Na, geh schon. Deiner Mama ist schwindlig geworden.»

Walker ist froh, er fühlt wenigstens einen schwachen Puls – wie die ferne Erinnerung an ein Kanu, das um eine Biegung treibt –, und er setzt Louisa auf, klatscht ihr sanft auf die Wangen, um sie zu wecken.

Mit den Kranichen ist es so, mein Junge: Wenn sie einen Fisch runterschlingen, geht der immer mit dem Kopf zuerst rein. Egal was für 'n Fisch. Der Schwanz geht nie zuerst die Kehle runter. Sonst würden die Schuppen dem Kranich nämlich die Gurgel aufreißen. Also frißt er den Fisch mit dem Kopf zuerst, und der geht schön glatt runter. So ist das. Das tun die einfach ganz von selbst. Das sind keine Dummköpfe. Die machen die Dinge so, wie Gott es für sie vorgesehen hat. Ich hab's mit eigenen Augen gesehen.

Gleichgewichtssinn ist das Erbe des Jungen. Während seine Mutter auf einer Welle von Chemikalien schwimmt und sein Großvater vor Schmerzen ans Sofa gefesselt ist, geht er aufs Dach und blickt über Harlem hinaus – vorbei an den Wohnblocks, den roten Backsteinkirchen, den Bestattungsunternehmen, dem filigranen Stuckwerk und den Baulücken und den Parks – zu den Wolkenkratzern, die quer durch Manhattan in den Himmel schießen.

Auf dem Dach werden Heroin-Deals abgewickelt, Geldbündel wandern von einer Faust zur anderen, aber die Junkies lassen Clarence Nathan in Ruhe. Wenn sie high sind, gucken sie ihm gerne zu, wie er einem Seiltänzer gleich auf dem Rand der Mauer entlangläuft, über einem fünfundzwanzig Meter tiefen Abgrund zur Straße. Sie drängen ihn, schneller zu gehen, auf dem schmalen Sims zu rennen.

Der Junge bewegt sich wie eine Morphiumvision, voll zukünftiger Möglichkeiten. Seine Füße treten nie daneben, und er kann sogar einen Handstand machen, mit einem leichten Zittern in den Armen, während er über Kopf den Himmel betrachtet.

Er denkt nie an die Gefahr. Sein Herz ist überall ruhig, egal wo. Das Blut fließt gleichmäßig in alle Körperregionen.

Einmal ist er in die Turnhalle seiner Schule gegangen, das Tau vom Boden bis zur Decke hochgeklettert und hat sich kopfunter drangehängt – ein Lehrer sah ihn in der Luft baumeln, das Tau um den Fuß gewickelt, am Knöchel festgeknotet. Clarence Nathan blieb ganz still, sein Körper schwankte nicht einmal. Der Lehrer erkannte ihn wieder, der Junge war oft während der Pausen von anderen Jungs in die Enge getrieben und verprügelt worden. Einen Augenblick lang dachte der Lehrer, Clarence Nathan habe sich aufgehängt, aber der Junge stieß ein Johlen aus, rollte sich hoch, befreite seinen Fuß aus dem Knoten, rutschte am Tau hinunter und erreichte den Boden.

An manchen Nachmittagen schleppt sich sein Großvater die Treppe hinauf, um sich die Kunststücke des Jungen anzusehen. Walker geht am Stock langsam an den Graffitiwolken an den Wänden vorbei. Sein zweiundsiebzigstes Lebensjahr hat ihm mehr Schmerzen beschert als je zuvor. Ein schütterer grauer Bart bedeckt seine Wangen, weil seine Finger nicht mehr beweglich genug sind, ein Rasiermesser zu führen. Um seinen Hals hängt ein Tabakbeutel an einer Schnur, damit er leichter drankommen kann. Die Schnur hüpft über dem silbernen Kreuz auf und ab. Walker müht sich mit der Tür oben an der Treppe, drückt schließlich mit dem Knie dagegen und zuckt vor Schmerz zusammen.

Auf dem Dach findet Walker ein wenig Sonne und streckt ihr das Gesicht entgegen, sieht Clarence Nathan auf dem Sims stehen.

«Mister Walker!» ruft der Junge.

Walker funkelt die Junkies an, die auf der anderen Seite des Dachs dösen und in einem Eimer Eiswürfel auftauen, um sich dann Eiswasser in die Adern zu jagen.

Er setzt sich in einen abgewetzten blauen Liegestuhl, der mit dem Ruß der Stadt bedeckt ist. Er faßt sich an die Stirn und reibt sich die Schläfen zur Abkühlung, nickt dann dem Jungen zu: «Fang an, mein Junge.»

«Welches soll ich machen?»

«Welches du willst.»

«Okay!»

«Paß aber auf.»

Walker lehnt sich zurück. Er hat es oft genug gesehen, er weiß, daß er keine Angst zu haben braucht. Der Junge winkt, rennt zum äußersten Ende des Dachs und springt auf ein benachbartes Dach. In der Luft verschmelzen Rausch und Gefahr: Ein Bein weit vor das andere gestreckt, das Brausen des Windes um ihn herum. Er landet perfekt, einen Meter weit auf dem Vorsprung des Nachbargebäudes, blickt sich um und grinst. Er springt wieder zurück, hält sich dabei an eine sonderbare Regel, die er für sich aufgestellt hat, immer abwechselnd auf dem einen und dem anderen Fuß zu landen. So hat er es gern. Wenn ihm ein Fehler unterläuft, springt er hin und her, hin und her, um das Gleichgewicht wiederherzustellen. Die Sohlen seiner Turnschuhe sind fast durch. Er nimmt sich vor, es eines Tages barfuß zu probieren. Stolz pocht in seiner Brust, als Walker gemächlich Beifall klatscht. Ein wenig Tabakspeichel tropft dem Alten aus dem Mund und fällt ihm aufs Hemd. Walker reibt beschämt daran herum.

«Gut gemacht, mein Junge.»

«Soll ich's noch mal machen?»

«Klar. Nur nichts zu Raffiniertes. Nur zu.»

Walker sitzt den ganzen Nachmittag da, rückt den Liegestuhl entsprechend dem Verlauf der Sonne zurecht und sieht den akrobatischen Einlagen zu.

Selbst als der Junge den Geschichten seines Großvaters lauscht, hockt er auf dem Sims, umschlingt seine Knie, schaukelt über der Straße vor und zurück.

Als die Sonne untergeht, hüpft Clarence Nathan von der Mauer und klopft seinem Großvater den Ruß vom Hosenboden. Sie lachen, als der Ruß in einer Wolke vom Hintern des Alten aufsteigt.

Die Geschichten gehen weiter, während sie über Flecken klebrigen Teers und Glassplitter und schließlich die Treppe hinuntergehen. In den Graffiti an der Treppenhauswand sind neue Gesichter verewigt, Huey Newton und Bobby Seale, die Dashikis tragen, ihre Gesichter zwischen zwei großen Panthern, die wie Felszeichnungen aussehen. Daneben: SCHWEINE SIND NICHT KOSCHER. Daneben: FRISS DEINEN EINBERUFUNGSBEFEHL. Weiter unten ein Poster mit dem Gesicht des ermordeten Martin Luther King.

Die Wohnungstür hat zwei neue Schlösser. Drinnen stapelt sich das Geschirr im Spülbecken. Der Kühlschrank steht offen, nichts drin. Ein halbfertiger Korbstuhl steht verwaist auf dem Kopf. Fotos vergilben an den Wänden. Alle Rahmen sind verschwunden.

Louisa ist nicht zu Hause. Das ist sie selten in letzter Zeit. Walker setzt sich ans Bett seines Enkels. Von dem alten Mann geht ein ranziger Geruch aus, so etwas wie Rauch, aber der Junge lauscht andächtig. Eine seiner Lieblingsgeschichten ist die von seinem Urgroßvater –

Con O'Leary – der immer eine Kugel in seinem Bauchnabel versteckt hatte, bevor er aus dem Tunnel gepustet wurde. Einige von Eleanors Kugeln aus dem Zweiten Weltkrieg liegen noch in der Wohnung, und der Junge sieht gerne zu, wie sein Großvater das Hemd hochhebt und eine in sich hineinschiebt.

«Tu noch eine rein.»

«So fett bin ich nicht!»

«Na los, probier noch eine, Mister Walker.»

«Treib's nicht zu weit, mein Junge.»

«Ach komm, bitte.»

Walker hustet und würgt einen Faden schwarzen Staubs aus seiner Lunge, ein Vermächtnis des Tunnels. Er spuckt in ein Blatt Zeitungspapier, zerknüllt es und wirft es in einen Papierkorb. Der Junge setzt sich im Bett auf und klopft seinem Großvater auf den Rücken, um ihm beim Abhusten zu helfen. Walker spürt, wie die Schläge durch ihn hindurchhallen. Seit kurzem baut sein Körper noch weiter ab, der Husten sitzt jetzt tiefer, seine Glieder werden starrer, mit dem Tabakspeichel kommt er nicht klar, ein Andenken gesabberter Flecken auf weißen Hemden.

Nach dem Hustenanfall wirft Walker die Schulter zurück und greift nach der zweiten Kugel. «Abrakadabra», sagt er.

Alle Schimpfwörter in einem Schulheft notiert: Halbblut, Mulatte, Nigger, Bimbo, Kaffer, Zebra, Dschungelhäschen, Kohlenkopf, Pumpernickel, Onkel Tom, Rabenarsch, Mohrenkopf.

Clarence Nathan nimmt die Subway – sein Großvater hat ihm die Liebe zu diesem Fortbewegungsmittel eingepflanzt –, kommt aus dem Bahnhof und geht beschwingt zu den Baustellen in der Nähe des Battery Park. Zum sechzehnten Geburtstag hat er neue Turnschuhe bekommen.

Er betrachtet die Choreographie des Kommerz, die gen Himmel strebt.

Die Männer, die die riesigen Gebäude erschaffen, sind nur als kleine Punkte zu erkennen, die sich auf nackten Trägern bewegen, eine Reihe von Helmen, die hin und her laufen. Sie schaffen ein Stockwerk pro Woche. Die Kräne füttern sie mit Stahl, das dann von den Männern verschraubt wird. Wenn der Stahl verkleidet ist, klettern die Männer höher, entfernen sich von der Welt unter ihnen. Manchmal geht Clarence Nathan in benachbarte Wolkenkratzer, gibt sich als Lieferant aus, schleicht sich dann ins oberste Stockwerk, um besser sehen zu können. In der Pfandleihe hat er sich ein Fernglas gekauft. Es ist seine Lieblingsbeschäftigung, die Männer zu beobachten, wie sie sich auf den Trägern und Säulen bewegen, wie sie sogar ohne Sicherheitsgurt klettern. Die Männer gehen wie auf festem Boden, ihre Füße rutschen nie ab, sie haben es nicht nötig, die Arme auszustrecken, um das Gleichgewicht zu halten. Einige schwingen sogar am Ende von Hubseilen durch die Luft. Clarence Nathan fälscht die Bewerbungsformulare und behauptet, er sei achtzehn, obwohl dem Vorarbeiter klar ist, daß er noch nicht mal begonnen hat, sich zu rasieren.

«Komm wieder, wenn du Haare auf'm Sack hast», sagt einer der Stahlbauer.

Eines Nachmittags müssen ihn zwei Leute vom Wachdienst von einer Leiter zerren, im dreiundzwanzigsten Stock eines im Bau befindlichen Wolkenkratzers. Sie pakken Clarence Nathan an den Füßen und sind verblüfft über die rohe Kraft in seinen Beinen. Er schüttelt sich frei, und sie sehen, wie er die letzten acht Sprossen zur Stahlabdeckung nach unten springt. Er landet mit gebeugten Knien, das Fernglas baumelt ihm um den Hals. «Du verdammter Idiot», sagt einer der Männer. Er wird zur Straße hinunter eskortiert, und man sagt ihm, wenn er noch einmal wiederkommt, wird er verhaftet. Clarence Nathan nickt ernst, verläßt die Baustelle, und als er sich weit genug entfernt hat, boxt er euphorisch in die Luft. Eines Tages wird er klettern, und sie werden ihn ehrfürchtig beobachten. Er wird seine eigenen Bewegungen in der Luft erschaffen. Er wird höher klettern als alle anderen zuvor!

Clarence Nathan balanciert auf einer Parkuhr, bis ein Cop ihn verscheucht. Weiter unten in der Straße probiert er eine andere Parkuhr mit dem anderen Bein aus.

Er kehrt Tag für Tag an die Baustelle zurück, trägt die Stiefel und das alte Flanellhemd seines Großvaters. Die Stahlbauer erlauben ihm schließlich, auf dem Boden die Ketten um die riesigen Stahlträger zu legen, solange er verspricht, nicht zu klettern. Er befestigt die kurzen Kabelstücke und sieht zu, wie die Träger hochschweben, angehoben von den Favco-Kränen. Wochen später öffnet Walker einem Lehrer aus Clarence Nathans Schule die Tür, der ihm mitteilt, er habe den Jungen schon eine Ewigkeit nicht mehr gesehen.

Angela steht hastig auf, als sie Elijahs Silhouette weiter hinten im Tunnel sieht. Sie wirft die Decke über Treefrog und küßt ihn auf die Wange.

«Bis später, Treefy», sagt sie.

«Bleib hier.»

Sie schüttelt den Kopf. «Danke für das Bild.»

«Das ist kein Bild.»

«Was auch immer. Hey, Mann. Hast du Geld dabei?»

«Ein bißchen Kleingeld, und ich tanz auf Ihrer Hochzeit.»

«Sehr komisch.»

«Nein», sagt er, «kein Geld.»

Sie faltet das Millimeterpapier sorgfältig zusammen und steckt es in ihren Pelzmantel, zwinkert ihm zu und fährt sich dann mit der Zunge über die Lippen. «Ich hab Durst», sagt sie. «Muß mal wieder zum Candyman.»

«Mann», flüstert er ihr hinterher. «Bleib hier.»

Er blickt ihrer Gestalt nach, die in die Lichtkegel eintaucht und wieder heraus, bis sie verschwindet, und einen Moment später hört er Gebrüll aus der Richtung von Elijahs Verschlag – vielleicht hat Angela Elijah die Karte von ihrem Gesicht gezeigt, mit der verschwundenen Prellung. Treefrog drückt sich dichter an die Tunnelwand, sinnt über das Ritual von Liebe und Fäusten nach – wie sie vielleicht voreinander in Kampfstellung gehen, zuerst auf Distanz, dann immer näher, wie in einem Trichter: Angela und Elijah, wie sie nach unten trudeln, der Kreis zwischen Liebe und Fäusten allmählich enger wird, bis eine Faust sich der Liebe nähert und die Liebe sich einer Faust nähert; stetig nach unten, und dann ist eine Faust Liebe, und Liebe ist eine Faust, und sie sind im Auge des Trichters, alle beide, hämmern und lieben sich gegenseitig zu Tode.

12 Von der Sonne gespalten

Treefrog zieht sich in die Stille der hinteren Höhle zurück und zündet eine Kerze an.

Er nimmt seine handgezeichneten Karten aus ihren Klettverschlußhüllen – Karten, die er von seinem Nest gemacht hat, von seinem Tunnel, von Dancesca, von Lenora – und breitet sie zu seinen Füßen aus. Während er sie betrachtet, spürt er, wie sie zu ihm hochblicken. Er faltet sie alle wieder zusammen, bis auf Lenora und Dancesca, und auf einem leeren Blatt zeichnet er eine Dancesca, genau so, wie er sie in Erinnerung hat, beständig, unveränderlich. Ihr Gesicht mit all seinen vollkommenen Konturen. Als könnte sie plötzlich erwachen und von dem Papier emporsteigen, um vor ihm zu stehen und zu atmen und zu seufzen und sich zu erinnern. Er berührt ihren Hals und fährt dann mit den Fingern hoch bis zu ihren Augen. Mit seinem Bleistift markiert er die letzten Vertiefungen und steckt die neue Karte dann wieder in die Plastikhülle.

Treefrog nimmt ein neues Blatt und, auf die alte Karte von Lenora blickend, stellt sich vor, wie sich das Gesicht seiner Tochter in den vier Jahren, seit er sie das letzte Mal gesehen hat, verändert haben könnte. Er gibt ihr eine ganz neue Landschaft, die Nase länger, die Lippen ein winziges bißchen voller, etwas mehr Fleisch auf den Wangen, so daß die Konturen höher sind, ein tieferes Grübchen am Kinn, gezupfte Augenbrauen, ein längeres Ohr, mit einem winzig kleinen See auf dem Ohrläppchen, für einen Ohrring. Er braucht eine Stunde für die Zeichnung. Als er fertig ist, hält er das Blatt hoch, berührt es mit den Lippen und sagt ihr, daß es ihm leid tut, und während der ganzen Zeit achtet er peinlich genau darauf, daß seine Hände nicht unter das Blatt wandern, wo sich der Rest ihres Körpers befindet.

Dancesca gefällt es, wie Clarence Nathan auf dem Sims balanciert. Sie kommt an Sommerabenden aufs Dach, wenn die Sonne durch einen Chemie-Himmel sinkt, den Duft von Haarlotion an den Händen, eine frische Narbe auf der Wange, wo eine Kundin sie geschnitten hat, nachdem Dancesca ihr ins Ohr gepikst hatte. Die Kundin schnappte ihr die Schere weg und fuhr damit durch die Luft. Es war ein langer Schnitt, aber nicht tief. Der Arzt meinte, er bräuchte nicht genäht zu werden; er kniff einfach die Wange zusammen und heftete ein Pflaster darüber. Der Schnitt hat eine schmale Furche blasser Haut auf ihrem Gesicht hinterlassen. Dancesca trägt eine dicke Lage Make-up auf dem knubbligen Kamm.

Sie sitzt am Ende des Simses, ein Fuß baumelt ins Nichts, der andere ruht auf dem Dach.

«Mach noch mal das kleine Kunststück», sagt sie, und dabei wippen ihre Zöpfe auf und ab.

Clarence Nathan wandert den Sims entlang, voll konzentriert, die Haare absurd hochgekräuselt. Er hat sie in ihrem Salon in East Harlem kennengelernt. Sie war etwas mollig damals, später würde sie ganz dünn werden. Braune Augen. Hinreißend. Haut so schwarz wie ein Flußbett. Als sie ihn im Spiegel ansah, schaute er ganz schnell weg. Er spürte, wie seine Wangen heiß wurden. Als seine Haare fertig waren, gab er ihr ein riesiges Trinkgeld. Gejohle und Hohngelächter erhob sich von den Eingangsstufen seines Hauses, als er heimgefedert kam, auf den Fußballen wippend, einen Kamm in dem krausen Aufbau. Zwei Tage später sah er sie wieder, im Saint Nicholas Park, und sie setzten sich auf eine Parkbank, wo sie ihm eine andere Frisur verpaßte.

Er balanciert in Schlaghosen auf dem Dachsims, so daß es aussieht, als würden sich seine Füße nicht mal bewegen, nimmt dann Dancescas Hand und versucht, sie auf den Sims zu locken. Aber sie kann nicht, sie spürt, wie ihr die Knie vor Angst versagen.

«Es ist ganz einfach», sagt er. «Du mußt nur vergessen, daß dein Körper überhaupt existiert.»

«Das kann ich nicht.»

«Natürlich kannst du das. Es geht nur darum, zu vergessen, wo du bist. Tu einfach so, als wärst du auf dem Bürgersteig.»

«Spinner.»

«Guck mal», sagt er.

Er zeigt sein Lieblingskunststück – schleudert die Schuhe von sich und springt von einem Gebäude zum anderen. Später breiten sie eine Decke auf dem Dach aus. Um sie herum steigt der strenge Geruch von Teer auf. Anfangs sitzen sie an entgegengesetzten Enden der Decke, dann bewegen sie sich allmählich aufeinander zu, bis sie sich so nah sind, daß sie seinen Atem auf ihrer Wange spürt. Er umfaßt ihre Hüfte, und sie legen sich zusammen hin. Als er die Knöpfe an ihrem Hemd öffnet, spürt er den Metalldraht unten an ihrem BH. Er nestelt mit beiden Händen an dem Rückenverschluß, öffnet ihn, zieht einen Träger über ihr Schlüsselbein. Sie lehnt sich zurück, nimmt seine Schultern in die Hände. Ihre Lippen berühren sich, und mit zaghaft tastenden Fingern robbt er sich zu ihren Hüften hoch. Sie beugt sich weiter vor und nimmt sein Ohrläppchen zwischen die Zähne. Ernst schlüpft er in sie hinein. Als sie sich lieben, hat Clarence Nathan, siebzehn Jahre alt, das Gefühl, als trete er in seine eigene Geschichte ein.

Am nächsten Morgen, wieder allein in der Wohnung, wird er von seinem Großvater geweckt.

Walker hat ein Handtuch, Rasierseife und ein Rasiermesser auf der Badkonsole bereitgestellt. Hat sie alle ordentlich aufgereiht, hat sogar Wasser auf dem Herd erhitzt. Sein grauer Bart ist zu lang geworden, sagt Walker; er findet es furchtbar, wenn er die Spitzen seiner Schnurrbarthaare mit den Zähnen packen kann. In letzter Zeit findet er angetrocknete Speisereste da drin, und im Spiegel mag er sich auch nicht sehen.

Clarence Nathan folgt seinem Großvater. Frühe Morgenschatten liegen auf dem Boden. Als die Männer die Badezimmertür aufdrücken – das Schloß ist kaputt – ist Louisa da, hockt vornübergebeugt auf dem Klo. Zuerst sehen sie nur einen gekrümmten Körper, aber dann hebt sie langsam den Kopf, und sie sehen, daß ihr Rock hochgeschoben ist und sie an ihren Hüften nach einer neuen Stelle sucht, wo sie eine Nadel reinschieben kann.

«Raus hier!» brüllt sie.

Walker hämmert mit einer halbgeöffneten Faust gegen die Wand. «Was zum Teufel machst du bloß, Frau?»

Sie blickt auf und drückt sich schnell die Nadel rein. Clarence Nathan schaudert beim Anblick der müden Schamhaare seiner Mutter, die aus ihrer weißen Unterhose hervorlugen.

«Ich schwör, es ist die letzte, ich schwör's.»

Sie steht auf, zupft am Rocksaum, wischt sich mit einem Hemdsärmel über die Augen. Sie sieht dem alten Mann direkt in die Augen, als sie an ihm vorbeigeht.

Walker seufzt, beugt sich übers Waschbecken und wäscht sich die Hände, obwohl sie schon sauber sind. Auf einem Schemel vor dem Badezimmerspiegel sitzend, sagt er wieder und immer wieder, einem Mantra gleich: «Mein Gott.»

Zuerst nimmt ihm sein Enkel mit der Schere den größten Teil des Barts ab. Seine Finger zittern. Walker spürt, wie sich die Hitze des Morgens in seinen welken Wangen einnistet, dann tiefer in ihn hineintaucht – selbst seine Lunge und sein Herz fühlen sich an, als würden sie in der schwindenden Landschaft seines Körpers schwitzen. Am äußersten Horizont sieht er einen katastrophischen Sturm auf sich zukommen: dunkle Winde und einen Dauerregen. Die Vorhersage spricht zu ihm in seinen Knien und Schultern und Ellbogen. Der Weg des Wetters. Er hat das Gefühl, daß es nicht mehr lange dauert. Es wird nicht schwerfallen, sich zu ergeben. Soll es regnen, denkt er, während ihm Wasser und Schaum über die Wangen glitschen. Soll es strömen. Vor Monaten hat Walker die Arztbesuche aufgegeben. Schmerz ist sein Gefährte. Er wäre überrascht – sogar einsam – wenn er ihn verließe. Er schart sich schon so viele Jahre um ihn, beschert ihm eine erzwungene Ordnung der Stunden, im täglichen Ablauf, im Beobachten der Straße. Er denkt an Eleanor, wie sie einmal an einem anderen Badezimmerbecken das Kleid gehoben hatte.

Ein kleines, freches Lächeln erscheint auf seinen Lippen, als der Bart herunterfällt.

Winzige Augenblicke kommen Walker wieder in den Sinn gehuscht. Er verharrt am Rand dieser Erinnerungen. Er hat wieder angefangen zu beten, lange, verschlungene Rhythmen, obwohl er nicht genau weiß, ob er vielleicht mit sich selbst redet. Er erinnert sich an das Gebet, das er in dem Tunnel nicht gesprochen hatte, 1917, in dem Moment der Stille, bevor die Jungs anfingen, mit den Kerzen zu werfen. Er kann die Zunge ausstrekken und es beinahe schmecken.

Das Rasiermesser ist schon oben an seinen grauen Koteletten.

«Sag mal, mein Junge.»

«Ja, Sir?»

«Ich hab gestern abend so 'n Gerumpel auf dem Dach gehört», sagt Walker. «Hat sich angehört, als würd jemand hin und her hüpfen.»

Clarence Nathan spürt, wie seine Wangen heiß werden, aber sein Großvater lacht lang und laut.

«Das ist ein nettes Mädchen. Wie heißt sie?»

«Dancesca.»

«Na, da hast du aber 'n Fang gemacht.»

Clarence Nathans Hände zittern vor Verlegenheit, das Messer rutscht ihm aus und schneidet dem Großvater ganz leicht ins Ohr. Er wischt dem Alten die restliche Seife vom Gesicht und betupft den Schnitt mit dem Handtuch, sieht, wie die Baumwolle das Blut aufsaugt.

«Halt sie fest», sagt Walker.

Clarence Nathan reißt ein Stück Zeitungspapier ab, leckt es an, legt es auf den Schnitt, wo es antrocknet. Das Blut verdunkelt das Papier.

«Tut mir leid, daß ich dich geschnitten hab.»

«Spür nichts», sagt Walker. Er betrachtet sein Spiegelbild in der Fensterscheibe und sagt: «Nathan Walker, du siehst immer noch verdammt gut aus!»

Kichernd wendet er sich wieder Clarence Nathan zu. «Laß uns beide den Tag genießen. Nur einen kurzen Spaziergang.»

«Ja, Sir.»

«Ich muß dir was sagen.»

«Ja, Sir.»

Die Straßen wirken wie von der Sonne gespalten, von der Hitze geweitet. Walker und sein Enkel überqueren die Avenues Richtung Westen und gehen den Hang hinauf Richtung Riverside Drive. Walker spürt, wie sich das silberne Kreuz an seinem Hals herumdreht und nun mit der kühlen Seite auf seiner Haut liegt.

Beim Gehen wirft er einen Seitenblick auf Clarence Nathan. Der junge Mann trägt einen Dashiki. Ein rot-grün-gelber Hut sitzt auf seinem Kopf. Grüne Schlaghose. Eine Mundharmonika – ein Geschenk von Walker – beult eine Hosentasche aus. Clarence Nathan hat die Schwelle vom Heranwachsenden zum jungen Mann überschritten: Wallende Muskeln unter dem Hemd, großer hervorstehender Adamsapfel, ein vertrauter Schwung in den Schultern. Der Junge hat versucht, eine Afrofrisur zu kultivieren, aber meist wachsen ihm die Haare schnell wieder heraus, glatt und schwarz bis zum Schlüsselbein.

Sie setzen sich auf eine Parkbank hinter Grant's Tomb

und blicken zwischen den Bäumen hindurch entlang des Felsvorsprungs zum darunter fließenden Fluß. Der Teenager hockt auf der Rückenlehne der Bank. Walker schlägt die Klappe seines Tabakbeutels auf, hält die Nase dicht über den Beutel, zieht den Duft ein und richtet das Gesicht zum Himmel.

«Fühlt sich sauber an, nicht?»

«Sir?»

«Der Tag, der fühlt sich sauber an.»

«Ja, Sir.»

«Wie heißt sie noch mal? Das Mädchen?»

«Dancesca.»

«Halt sie fest. Hab ich das schon gesagt?»

«Ja, Sir, das hast du.»

Nach einem langen Schweigen sagt Clarence Nathan: «Die haben mich gestern zum dreiundvierzigsten Stock hochklettern lassen. Zusammen mit den Stahlbauern. Man kann meilenweit über die Flüsse sehen: den East River, den Hudson. Wenn kein Dunst ist.»

«Kriegst du auch Geld bei diesem Job?»

«Ja, Sir. Ein wenig.»

«Sparst es?»

«Ja, klar.»

«Wofür gibst du den Rest aus?»

«Dies und das.»

«Darüber wollt ich mit dir reden.»

«Worüber?»

«Es gibt zwei Arten von Freiheit, mein Junge. Die Freiheit, zu tun, was du tun willst, und die Freiheit, zu tun, was du tun mußt.» Und dann sagt Walker: «Du kaufst den Stoff für deine Mama, stimmt's?»

«Nein, Sir.»

«Lüg mich nicht an, mein Junge. Du kaufst ihr den Stoff. Ich weiß es. Du weißt, was ich von Lügnern halte.»

«Ich hab ihr nie Drogen gekauft, nie.»

«Dann hast du ihr eben das Geld gegeben.»

Clarence Nathan schweigt.

«Gib ihr kein Geld mehr.»

Der Teenager senkt den Kopf. «Ja, Sir.»

«Das mein ich ernst. Versprich's mir.»

«Ja, Sir», sagt er.

«Wenn du nicht aufhörst, wer weiß, was dann mit ihr passiert. Du tust nur, was richtig ist.»

«Ich weiß.»

«Weißt du, was sie gemacht hat? Sie hat alle Tasten aus dem Klavier genommen. Ich hab neulich den Deckel aufgemacht, und sie waren alle weg.»

«Sir?»

«Wahrscheinlich hat sie gedacht, das wär reines Elfenbein. Hat wohl gedacht, sie könnt sie verscherbeln. Die sind mit Elfenbein beschichtet, aber der Rest ist aus Holz. Sind 'n Fliegendreck wert.»

«Hör mal, mein Junge», sagt Walker. Er hustet und wischt sich einen Tropfen Speichel vom Kinn. «Hab ich dir schon mal von dem ersten Unterwasser-Baseballspiel der Welt erzählt?»

Clarence Nathan kennt die Geschichte, aber er sagt: «Nein, Sir, hast du nicht.»

«Versprichst du mir, daß du ihr kein Geld mehr gibst?»

«Ich versprech's.»

«Okay», sagt Walker und streckt die Hand aus. «Tu so, als wär das hier die Bibel.»

Clarence Nathan legt seine Hand auf die Hand seines Großvaters.

«Jetzt schwör drauf.»

«Ich schwöre.»

«Schwör bei deinem Leben, daß du ihr keinen Penny mehr gibst.»

«Ich schwör's.»

«Also», sagt Walker. Er hustet wieder, spürt, wie sein Körper sich in jähem Schmerz aufbäumt, schließt die Augen. «Es war die Jungfernfahrt des Zuges, und die Jungs hatten Baseballschläger mit runtergebracht, und ...»

Treefrog hört in der Ferne ein lautes Klatschen von Fleisch auf Fleisch und ein Grunzen. Der Wind bläst vom südlichen Ende den Tunnel entlang, knallt in die Winkel und Ecken, hangelt sich zu seinem Nest hoch. Castor sitzt auf seinem Schoß, die Milch ist an ihren Schnurrhaaren festgefroren. Er haucht sie an und wischt die Milch mit Daumen und Zeigefinger weg, für den Fall, daß das Stück Eis ihr Gleichgewicht beeinträchtigt.

Clarence Nathan hat seinen Großvater schon oft dabei beobachtet, wie er die Sachen seiner Mutter durchsucht, kleine Päckchen herausnimmt und sie ins Klo spült. Louisa kommt nach Hause und stochert mit einem umgebogenen Kleiderbügel in der Schüssel herum, findet nichts. Sie zieht durch die Wohnung, schwingt den Bügel wie eine Waffe. Sie droht mit Auszug, sagt, das Heroin kommt von einem Therapieprogramm, sie muß ihren Körper sanft entwöhnen. Es ist die Rede von South Dakota, einer Busfahrt, einer Flugreise, aber sie befördert lediglich ihre Knochen von der Straße zur Wohnung und zurück. Ihr Gesicht ist braun wie Leder, mit unzähligen Falten. Die einzige Farbe, die sie seit Jahren gesehen hat, ist das Rot, das in einer Plastikkanüle aufsteigt, wenn sie aus Versehen die Nadel zu weit zurückzieht.

«Du mußt mir was leihen», sagt sie eines Abend spät.

«Es wird nichts mehr geliehen, das hab ich dir doch gesagt.»

«Ich brauch's zum Einkaufen.»

«Wir haben genug.»

«Weißt du denn nicht, daß ich dich ernähren muß? Weißt du, wie das ist, wenn man versucht, eine Familie zu ernähren?»

«Du ißt ja nicht mal selber was. Bis auf diese andere Scheiße.»

«Sag nicht Scheiße.» Sie senkt die Augenlider. «Ich brauch es, Claren, bitte.»

«Wo willst du um drei Uhr morgens Medikamente herkriegen?»

«Ist doch nur geliehen. Bitte.»

«Er bringt mich um», sagt er mit einem Nicken zum schlafenden Walker.

«Er braucht's doch nicht erfahren.»

Sie nimmt sein Gesicht zwischen die Hände und fährt mit ihren zitternden Fingern zärtlich über seine Wangen.

«Nein, Mama, tut mir leid.»

«Es ist das letzte Mal», sagt sie. «Ich schwör's bei der Bibel.»

«Mama, tu mir das nicht an.»

«Morgen such ich mir 'n Job.»

Das Weiß ihrer Augen, groß und beschwörend. Ein schreckliches Verlangen im Beben ihrer Finger. Sie sieht ihn an, als könne er sie zermalmen, sie zerbrechen, sie auflösen, sie erschaffen.

«Bitte», sagt sie und führt ihre Hände zu den rotierenden Blättern eines elektrischen Ventilators, der kein Gitter hat. «Ich flehe dich an. Bitte.»

Im letzten Moment zieht sie ihre Hand von dem Ventilator zurück, dann läßt sie den Kopf hängen, schließt die Lippen, macht einen Schmollmund.

«Du willst wohl, daß ich auf der Straße lande.»

«Mama.»

«Mein eigener Sohn. Schickt mich auf die Straße.»

«Das würd ich nie tun.»

«Wie soll ich dann die Medizin kriegen?»

Er seufzt und läßt den Kopf hängen.

«Wußtest du, daß die Abdrücke von Vogelkrallen –»

«Mama.»

«– ideal sind, um Friedenszeichen zu machen?»

«Du bist high, Mama.»

«Sind sie aber, ganz ideal.»

«Du redest schwachsinnige Scheiße, Mama.»

«Man malt einen kleinen Kreis drumherum. Denk drüber nach. Ich zeig's dir. Ein runder Kreis. So.» Sie malt mit dem Finger einen Kreis auf seinen Brustkorb, kratzt drei Linien wie den Abdruck eines Vogelfußes hinein, legt den Kopf schief, sagt: «Schick mich nicht auf die Straße. Bitte. Bitte, ich hab zuviel gesehen, um auf der Straße zu leben. Du weißt, wie es für mich war, deinen Vater zu verlieren.»

Clarence Nathan greift unter die Matratze, wo er sein Geld aufbewahrt, und steckt ihr einen ordentlich gefalteten Zwanzig-Dollar-Schein zu. Sie lächelt, schiebt sich den Schein in den Ausschnitt ihrer Bluse.

«Das werd ich dir nie vergessen», sagt sie.

Sie geht, nachdem sie ihm einen schnellen Kuß auf

die Stirn gedrückt hat. Er schlägt seine Faust in die Handfläche.

Clarence Nathan schläft auf der Feuertreppe. Man hat ihm erzählt, sein Vater habe das immer gemacht. Die Geräusche von unten stören ihn nicht: Polizeisirenen, Plattenspieler, die durch geöffnete Fenster schallen, Jimi Hendrix, James Brown. Sein Körper ist auf dem engen Raum zusammengezwängt, die Unterarme um die Knie geschlungen. Manchmal wird die Nacht von Schüssen zerrissen. Oder vom Tröten einer melodischen Autohupe. Oder von Paaren, die sich schreiend aus dem Fenster lehnen. Eine Landschaft von Liebe und Haß. Ein greifbarer Groll in der Luft. Aber auch eine Zärtlichkeit. Etwas an diesem Teil der Welt wirkt so lebendig, daß sein Herz vor aufgestautem Schmerz zerbrechen könnte. Als könne auf einmal alles unter dem Gewicht des Lebens erbeben. Als hätte die Stadt selbst die Verstrickungen des menschlichen Herzens geboren. Venen und Arterien – wie die Tunnel seines Großvaters –, durch die das Blut tobt. Und Millionen von Männern und Frauen, die dieses Blut die Straßen entlangspült.

Clarence Nathan hat sich oft gefragt, wie es wäre, ein absolutes Gehör zu haben, dieses Blut zu hören, das gegen die Hautbänke von Körpern klatscht, diese Sinfonie von Elend und Liebe.

Unten sieht er seine Mutter unter flackernden Straßenlaternen vorbeigehen, und sie sieht so dünn aus, wie sie die Arme um sich schlingt und zittert, daß es scheint, als ließe ihr erschlaffendes Fleisch sie in das Mädchen zurückweichen, das sie einmal gewesen sein muß.

Ein paar Wochen später befestigt er gerade im Erdgeschoß einen Träger am Gehänge, als man ihn in eine der Bauhütten ans Telefon ruft. Während er die Baustelle überquert, trommelt er auf seine Oberschenkel.

«Deine Mama», sagt Walker. «Komm nach Hause.»

Die Wohnungstür öffnet sich, bevor er klopft. Clarence Nathans Blick huscht durchs Zimmer. Das ausgeweidete Klavier steht da mit geöffnetem Deckel. Das Sofa ist ans Fenster geschoben. Ein paar Korbstühle hokken verlassen in der Mitte des Raums, das Geflecht ihrer Rückenlehne in Auflösung begriffen. Walker erhebt sich, packt seinen Enkel am Ärmel und schlägt ihn, ein langsamer Schlag, ohne Kraft. Doch der junge Mann fällt rückwärts auf den Boden.

«Du hast dein Versprechen nicht gehalten, mein Junge.»

Clarence Nathan hält sich einen Finger vor den Mund.

«Nimm Platz», sagt Walker.

«Wo ist Mama?»

Walker schüttelt den Kopf.

«Wo ist sie?»

«Ich hab gewußt, daß das passiert», sagt Walker.

«Was?» Der junge Mann zieht die Knie an die Brust und umfaßt seine Beine. «Wo ist sie?»

«Steh auf.»

Der junge Mann erhebt sich, blickt sich im Zimmer um, fängt an zu weinen und sagt: «Ich hab ihr das ganze Geld gegeben.»

«Es spielt keine Rolle mehr. Was vorbei ist, ist vorbei, das mußt du akzeptieren. Es ist vorbei.»

«Es ist vorbei», sagt Clarence Nathan, ohne über die Worte nachzudenken.

«Komm, gib mir deine Hand.»

Clarence Nathan streckt eine Hand aus, und Walker legt seine zitternd darauf. «Laß uns ein Gebet sprechen.»

Nach ein paar Minuten Schweigen sagt Walker: «Es tut mir leid, daß ich dich geschlagen hab, mein Junge.»

Der alte Mann setzt sich auf dem Sofa zurecht, nimmt etwas Tabak aus dem Beutel um seinen Hals, starrt darauf, zählt die Fäden. «Ach, Scheiße», sagt er schließlich. Er wischt sich die Augen, versucht aus einer Tasse zu trinken, die, wie er weiß, schon lange leer ist. «Ich hatte gehofft, sie würd es aufgeben.»

Clarence Nathan blickt aus dem Fenster. «Es ist meine Schuld. Ich hab ihr das Geld gegeben.»

«Tu dir jetzt bloß nicht selber leid, mein Junge. Das hat sie sich selbst angetan. Das ist das Schlimmste, was ein Mann tun kann. Selbstmitleid.»

Walker hievt sich hoch, trocknet sich die Augen, durchquert das Zimmer.

«Wir müssen zum Bestattungsinstitut. Dafür sorgen, daß sie nach South Dakota zurückkommt. Sie soll zu dem See zurück, von dem sie gesprochen hat.»

Clarence Nathan knöpft seinem Großvater den Mantel zu, hilft ihm, sich einen Schal um den Hals zu binden, bückt sich, um dem Alten die Schuhe zuzumachen. Sie schließen die Tür dreimal ab und gehen zusammen die Treppe hinunter. Clarence Nathan stützt Walker, während der Alte sich am Geländer festhält. Sie treten ins Sonnenlicht. Clarence Nathan, der immer noch weint, nimmt seine Baseballmütze ab und setzt sie Walker auf den Kopf, damit der Schirm die Augen des alten Mannes schützt.

An einem matschigen Tag im Saint Nicholas Park zeigt er Dancesca den Trick, wie man aus einem Vogelfuß ein Friedensemblem macht. «Guck mal», sagt er. «Guck mal. Hier malst du einen Kreis drum. Genau so.»

Treefrog wacht in der hinteren Höhle auf, als eine Ratte ihm über die Knöchel huscht. Er zieht die Knie an die Brust und pfeift nach Castor, aber sie ist nicht in der Nähe. Er fragt sich, ob es Nacht oder Tag ist, ob er tot war oder nur geschlafen hat, oder beides, und ob er für immer beides sein kann, tot und schlafend.

Er zündet noch eine Kerze an und steckt seine Karten in die Plastikhüllen. Während er in der feuchten Dunkelheit hin und her schaukelt, wartet er auf das Donnern eines Zuges, das ihm sagt, ob es Nacht oder Morgen ist. Keine Züge zwischen Mitternacht und sieben, danach kommen die Amtraks alle vierzig Minuten. Er sengt die Spitze seines Barts mit der Kerze an, spürt die Hitze an seinem Kinn und wartet fast eine Stunde, zusammengerollt, mit grummelndem Magen. Nichts, also muß es Nacht sein. Er läßt heißes Wachs auf die Rückseite beider Daumen tropfen, wo es schnell hart wird. Dann drückt er sich die Finger in die linke Seite, um den Schmerz in seiner Leber auszugleichen. Er hat noch etwas Geld von Faradays Begräbnis übrig, und er fragt sich, ob er vielleicht etwas Gin kaufen soll.

Er geht aus der Höhle in sein Wohnzimmer, fühlt sich vom Tunnel angezogen und schwingt sich hinunter.

Kein Licht. Vollkommenstes, tiefstes Schwarz. Treefrog geht an Deans Müllhaufen vorbei und riecht den menschlichen Dreck, weicht aus, um nicht in Scheiße zu treten.

Er stößt gegen den Kinderwagen, der jetzt mit Müll gefüllt ist, bleibt stehen, starrt in den Wagen, streckt die Hand aus und schaukelt ihn ein wenig hin und her. Es war im Sommer 1976. Lenora war gerade geboren. Sie war so klein. Ihr Haar war fein, dünn und dunkel. Ihre Haut war glatt und mahagonibraun. Clarence Nathan hatte das Gefühl, als hätte sich seine Welt um die eigene Achse gedreht, ihm Tiefe, Bedeutung, Geschichte gegeben. Er verbrachte Stunden damit, Lenora einfach nur zu halten. Sie lag auf seinem Bauch und boxte mit ihren winzigen Füßen in die Decken. Dancesca lag neben ihnen. Zeit hatte eine neue Bedeutung bekommen – manchmal glitten die Stunden vorbei, in denen sie einfach nur das Kind anstarrten. Sie fühlten sich ganz, erfüllt, tapfer, sicher. Lenoras Hilflosigkeit war ihre Tiefe. Sie gingen zusammen durchs Leben, als Dreifaltigkeit, er, Dancesca und Lenora. Jeden Sonntag bezahlte er ein Taxi, damit Walker sie besuchen konnte. Sie saßen zusammen und sahen sich Baseballspiele an. Das Kind schlief in einem Bettchen in der Nähe. Es war eine Zeit süßer Schwere, selbst wenn Lenora Theater machte und weinte. An einem Sonntag hob Walker Lenora aus dem Bettchen. Er küßte das Kind auf die Stirn. Er trug es ins Bad, wo er das Bekken bereits mit warmem Wasser gefüllt hatte. Clarence Nathan sah zu. Der Alte wollte das Kind taufen – eine Mischung aus seiner eigenen Religion und Eleanors Geschichte. Kurz bevor er das Kind sanft in das Becken legte, flüsterte Walker ihm etwas ins Ohr. Einen Moment lang herrschte Stille, und dann tauchte er das Kind ins Wasser. Es weinte ein wenig und verstummte dann. Mit dem Baby auf dem Arm, eingewickelt in eine warme Decke, kam Walker wieder aus dem Bad. Später sagte er:

«Ich geh mit Lenora spazieren.» Dancesca und Clarence Nathan sahen vom Fenster aus zu, wie der Alte auf die Straße trat und den Kinderwagen vor sich herschob. Neben einem Hydranten fiel Lenoras Schnuller herunter. Walker bückte sich und hob ihn mit Mühe vom Boden auf. Das Gummi war schmutzig. Er blickte sich kurz um, schien verwirrt. Dann steckte er den Schnuller in seinen Mund, um ihn zu säubern. Er beugte sich vor, führte den Nippel behutsam in den Mund des Kindes ein und flüsterte ihm etwas ins Ohr. Selbst aus der Entfernung wußte Clarence Nathan ganz genau, was sein Großvater zu dem Kind sagte.

Treefrog reißt sich vom Kinderwagen los, geht weiter, balanciert auf einem Geländer, linker Fuß, rechter Fuß, linker Fuß, rechter Fuß. Ein ungeheurer Drang in ihm jetzt, mit jemandem zu reden, mit irgend jemandem, um irgendwas zu sagen, bloß um Worte durch seine Kehle zu schicken, langsam, gedehnt und aufrichtig. Er bleibt einen Moment vor Papa Loves Tür stehen, beschließt dann, den alten Künstler nicht zu wecken; er würde sowieso nicht aufmachen.

Gemurmel dringt aus Elijahs Verschlag, und eine kleine Lichtlache sickert durch die Tür. Elijah hat offenbar den Strom wieder angeschlossen. Treefrog legt das Ohr an die Tür und hört Angela weinen. Hört einen kurzen dumpfen Schlag. Der Knall trifft Treefrog tief im Magen und setzt sich dort fest, nagt an ihm. Er holt den Schraubenschlüssel aus der Tasche. Seine Kehle ist trocken, seine Füße unsicher. Er will die Tür aufmachen und reinstürmen, hält sich aber zurück, durch seine Unschlüssigkeit gelähmt. Das Schlagen und Weinen geht weiter, und dann hört er Angela in langen, hohen, kläglichen Stoßseufzern hervorpressen: «Wieso quälst du die, die du liebst, wieso quälst du die, die du liebst?»

Treefrog bleibt vor der Tür stehen und klopft mit dem Schraubenschlüssel rhythmisch in beide Handflächen. Dann hört er, wie Elijah sich bewegt.

Treefrog schleicht vom Verschlag weg und stellt sich unter das Gitter auf der entgegengesetzten Seite des Tunnels. Er wartet darauf, daß Elijah herauskommt, aber nichts passiert. Dann hört er wieder die dumpfen Schläge, das Winseln, Angelas stoßweisen Atem. Treefrog rutscht an der Wand hinunter, bis er auf dem Tunnelkies sitzt. Langsam zieht er die Handschuhe aus und holt sein Taschenmesser hervor. Drückt die Klinge in seine Handfläche. Dieses ganze Nichts, denkt er. Diese Feigheit. Dieses einsame Leben als Ohr – lauschen, immer lauschen, immer nur lauschen.

Er pikst sich mit dem Messer in die rechte Handfläche, dann in die linke, ist erstaunt, als er sein Feuerzeug anschnipst und zwei dünne Rinnsale parallel an seinen erhobenen Handgelenken herunterlaufen sieht. Er schiebt die Ärmel seines Mantels ganz zurück, und zwei kleine rote Kügelchen sammeln sich in den Armbeugen.

Treefrog, der unter dem Gitter sitzt und zu den nichtssagenden Sternen hochblickt, weiß, daß das Licht, das auf seine Augen trifft, seine Reise Jahre zuvor begonnen hat. Da ist nichts da oben außer vergangener Bewegung, Dingen, die seit langem implodiert und explodiert und für immer verschwunden sind: Jahre später, es war ein Freitag, und er hatte seine Schicht im Wolkenkratzer beendet, fuhr er im Aufzug hinunter, duschte und band seine Haare zu einem kurzen Pferdeschwanz zusammen.

Sie warteten draußen in einem nagelneuen Mietauto, einem Ford. Walker hatte auf einem amerikanischen Modell bestanden. Dancesca stieg hinten ein, zusammen mit der fünfjährigen Lenora. Clarence Nathan saß am Steuer. Sie brauchten vier Tage bis South Dakota. Clarence Nathan hatte Hunderte von Dollar für einen Grabstein geschickt, zwanzig Dollar pro Woche, aber auf dem Friedhof war nichts außer einem schlichten hölzernen Kreuz mit der Aufschrift TURIVER. Louisas Familie war weggezogen. Unkraut sprießte in der alten Hütte, in der sie einmal gelebt hatte. Sie gingen zusammen ans Seeufer, alle vier. Der See war riesig, die einzige Bewegung die eines Motorbootes draußen auf dem Wasser. Sie hatten Essen für ein Picknick mitgebracht, und sie saßen schweigend bei aufgeweichten Gurkensandwiches. Das Motorboot schlug Wellen, und der Wasserskifahrer kippte um. Zum erstenmal an diesem Tag lachten sie, über den Mann, der durch die Luft purzelte. Walkers Körper war inzwischen vom Rheuma so gut wie verkrüppelt, aber er ging mit der kleinen Lenora zum Ufer hinunter, streckte einen Arm aus, beugte ein Knie, wackelte mit dem Zeh in der Luft, und das Kind imitierte jede Bewegung. Am Himmel regte sich nichts, noch gab es irgendwelche Schlammabdrücke auf dem Boden. So blieben sie, tanzend. Clarence Nathan berührte den Arm seiner Frau, während die Sonne von South Dakota sich großzügig über sie ergoß.

Treefrog wird von einem plötzlichen Gepolter aufgeschreckt, und er öffnet die Augen, steht auf, greift nach seinem Schraubenschlüssel. Die obere Angel der Verschlagtür bricht heraus, und das Holz splittert.

Elektrisches Licht entweicht durch die zertrümmerte

Tür. Für einen Moment fragt er sich, wo er genau ist – in einem Tunnel oder in einem Auto oder an einem See –, und dann kommt Angela aus dem Verschlag gestolpert, drückt gegen die zerbrochene Tür, bebend, mit fliegendem Atem.

Elijah folgt ihr.

«Nein!» schreit sie.

Die nackte Glühbirne baumelt im Verschlag.

Elijah schlägt Angela auf den Hinterkopf, sie stolpert wieder, dreht sich, wirbelt durchs Licht, stürzt.

Kriechend rappelt sie sich hoch, Blut aus ihrem Mund, und Blut von ihrer Stirn, und Blut auf ihrer Wange. Selbst in dem Flecken flackernden Lichts sieht Treefrog, daß ihr Leib ein trauriger Trümmerhaufen ist. Sie stolpert im Kies neben den Gleisen, halb im Pelzmantel, und schwingt ihre Handtasche durch die Luft, um Elijah auf Abstand zu halten. *«Nein!»* Und dann tritt Treefrog hinten aus der Dunkelheit, den Schraubenschlüssel fest umklammert.

Elijah – der sich außer Reichweite von Angelas Handtasche hält – blickt über die Gleise, zieht die Kapuze seines Sweatshirts herab und sagt: «Na, wen haben wir denn da.» Er winkt Treefrog mit einem gekrümmten Finger heran. «Na komm, Mann, na komm schon, du Wichser.»

Angela steht winselnd neben den Gleisen, die Handtasche an die Brust gedrückt. Treefrog ist sich jedes Schritts bewußt, so als würde er durch die Dunkelheit schweben.

Die Verschlagtür schwingt hin und her, und Licht sikkert in den Tunnel hinaus, leckt in die dunklen Ecken hinein, greift nach Treefrogs Körper, gleitet wieder ab, bis die Tür sich ausgependelt hat und er in einem klar umrissenen Lichtkreis steht. Nicht nötig, für Gleichgewicht zu sorgen, Gewißheit pulsiert in ihm. Er geht über die Gleise und bleibt stehen.

Elijah grinst.

Treefrog grinst zurück.

Elijah stellt ein Bein vor das andere, hebt die Fäuste.

Treefrog tritt näher.

Elijah macht einen schnellen Dreher.

Treefrog weicht dem Bogen von Elijahs Kick aus, rückt vor, duckt sich unter dem zweiten Kick hindurch.

Elijahs Bein schneidet in Zeitlupe über ihn hinweg.

Treefrogs Körper wirkt, als sei er auf Federn montiert, er springt aus der Hocke auf, der Schraubenschlüssel schwingt in die Höhe und trifft – mit äußerster Präzision – Elijah zwischen die Beine. Elijah prallt gegen den Verschlag zurück, hält sich die Eier. Er schreit vor Schmerz auf und japst viermal tief nach Luft.

Mit einer Hand am Boden stemmt sich Elijah langsam hoch und greift nach einem Messer in seiner Gesäßtasche.

Treefrog tritt näher.

Elijahs Augen weiten sich. Er führt das Messer vor, stößt in die Luft.

Treefrog kommt immer näher.

Das Weiß von Elijahs Augen wirkt riesig.

Das Messer säbelt durch die Luft.

Treefrog macht einen Schritt zur Seite.

Elijahs Körper folgt dem Bogen des Messers.

Treefrog tritt in den geschaffenen Freiraum und grinst. Flink und anmutig ist der Schwung des Schraubenschlüssels gegen Elijahs Ellbogen, und das Krachen des Knochens ist ein Widerhall der splitternden Tür, und das Messer fällt klappernd zu Boden.

Beim nächsten Schwung erwischt der Schraubenschlüssel Elijah an der Schulter, und der heult auf wie ein Tier, sein Gesicht tief zerfurcht vor Entsetzen. Er taumelt, greift mit der einen Hand an den Ellbogen, mit der anderen an die Hoden, und dann schwingt der Schraubenschlüssel wieder.

Diesmal erwischt er Elijahs Knie, und mit einem behenden Tritt kickt Treefrog das Messer weg.

Als Elijah zu Boden geht, rammt Treefrog ihm den Stiefel in die Zähne, und eine monumentale Freude durchpeitscht ihn, als Elijahs Kopf gegen die zerbrochene Tür donnert. Sein Stiefel landet zwischen Elijahs Beinen, und Elijah zieht sich unter immensen Schmerzen wie eine Ziehharmonika zusammen und gibt ein Stöhnen von sich, das, so stellt Treefrog sich vor, von den Wänden widerhallen und vielleicht auf ewig durch den Tunnel wandern wird.

Er hebt Elijahs Messer auf, steckt es in seine Tasche, beugt sich hinunter und sagt seelenruhig: «Guten Morgen, Arschloch.»

Elijah spuckt etwas Blut und wendet das Gesicht ab, hustet und stöhnt. Angela, die von den Gleisen aus zusieht, nimmt die Hand von ihrem blutigen Mund und jubelt. Und die ganze Zeit hat Treefrog das Gefühl, als sei dies das erste, was er je in seinem Leben getan hat.

13
Wo der Stahl in den Himmel stößt

Er wirft ihre Handtasche ins Nest hoch und klettert mühelos zum ersten Steg. Er zieht seine Handschuhe aus, um besser greifen zu können, und beugt sich herunter, um ihr Handgelenk zu packen.

Sie stemmt ein Bein gegen die Säule, aber die Sohlen ihrer hochhackigen Schuhe sind glatt, und er muß die ganze Kraft seiner Unterarme aufbieten, um sie hochzuziehen. Ihr Gesicht ist bereits blau und geschwollen, sie hat Blut am Mund, wo ihr ein Zahn herausgebrochen ist, ihre Augenbraue ist aufgeplatzt und blutet. Mit einem Bein an der Betonsäule schluchzt sie. «Treefy.» Sie rudert mit den Armen und atmet nervös. «Ich schaff's nicht. Ich schaff's nicht, Treefy.»

Sie sieht aus, als wollte sie fallen – bis zum Tunnelboden ist es nur gut ein Meter –, doch sie streckt sich und hält sich am Träger fest, und seine Arme schieben sich unter ihre Achselhöhlen. Er lehnt sich gefährlich weit über den Träger und zerrt sie durch die Dunkelheit hoch, bis sie, winselnd, auf dem untersten Träger liegt. Er erinnert sich, wie er seine Tochter von der Schaukel herunterhob, und sein Magen fühlt sich riesig und hohl an.

«Zieh die Beine rüber», sagt er.

«Wieso hast du –»

«Entspann dich, Angela.»

«– keine gottverdammte Leiter?»

Er steigt mit einem flinken Schritt über sie hinweg und ergreift ihre Hand. «Ich will wieder runter», sagt sie.

«Steh auf», sagt Treefrog. «Ich halt dich fest, du fällst nicht, das versprech ich dir. Du mußt mir vertrauen.»

«Ich vertrau niemand.»

«Versuch's einfach.»

«Niemand, hab ich gesagt.»

Sie verharrt, mit je einem Bein zu beiden Seiten des eisigen Trägers, die Hände am Rand festgeklammert. Sie fängt an zu zittern, also beugt er sich herab und legt die Arme um sie, um sie zu wärmen. Er blickt auf ihre hochhackigen Schuhe hinunter und sagt: «Wart einen Moment.»

Und er ist weg, zwölf Schritte über den Träger, zum nächsten hoch und in sein Nest und wieder hinunter, mit einem Paar Turnschuhe und drei Paar Socken. Treefrog hockt sich hin und zieht Angela die Schuhe aus.

«Hier», sagt er.

Er schleudert ihre Stöckelschuhe über die Gleise zum Wandbild, sie landen polternd in dem Häufchen Schnee unter dem Gitter. «Bleib ganz still sitzen», sagt er und zieht ihr zwei Paar Socken über die Füße. Er bindet die Turnschuhe zu – sie sind ihr immer noch viel zu groß – und sagt zu ihr: «Jetzt.»

Er stopft das dritte Paar Socken in die Tasche, steigt über ihre zusammengekauerte Gestalt, stellt sich hinter sie, hebt sie hoch und hält sie um die Hüfte fest.

«Treefy!»

«Ich hab dich.»

«Es ist eisig.»

Daran erinnert er sich, während er hinter ihr geht: Er kommt nach Tagesanbruch an, ein Mann, der in den Himmel strebt. Er steigt die Stufen von der Subway-Station nach oben, geht eine Straße voll gereizter Autohupen hinunter. Er läuft im Gedränge mit Geschäftsleuten und Frauen zur Wall Street, aber bald mischt er sich unter andere Männer, Bauarbeiter, die aussehen, als könnten sie direkt einer Werbung für sehr starke Zigaretten entsprungen sein. In ihren glasigen Augen spiegeln sich Nächte voller Liebe, Alkohol, Fernsehen und Kokain. Die Gesäßtaschen ihrer Jeans haben die Konturen dessen angenommen, was sie tragen – hier der Abdruck einer Zigarettenschachtel, dort ein kleiner Kreis, wo Tabakdosen herausbeulen, ein Plastiktütchen mit Kokain, die Umrisse einer Brieftasche. In ihren Brieftaschen haben die Männer Fotos ihrer Mütter, ihrer Frauen, ihrer Freundinnen, ihrer Töchter und manchmal sogar ihrer Väter und ihrer Söhne. Wenn ihnen etwas zustößt, dann nahe derer, die ihnen etwas bedeuten: Es ist besser, in der Nähe der Familie zu sterben als in der Nähe des Kommerz. Doch wird der Tod selten erwähnt – selbst bei Beerdigungen erzählt man nicht, wie der Verstorbene zehn Meter gefallen oder der Aufzugschacht eingestürzt ist, wie der Selbstmörder von dem Netz aufgefangen wurde oder die verirrte Schraube von hoch oben herunterfiel und einem Maurer eine blutige Bahn durch den Schädel zog. Statt dessen reden sie von Frauen und Mädchen und Kellnerinnen und dem sanften Schwung von Hintern und üppigen Ärschen und dem Hervorlugen von Sommerbrustwarzen und der Art und Weise, wie eine Schulter sich der Sonne offenbart.

Sie fluchen laut, während sie durch die Straße gehen. Sie weichen nie aus. Die Geschäftsleute wirken klein, nutzlos und feminin neben ihnen.

Manchmal drückt ein Arbeiter den Finger gegen einen Nasenflügel und pustet einen Strom Rotze auf den Boden, und ein Geschäftsmann verzieht angeekelt den Mund, doch der Arbeiter geht gleichgültig weiter durch den morgendlichen Berufsverkehr.

Clarence Nathans neue braune Bauarbeiterstiefel sind schon so viel getragen, daß ein Kreis von Haaren weggescheuert wurde, dort, wo das Oberleder seine Waden berührt. Eine Art Talisman. Ein Glücksbringer. Sein blaues T-Shirt spannt sich über seinen Brustkorb. In der Brieftasche trägt er seinen Großvater, seine tote Mutter, seine Frau und seine dreijährige Tochter. Seine Haare sind aus der Afro herausgewachsen, die Dancesca ihm einmal gemacht hat, und sind wieder glatt und lang geworden. Wenn er hochblickt, reckt sich über seinem Kopf ein von ihm erschaffenes Skelett einem wolkenlosen Manhattan-Himmel entgegen. Einige seiner Kollegen werden unten am Fuß des Gebäudes bleiben und die Lasten anschlagen; andere werden an Sicherheitsgurten hängen und sich gefährlich weit über den Mittelteil des Stahls hinauslehnen; wieder andere werden den ganzen Tag die Gänge belagern, Aufzugschächte montieren, Stromkabel installieren, Fugen ausspritzen, hämmern, streichen, verkleiden. Aber Clarence Nathan wird höher hinaufsteigen als irgendein anderer Mensch in Manhattan.

Nach einem Kaffee in der Baubude gesellt er sich zu den Stahlbauern am Aufzug, und sie steigen auf, erhaben, in die Luft. Vierzehn Männer, zwei Teams à sieben Arbeiter. Der Fahrkorb schaukelt im Wind. Es gibt keine Scheiben, bloß Stangen über Knie, Hüfte, Brust. Unter ihm verschwimmt Manhattan zu einer Miniatur aus kriechenden gelben Taxis und dunklen Silhouetten. Dieser Aufstieg hat etwas Lustvolles, das sanfte Schaukeln, die kühlende Brise, das Bewußtsein, daß er derjenige ist, der die Jungfräulichkeit des Luftraumes durchstoßen wird, dort, wo der Stahl den Himmel trifft.

Clarence Nathans Kollegen sind alles drahtige Männer. Einige sind Mohawks, ihr Blut ist so verteilt, daß es überall in ihrem Körper gleichmäßig fließt: Es ist ihre Geschichte, eine Gabe, sie verfügen über absolutes Gleichgewicht, Fallen ist für sie gar kein Thema. Andere stammen aus der Karibik und aus Grenada, und es gibt einen Engländer, Cricket, der seine Vokale austeilt, als würde er sie mit der Zange servieren. Er ist dünn, blond und pockennarbig und trägt einen Ohrring in Form eines Blitzes. Cricket hat sich seinen Spitznamen eingehandelt, als er versuchte, den anderen Arbeitern das Spiel seines Heimatlandes beizubringen, während er oben auf einem Querträger stand. Nachdem er einen imaginären Ball zwischen den Beinen poliert hatte, drückte er das Kinn auf die Brust, rannte den schmalen Träger entlang, um die Technik des Werfens zu demonstrieren, wobei er seinen Arm in einem großen Bogen kreisen ließ. Seine Zuschauer sahen gebannt zu, als Cricket um ein Haar hinunterstürzte – zehn Meter lagen zwischen ihm und der Hilfsdecke – aber er fing sich mit der Kraft seiner Arme, baumelte, grinste, zog sich hoch und sagte: «Bein vorm Mal, Gentlemen!»

Der Aufzug klappert und hält an. Clarence Nathan trinkt seinen Kaffee aus, schmeißt den Becher weg und geht über die Abdeckung auf zwei Leitern zu, die nach oben führen. Die Männer nennen diesen Platz scherzhaft die POST, Place of Shriveled Testicles, Ort der geschrumpften Hoden. Kein normaler Mensch geht weiter.

Die wendigsten – Clarence Nathan und Cricket – nehmen auf der Leiter zwei Sprossen auf einmal. Ihre Ledergürtel sind mit Werkzeug bestückt, und die langen Schraubenschlüssel prallen gegen ihre Schenkel. Sie klettern drei Leitern bis zur obersten Spitze des Gebäudes hoch, wo Stahlstützen in die Luft ragen. Der Vorarbeiter, Lafayette, mit einer dickumrandeten Brille, streckt oben auf der Leiter den Kopf in die Luft und sagt: «Ein neuer Tag, ein neuer Dollar.»

Mit vorsichtigen Schritten geht Lafayette über die unbefestigte Plattform. Cricket geht neben ihm her und sagt: «Ein neuer Tag, ein neuer Dolor.»

Clarence Nathan ruft seinen inneren Lageplan vom Vortag ab: wo bestimmte Geräte zurückgelassen wurden, wo die Löcher in der Arbeitsbühne sein könnten, wo auf dem Dach er aus Versehen einen Eimer mit Schrauben umstoßen könnte, wo jemand am Ende der letzten Schicht eine Dose Bier abgestellt haben könnte. Funkgeräte knistern und Stimmen quaken auf den Frequenzen. Die Männer sehen zu, wie die riesigen gelben Favco-Kräne losschwenken, Stahlträger und Stützen hochziehen. Das Metall wird Zentimeter für Zentimeter durch die Luft geschoben. Wenn der Stahl die Plattform erreicht hat, entscheidet Lafayette, in welcher Reihenfolge die Männer bauen werden. Die Arbeiter warten und plaudern.

Der stillste unter ihnen ist Clarence Nathan. Er sagt kaum ein Wort, aber manchmal, wenn der Vorarbeiter gerade nicht in der Nähe ist, fordern er und Cricket sich gegenseitig heraus, blind über die Träger zu gehen. Sie bewegen sich wie auf festem Boden. Wenn sie abrutschen, werden sie nicht weit fallen, aber zehn Meter sind genauso tödlich wie dreißig. Die Augen sind geschlossen, und sie treten nie daneben.

Auf der Plattform dreht Clarence Nathan seinen Bauhelm nach hinten und steckt die Haare darunter. Der Einweiser unterhält sich mit dem Kranführer in einer Sprache kodierter Funksignale. Eine riesige Stahlstütze wird hochgezogen, die Männer passen die Stütze ein, und dann wird sie unten verschraubt. Die Stütze schneidet in den Himmel. Der Kran schwenkt ein Hubseil herüber, an dessen Ende sich eine sphärische Kugel befindet – die Männer nennen sie die Kopfschmerzkugel. Lafayette pfeift nach einem Freiwilligen, und Clarence Nathan gibt ihm ein Zeichen mit dem Daumen. Das Seil kommt zu ihm.

Er streckt die Hand nach dem Seil aus, bringt es zum Stillstand, und mit meisterhafter Unbekümmertheit besteigt er die kleine Stahlkugel.

Plötzlich bewegt sich das Hubseil, und Clarence Nathan baumelt in der Luft, im Nichts. Er liebt dieses Gefühl: allein, auf Stahl, über der Stadt, seine Kollegen unter ihm, nichts im Kopf außer diesem Schaukeln durch die Luft. Er hält sich mit nur einer Hand fest. Der Kranführer ist vorsichtig und befördert ihn langsam zur Spitze der Stütze. Die Kopfschmerzkugel schwenkt leicht aus, bleibt dann stehen. Clarence Nathan verlagert das Gewicht und wechselt dann leichtfüßig auf die dicken Stahlflansche der Stütze über – für eine einzige Sekunde ist er absolut frei von allem; es ist der reinste Augenblick, nur er und die Luft. Er schlingt die Beine um die Stütze. Auf der Stütze gegenüber wartet Cricket. Dann schwenkt der Favco-Kran einen riesigen Stahlträger zu ihnen hinüber, er schleicht durch den Himmel, langsam, systematisch, und beide Männer greifen danach, packen ihn und ziehen ihn zu sich heran. «In Ordnung?» brüllt Cricket. «Okay!» Sie zerren den Träger mit Gewalt in die richtige Lage, bearbeiteten ihn manchmal mit großen Gummihämmern oder ihren Schraubenschlüsseln, um ihn exakt einzupassen. Der Schweiß rinnt ihnen in Strömen über die Brust. Sie stecken die Schrauben hinein und drehen die Muttern locker an; ein anderer Trupp wird sie später endgültig anziehen. Und dann machen die Männer das Gehänge los – der Träger sitzt jetzt zwischen den beiden Stützen, und das Skelett des Gebäudes wächst. Clarence Nathan und Cricket gehen den Träger entlang und treffen sich in der Mitte. Sie steigen ins Leere und auf die Kopfschmerzkugel, die Arme umeinander, und lassen sich zur Plattform hinunterbringen, wo die anderen warten. Manchmal holt Clarence Nathan als Scherz oben auf der Säule seine Mundharmonika raus und bläst hinein, spielt mit nur einer Hand. Meist weht der Wind die Melodie fort, doch gelegentlich fallen die Töne zu den Stahlbauern hinunter. Sie klingen leierig und gequetscht, und deshalb nennen die Männer ihn manchmal Treefrog, Laubfrosch, ein Name, für den er nicht viel übrig hat.

«Gut gemacht!» sagt Treefrog, als er und Angela das Ende des ersten Trägers erreichen.

Angela atmet schwer. Selbst unter ihrem Pelzmantel kann er sehen, wie sich ihre Brust hebt und senkt. «Keine zehn Pferde kriegen mich da hoch!»

«Es ist ganz einfach.»

«Bring mich wieder runter. Du willst doch nur bumsen. Du bist genau wie alle andern. Mir geht's nicht gut, Treefy. Oh, Treefy.»

«Es sieht bloß höher aus, als es ist, weiter nichts.»

«Ich will meine Schuhe wiederhaben.»

«Stell dir einfach vor, du bist auf dem Boden.»

«Bin ich aber nicht.»

«Wenn du dir vorstellst, du bist auf dem Boden, ist es kinderleicht.»

«Bin aber kein Kind», sagt sie, während sie Blut an ihrem Pelzmantel abwischt.

«Das hab ich nie behauptet.»

«Ich bleib hier. Hol mir meine Schuhe.»

«Die sind da unten, verdammt noch mal.»

«Ich geh hier erst wieder weg, wenn ich meine Schuhe hab.»

«Na gut, bleib hier.»

«Laß mich nicht allein, Treefy. Bitte.»

«Also, dann.»

Er greift in die Kerbe, die er in die Säule hineingehämmert hat, und in wenigen Sekunden ist er oben auf dem zweiten Steg. Angela, zwei Meter unter ihm, umfaßt immer noch die Betonsäule, als wäre sie dort angebunden. Treefrog schlingt ein Bein um den Träger, beugt sich herunter, nimmt ihre Hand und schwingt Angela – fast schon mit Gewalt – durch die Luft, packt sie an der Hüfte und zieht sie hoch. Er hatte erwartet, sie würde brüllen und schreien und treten, aber sie sagt nur: «Danke, Treefy.»

Angela sitzt zitternd auf dem Träger. Sie hat aufgehört zu weinen, und sie blinzelt ein paarmal mit ihrem gesunden Auge, wischt sich wieder Blut aus dem anderen.

«Mir geht's nicht gut.»

«Du mußt einfach nur hier rüberlaufen. Ganz ruhig. Siehst du? Da oben. Guck nicht runter. Nicht runtergukken, hab ich gesagt!»

«Er hat mir weh getan.»

«Ich weiß.»

«Hast du ihn umgebracht?»

«Nein.»

«Ich will, daß du ihn umbringst», sagt Angela. «Bring das Arschloch um. Stopf ihm den Hals mit 'nem blauen Waschlappen.»

«Okay.»

«Bring ihn nicht um, Treefy.»

«Schon gut. Wie du willst.»

«Du läßt mich bestimmt fallen.»

«Vertrau mir. Ich hab mal auf Wolkenkratzern gearbeitet», sagt er.

Sie starrt ihn an. «Ich hab Schiß.»

«Ist okay. Ich versprech dir, daß dir nichts passiert.»

«Du bist ein Spinner.»

«Du bist auch nicht grad normal.»

«Ich bin normal. Nenn mich nicht unnormal.»

«Na gut, na gut, na gut. Du bist die normalste Frau, die mir je begegnet ist.»

«Du bist süß, Treefy.»

Er stellt sich hinter sie und führt sie über den schmalen Träger. Ihre Schritte sind langsam und präzise, und er behält die Arme um sie geschlungen: Nur das Wetter kann ihn aufhalten – der Stahl wird rutschig von Nebel, Eis und Regen, und am gefährlichsten sind Blitze. Die Männer montieren einen provisorischen Ableiter oben ans Gebäude, aber beim ersten Anzeichen eines schweren Gewitters kriegen sie den Tag frei. Bei gutem Wetter kommen sie mit einer Geschwindigkeit von einem Stockwerk pro Woche voran. Die Sonne prallt vom Metall ab, aber wenigstens weht ein Wind, der die Arbeiter abkühlt. Obwohl es gegen die Vorschriften ist, arbeitet Clarence Nathan oft ohne Hemd. Sein Körper ist noch nicht von Stichwunden und Narben gezeichnet. Lafayette, der Vorarbeiter, erzählt von gefrorenen Wasserfällen in Kanada, wo man auf dickem Eis klettert, mit Spezialschuhen und Seilen und Karabinerhaken und Eispickeln, in Schwitzhütten übernachtet und Gesänge zum Himmel schickt. Clarence Nathan gefällt die Vorstellung, sich an einen Fluß zu hängen, und er stellt sich vor, auf halber Höhe an der Wand eines Wasserfalls zu hängen, während hinter dem Eis das Wasser hinunterrinnt.

Freitags, nach Schichtende, trinken die Männer zusammen Bier auf den obersten Trägern, sitzen in einer Reihe, lassen die Beine baumeln und werfen ihre Bierdosen in die Netze weit weit unter ihnen. Sie vermitteln gern diesen Eindruck von Lässigkeit, Lässigkeit ist ihre größte Gabe. Ohne lassen sie sich nicht blicken. Selbst wenn sie merken, daß sich rundherum feuchte Wolken sammeln, bleiben sie sitzen und plaudern weiter. Bierdosen ploppen. Die Schutzhelme werden mit Karabinerhaken an ihre Hüften geklippt. Viele der Helme sind mit Aufklebern versehen: Harley-Davidson-Insignien, Abzeichnen von den New York Mets, ein Etikett vom Yellowstone National Park, ein runder Aufkleber vom Hard Rock Café, und sehr oft die kanadische Fahne mit einem Marihuana-Blatt in der Mitte. Die Männer unterhalten sich über ihr bevorstehendes Wochenende – wen sie treffen werden, wieviel sie ausgeben werden, wie oft sie vögeln werden. Ihr schallendes Gelächter wird vom Wind fortgetragen. Die Geräusche der Stadt sind nur ganz schwach zu hören, eine vereinzelte Sirene, eine Lastwagenhupe. Sie warten, bis Lafayette weg ist, und ziehen dann Beutel mit Koks hervor, dünne rote Strohhalme und manchmal etwas Dope. Ein Mann legt die Arme schützend um eine fette Straße Koks, damit nichts fortgeblasen wird.

Clarence Nathan, high von Marihuana – er schnupft kein Koks –, spricht mit den Hubschraubern, die vom East River und dem Hudson herüberkommen.

Nach der Arbeit nimmt er den Zug zur 96th Street und geht den restlichen Weg nach Hause zu Fuß, während die Sonne sich in einem Bogen zum Westen neigt. Sein Schraubenschlüssel hängt vom Werkzeuggürtel herunter und klopft im Takt seiner Schritte gegen seinen Oberschenkel. Er hat noch immer das Gefühl, oben auf den Trägern zu sein, zu schweben, und er achtet peinlich genau darauf, daß seine Füße nie die Fugen im Bürgersteig berühren. Es ist ein kurzer Fußmarsch nach Hause, dorthin, wo er mit seiner Familie in einer kleinen Wohnung an der Ecke West End Avenue und 101st Street wohnt, aber er geht vorher noch in den Riverside Park hinunter, raucht beim Gehen. Manchmal – bevor er den Park erreicht – bleibt er bei einer Parkuhr stehen und übt sein altes Kunststück, balanciert auf einem Bein oben auf der Uhr.

Er hält den Kopf gesenkt und zählt im Gehen seine Schritte. Eine komische Angewohnheit, er kommt gern mit einer geraden Zahl an, obwohl es nicht zwingend notwendig ist. Es ist bloß ein Spiel. Im Park wird er oft von Strichjungen angequatscht, die ihm anbieten, ihm einen zu blasen. Der Park ist einer ihrer Lieblingsplätze. «Heute nicht», sagt er, und manchmal pfeifen sie ihm nach. Sie mögen es, wenn er ärmellose T-Shirts trägt, seine Arme sind mit Muskeln bepackt. An der Wohnungstür kommt der traditionelle Scherz – «Liebling, ich bin wieder da!» –, und Dancesca erscheint, als wäre sie gerade dem Fernseher entstiegen, makellos geschminkt, Haare in Perlen geflochten, dunkle Haut, weiße Zähne, und ihre kleine Tochter klammert sich an ihr Bein. Im Flur zieht Clarence Nathan sein Hemd aus, und Dancesca reibt ihm mit den Fingern über die Brust und zwickt ihn neckisch. Lenora wartet vor dem Bad, während er den Schmutz des Tages abduscht. Als er wieder herauskommt, hebt er sie hoch und wirbelt sie über seinem Kopf durch die Luft, bis sie ruft: «Daddy, mir wird schwindlig.» Nach dem Abendessen bringt er das Kind ins Bett. An ihrer Zimmerwand hat Lenora eine riesige durchsichtige blaue Plastikplane aufgespannt, die sie ihr Aquarium nennt. Hinter dem Plastik sind ausgeschnittene Fotos von Fischen, Muscheln, Pflanzen, Menschen. Eine Polaroidaufnahme ihrer Eltern bei ihrer Hochzeit steckt hinter dem oberen Rand des Aquariums, wo ihre Lieblingsleute hinkommen. Das Foto wurde 1976 vor einem Standesamt aufgenommen; Clarence Nathan trägt eine breite braune Krawatte und ausgestellte Hosen. Er hat kurze Haare. Dancesca hat schon ein Umstandskleid an. Sie sehen verlegen, verwirrt aus. Sie faltet die Hände über der Schwellung ihres Bauches. Ihre Schultern berühren sich kaum. Doch im Hintergrund, gewissermaßen triumphierend, steht Walker, der, ohne Hut, mit einer drolligen Miene auf seine Glatze zeigt.

Es gibt auch eine Schwarzweißaufnahme von Walker,

auf der er zusammen mit anderen Mineuren im Tunneleingang posiert. Alle anderen Männer wirken finster und ernst hinter ihren großen Schnurrbärten, doch Walker, schlammbedeckt, sieht fröhlich aus. Eine Schaufel lehnt an seiner Hüfte, die Hände sind unter die Arme gesteckt, und seine Muskeln stehen prall hervor.

Vor dem Einschlafen ordnet Lenora die Fotos im Aquarium neu an. Clarence Nathan sitzt auf der Bettkante. Als sie schließlich einschlummert, wirft er ihr von der Tür aus eine Kußhand zu. Manchmal, zum Spaß, macht er die Augen zu und geht blind durch die Räume. Die Wohnung ist klein und alt, aber sauber, mit einer Stereoanlage, einem geblümten Sofa, einem altmodischen Fernseher, einer Küche voll roter und weißer Geräte. Die Badewanne stand früher im Wohnzimmer, aber jetzt ist sie mit Gerümpel gefüllt und mit einer Plane bedeckt. An den Wänden hängen gerahmte Skizzen von New Yorker Ladenfronten, Geschenke von Walker.

Clarence Nathan ploppt eine Dose Bier auf, setzt sich zu Dancesca aufs Sofa, und sie sehen zusammen fern. Am späten Abend schlafen sie miteinander, und Dancesca bewegt sich unter ihm wie ein Fluß. Danach lassen sie sich wieder vom Fernseher einlullen, und ihm gefällt diese Leere, dieser Rhythmus. Er wollte, daß sein Großvater zu ihnen zieht, aber Walker sagt, er will in Harlem sterben, er wird in dem Zimmer sterben, in dem er tagaus, tagein mit den einzigen Geistern auf der ganzen Welt redet, die etwas taugen; er wird mit einem Flüstern für jeden von ihnen sterben: Sean Power, Rhubarb Vannucci, Con O'Leary, Maura, Clarence, Louisa Turiver und vor allem Eleanor, die ihm ein freches, wunderschönes Lächeln schenkt, während sie ihre Haare richtet und sich im Bad auf das Waschbecken hochhievt.

Treefrog schiebt den Fuß vor, um Angela zu stützen, während er sie den Träger entlangführt.

«Nur noch ein paar Schritte», sagt er zu ihr. «Nur noch ein paar, und dann bist du da.»

Sie rudert wild mit den Armen, und er drückt sie ihr an den Körper. Er schlingt die Arme um sie, und er spürt die Wärme ihres Pelzmantels. Ihre Füße schieben sich langsam vorwärts, und kurz bevor sie die niedrige Mauer seines Nests erreichen, macht sie einen Satz nach vorn und hält sich mit beiden Händen fest.

«Ich hab's geschafft», sagt Angela, als sie lächelnd über die niedrige Mauer klettert. «War ganz leicht.»

Er schwingt sich an ihr vorbei, macht zwei Schritte, zündet eine Kerze auf dem Nachttisch an.

«Wow», sagt sie.

«War früher mal ein Lagerraum. Die haben ihr Tunnelmaterial hier oben gelagert. Ich glaub, es gab mal 'ne Leiter oder Treppe hier rauf, aber jetzt nicht mehr. Hier ist fast noch keiner oben gewesen.»

«Wofür sind die Radkappen?»

«Teller.»

«Mann», sagt sie. «Eine Ampel!»

«Die hat Faraday gefunden.»

«Hast du Strom?»

«Nein, hab ich doch gesagt.»

«Wow. Wie groß ist das hier?»

«Geht ganz nach hinten zu einer Höhle.»

«Treefrog, der Höhlenmensch.»

«Werd 'ne Petroglyphe malen.»

«Was ist das denn?»

«Nichts. Hör zu, Angela, wir müssen die Wunden versorgen. Dein Auge blutet.»

«Tut mir aber gar nicht weh», sagt sie und faßt sich ans Auge.

«Das ist nur, weil du grad mit Adrenalin vollgepumpt bist», sagt er. «Wir sollten es versorgen, bevor es anfängt, weh zu tun.»

Sie hebt ihre Handtasche vom Boden auf. «Seh ich okay aus, Treefy?»

«Klar.»

«Du lügst.»

Sie kramt in ihrer Handtasche, und dann fängt sie an zu schluchzen. «Elijah bringt uns um.»

«Wir verstecken uns hinten», sagt er, schnappt sich eine Kerze, und sie gehen mit eingezogenen Köpfen in die hintere Höhle. Er stellt die Kerze auf das improvisierte Regal, und das Licht wirft kuriose Schatten auf das freigesprengte Gestein. Sie faßt sich an die Nase.

«Mann, du scheißt hier», sagt sie.

«Nein, tu ich nicht.»

«Riecht wie Scheiße. Hier gefällt's mir nicht. Ich will meine Schuhe wiederhaben. Ich will meinen Spiegel haben.»

«Guck mal, meine Karten», sagt er und zeigt auf eine Reihe von Klettverschlußhüllen.

«Karten sind mir egal. Elijah bringt uns um.»

Sie verläßt die Höhle und geht in den vorderen Raum zurück. Durch die Gitter auf der anderen Tunnelseite fällt noch ein winziges bißchen Licht. «Hier bleib ich nicht, nie und nimmer. Er bringt uns um.»

«Setz dich aufs Bett», sagt er.

«Nie und nimmer, Treefy.»

«Ich faß dich nicht an.»

Sie befingert ihren lockeren Schneidezahn. «Er bringt uns garantiert um.»

«Du solltest zum Arzt gehen.»

Sie wackelt den Zahn mit dem Daumen in ihrem Kiefer hin und her und winselt: «Nein.»

«Wieso nicht?»

«Ich mag keine Ärzte. Bis auf Doktor Treefrog.»

Er lächelt und deutet auf den gelben Kanister am Fußende des Betts. «Ich koch etwas Wasser ab, und dann mach ich dir dein Gesicht sauber.»

«Ich hab Durst.»

«Ich hab keine Drogen.»

Unentschlossen geht sie über den nackten Boden zum Teppich und setzt sich dann aufs Bett. Treefrog zündet die Reste des Brennholzes und ein paar Zeitungen an. Angela wärmt sich die Hände über dem Feuer und hantiert dann mit einer Kassettenhülle, die sie auf dem Boden findet. Mit der Kante der Einlegkarte reinigt sie die Lücken zwischen den Zähnen im Unterkiefer. Sie streift den Zahnstein von der Karte und schnippt ihn ins Feuer.

Er geht rückwärts, weil er sie nicht erschrecken will, und setzt sich auf den Boden am Fußende des Betts, bis das Wasser kocht.

«Jetzt tut's weh», sagt Angela und klettert in seinen Schlafsack.

«Ich verarzte dich, sobald das Wasser kocht.»

«Es tut richtig richtig weh.»

«Ich weiß.» Dann, nach einer langen Pause, sagt er: «Frag mich bloß, wo Castor steckt. Hab sie seit Stunden nicht mehr gesehen.»

«Wie kommt sie hier rauf?» fragte Angela.

«Ich muß sie unten abholen.»

Sie kuschelt sich noch tiefer in den Schlafsack. «Kümmerst du dich um mich, Treefy?»

Und er erinnert sich, wie Lenora, als sie fünf war, hohes Fieber bekam und er sich eine Woche Urlaub vom Bau nahm und zu Hause blieb, während Dancesca arbeitete. Er kaufte im Supermarkt um die Ecke ein. Er machte Hühnersuppe aus Dosen auf dem Herd warm. Lenora lag im Bett neben der blauen Plastikplane. Vater und Tochter gingen jedes Foto im Haus durch. Sie suchte die aus, die ihr gefielen. Er ließ sie nachmachen, damit Lenora sie in ihrem Aquarium anordnen konnte. Als ihr Fieber stieg, legte er Lenora ein feuchtes Tuch auf die Stirn und fütterte sie ganz behutsam mit der Suppe, blies zuerst drauf, damit sie sich auch ja nicht die Zunge verbrannte.

«Treefy?»

«Hm?»

«Hörst du mir überhaupt zu?»

«Hm? Klar.»

«Beschützt du mich?»

Er tunkt sein Stirnband in das kochende Wasser, dreht sich um und sagt: «Natürlich beschütz ich dich, Angela.»

Samstags nimmt Walker ein Taxi unten an der 131st Street und läßt den Fahrer unter Clarence Nathans Wohnung hupen. Sie liegt im vierten Stock, kein Aufzug, und Walkers Beine und Herz rebellieren gegen die Vorstellung, dort hochzuklettern. Clarence Nathan und Dancesca kommen mit ihrer Tochter die Treppe herunter, und Clarence Nathan lehnt sich durchs Taxifenster, bezahlt den Fahrer, gibt ihm ein großzügiges Trinkgeld.

Er hilft Walker aus dem Taxi und muß Lenora davon abhalten, den alten Mann umzukegeln. Walker hat sich einen Gehstock geschnitzt und stützt sich darauf. Sein verbliebenes Haar ist mattweiß, und Falten haben sich in andere Falten hineingekerbt.

«Und wie geht's meinem kleinen Pummelchen?» fragt Walker und beugt sich herab.

«Hallo, Opa.»

Walker richtet sich wieder auf. «Hallo, meine Schöne.»

«Hey, Nathan», sagt Dancesca.

«Mannomann», sagt er zu ihr. «Du wirst mit jedem Tag hübscher.»

Zu viert gehen sie, unendlich langsam, den Hügel zum Park hinunter. Walker trägt einen neuen Hut, einen Hansen, aus dessen Hutband eine winzige Feder hervorlugt. Lenora hüpft voran, während die drei Erwachsenen die Belanglosigkeiten der vergangenen Woche austauschen – Baseball-Ergebnisse, Basketballspiele, die Launen des Wetters. Das Geplauder ist beschwingt, und manchmal kommt man sogar auf Walkers Geister zu sprechen. Dancesca mag die Geschichten, die er über Eleanor erzählt. Clarence Nathan, der die Geschichten schon viele Male gehört hat, geht oft mit seiner kleinen Tochter vor.

Es sind prächtige Zeiten, die besten Zeiten.

Selbst wenn es regnet, gehen sie zum Park hinunter und kauern sich unter Regenschirme. Clarence Nathan wischt mit einem Hemdzipfel die Schaukel trocken, und manchmal bringt Dancesca ein Handtuch für ihren Mann mit, damit er darauf die Rutsche hinuntergleiten und sie für Lenora trocknen kann. Bei den Sonntagsbesuchen dreht sich alles um Lenora. Die Erwachsenen wechseln sich ab, sie auf der Schaukel anzustoßen. Sie stellen sich ans Ende der Rutsche, um sie zu empfangen. Sie heben sie auf den Glasfaser-Dino. Walker nimmt seinen Gehstock als Meßlatte, um zu schätzen, wieviel sie wieder gewachsen ist. Manchmal holt er sich eine Kugel aus dem Bauchnabel, aber das kleine Mädchen mag das Kunststück nicht besonders. Es macht ihr angst.

Im Frühling breiten alle vier eine Decke auf dem Boden aus, setzen sich unter die blühenden Kirschbäume und essen Gurken-Sandwiches, Walkers Lieblingsspeise. Wenn die Abendsonne über dem Hudson untergeht, trotten sie zum Rand des Parks, und Clarence Nathan ruft ein Taxi und steckt seinem Großvater zwanzig Dollar zu, und dann ist der Alte weg.

Eines Samstagnachmittags, als Dancesca und Lenora woanders auf Besuch sind, führt Walker Clarence Nathan zum Rand eines Eisenbahntunnels unter dem Riverside Park. Es gibt ein Tor am Tunneleingang, aber das Schloß ist aufgebrochen. Die beiden Männer öffnen das Tor, schlüpfen hindurch und stehen auf der Metalltreppe. Walker kickt eine blutige Spritze weg, und sie fällt auf den Tunnelboden. «Verdammte Dinger», sagt er. Zuerst ist es ganz finster, aber dann gewöhnen sich ihre Augen an die Dunkelheit, und sie sehen die Gitter in der Decke und die Wandbilder darunter.

Kirschblütenblätter fallen stetig durch die Gitter. Die beiden Männer sehen eine Gestalt aus den Schatten hervortreten, einen Mann mit diversen Dosen Sprühfarbe. Großvater und Enkel sehen sich an und verlassen dann den Tunnel. Clarence Nathan legt den Arm um Walkers Schulter und hilft ihm die steile Böschung hinauf.

«Da hab ich mal gebuddelt», sagt Walker und deutet zum Tunnel zurück. «Fugen ausgestrichen und gebuddelt hab ich an diesem Ort.»

Sorgfältig säubert er die Platzwunde an ihrem Auge, tunkt das Stirnband ins kochende Wasser, zwirbelt den Zipfel des Stoffes, spült ihn im Topf aus, bis er, selbst in dem Halbdunkel, sieht, daß das Wasser rot geworden ist. Wie war sie als Kind, als das Wasser eisenfarben und warm war? Ging ihr Vater mit ihr zum Spielen auf die Schaukel? Saß sie auf dem Rücksitz des Autos, die Hände im Schoß gefaltet? Hatte sie je gedacht, daß es noch etwas Dunkleres geben könnte als ein Maisfeld in Iowa bei Nacht? Und was für eine Karte könnte er von ihrem Körper zeichnen, wenn er den winzigsten Maßstab nähme und Kartograph der Blutkörperchen in dem kleinen Rand von Gewalt an ihrem Auge würde?

Als er die Wunde berührt, spürt er Angelas Atem an seinem Hals. Auf der anderen Tunnelseite kommen die Morgenstrahlen durch – es ist jetzt so hell, daß Elijah ihnen einen Besuch abstatten könnte. Treefrog hätte den Schraubenschlüssel in Elijahs Hals vergraben sollen, er hätte ihn fester schlagen sollen, wie sein eigener Vater es getan hatte, sein unbekannter Vater, der den Cop und den Automechaniker alle gemacht hat. Ihm schießt ein Bild durch den Kopf, er sieht, wie sich ein Schaufelgriff tief in den Schädel eines weißen Mannes gräbt. Sein Vater zwinkert ihm zu und sagt: Schon in Ordnung, mein Junge, ich hab einen Volltreffer gelandet.

Treefrog benetzt das saubere Ende des Stirnbands mit der Zunge. Wenn er etwas Gin hätte, könnte er die Wunde sterilisieren, aber auch so wird sie schnell verheilen. Er faltet das Stirnband zu einem Quadrat zusammen und drückt das Tuch sanft gegen die Seite ihrer Wange. Er lehnt sich hinüber und küßt ihr die Stirn. Sie sagt zu ihm: «Du stinkst, Mann.»

«Schlaf», sagt er.

Treefrog zieht den Reißverschluß des Schlafsacks zu, schnappt sich ein paar Decken und geht wieder zu seinem Stuhl zurück. Er nimmt den Topf mit Blutwasser von der Feuerstelle. Als die Flamme hochleckt, wärmt er sich die Hände, denkt an die Mundharmonika, doch Angelas Augenlider flattern, und sie wird bald eingeschlafen sein.

Er zieht die Decken fest um sich, läßt das Feuer herunterbrennen und lauscht in der Stille nach Castor. Angela dreht sich ein wenig im Schlafsack, ihre Lippen berühren das Kissen. Er lächelt und wiederholt: «Du stinkst, Mann.» Manchmal, wenn er neben Dancesca im Bett lag, roch sie den Schweiß von der Baustelle, selbst wenn er geduscht hatte. Sie rückte von ihm ab und sagte: «Verkehrsdelikt!» – «Hä?» fragte er. – «Strafzettel!» – «Hä?» – «Du riechst, Clar.» – «Oh.» Und dann stand er auf, um sich noch einmal zu waschen, sich glatt zu rasieren, Kölnisch Wasser auf die Wangen zu sprenkeln, ins Bett zurückzukommen und sich an sie zu kuscheln. Seit ihrer Heirat war sie dünner geworden. Er vermißte das Pralle, den üppigen Busen, aber er sagte nichts. Manchmal trug er den Gedanken sogar stolz mit sich herum – während die Frauen anderer Männer wie Teig auseinandergingen, kam sie ihm entgegen.

Einmal begleitete sie ihn nach Houston, wo er mit seiner Crew an einem Wolkenkratzer arbeitete. Lenora ließen sie bei Dancescas Familie. Es war das erste Mal, daß

Dancesca in einem Flugzeug saß; sie war ganz vernarrt in die dünnen roten Strohhalme in den Getränken. Sie sammelte sieben Stück – einen für jedes von Lenoras Lebensjahren. In Texas herrschte sogar im Winter eine drückende Wärme, und sie legte sich schwer auf sie. Nach der Arbeit hielten sie sich meist im Hotelzimmer auf – die guten Zeiten, die allerbesten Zeiten. Die Klimaanlage summte, Dancesca war von den winzigen Shampoofläschchen im Bad fasziniert. Die Plastikgläser auf dem Nachttisch waren mit Folie versiegelt und blieben ungeöffnet. Dancesca und Clarence Nathan gossen sich den Gin gegenseitig direkt in den Mund. Sie liebte es, Eiswürfel auf ihrem Bauch schmelzen zu lassen. Sie wollten Walker ein Telegramm schicken, ihnen fiel aber nichts ein außer: «Wir sind hier im Lone Star State.»

Eines Abends saßen er, Dancesca und Cricket in einer Vorstadtbar beisammen und tranken Cocktails. Die Musik war laut. Der Alkohol pulsierte in ihnen. An einem Tisch in der Nähe saßen ein paar Bohrarbeiter. Cricket forderte sie heraus, über das Dach der Bar zu gehen – es sei, sagte Cricket, eine Frage des Gleichgewichts. Man wettete um einhundert Dollar. Alle traten in die Nacht hinaus. Es war ein einstöckiges Gebäude mit Spitzdach. Er und Cricket liefen mit geschlossenen Augen hinüber. Die nervösen Bohrarbeiter stolperten erstaunt hinterher. Wieder in der Bar, strichen er und Cricket ihren Gewinn ein, leerten gemeinsam ein paar Gläser, klopften sich gegenseitig auf die Schulter. Plötzlich krachte ein Poolqueue auf Clarence Nathans Hinterkopf. Er fiel zu Boden, versuchte aufzustehen, rutschte in seinem eigenen Blut aus. Dancesca schrie. Cricket wurde von vier Leuten gleichzeitig angegriffen. Ein Messer schlitzte heiß über Clarence Nathans Brust. Er wurde ins Krankenhaus gebracht. Seine erste Narbe. Dancesca blieb an seinem Bett, und noch Monate danach – als sie wieder zu Hause in New York waren – pflegte sie ihn mit besonderen Umschlägen, die sie ihm liebevoll um den Oberkörper wikkelte. Sie rieb ihm die gelbe Paste auf die Brust, und dann wanderten ihre Finger tiefer, wo sie in ihrem Verlangen innehielten.

Er öffnet die Augen und betrachtet Angela im Schlaf.

Zärtlich berührt Treefrog die Seite ihres Gesichts, wo noch Blut aus der Wunde sickert. Er säubert sie noch einmal und zieht sich dann in seine eigene faulige Dunkelheit zurück. Er bläst auf das Feuer, um es wiederzubeleben. Nur noch eine kleine Menge Reis und etwas Katzenfutter im Gulag. Er nimmt den Reis heraus, mißt ihn in einer Tasse ab, wäscht den Topf aus und wischt mit dem Zipfel seines zweiten Hemdes, dem saubersten, nach. Er rührt den Reis mit dem Finger um, wartet, bis er kocht, weckt Angela dann mit einem Kuß auf die Wange. Sie ißt begierig, und als sie fertig ist, fragt sie: «Was machen wir jetzt, Treefy?»

Treefrog blickt sie an und zuckt die Achseln.

Sie greift in ihre Manteltasche und entfaltet das Blatt Millimeterpapier, auf dem er ihr Gesicht verewigt hat. Sie betrachtet es, faßt sich an die Wange und sagt: «Bestimmt sind die Berge jetzt noch größer.»

«Ich könnte eine Karte von dir machen ohne die ganzen Wunden», sagt er.

«Wozu machst du überhaupt Karten, Mann?» fragt sie.

«Ich mach von allem Karten. Ich mach sogar Karten von meinem Nest.»

«Wieso?»

«Falls Gott vorbeikommt.»

«Was?»

«Damit Er die Linien bis hierhin verfolgen kann.»

«Bist du ’n Jesus-Freak oder was?»

«Nein. Das ist nur, damit Er mich finden kann.»

Sie dreht sich im Schlafsack herum und seufzt. «Du bist ganz schön merkwürdig.» Sie berührt ihren lockeren Zahn, beißt mit dem andern Schneidezahn die Spitze eines langen Daumennagels ab. Mit dem Stück Nagel säubert sie ihre restlichen unteren Zähne von Zahnstein. «Ich hatte mal die allerschönsten Zähne», sagt sie. «Alle haben gesagt, ich hätte die allerschönsten Zähne.»

«Du hast immer noch schöne Zähne.»

«Lüg nicht.»

«Ich lüg nicht.»

Er betrachtet sie im Kerzenlicht, als sie das Stück Daumennagel ausspuckt. «Treefy?» sagt sie. «Ich hab Durst. Ich will mir Candy holen.»

Und auf einmal weiß Treefrog, daß dies nicht von Dauer sein wird, daß sie bald wieder verschwunden sein wird, daß sie nicht in seinem Nest bleiben wird, und daß er nicht das geringste dagegen tun kann. Sie wird so schnell wieder gehen, wie sie gekommen ist. Die Knie an die Brust gedrückt, zieht er die Decke straff, spürt das dumpfe Pochen seines Herzens an seiner Kniescheibe. Seine Leber sendet sanfte Schmerzstiche aus. Er bittet sie um eine Zigarette, und sie kramt in ihrer Handtasche, die Hand taucht leer wieder auf.

«Scheiße», sagt sie. «Ich muß mit Elijah reden.»

«Kannst du nicht.»

«Wieso nicht?»

«Blauer Waschlappen», sagt er.

Sie schweigen fast eine Stunde, und er fragt sich, ob sie vielleicht ewig so verharren werden. Vielleicht wird jemand herunterkommen und ihre Gebeine finden, gebleicht hoch oben in seinem Nest. Wenn er eine Uhr hätte, könnte er diesem Schweigen einen Wert geben. Ein Cent für zwanzig Minuten. Drei Cents eine Stunde. Zweiundsiebzig Cents ein Tag. Bis zum Ende seines Lebens könnte er Millionär sein. Er schaukelt mit dem Stuhl von einer Seite zur anderen und schnickt sich ein langes Haar aus den Augen.

Aber plötzlich setzt er sich auf, verschränkt die Hände, greift in seine Tasche und holt sein Schweizer Armeemesser heraus.

«Paß auf», sagt er zu ihr.

Treefrog faßt sich an den Bart, läßt die Finger darüber gleiten. Er klappt die Schere aus, setzt sich auf die Bettkante und fängt an. Es überrascht ihn, wie die Kälte an seinem Kinn nagt, als er den ersten Batzen Bart abnimmt.

Angela sagt: «Mann, du siehst jünger aus.»

Er lächelt, und von der Mitte des Kinns arbeitet er sich zur linken Kotelette hoch, macht auf der anderen Seite weiter. Die Haare fallen ihm in den Schoß, und er blickt auf die Strähnen hinunter und sagt: «Ich erinnere mich an dich.» Die Schere ist stumpf. Er spürt, wie es an seinen Wangen ziept und zieht. Trotzdem schneidet er weiter, ganz dicht an der Haut. Wenn er eine Rasierklinge hätte, könnte er sich noch glatter rasieren, zu seinem eigentlichen Wesen vordringen, vielleicht sogar bis zum Knochen schneiden. Während er an sich arbeitet, erzählt er Angela, daß er manchmal seinen richtigen Namen in den Schnee ritzt, oben, damit er ihn nicht vergißt: Clarence Nathan Walker.

Daumen und Zeigefinger haben die winzige Schere fest im Griff, und er muß nicht einmal das Messer mit dem roten Gehäuse von einer Hand zur anderen wechseln. Als sein Bart weg ist, nimmt er seine Wollmütze ab und faßt sich an die Haare.

«Och, Mann, nicht deine Haare, ich mag deine Haare.»

«Einen Moment.»

Um die Schere zu schonen, säbelt er mit einem Messer an sich herum, einem scharfen Küchenmesser, und wirft die langen Haarnester ins Feuer, riecht, wie sie verbrennen. Dann nimmt er wieder die Schere, bis sich sein Schädel oben straff und geschoren anfühlt.

«Komm her», sagt Angela.

«Darf ich vorstellen», erwidert er.

Er geht zum Bett hinüber und schlüpft neben Angela, zieht die Decken über sie beide. Er behält seine Kleidung und seinen Mantel an. Sie dreht sich zu ihm um, und ihre Haare berühren seinen Kopf, und er streckt die Zunge heraus, und er kann es schmecken, den ganzen unterirdischen Dreck, aber es macht ihm nichts aus, er läßt einfach die Zunge auf ihren Haaren, und sie lächelt und berührt die Stoppeln auf seinem Gesicht.

«Du bist süß, Treefy, du bist echt süß.»

Sie legt die Arme um ihn, und er schmiegt sich an den geschlossenen Schlafsack. Treefrog atmet tief ein und legt seine Arme in einem X über die Brust und schiebt seinen Körper noch weiter hinein. Sie rollt sich im Schlafsack hin und her und stöhnt. Er beugt sich nach unten, um das Fußende des Sacks zu entwirren, wo ihre Beine ihn verdreht haben, und als ihre Atmung sich wieder entspannt legt er sich der Länge nach neben sie. Der Tunnel wird von den Scheinwerfern eines Zuges erleuchtet, und sein Nest wird von der Glut herannahender Lichter überflutet, und er bewegt sich im Takt mit dem *Klack-klack-klack* der Wagen gegen die Gleise.

Das Licht aus den vorbeifahrenden Wagen fächert huschende Schatten aus, wirft ein pulsierendes Netz an seine Nestwand. Er hustet leise, als er Angelas Geruch in sich aufnimmt. Er hebt die Decken an den Rändern an, zieht seine Handschuhe aus und hält den Reißverschluß des Schlafsacks fest. Sie dreht sich etwas, und seine Kehle wird trocken, als er ganz langsam den Reißverschluß herunterzieht, Zahn für Zahn.

Er öffnet den Schlafsack bis zum Oberrand, greift hinein, spürt die Wärme von Angelas Pelzmantel.

«Treefy», sagt sie.

Es ist ein billiger Mantel. Das merkt er an der Plastikimitation rings um die Knöpfe, wo seine Hände herumwandern. Die oberen drei Knöpfe sind schon auf, er nestelt an dem vierten, dann entspannt er sich. Er öffnet ihre drei Blusen, öffnet sie weit. Seine Hand berührt das Thermohemd, und er spürt die weiche, wunderschöne Rundung ihres Körpers darunter. Er hört, wie sich Angelas Hand hebt – sie wischt gegen den Schlafsack –, und ihre Hand umfaßt die seine und führt sie unter das Thermohemd. Der Schock seiner Hand auf ihrer Haut. Sie sagt: «Deine Hand ist kalt, Mann.» Er zieht sie weg, wärmt sie, indem er sie an der eigenen Haut reibt, und tastet sich wieder unter das Thermohemd. Es ist eng, nicht viel Platz zum Manövrieren. Angela führt seine Hand, und das Thermohemd schiebt sich ihren Bauch hinauf. Sie zieht das Hemd über die Brüste. Seine Finger schweben knapp über ihren Brustwarzen, und seine Hand bewegt sich, als wollte sie sich auf ihre Brust legen, aber er hält sie in der Schwebe, zieht sie wieder zurück, um Angelas Bauchnabel zu berühren, und als er sie streichelt, hört er, wie sie ein winziges Pfeifen ins schmutzige Kissen ausstößt.

«Treefy», flüstert sie wieder.

«Clarence Nathan», sagt er.

Und dann sagt sie «Autsch», als seine Hände ihre Rippen berühren.

Angela hält seine Hand fest umklammert, oben auf ihrem Bauch, die Finger wandern, und er spürt das Hämmern ihres Herzens – sie ist die erste Frau seit vielen Jahren, die er so berührt – das Adrenalin, das durch ihn durchschießt, die Schwerelosigkeit der Gedanken, die Leichtigkeit des Bluts, die üppige Erektion. Seine Hände kreisen seitlich von ihren Brüsten, aber er berührt sie nicht – er kann sie nicht berühren –, und er läßt seine Hand über der huppligen Landschaft ihrer Brustwarze schweben. «Moment, Treefy», flüstert sie. Sie streift umständlich ihre Jogginghose und ihre Unterwäsche ab und legt sich dann im Schlafsack zurück. Ihr Kopf berührt das Kissen, und sie lächelt zu ihm hoch, und er bewegt sich ein wenig – ganz ruhig, nicht abstürzen –, und sie drückt seine Hand auf ihre Brust, und für einen Moment verspürt Treefrog nicht einmal den Drang, aufs Gleichgewicht zu achten. Sie sagt kein Wort, kein einziges Wort, nichts, sie nimmt ihn nur bei den Schultern und zieht ihn näher zu sich heran, und er drückt ihre Brust – er hat alles vergessen –, und dann ist er näher bei ihr, und sie hat seinen Reißverschluß geöffnet, und sie ist warm, und er bewegt sich in ihr, und sie stöhnt, all die unendlichen Qualen einer Frau zwischen Langeweile und einer wilden menschlichen Leidenschaft.

Am Abend steht Elijah brüllend unter dem Steg und schleudert dann einen blutigen schwarzen Plastiksack ins Nest hoch, wo er mit einem dumpfen Aufprall landet.

Bevor sie das Nest verlassen, wählt er einen Abschnitt, den er lange nicht mehr bearbeitet hat. Er nimmt ein frisches Blatt und zeichnet eine waagerechte Linie auf der einen Seite und eine lange gerade Linie darunter, führt den Stift mit dem Rand der Plastiktüte.

Er geht durchs Nest, ertastet die Landschaft mit seinen Stiefeln. Er zeigt Angela, wie man sie markiert. Im Gehen ruft er ihr zu, und sie macht Markierungen mit dem Stift – wo der Boden seines Nests ansteigt, jeder Zentimeter eine Erhöhung auf dem Papier, und sie schnippt das Feuerzeug an und markiert das Papier gewissenhaft. Er schlurft rückwärts, weiß genau, was seine Fersen berühren werden. Er muß sich bücken, um aus der Höhle herauszukommen. Seine Füße berühren die Sammlung von Radkappen, und Angelas Stift markiert den Rand eines Halbkreises. Weiter vorne im Nest tritt er auf die Matratze. Er hat das Gefühl, einen riesigen Abgrund zu überwinden, als er vom Bett zurück auf den Boden tritt. Er tastet mit den Händen über den Nachttisch, berührt den Schaft einer Sabbatkerze, fährt wieder hinunter, stößt fast gegen die zertrümmerte Ampel und kommt zum Ende des Nests und dem tiefen, steilen Abgrund hinunter zum Tunnel. Er geht den gleichen Weg zurück, vergewissert sich, daß alles korrekt ist, steht mit geschlossenen Augen über der Matratze.

Die Kerze tropft bis zum Nichts hinunter, weißes Wachs sickert in den Schmutz.

Er vollendet das Schaubild – die Höhle, das Bett, die Sabbatkerze, den kleinen Erdhügel, wo er Castor beerdigt hat –, und als er fertig ist, ist es eine Landschaft mächtiger Täler und Kliffs und Berge und Canyons, eine beschwerliche Reise, das weiß er, selbst für Gott.

Er wickelt etwas Isolierband um die Stiefel, wo sich das Obermaterial gelöst hat, schwingt sich auf den Steg und hilft dann Angela zum Tunnelboden hinunter. Sie kommt zögerlich, langsam. Er hat Decken dabei. «Wo gehen wir hin?» fragt Angela. «An einen Ort, an den ich denke», erwidert er. «Ich hab Durst», sagt sie. Und er raunt ihr zu, daß sie dorthin gehen, wo sie den Candyman finden kann. Sie fragt, ob er genug Geld hat, und er nickt. Sie huscht zur anderen Tunnelseite hinüber, holt ihre Stöckelschuhe, schüttelt den Schnee heraus, und dann kommt sie zurück und stellt sich auf die Zehenspitzen, küßt ihn und sagt: «Los, komm. Ich hoffe, du hast nicht gelogen.»

Er trocknet sich die Augen. Und dann sagt er, wenn er Elijah sieht, bringt er ihn diesmal ganz sicher um, er wird ihm den Schädel zertrümmern, er wird ihn erwürgen, er wird ihn in den Boden stampfen, neben Castors Leiche. Doch als sie durch den Tunnel gehen, durch alle Dimensionen der Finsternis, hören sie keine Menschenseele, und als sie nach oben kommen, ist es kalt und klar, ohne Schnee. Sie gehen durch den Park, die Straße hoch zu einem durchgehend geöffneten Laden, wo er Zigaretten kauft. Angela klappt ihren Kragen hoch und betastet die

Prellungen auf ihrem Gesicht, und dann hält sie einen Moment inne, lächelt – «Candy», sagt sie – und verpaßt ihrem Mund vor lauter Vorfreude eine Überdosis Lippenstift.

14
Jetzt, da wir glücklich sind

Er hat da oben in der 131st Street gewohnt. War jetzt ziemlich still in seinem Leben. Aber verstehst du, ich hab ihn mehr als alles andere auf der Welt geliebt, also haben wir ihn so oft wie möglich besucht. Wie ich schon sagte, er hat Möbel gemacht. Aber aus irgendeinem Grund hat er es sich in den Kopf gesetzt, ganz am Ende seines Lebens, eine Fiedel zu bauen. Und er hat sich Holz besorgt und zugeschnitten, und es war wie eine Fiedel geformt – ungefähr so, verstehst du? Manche Leute sagen Violine dazu. Er hat sich Granatschleifleinen besorgt, hat es um einen Korken gewickelt, und dann hat er den ganzen Tag da draußen gesessen, hat poliert und geschnitzt und geschmirgelt. Dann hat er sich Pferdehaar organisiert, weiß der Geier, woher, und hat einen Bogen gespannt. Er sagte, Musik wär so eine Art Geschenk in seinem Leben, da wär dieses wichtige Klavier gewesen und so. Meine Großmutter hat sogar unten in den Tunneln Klavier gespielt, aber das ist 'ne ganz andere Geschichte. Wickel dich in die Decke ein, Schwester. Na ja, und so. Also war er in seiner Wohnung und hat Tee gemacht und gewartet, daß er vor die Tür kann, aufs Treppchen, um an seiner Fiedel zu arbeiten, und er hatte dieses Ding, diesen Teewärmer, der die Kanne warm hält. Der hat der Mutter meiner Großmutter gehört, Maura O'Leary. Und eines Tages, als er Tee macht, läßt er das Ding einfach auf seinem Kopf! Das haben seine Kinder mal bei ihm gemacht. Hat's sogar für mich gemacht, als ich klein war. Einfach aus Spaß, er fand's komisch. Und vielleicht gefiel es ihm da oben auf seinem Kopf, als würd es seine Erinnerungen warmhalten oder so.

Und dann ist er runtergegangen und hat dort auf der 131st gesessen mit seiner halbfertigen Fiedel und diesem gottverdammten Teewärmer auf dem Kopf. Die Leute haben ihn natürlich ausgelacht, aber das war ihm egal. Er hatte nicht mehr lange zu leben, da hat er sich ein bißchen Verrücktheit geleistet, verstehst du? Ich hab ihm mal einen Walkman gekauft – damals hatte ich noch Geld –, aber mit solchen Dingern wollt er nichts zu tun haben. Verdammt, er hat sogar meiner kleinen Lenora einen Teewärmer besorgt, aber sie mochte den nicht tragen, kann ich ihr nicht übelnehmen. Wir waren viel zu Besuch und haben da draußen mit ihm auf den Stufen gesessen, und das waren die guten Zeiten, die allerbesten Zeiten. Und wir waren alle da – Lenora auch –, als er zum erstenmal auf der Fiedel gespielt hat. Mann, er hat so schlecht gespielt, es hat scheußlich geklungen, Mann. Es war grauenhaft, verstehst du? Aber es war auch schön. Und er hat diesen Song gesungen, einen Bluessong, der zu keiner Fiedel paßt, und der geht so: *Lord, I'm so lowdown I think I'm looking up at down.* So tief unten bin ich, Herr, ich sag dir, tief ist noch über mir. Wir waren so glücklich, wie wir da auf der Treppe saßen, daß wir die Worte geändert haben, und wir haben gesungen: *Lord, I'm so high up I believe I'm looking down at up.* So hoch oben bin ich, Herr, ich sag dir, hoch ist noch unter mir. Autos sind vorbeigefahren. Wir haben sogar ein paar Schüsse weiter unten in den Straße gehört, aber da haben wir nicht drauf geachtet.

Das ist eins der Dinge, worüber ich ständig nachdenke, in die Tiefe raufgucken und in die Höhe runter. Hab nie was Schöneres gehört, egal wie rum man's nimmt.

Ich weiß, dir ist kalt, Schwester, aber mir ist auch kalt. Und Mann, es war der kälteste Tag, als ich zu ihm in die Wohnung kam. Dancesca und Lenora sind grade auf Besuch bei ihrer Familie, wir haben alle zwei Familien, egal, wie wir das finden. Wie der alte Faraday. Ich bin die Treppe hochgegangen, und ich hab damals noch geraucht – nein, nein, Zigaretten, Zigaretten, Schwester –, und so hab ich sie immer in dem Blumentopf einen Stock tiefer von seiner Wohnung ausgedrückt, weil ich ihm gesagt hab, daß ich das Rauchen aufgegeben hätte.

Ich hab's dir doch schon gesagt. Später.

Na ja. Hör zu.

Nur ich, allein, klopf an die Tür. Normalerweise lag er zusammengerollt auf dem Sofa oder so, mit mehr oder weniger Schmerzen, aber diesmal hat er mir einfach die Tür aufgemacht – es war 1986, und er war neunundachtzig, und er war schon ziemlich nah am Holz. Aber diesmal hat er die Tür aufgemacht und gesagt, ich hab dich die Straße hochkommen sehen, mein Junge. Er hatte Mantel und Schal an und diesen verdammten dämlichen Teewärmer auf dem Kopf. Ich bin rein, hab den Mantel ausgezogen, hab mich hingesetzt und den Fernseher angemacht, und da lief grade dieses Baseballspiel, verstehst du, die Yankees gegen die Red Sox. Wer gewinnt, hat er mich gefragt. Und ich hab ihm gesagt, die Yankees haben grade gepunktet, hatten sie aber gar nicht. Er hatte einen alten

Freund, der die Yankees und die Dodgers mochte. Also hat's meinen Opa glücklich gemacht, wenn die Yankees gewonnen haben. Die Yankees haben gerade gepunktet, hab ich gesagt. Und dann ist er so zu mir zum Sofa gekommen und hat gesagt, komm, wir gehen spazieren, du und ich. Es ist kalt draußen, sag ich zu ihm, aber er sagt, ich fühl mich gut heute, ich könnt eine Million Meilen laufen. Laß uns das Spiel angucken, hab ich gesagt, aber dann hat er mich einfach gepackt und vom Sofa hochgezerrt – er war immer noch kräftig –, und dann haben wir unsere Mäntel angezogen und sind raus. Da ist dieser alte Kerl mit einem Teewärmer auf dem Kopf, und draußen ist es arschkalt, und die einzigen, die sonst noch draußen rumlaufen, sind ein paar Typen, die Stoff verkaufen.

Wir sind runter zum Laden und haben uns die *Daily News* gekauft, und ich hab ihn noch nie mit soviel Energie erlebt. Ich hab mal gehört, wenn du weißt, daß du stirbst, dann kriegst du Energie.

Du wirst nicht sterben, Angela, komm.

Und dann hat er sich Tabak in den Mund gestopft, aber ich hab nichts gesagt, obwohl ich auch Lust auf eine Zigarette hatte. Er hat immer gesagt, er wär alt genug, um sich ein Laster genehmigen zu dürfen, hat gesagt, das einzige, was ein alter Mann in seinem Leben bereut, ist, daß er sich so gut benommen hat. Na ja, dann sind wir weiter zur Subway und sind ein paarmal umgestiegen und sind bis zu dem Tunnel runter, den er damals vor ewiger Zeit gebuddelt hat. Dann sind wir wieder raus und stehen am East River in der Nähe von einem Müllhaufen beim alten Customs House, als er zu mir sagt: Da liegt ein goldener Ring unter dem Fluß. Von deiner Urgroßoma, sagt er, und ich sag, ich weiß, weil er's mir schon einemillionmal erzählt hat. Und dann sagt er zu mir – weißt du, was er zu mir gesagt hat? –, er sagt, ich würd gern mal durch den Tunnel laufen und meinem alten Freund Con Hallo sagen, sagt er, das würd ich gern machen.

Und ich sag, was?

Ich würd gern unterm Fluß laufen, sagt er.

Und ich sag natürlich, du spinnst. Und er seufzt bloß und sagt: Na komm, wir gehen runter und fahren mit dem Zug.

Wir können nicht durch den Tunnel gehen, sag ich.

Ich hab doch gesagt, mit dem Zug fahren, sagt er. Fahren, mein Junge.

Also sind wir die Stufen runter – das werd ich nie vergessen –, haben die Münzen reingesteckt, und ich hab ihm die Treppe runtergeholfen. Er hatte noch seinen Gehstock. Dann haben wir am Rand des Bahnsteigs auf den M-Zug gewartet – ist doch der M-Zug, oder? Genau. Und als der ankam, mit quietschenden Bremsen, hat er mich am Ellbogen zurückgehalten und mir in die Augen geguckt, so ungefähr, und gesagt, wie wär's? Und ich hab gesagt, du willst unterm Fluß gehen? Es ist Sonntag, sagt er, warten wir auf den nächsten und sehen mal, wieviel Zeit zwischen den Zügen ist. Eine halbe Stunde könnt es schon sein. Sonntags fahren die nicht so oft. Ich weiß nicht, wie lang es gedauert hat, aber es waren locker an die fünfunddreißig Minuten, und – ich schwör's bei dem da oben, egal, wie er heißt – dann haben wir uns angesehen und gelacht, mein Opa und ich. Dann ist die Tür gegangen, und der Bahnsteig war leer bis auf uns. Und wir haben uns zugenickt. Also, sagt er, nur ein paar Meter, mehr nicht. Und wir haben's mit Handschlag besiegelt. Ich war schnell damals – schneller als jetzt –, und ich bin runter auf die Gleise gesprungen und hab ihm die Hände gereicht, um ihm zu helfen, ihm runterzuhelfen. Wir müssen's nicht machen, sag ich, und er sagt, würd ich aber gern. Genau das will ich machen. Nur ein paar Meter.

Paß auf die Stromschiene auf, sag ich. Und er ist ganz glücklich und sagt, ich weiß, was die Stromschiene ist, mein Junge.

Und dann fragt er mich, hast du'n Feuerzeug dabei? Und ich frag, wozu. Und er sagt, falls der Zug früher kommt, können wir's anmachen, damit der Fahrer uns sieht.

Ich hab ihm das Feuerzeug gegeben und ihn gefragt, wie lange wir brauchen, und er sagt, plus minus eine Viertelstunde. Und ich sag, dann beeilen wir uns mal lieber.

Wir sind dann ein paar Meter hinterm Bahnsteig reingegangen, in die Finsternis. Der dunkelste Tunnel. Ich geb offen zu, daß wir Hand in Hand gegangen sind.

Gib mir deine Hand.

Ich weiß, daß dir kalt ist. Hier, nimm meine Handschuhe.

Auf der Mitte der Gleise, wo's dann runtergeht, hat er meine Hand losgelassen und sich an meiner Schulter festgehalten, ist einen Schritt hinter mir gegangen. Als würd er mit verbundenen Augen gehen. Ich weiß wirklich nicht, warum wir nicht umgekehrt sind, aber wir sind einfach weitergegangen. Und die ganze Zeit denk ich, wir hätten eine Taschenlampe mitnehmen sollen. Und dann zeigt er mir alle möglichen Dinge im Tunnel: Den Streifen rotweißes Metall an der Wand, die Kurven, eine Stelle, wo ein Schweißer Feuer gefangen hat.

Dieser Tunnel – da wohnt natürlich niemand. Da

könnte keiner wohnen. Zu eng. Aber Leute sind da schon durch, Graffiti-Künstler. Da war dieser Typ, COST REVS 2000, und alle möglichen andern Graffiti, bloß niemand wie Papa Love. Gibt niemand auf der Welt, der wie Papa Love malen kann. Wir sind dicht zusammengeblieben. Und ich denk, da oben sind Schiffe auf dem Wasser, und Brooklyn und Manhattan, und wir gehen unterm Fluß durch. Wir haben vor Kälte und Feuchtigkeit gebibbert. Ich hatte Schiß und hab mich ständig umgeguckt. Damals war ich klar im Kopf. Ich mein, damals hatte ich keine Scheiße im Kopf, da war ich noch nicht so verdreht.

Ich weiß, daß ich's nicht bin, Angela.

Ja, du bist auch süß.

Sonnenschein und Zigaretten.

Aber hör zu.

Hör einfach zu.

Wir hätten umkehren sollen, sind wir aber nicht. Der Tunnel ist ganz kurvig und still, und er nimmt das Feuerzeug und schnippt es ein paarmal knapp überm Boden an. Hier ungefähr, sagt er, ist der Ehering. Ich seh bloß einen Haufen Kies und ein paar Steine, aber er guckt zur Decke hoch, oder so, und ich frag ihn, ob er den Ring gefunden hat, und er sagt, Moment. Die Spitze des Feuerzeugs hat ihm schon den Daumen versengt. Komm! sag ich. Moment noch, sagt er, ich seh grad mal nach. Los, komm, komm, komm! Er hat die Klappe vom Feuerzeug wieder zugemacht, guckt hoch, sagt zur Decke, die Yankees haben in diesem Moment einen Run erzielt! Dann hab ich echt Schiß gekriegt, und ich hab ein blödes Gefühl gehabt, weil die Yankees gar keinen Run erzielt hatten, aber ich hab nichts gesagt. Ich hab Schiß. Also schnapp ich mir das Zippo, pack ihn am Mantel und zerr ihn auf dem flachen Teil des Tunnels hinter mir her. Keine Ratten, kein Skagerrak, keine Barents, nichts – bloß unser Atem –, und er sagt, ich weiß noch, und ich sag, was? und er sagt, ich weiß nicht mehr.

Und ich sag, los komm.

Großer Gott, sagt er, das sagt er manchmal so.

Beeil dich! sag ich. Also lang ich nach hinten und zerr ihn am Ärmel. Ich versuch, das Zippo brennen zu lassen, aber es geht mir immer wieder aus. Immer schön Abstand von der Stromschiene. Mitten das Gleis entlang. Schneller und schneller, ich zerr und zieh an seinem Mantel. Er kann sich kaum bewegen, und ich, ich frag mich, ob ich ihn tragen soll.

Geht schon, laß mich in Ruhe, Angie. Es geht schon.

Angie. Angela. Was auch immer.

Hör einfach zu.

Vielleicht hat er irgendwas Junges in sich gefühlt, irgendso'n Scheiß von wegen neunundachtzig Jahre alt, aber plötzlich neunzehn; vielleicht ist er in seine Vergangenheit zurückgegangen – eins, zwei, drei, Schlag, zurück – und er hätt noch mal aufsteigen können, durch den Tunnel und den Fluß und alles, ist er aber nicht. Ich zerr ihn bloß hinter mir her, und in der Ferne sehen wir die Lichter von der Subwaystation – die sind noch ziemlich weit entfernt – und ich bin jetzt am Brüllen, komm jetzt, komm jetzt! Er bleibt kurz stehen, legt die Hände auf die Knie, beugt sich vor und sagt, hab mich seit Jahren nicht mehr so gut gefühlt.

Und dann hat er da bloß gestanden und vor sich hingestarrt. Vielleicht hat er die Stelle erkannt. Vielleicht hat er sich an Sachen erinnert. Aber er hat sich nicht bewegt. Also hab ich fester und fester gezogen. Seine Füße haben wumm wumm auf dem Boden gemacht, und ich seh den Bahnsteig und denk, Mann, wir haben's gleich geschafft, wir haben's gleich geschafft. Wir schaffen's, okay? Wir sind unterm Fluß gelaufen. Die ganze Strecke, von einer Seite zur andern. Er hebt seinen Gehstock, und dann hör ich das Rumpeln, und ein Irrsinnspfiff kommt von einem Zug, und zwei Scheinwerfer blitzen in der Ferne auf, und ich – ich bin schnell – ich bin oben auf dem Bahnsteig und will ihn packen, unter den Achselhöhlen, zieh ihn hoch – die Lichter vom Zug kommen näher –, und eine Hand rutscht aus, und dann fällt die Mütze runter –, das ist das Schreckliche, verstehst du, es ist dieser Teewärmer, das Dämlichste, was man sich vorstellen kann –, und er greift danach, will ihn sich wiederholen, und ich versuch ihn zu packen, und er, er guckt mich an, und ich schwör bei allem, was da oben sein mag – ich schwör's, ich schwör's, ich hab ihn geliebt, ich hab ihn geliebt, ich hab ihn geliebt, Angie –, er hat zu mir hochgeguckt, und sein Gesicht wollte sagen, es sah so aus, als wollte es sagen, was machen wir jetzt, mein Junge, jetzt, da wir glücklich sind?

Es gibt einen Traum: Clarence Nathan hackt sich die Hände ab und saugt sich das Mark aus den Knochen, bis ein hohler Gang entsteht, durch den er geht, voller Verzweiflung, so tief wie Manhattan.

Dancesca hat sich um mich gekümmert. Sie war auch verdammt traurig. Und Lenora, das Weinen hat gar nicht mehr aufgehört. Sie hat sogar seinen Gehstock in ihr Aquarium getan, aber er ist immer wieder rausgefallen. Ich mein, auf der ganzen Welt ist niemand schrecklicher vermißt worden als dieser alte Mann. Ich seh es ständig in meinem Kopf – wie der Zug ihn mitschleift, weiter und immer weiter. Und ich schreiend auf dem Bahnsteig. Und das Kreischen der Räder. Und dann ganz plötzlich die größte Stille, die du jemals gehört hast. Danach konnt ich nichts mehr machen. Ich war gelähmt. Nichts da in meinen Händen. Ich hab ihn mehr geliebt, als irgendein Mann einen Mann lieben kann.

Nein, ich bin nicht traurig.

Stimmt nicht, ich wein nicht.

Ich wein nicht, hab ich gesagt.

Und verstehst du, das war, das war das erste Mal, wo ich das dann gemacht hab. Verstehst du, ich will meine Hände umbringen und alles, was ich anfasse, faß ich zweimal an, so. Oder so. Mach ich manchmal immer noch, aber nicht mehr so viel. Nur noch aus Gewohnheit. Aber – damals – wenn ich es nicht zweimal anfassen konnte, bin ich durchgedreht, wie wenn jemand die Hälfte von meinem Körper ausgehöhlt hat. Ich bin zu den Wolkenkratzern zurück, aber ich war nicht so gut, hab lange mit dem Klettern gebraucht, in meinem Schädel ging's ständig wumm-wumm-wumm, und ich weiß, daß sie überlegen, mich zu feuern. Und dann bin ich einmal nachts da oben auf dem Bau geblieben – wir waren grad bei siebenundvierzig Stockwerken – zusammen mit diesem Freund von mir, Cricket. Er hat den Leuten vom Wachdienst ein paar Scheine gegeben, damit sie uns in Ruhe lassen. Es war kalt, die Sterne waren draußen. Ich hab mich schrecklich gefühlt; in meinem Schädel ging's immer nur wumm-wumm-wumm. Der Stahl war tückisch, weil es vorher geregnet hatte und ein bißchen gefroren. Die Stadt war ganz beleuchtet, wie sie es manchmal ist.

Verstehst du, für mich war es wie so ein Foto, auf dem die Lichter alle verschwimmen, weil man den Verschluß offengelassen hat, weißt du, was ich meine?

Wir sind die Leiter hoch, hatten ein bißchen gebechert, ein paar Biere getrunken. Cricket hat immer wieder gesagt, du bist doch nicht ganz dicht. Aber ich hab an meinen Großvater gedacht, und nichts konnte mich aufhalten. Wir kamen zur Plattform, und ich bin einen von den Trägern hoch, der wie ein X aussieht. Kein Problem, aber Cricket, der war ein bißchen wacklig auf den Beinen, weil er was gebechert hatte. Schließlich kam er auch hoch, ich hab ihn noch nie so langsam klettern sehen. Ich hab die Zigaretten aus meiner Tasche geholt.

Jedenfalls, ich hab eine angezündet und sie in die Luft geworfen zum andern Ende des Trägers, wo Cricket war, aber meistens hat er sie nicht erwischt. Kerzen hatte ich nicht, aber du hättest mal sehen sollen, wie diese kleinen roten Dinger durch die Luft fliegen. Ein paarmal hat Cricket eine gefangen, und dann hat er die Hände drumgelegt, aber die meisten Zigaretten sind über den Rand des Gebäudes gefallen, wahrscheinlich unten in die Netze rein. Aber du hättest mal diese roten Spitzen sehen sollen. So wie die hier. Ich hab bestimmt zwei Pakkungen angezündet. Und hab sie durch die Luft geschleudert. Und ich hab die ganze Nacht auf diesem Träger gesessen, und ich geb offen zu, daß ich wie ein Baby geweint hab. Ich hab da einfach gesessen und versucht, die ganze Nacht lang Zigaretten durch die Gegend zu werfen, weil es das einzige war, was mir einfiel.

Und das war der Moment, wo ich mir eine Zigarette aufgedrückt hab; schätze, das war das erste Mal.

Scheiße, ja, es tat weh, aber ich hab's nicht gespürt.

Hat ein kleines Loch in diese Hand gebrannt, wie ein Krater. Und dann in diese Hand, bevor Cricket mich daran hindern konnte. Er hat mich gepackt und gesagt, tut mir leid, Mann. Hat die Arme um mich gelegt und gesagt, wird schon wieder. Bevor's Morgen wird, gehen wir nach Hause, und Dancesca, die ist schon in Panik, dreht durch, drückt mich auf einen Stuhl, sie ist ganz zärtlich zu mir und alles, sie tut was von ihren Umschlägen auf meine Hand. Sie hat so ein Hausmittel gehabt.

Ja, so ein gelbes Heilzeugs.

Oh, sie hat braune Augen, so schön, sieht dir sehr ähnlich.

Schöne Zähne, ja.

Ich hab dir doch gesagt, wir besorgen das Candy.

Drei Uhr morgens vielleicht.

Aber Angie. Angela.

Du hättest sehen sollen, wie diese kleinen roten Spitzen durch die Luft fliegen.

Er betrachtet die Muster, die die Büroklammern machen. Er biegt sie ganz gerade, hält das gestreckte Metall über die Flamme des Gasherds.

Das Metall wird heiß und rot, und mit einer winzigen Zange biegt er es herum. Es krümmt sich ganz leicht, und er pustet drauf, damit es abkühlt und hart wird. Clarence Nathan wischt sich ein Haar aus den Augen. Er muß aufpassen, die Büroklammer kann leicht brechen. Mit der Zange hält er die Klammer über die Gasflamme, formt geduldige Kurven ins Metall. Als er fertig ist, sieht die Klammer aus wie der Körper einer Schlange. Es gibt auch andere Muster: die Form eines Bootes, ein winziges Auge, eine Pyramide, eine Schaufel.

Clarence Nathan geht vom Herd zum Küchentisch – die bloßen Füße spüren die kalten Nagelköpfe im Holzboden –, wo er sich hinsetzt und raucht und die Spiralen blauen Dunstes über sich betrachtet. Im Fernseher in der Ecke flimmert grauer Schnee. Sonst ist alles vollkommen still. Er legt die Büroklammern zum Abkühlen auf die Küchenanrichte, und als sie fertig sind, erhitzt er sie einzeln, bis sie glühend rot sind. Er legt die Klammern auf seinen Arm und preßt seine Faust darauf, bis der Schmerz durch ihn hindurchschießt.

Er schließt die Augen, beißt die Zähne zusammen, und die Sehnen in seinem Hals treten hervor, und ein mächtiges Brüllen kommt aus seiner Kehle. Dancesca hat es schon so oft gehört, daß sie sich nicht mehr aus dem Schlafzimmer rührt.

Sein Herz ist daran überhaupt nicht beteiligt, nur sein Körper. Das Gefühl. Die Wonne. Er begrüßt sie, heißt sie willkommen: den Körper als sein Gefäß, den Schmerz als dessen Inhalt. Seine Haut sieht aus wie eine Wüstenlandschaft aufgeprägter Muster, gleichermaßen versengt auf beiden Seiten des Körpers, eingebrannt mit der Neugier eines Betrachters.

Er hat sie sich sogar in die Füße geschmolzen, so daß es nachts, wenn er barfuß über den Boden läuft, so aussieht, als würden diese Muster überall herumwandern. Er versucht sich zu erinnern, wie viele Monate seit Walkers Tod vergangen sind – und wenn es drei sind, macht er vier draus, und wenn es fünf sind, macht er sechs draus, und wenn es September ist, ein ungerader Monat, dann ist es für ihn Oktober.

Draußen, auf dem Bürgersteig, achtet er immer darauf, daß seine Füße nicht die Ritzen berühren. Er zählt beim Gehen, seine Schritte enden auf einer geraden Zahl. Gelegentlich geht er den Weg noch einmal zurück, nur um die Zahl richtig zu bekommen. Dann muß er hin und her gehen, damit der linke und der rechte Fuß gleich stark belastet werden. Am Eingang zum Lebensmittelladen geht er die Stufen hoch und wieder runter. Die Verkäufer beobachten jeden Schritt. Nachdem er Zigaretten gekauft hat, sagt er: «Danke, danke.» Er geht nach Hause zu seinen Büroklammern. Fährt fort, seinen Oberkörper mit Mustern zu ziselieren.

Dancesca zaubert großartige Abendessen, um die abendliche Stille zu durchbrechen. Er sitzt am Tisch und klappert mit seinen Gabeln auf leere Teller. Lenora fragt ihn, wieso er mit zwei Gabeln ißt. Er sagt ihr, es sei ein besonderes Spiel, und dann fängt sie auch damit an, bis ihre Mutter ihr etwas ins Ohr flüstert.

Später fragt seine Tochter: «Papa, bist du verrückt?»

«Geh sofort in dein Zimmer, Lenora», sagt Dancesca.

Sie sieht Clarence Nathan an und sagt: «Sie kommt manchmal auf solche dummen Gedanken.»

Auf dem Bau haben die Vorarbeiter etwas Seltsames bemerkt: Er muß alles mit beiden Händen berühren. An seinem neunundzwanzigsten Geburtstag, 1984, besteht er darauf, daß er achtundzwanzig ist. Sie haben von der Sache mit den Zigaretten gehört. Es ist jetzt ein Ritual geworden. Sie feuern ihn, und im Arbeitsamt füllt er die Formulare zweimal aus.

Zu Hause schaltet er den Fernseher aus. Er muß den Knopf auch mit der linken Hand drehen, wegen der Symmetrie. Aber der Knopf läßt sich nicht weiter drehen, also schaltet er den Fernseher an. Dann schaltet er ihn wieder aus. Erkennt, daß seine rechte Hand vernachlässigt wurde. Greift wieder nach dem Knopf. Der Bildschirm flackert auf.

An aus an aus an aus.

An.

Aus.

Bis er nicht mehr weiß, was zuerst war. War er an? War er aus? Er greift sich in die Haare. Er legt sich auf den Boden, zieht seine Stiefel an, schnürt sie gleichmäßig fest, dann zertrümmert er den Fernseher mit beiden Füßen. Die Mattscheibe zerspringt zu einem Spinnennetz. Er greift in den Apparat hinein und ist entzückt, eine gerade Anzahl von Trümmerteilen vorzufinden. Er klebt sie mit Klebeband wieder zusammen und tritt noch einmal mit beiden Füßen hinein.

Clarence Nathan sitzt auf dem Boden, wiegt sich vor und zurück, den Kopf in den Händen vergraben.

Morgens muß er zwei Tassen Kaffee machen. Er trinkt sie abwechselnd. Streicht sich Butter auf vier Stück Toast. Achtet darauf, daß die Erdbeermarmelade eine gerade Anzahl von Kernen hat.

Wenn er die Portionen nicht genau gleich verteilt, setzt ein leichtes Pochen in seinem Schädel ein. Umkehren und einsammeln. Umkehren und einsammeln.

Etwas an dem Sofa im Zimmer macht ihn nervös. Er sieht dort einen Geist, und er meidet es.

«Jetzt schwör drauf», sagt er laut zu niemandem.

«Ich schwöre.»

«Schwör bei deinem Leben, daß du ihr keinen einzigen Penny mehr gibst.»

«Ich schwör's.»

Alles zweimal wiederholt.

Einmal ruft er die Auskunft an und bekommt eine

Nummer für einen Nathan Walker in Manhattan. Er hört, wie sich eine Stimme meldet, und legt den Hörer auf, ohne ein Wort zu sagen. Dann hebt er den Hörer mit der linken Hand ab, wählt, legt den Hörer ein zweites Mal auf. Für einen Moment streift Selbstmord seine Gedanken. Er verscheucht ihn nicht und läßt ihn ein Loch durch seine Gedanken bohren.

Wir hatten eine schöne Wohnung, verstehst du. In der West End Avenue. Oben im vierten Stock, nur daß wir keine Aussicht oder so was hatten, aber es war trotzdem schön. Ich hatte auf den Wolkenkratzern Kohle gemacht. Damals konnte ein Stahlbauer fünfzig Riesen im Jahr machen. Wir hatten Geld auf der Bank. Es lief gut bei uns, auch wenn das Einkommen ein bißchen runterging. Die Gewerkschaft hatte eine gute Versicherung.

Zweiunddreißig oder so.

Jetzt? Sechsunddreißig, glaub ich. Wie alt bist du?

Ganz ruhig. Nicht abstürzen.

Jedenfalls, ich wohn jetzt in Lenoras Zimmer. Das hat so 'ne gelbe Tapete und das Aquarium und alles, und sie wird älter; die hat da jetzt Filmstars drin, Jungs von der Schule, auch Sänger – Stevie Wonder, Kool and the Gang. Sie findet's nicht schön, vom Aquarium getrennt zu sein, aber das Zimmer ist für mich, damit ich meinen Kopf wieder zusammenkrieg, deswegen wohn ich da. Sie schläft also bei Dancesca. Aber Lenora, die kommt mich die ganze Zeit besuchen. Ich montier ein blaues Licht übers Aquarium, und es leuchtet hinterm Plastik runter, und das gefällt ihr. Es war oben hell und unten dunkler, genau wie bei 'nem richtigen Aquarium. Sogar dem alten Faraday hätte das gefallen. Einmal sind wir runter zur

Penn Station, ich und Lenora, und haben Fotos von uns gemacht, in so 'nem Foto-Automat mit einem Drehstuhl, vier Bilder, sie und ich, und die sind oben ans Aquarium gekommen. Siehst du, ich hab noch eins, siehst du?

Klar.

Und verstehst du, jeden Tag bringt sie mir Essen rein. Sandwiches und Kaffee und alles. Und da steht sie, sieht mich an und fragt mich, Papa, wieso darfst du keine Messer für dein Essen kriegen? Papa, wieso sagt Mama, daß du keine Schnürsenkel haben darfst?

Manchmal kommt auch Dancesca rein und setzt sich unten aufs Bett und schneidet mir die Haare und sagt zu mir, das hätte jedem passieren können. Es war nicht deine Schuld. Und dann bringt sie Lenora mit rein, damit sie mir einen Gutenachtkuß gibt und so. Sie ist so ein gutes Kind. Ich mein, sie hat dieses Aquarium an ihrer Wand, richtig? Und da ist Walker, ganz oben. Ich hab das Negativ in der Küchenschublade gefunden, bin zum Fotoladen, hab noch einen Abzug machen lassen und noch einen und noch einen, bis er überall um mich rumgeschwommen ist. Ich weiß nicht, wieviel Abzüge ich hab machen lassen. Wahrscheinlich hätt ich in die Klapsmühle gehen sollen, aber ich war immerhin ein paarmal da, ambulant. Und die haben mir gesagt, bei mir wär alles in Ordnung, ich würd mir das alles nur einbilden. Die hatten diese ganzen Sprachleute und Psychologen, und die haben alle gesagt, wie furchtbar interessant, weil da keine chemische Störung ist; wenn sie mir Medikamente geben, wird's nur noch schlimmer, also geben sie mir keine Medikamente mehr, und Dancesca, sie sagt ihnen, sie wird sich um mich kümmern. Und das tut sie auch. Sie kümmert sich richtig gut um mich. Sie sorgt dafür, daß es mir gutgeht. Und zur Essenszeit deckt sie richtig schön den Tisch mit einem Tischtuch und so, und sie sagt kein Wort, obwohl ich diese Nummer mit der Gabel immer noch mache. Und wir plaudern miteinander, ist alles ganz in Ordnung, ich krieg meinen Kopf wieder zusammen. Aber ich trinke, hol mir das Geld aus Dancescas Handtasche. Geh runter zum Spirituosenladen, wo's billiger ist. Manchmal eine Flasche am Tag.

Ah-ha.

Sie schneidet Haare, um Geld zu verdienen, und Lenora ist in der Schule, und ich bin die meiste Zeit zu Hause, und wir haben sogar einen neuen Fernseher gekauft, nachdem ich den ersten zertrümmert hab.

Ich weiß nicht, Angie. Vielleicht.

Scheiße, jeder spinnt doch ein bißchen, oder?

Was?

Nein.

Geh nicht weg.

Bleib hier. Die Sonne wird rauskommen. Hier, guck mal, ich hab drei Paar Socken. Zieh sie an. Ist mir egal. Mir ist jetzt alles egal. Ich hab noch nie jemand diese Geschichte erzählt. Hier. Zieh sie an.

Wieso willst du nicht die blauen?

Ach ja. Kein Problem. Hab ich vergessen.

Aber es sind keine Waschlappen.

Egal.

Paß auf, daß sie dir nicht abfrieren.

Sieh doch, sieh doch mal. Ist das nicht schön? Geh nicht weg, Angie. Bleib sitzen, bis die Sonne kommt, dann können wir's richtig schön sehen.

Hm-hm.

Ist gerade Ebbe.

Ja, ja, ja, kalter Sand, ist das nichts?

Geh nicht weg, Angie.

Elijah?

Elijah hat bloß 'ne kaputte Schulter. Er bringt dich sowieso um. Du hast doch gesehen, was er mit Castor gemacht hat. Zieh einfach die verdammte Decke hoch und hör zu.

Angela, hör zu. Du mußt mir was sagen.

Du mußt mir sagen, daß du mich nicht hassen wirst.

Sag's mir.

Weil ich nicht will, daß du mich haßt.

Sag es mir, weil Dancesca, die haßt mich, und Lenora auch. Die sind weg, und ich hab sie nie wieder gesehen. Du mußt mir also einfach sagen, daß du mich nicht hassen wirst.

Am Port Authority-Busbahnhof holt er Dancesca und Lenora ab. Sie waren zwei Wochen in Chicago bei Verwandten. Sie nehmen zu dritt ein Taxi nach Hause. Er bittet den Fahrer, bei einer Parkuhr zu halten, und er macht sein Kunststück, aber Dancesca guckt nicht hin. Sie hält den Kopf gesenkt, als er von einer Parkuhr zur nächsten geht. Er streckt die Arme aus, fleht sie an, ihm zuzusehen, bis Lenora das Fenster runterkurbelt und sagt: «Mama sagt, du sollst wieder ins Auto kommen.»

Es war schlimm, verstehst du. Ich bin einfach ein bißchen verrückt geworden. Lenora, die hat Fragen gestellt wie, warum hast du keinen Job mehr? Und, wieso sagt Mama, du bist krank? Und, weshalb will Mama ständig ihre Verwandten in Chicago besuchen? So kleine Sachen. Sie ist neun oder zehn, und sie guckt zu mir hoch und stellt diese Fragen. Manchmal, wenn ich ins Bad geh oder fernseh oder so, geht sie in ihr Zimmer und stellt mein Foto in ihrem Aquarium um, dann bin ich manchmal unten, beim ganzen Plankton. Das tut mir weh, aber ich sag nichts, kein einziges Wort. Haß mich nicht. Sie hat kleine Augen für ein Kind, die meisten Kinder haben große Augen, aber ihre sind klein. Und eine Narbe am Ohr, wo sie mal vom Dreirad gefallen ist. Sie sieht zu mir hoch. Ich weiß, es klingt dämlich, aber es sind diese kleinen Dinge, die einem das Herz brechen.

Ja, ich erinner mich an die Geschichte. Du warst auf dem Rücksitz.

Jetzt siehst du's, Angie. Na ja, fast. Wenn die Sonne ganz oben ist.

Klar. Da erinner ich mich auch dran. Dein Alter.

Diese Cindy, Mann, die kann tanzen.

Aber hör zu. Ich muß dir was erzählen.

Hör zu.

Verstehst du, wir gehen sehr oft in den Park, und da sind wir alle zu dritt, und wenn es naß ist, rutsch ich zweimal mit dem Handtuch unterm Arsch runter, und wenn's trocken ist, klettert sie rauf, aber sie wird allmählich ein bißchen zu groß für die Rutsche, es macht ihr nicht mehr soviel Spaß, aber die Schaukel, die mag sie, vielleicht erinnert die sie an die Zeiten, als bei uns alles gestimmt hat, bevor ich so verdreht im Kopf geworden bin. Vielleicht erinnert sie sich daran. Manchmal sitzen Dancesca und ich auf der Bank, und sie sagt zu mir, du mußt dich zusammenreißen. Und das weiß ich. Ich mein, das bin nicht ich, der mir das alles antut. Das ist bloß mein Kopf. Es ist bloß, verstehst du, der Spielplatz –

Der an der 97th.

Ja.

Ja, schon gut. Ganz ruhig, okay?

Leg deinen Kopf auf meine Schulter. Na also. Das ist schön. Fühlt sich das nicht gut an?

Ich flüster nicht.

Ich wein nicht.

Angie.

Hör verdammt noch mal einfach zu.

Ich bin im Zimmer, verstehst du? Ich bin schon seit ein paar Tagen im Zimmer. Lieg einfach so da. Alleine. Und dann hör ich diese ganzen Kinder reinkommen, und ich frag mich, was zum Teufel ist da los? Ich komm aus dem Zimmer, und da sind diese ganzen Kinder, alle fein angezogen und so. Lenoras Freunde. Ist ganz still geworden, als ich rausgekommen bin. Und da ist eine große Torte auf dem Tisch. Lenora, sie kommt zu mir und sagt, ich hab heute Geburtstag, Papa. Und dann krieg ich so ein hohles Gefühl im Bauch, wie ich's dir schon mal erzählt hab, und ich sag, happy birthday, happy birthday. Und ich seh diese riesige Torte auf dem Tisch. Also geh ich in die Küche und hol etwas Geld aus Dancescas Portemonnaie, die letzten fünf Dollar. Wir haben nicht mehr soviel Geld, sogar unser Erspartes ist so gut wie weg. Arbeite nicht mehr auf den Wolkenkratzern. Bin raus und zum Supermarkt, wo's auch einen Bäcker gibt. Aber als ich wiedergekommen bin, war sie dann doch nicht so groß wie die erste Torte. Also geh ich zur Küchenschublade, und Dancesca packt mich am Handgelenk und sagt, tu das Messer weg. Ich will doch nur die Torte schneiden, sag ich. Und sie sagt, es ist Lenoras Geburtstag, laß Lenora die Torte schneiden. Und ich sag, bitte, ich will doch nur die Stücke anordnen.

Ich weiß nicht, warum. Aber Dancesca, die lächelt mich so an, als würd sie verstehen, und küßt mich auf die Wange.

Also schneid ich die Torte und ordne alle Stücke auf zwei Tellern an, alle gleich groß. Tu sie auf große weiße Teller.

Weil ich's mag, wenn alles gleichmäßig verteilt ist.

Ja.

Und das war, glaub ich, so ein Moment, wo ich mich am allerbesten gefühlt hab, als ich einfach da im Zimmer gesessen und zugesehen hab, wie die Kinder die Geburtstagstorte essen, auch wenn Lenora sie nicht schneiden durfte und es bloß ein Stück gab, wo alle Geburtstagskerzen drauf waren. Und ich war glücklich. Einfach dazusitzen, ein Vater zu sein. Und als alle Kinder weg waren, hat Dancesca aufgeräumt, und dann sagt sie zu Lenora, wie wär's, wenn du mit deinem Papa runter zum Park gehst?

Also, Lenora wird älter, aber irgendwie mag sie die Schaukel immer noch. Wird größer, runder, kommt in die Pubertät und so, aber sie mag sie immer noch. Die könnte den ganzen Tag auf dieser Schaukel verbringen. Also sind wir runter. Es war Sommer. Müll auf dem Spielplatz. Kirschblüte oben bei den Gehwegen. Wir sind zusammen an der Schaukel. Sie trägt Zöpfe. Sie schaukelt ganz fröhlich und ruft, daß ich sie anstoßen soll. Ich will ihr doch nur mehr Schwung geben. Ich steh hinter ihr. Sie paßt so grade auf die kleine Holzschaukel, und ihre Beine kreisen so in der Luft. Zuerst stoß ich einfach die Metallketten nach vorn. Sie lacht. Ich hab das nicht absichtlich gemacht.

Ich schwör's.

Es ist nur so, daß meine Hand – diese Hand hier – um die Kette rumkommt. Ich streif Lenora nur ganz am Rand, nur ein kleiner Stups mit dem Finger, und sie merkt es nicht mal, und sie ruft wieder, höher, höher – sie hat ihr Geburtstagskleid an – und, verdammt, ich mach das nicht absichtlich, ich stoß sie nur an, Hände unter ihren Achselhöhlen, und Dancesca kommt den Weg runter, mit drei Dosen Cola, aber ich seh sie, und meine Hände sind wieder auf den Metallketten. Aber verstehst du, ich hab's wieder gemacht.

Und dann hab ich's wieder gemacht. An der Schaukel.

Und dann hab ich's einmal abends in ihrem Zimmer gemacht, und sie hat ein kleines Nachthemd angehabt, und ich sag zu Lenora, das ist unser kleines Spiel, aber es ist nur um die Achselhöhlen rum, mehr ist nicht dabei, ich streichle sie bloß um die Achselhöhlen rum.

Nein.

Ganz bestimmt nicht.

Nein.

Ich erzähl's dir nicht noch mal.

Das ist es nicht.

Ich wein nicht.

Mir ist nur kalt, weiter nichts. Wenn's kalt ist, läuft mir die Nase.

Hör zu. Bitte.

Diese Frau, verstehst du, die wollte mit uns reden, weil sie gesagt hat, mit Lenora würd in der Schule irgendwas nicht stimmen. Und das weiß ich, weil, als sie reinkam, hat sie meine Hände angesehen, und die waren voller Narben und so. Von brennenden Zigaretten und den Büroklammern. Ich hab dann meine Hände untern Arsch gesteckt und einfach gewartet. Ich sitz mit Dancesca am

Tisch. Die Sozialarbeiterin, die kam rein und war nett zu Dancesca, aber zu mir hat sie nichts gesagt; sie hat bloß gesagt, wenn Sie uns bitte für einen Moment entschuldigen würden, Mr. Walker.

Es ist das erste Mal seit Jahren, daß mich jemand so genannt hat: Mister Walker. Aber verstehst du, bei dem Namen hab ich das Gefühl, als hätt ich nichts in meinem Körper, als wär ich hohl, also geh ich einfach aus dem Zimmer. Ich hab damals ziemlich getrunken. Ich hatte Gin im Zimmer. Ich kletter einfach in die Flasche rein. Lausch nicht mal an der Tür oder so. Dann geht die Haustür zu, und ich hör Dancesca in der Küche. Sie kramt in den Schränken. Ich guck das Aquarium an. Sie hat ein Messer in der Hand, als sie in mein Zimmer kommt, aber sie tut nichts mit dem Messer, es ist nur für alle Fälle. Sie steht vor mir mit dem Messer. Und dann gibt sie mir eine Ohrfeige, und mein Gesicht landet auf meiner Schulter, und dann geht sie wieder, und mein Gesicht brennt von ihrer Hand, und ich denk, schlag auch die andere Seite, schlag auch die andere Seite, aber sie ist weg. Sie ist in dem andern Schlafzimmer. Ich geh und stell mich an die Tür. Ich beobachte sie. Sie holt die Koffer raus. Sie packt ihre Sachen rein, ohne sie zusammenzulegen, stopft zwei Koffer voll. Drückt die Schlösser zu. Dann geht sie an mir vorbei, als wär ich Luft. Lenora ist nicht da, sie ist noch in der Schule. Dancesca macht Lenoras Kommode auf und hält einen Mädchen-BH hoch. Kennst du den? sagt sie zu mir, und dann steckt sie den Kopf wieder in die Sachen und macht den Koffer voll. Sie packt alle Sachen von Lenora ein und reißt dann die blaue Plastikplane von der Wand, sammelt die Fotos vom Boden auf und schmeißt mir das von mir ins Gesicht.

Und dann sagt sie zu mir, Perversling. Du bist nichts als ein Perversling.

Und ich kann nichts sagen.

Ich bin gelähmt, wie ich dir erzählt hab.

Sie ist keine Zicke.

Sie ist keine Zicke, gar nicht.

Nein, ich hab sie da nicht berührt.

Nein!

Ja, nur an den Achselhöhlen. Nirgendwo sonst.

Die hab ich nie berührt. Nicht die Brustwarze.

Nur hier rum.

Es war nicht –

Sie ist bloß ein Kind.

Bloß ein Kind, Angie. Bloß ein Kind.

Ich hab mir nichts dabei gedacht.

Danach hab ich sie kein einziges Mal wiedergesehen. Dancesca hat sie von der Schule genommen und ist zu ihren Verwandten, und sie hört mir überhaupt nicht zu, wenn ich versuche, sie anzurufen, und dann verschwindet sie ganz. Die sagen, sie ist nicht da, beide sind weg. Sie sagen, sie ist in New York und daß sie nicht mit mir reden will, aber ich weiß, wo sie ist, ich weiß, daß sie in Chicago ist.

Hab mir schon überlegt, ob ich hochfahren soll, ja. Irgendwann.

Angie.

Angie!

Nein. Bestimmt nicht, da hab ich sie nie berührt, ich schwör's, das hab ich nie gemacht, ich schwör's, und das ist die Wahrheit, da nie.

Das war's nicht, das war kein Steifer, das war überhaupt nicht so was.

Ich hab sie nicht so berührt, wie du denkst.

Nein.

Hör zu.

Ich mein, das will ich doch die ganze Zeit sagen. Ich bin da in ihrem Zimmer und faß ihre Schultern an, und mir schwirrt der Kopf, und ich hab mich nicht unter Kontrolle und denk was anderes. Ich mein, ich hab keinen Steifen gehabt, du brauchst mir nicht glauben, wenn du nicht willst, es war was anderes, aber Dancesca wollte mir nicht zuhören, niemand wollte mir zuhören, wahrscheinlich wollt ich mir nicht mal selber zuhören, ich war ziemlich verdreht im Kopf, und es hat immer wumm-wumm-wumm gemacht, wie ich dir schon gesagt hab.

Ich hab immer öfter drüber nachgedacht. Das hab ich noch nie jemand erzählt. Ich mein, jeder von uns hat 'ne Geschichte in sich, oder? Ein Mann ist das, was er liebt, und das ist der Grund, warum er es liebt.

Das ist kein Scheiß.

Nein.

Ach, Angie, nein.

Nein, Angie.

Tu das nicht.

Ich mein, guck mal.

Da draußen.

Siehst du nicht? Siehst du, ich hab dir doch gesagt, daß die Sonne rauskommt. Siehst du. Jetzt kannst du's sehen. Es ist grau und so, aber ist es nicht schön? Hey. Angie.

Scheiße, ich mein, das ist das, was ich gemeint hab. Du hast gesagt, du hast es noch nie gesehen, Angie.

Angie.

Du hast gesagt, du willst das Meer sehen.

Vergiß das Candy.

Ja, das ist mein gottverdammtes Candy. Ich hab kein Candy. Und ich werd auch keins besorgen. Scheiß aufs Candy.

Scheiß aufs Candy!

Angie.

Hey, Angie. Da kannst du nicht hin.

Er bringt dich um, Angela!

Du hast meinen Socken fallen lassen.

Angie.

Angela.

Es war nicht so, wie du denkst.

Verdammt, Angie. Angela. An-ge-la!

Ich hab ihn aus ihr rausgeholt.

Als Dancesca weg ist, schläft Clarence Nathan wochenlang draußen in unterschiedlichen Ecken der Stadt. Seine Haare sind kurz, und er spürt, wie die Kälte an seinen Ohren nagt. Im Riverside Park stößt er einem rothaarigen Mann sein Schweizer Armeemesser in den Bauch. Er hat den Mann schon mal gesehen, auch ein Obdachloser. Clarence Nathan sitzt auf der Parkbank am Hudson, und Rotschopf tippt ihm auf die Schulter – «Hast 'ne Kippe für mich, Kumpel?» –, und Clarence Nathan bittet ihn, ihm zum Ausgleich auch auf die andere Schulter zu tippen. Rotschopf lacht und klaut ihm die brennende Zigarette aus dem Mund. Die Klinge ist klein und mickrig, aber sie gleitet hinein und wieder heraus, und Rotschopf steht da, während sich ein kleiner Blutfleck auf seinem T-Shirt ausbreitet. Clarence Nathan läuft weg und sticht sich später selber in den Bauch, in einem Bus. Er trifft Rotschopf ein paar Wochen später wieder, und der sagt, er bringt ihn um, aber Clarence Nathan wirft ihm zwei Päckchen Zigaretten hin, und das war's; er sieht Rotschopf nie wieder. In dumpfem Schmerz wandert er durch die Stadt. Die Sohle seiner Arbeitsstiefel löst sich, und er befestigt sie mit Kleber, den er aus einem Drugstore klaut. Eines Nachmittags sieht er Cricket in der Ferne durch den Park laufen, und er versteckt sich im Gestrüpp unten bei der Böschung. Der Park ist voller Junkies und Strichjungen, aber jetzt fragen sie ihn nicht mehr, ob sie ihm einen blasen sollen. Er ist kaputt und niedergeschlagen und schmutzig, und er bedeckt seinen muskulösen Körper mit langen Hemden, damit er seine Narben nicht sehen muß.

Manchmal ist eine Mutter mit Kind in dem Park. Er kommt schnell von hinten an sie heran, verbirgt sein Gesicht und geht an ihnen vorüber, wartet an einer Laterne oder einer Parkbank, dreht sich um und sieht, daß es nicht sie sind.

An einem trüben Nachmittag sieht er eine Taube durch den Park fliegen; sie saust hinunter zum Fuß des Hügels und fliegt durch das Eisengittertor, und er fragt sich, ob die Taube in dem Tunnel lebt. Er steigt die Böschung hinab, die zu dem Tor führt. Bei den Holzapfelbäumen blühen einige Blumen. Seine Füße rutschen durch den Schlamm. Das Tor ist abgeschlossen. Clarence Nathan starrt auf das Gitterwerk und auf eine Stange, die nach hinten gebogen ist. Er wartet lange, bis sich sein Herz wieder beruhigt; dann bückt er sich und schiebt sich durch die Lücke. Lange Zeit steht er auf der Metallplattform, so wie er und sein Großvater es einmal getan haben. Alles ist still. Der Tunnel ist hoch und breit und gnädig. Gänsehaut, als er die Stufen hinuntergeht. Er taucht in die tiefen Schatten ein, steigt über einen Müllhaufen. Er öffnet eine Flasche und nippt daran und blickt zur Decke hoch. Er starrt in den Tunnel hinein, und dann spürt er es: Es steigt in ihm hoch, direkt durch ihn hindurch; es ist simpel und unumgänglich; und er weiß jetzt, daß dies der Ort ist, wo er hingehört.

Als er weitertrottet, sieht er einen abgestorbenen Baum, der in ein Erdhäufchen gepflanzt ist, und er sieht Wandbilder, die von oben angestrahlt werden. Er geht tiefer in den Tunnel hinein und denkt über die Welt nach, die da über ihm geht, all die einsamen Seelen mit ihren Belanglosigkeiten und ihrer eigenen unverwechselbaren Schande. Dancesca ist da oben. Und Lenora. Irgendwo, er weißt nicht, wo. Er hat versucht, in Chicago anzurufen, aber der Hörer wird immer aufgeknallt. Er hat sogar überlegt, sich eine Busfahrkarte zu kaufen, aber sein Schmerz ist zu groß; er kann nirgendwo hingehen, nur hierhin; es gefällt ihm hier, diese Dunkelheit. Er tritt auf eine Schiene und spürt ein leichtes Rumpeln in seinem Fuß, und ein paar Sekunden später kommt ein Zug angepfiffen, und er tritt zur Seite, um ihn vorbeifahren zu sehen, und die Pendler sitzen an ihren Fenstern und sehen ihn nicht, und dann ist der Zug verschwunden, und das einzige, was bleibt, ist das rote Licht, das sich in seine Augen gebrannt hat, und er geht zur Wand hinüber und legt sich unter ein Bild von Salvador Dalís weicher Uhr, und er hat keine Ahnung, wie spät es ist.

Er blickt nach oben durch das Deckengitter, beobachtet, wie das Licht den Himmel verläßt. Er fährt mit den Händen über seinen Körper, und dann boxt er mit der Faust in die Tunnelwand, immer wieder, und jedesmal spürt er ein Krachen in seinen Händen. Er hämmert weiter, bis beide Fäuste blutig sind, und dann mischt er das Blut zusammen und hämmert weiter, bis er erschöpft ist – er schlägt sogar mit den Ellbogen auf die Wand ein, und dann taumelt er in die finsterste Finsternis hinein, und im Tunnel ist kein Laut zu hören.

Clarence Nathan spürt den Schmerz in seinen Händen, aber es ist ihm gleichgültig. Er wünschte, er könnte sie ermorden, sie vernichten, sie in den Selbstmord treiben; sie haben keine Verbindung zu seinen Handgelenken, nichts, was irgendeinen Sinn ergibt – mehr als alles in der Welt wünscht er sich, seine Hände loszuwerden.

Er geht dorthin zurück, wo er die Taube hineinfliegen sah, umhüllt von ätzender Dunkelheit, und stößt gegen eine Säule. Mit seiner ganzen erinnerten Gewandtheit klettert er die Säule hoch und findet sich auf einem schmalen Steg wieder, geht ihn entlang, begrüßt den Schmerz in seinen Händen – er spürt ihn nicht mal mehr, er ist ein Teil von ihm, organisch –, und er ist hoch oben im Tunnel, sein einzigartiger Gleichgewichtssinn steckt noch immer in ihm; es gibt keinerlei Anzeichen von irgend etwas oder irgend jemandem, es ist kalt und still und jenseitig, und zu seinem Erstaunen führt der Steg zu einem hochgelegenen Raum, und er öffnet dem dunklen Raum seine Hände, sinkt dort nieder, rollt sich zusammen, und er schläft nicht.

Die Sache ist die, Angie, ein Mann braucht Zeit, um seine Hände zu begraben. Hörst du zu? Ich könnte meine Hand gleich hier begraben, wenn ich wollte. Guck zu. Sieh mal, wie sie verschwindet. Hier im Sand. Beide, Angie. Angela. Wo zum Teufel bist du überhaupt hin? Angie? Sieh nur, wie sie verschwinden.

15

Unsere Auferstehungen sind nicht mehr das, was sie mal waren

Er erwacht allein am Strand von Coney Island, die Flut nur knapp zwei Meter von ihm entfernt, auf den Wellen Plastikstücke und schmutziger Schaum, rings um ihn ungewohnte Wassergeräusche, ein anämischer Wolfshund, der an seinen Füßen schnüffelt. Der Hund läuft weg, als er sich bewegt. Seine Zehen frieren in den Stiefeln, und ihm fällt ein, daß er Angela seine Socken gegeben hat. Als er sich den Sand aus den Haaren reiben will, erschrickt er darüber, wie kurz sie sind. Er steht auf und schüttelt den Sand aus seiner Kleidung und den Decken, greift in die Tasche nach seiner Sonnenbrille, aber sie ist kaputtgegangen, entzweigebrochen. Er versucht, die Teile auf seinen Ohren zu balancieren, aber sie fallen herunter, und er läßt sie im Sand liegen und blickt aufs Meer hinaus, spürt einen Umschwung im Wetter, Morgenröte weit hinten am Horizont. Es kommt ihm merkwürdig vor, wie schnell die Sonne steigt, der jähe Moment, bevor sie sich in die Lethargie fügt, in ihren Bogen der Langsamkeit, ihren täglichen Trott.

Er kehrt dem Meer den Rücken zu und verläßt den Strand.

Oben auf der Promenade laufen ein paar frühe Jogger.

Einige Liebespaare, die verkatert aus den Bars hervorkommen. Ein russischer Jude mit schwarzem Hut, langem Bart und Schläfenlocken. Ein Mann mit einem silbernen Karren verkauft Kaffee und Doughnuts.

Er greift in seine Manteltasche, und er hat immer noch, von Faradays Begräbnis, einen Fünf-Dollar-Schein mit Stecknadeln drin. Er kauft Kaffee und einen Bagel, geht ein kurzes Stück die Promenade entlang, hustet und spuckt. Mehr Blut in seinem Schleim als je zuvor. Er spürt, wie der heiße Kaffee durch ihn hindurchsengt, und sein Magen ist so geschrumpft, daß er bloß einen halben Bagel essen kann. Den Rest wirft er dem Wolfshund zu, der noch unten am Strand herumlungert. Der Wolfshund schnüffelt an dem halben Bagel, macht dann kehrt und trottet von dannen. In der Ferne hört er das Rumpeln von Zügen auf dem Hochgleis. Er zählt einen Dollar und fünfundzwanzig Cent und macht sich auf den Weg zum Bahnhof. Matsch am Rand des Bürgersteigs. Seine Handflächen sind jetzt verschorft, dort, wo er sie geschnitten hatte.

Er tippt sich an die Wollmütze und läßt zwei alten Damen den Vortritt.

«Guten Morgen, Ladies», sagt er, aber sie ignorieren ihn, trippeln weiter.

Er hechtet über das Drehkreuz, und niemand hält ihn auf. Im Zug setzt er sich in den zweiten Wagen, in die Mitte der Sitzreihe, weg vom Streckenplan. Der Zug ist voll von gutgekleideten Geschäftsmännern und -frauen, eine Frau pudert sich das Gesicht. Ihm fällt auf, daß alle Plätze besetzt sind bis auf die um ihn herum, und er kann sich vorstellen, wie übel er riecht, und einen Moment lang überlegt er, ob er aufstehen und seinen Platz einer

Frau – irgendeiner Frau – anbieten und sich dann zwischen die beiden Wagen stellen soll, um seinen Geruch vom Wind wegwehen zu lassen. Aber statt dessen streckt er sich auf der Bank aus, rollt sich zusammen, legt die Hand unter den Kopf und schaukelt mit dem Zug. Er hat sich der Geschichte entleert, und alles, was Clarence Nathan in seinem Leben gekannt hat, liegt zwischen hier und einem Tunnel.

Und der alte Sean Power, Gott sei seiner Seele gnädig, der alte Power hat einmal zu mir gesagt, daß Gott einfach einen gelassen hat, daß Gott schlicht und einfach gefurzt hat. Aber ich will das nicht so sehen, mein Junge, auch wenn's komisch ist und ich drüber lachen muß. Ich, ich denk da ganz anders drüber. Und manchmal, nachts, verstehst du, spüre ich noch immer, wie ich ganz und gar durch den Fluß aufsteige.

Er wartet am Tor, in der akuten Stille eines letzten Schneefalls, hebt einen Klumpen Schnee auf und scheuert sich das Gesicht, fühlt sich erfrischt, energiegeladen, wach. Er hat den Morgen im Busbahnhof verbracht – fünfzehn Dollar einfache Fahrt, haben sie ihm gesagt. Er hat zwanzig Dollar in der Tasche. Flaschen und Dosen. Pfandgeld.

Da ist ein einzelner Satz Fußspuren im Schnee, und er weiß, daß es Angelas sind. Er setzt seine Stiefel in die Abdrücke und verlängert sie.

Clarence Nathan zieht seine beiden Mäntel aus, quetscht sich durch das Tor, bleibt auf der Metallplattform stehen und verschnauft, während er die Mäntel wieder anzieht. Entlang des Tunnels gleiten die leuchtendblauen Lichtkegel in die Dunkelheit hinein und heraus. Die Schneeflocken legen ihre üblichen langen Reisen durch das Licht zurück – wie sie wirbeln, fallen, sich sammeln. Er steigt die Stufen hinunter und geht schnell von Lichtkegel zu Lichtkegel, genießt das kurze Wüten der Helligkeit.

Ein geschorener Mann in einem sehr dunklen Mantel, dessen Futter ihm unten um die Beine flattert – er sieht dünn aus, von einer schrecklichen menschlichen Erosion modelliert, seine Arbeitsstiefel mit Klebstreifen umwikkelt, seine lila Mütze tief über den Ohren. In dem Lichtkegel prallen Staubteilchen in alle Richtungen von ihm ab, als wollte selbst das Licht ihn nicht mehr haben. Doch bewegt er sich mit einer seltsamen Geschmeidigkeit, einer Sicherheit, während er auf dem Rand einer Schiene balanciert. Clarence Nathan hat sich erneut aufgesucht, ist zum Ausgangspunkt zurückgekehrt, jeder Schatten, den er wirft, führt zum nächsten, der nur einer von vielen Schatten ist in der Dunkelheit der Geisterbahn. Er fröstelt, als er eine kleine Ratte am Rand der Gleise entlanghuschen sieht, als könne sie ihn für den Rest seines Lebens begleiten. Er hebt eine Handvoll Kieselsteine auf, schleudert sie nach der Ratte und geht weiter.

Neununddreißig Tage Schnee, Eis und grimmige Kälte. Seine Füße so taub, daß kaum noch Schmerz zu spüren ist. Schon verdunkeln die Stoppeln wieder seine Wangen. Aber er bewegt sich schnell, entschlossen, einsam und sicher.

Bei Elijah bleibt er stehen und lauscht an der Tür und ist nicht überrascht, über den Klängen von Radiomusik Angelas Gekicher zu hören. Mit geschlossenen Augen kann er sich Elijah vorstellen, das Pochen der Liebe in seinem Körper, sogar die zertrümmerte Schulter und die zerschlagene Kniescheibe und die zärtliche Art, mit der Elijah vielleicht schon ansetzt, Angela glatt und fest in den Bauch zu schlagen. Clarence Nathan fällt auf, daß die Tür repariert wurde und daß Elijah sich Faradays Klodeckel angeeignet hat. Für einen Moment flackert ein Lächeln über sein Gesicht, bis er an Castor denkt, und das Lächeln verschwindet, und er will über sie hereinbrechen, aber er tut es nicht, und er weiß, daß er es nicht tun wird. Er wird es nie tun. Er wird sie ihren eigenen Grausamkeiten und allen Wintern überlassen, die noch kommen werden.

«Angela», flüstert er. «Angie.»

Er boxt in die Luft und zieht weiter, vorbei an dem Haufen Dosen und dem Einkaufswagen und dem Kinderwagen und dem abgestorbenen Baum und dem Geruch von Scheiße und Pisse und jedem anderen erdenklichen Stück weltlichen Drecks. Er streift den toten Baum mit den Fingern, fragt sich, ob er eines Tages blühen wird. Er kichert über die absurde Vorstellung: grandiose Blütenblätter, die hervorbrechen wie der Klang eines fernen Flügels, der vor vielen Jahren unter der Erde gespielt wurde. Es gab einmal einen Baum in Harlem, den Baum der Hoffnung – erzählte ihm sein Großvater –, und er wurde gefällt, als die Seventh Avenue erweitert wurde. Eine Scheibe davon befindet sich noch in einem Uptown-Theater.

Eine Erinnerung überkommt Clarence Nathan, während er durch den Tunnel wandert. Die ganze Ahnenreihe von Gesang. *Lord, I ain't seen a sunset since I come on down.*

Er steckt eine Hand in die Tasche, findet einen rosa Ball in den Tiefen. Während er den Ball in seiner Hand herumrollt, erspäht er eine Bewegung in den Schatten, und sein Blick ist jetzt so geschärft, daß er sieht, daß es ein Mann ist, langhaarig, bärtig, verdreckt, und ihm wird klar, daß er Treefrog ansieht. «Hallo», sagt er, und die Gestalt nickt zurück und lächelt. Clarence Nathan dreht sich um und knallt den Ball gegen die Wand. Die Schläge zu beiden Seiten seines Körpers heizen ihn allmählich auf, und er spürt, daß die Gestalt ihn immer noch anstarrt. Clarence Nathan behält den Ball in der Luft, hin und her über dem toten Baum, und während er spielt, zieht sein gesamtes Erbe durch ihn hindurch: Walker in Georgia, der auf eine Schlangenhaut starrt, die an einer Wand hängt, Walker, der sein Gesicht auf ein Kissen legt, das sich in seinen Träumen bewegt, Walker am East River mit Männern, die Hüte und Mützen tragen, Walker, der heiter Taubenhälften bemalt, Walker mit den Fingern über einem Klavier, das eine Schleife ziert, Walker, der seine Faust in ein Automobil hineinhämmert, Walker an einem See mit einem winzigen Mädchen, Walker mit Schmirgelpapier, das um einen Korken gewickelt ist, Walker, der von einem Subwaygleis zu ihm aufschaut, Walker mit einem roten Hut, Walker auf einem mächtigen Sturzbach von Wasser, was machen wir jetzt, mein Junge, jetzt, da wir glücklich sind?

Das gummige Wummern gegen die Wand ist das einzige Geräusch im Tunnel, während Clarence Nathan den Ball in der Luft hält.

Als er den Ball mit der Rechten fängt, beißt er sich in die Innenseite der Wangen. Er blickt sich um, den Tunnel entlang, und alle Lichtkegel strömen herunter. Treefrog steht reglos in den Schatten und beobachtet ihn. Sie kommunizieren, ein Nicken, ein beiderseitiges Einvernehmen. Clarence Nathan schleudert den Ball gegen die Wand und gestattet sich ein Lachen, als er ihn auffängt. Er steckt den Ball in eine Astgabel des Baumes und geht weg, in Richtung des Nests.

Der Stalaktit hat zu tropfen begonnen. Clarence Nathan streckt eine Hand aus, nur eine Hand, und fängt die Tropfen in seiner Handfläche auf, schrubbt sich das Gesicht, und seine Augen leuchten voller Eifer: Walker, der den Daumen auf die hüpfende Nadel eines Phonographen drückt, Walker, der seine Schaufel in das braune Flußbett treibt, das Wischen des Paddels, während Walker mit gebeugten Knien in einem niedrigen Boot voll Moos sitzt, Walker, der einer Tunneldecke aus einer Zeitung vorliest, Walkers Speichenlied auf einem Fahrrad, Käfige vorsichtig auf dem Lenker balancierend, Walker, der Initialen in eine Schaufel ritzt.

Clarence Nathan überquert die Gleise und gelangt zu der Säule, faßt in die Kerbe und zieht sich hoch. Sein Körper ist sich seiner selbst gewiß, jede Bewegung kommt zur selben Bewegung zurück, er könnte diese Säulen und Träger endlos begehen. Drei Meter in der Luft weiß er – selbst wenn er fallen wollte –, daß es schwierig wäre, seine Arme würden gegen die Erinnerung kämpfen, und die Glieder würden ausgreifen und sich festhalten, und er wäre tot, aber sein Körper womöglich noch am Leben. Der Träger fühlt sich immer noch kalt an. Vielleicht bleibt seine Haut daran kleben und hinterläßt auf ewig den Abdruck seiner Hand. Er geht über den Träger, ohne die Schritte zu zählen, die zweite Säule hoch und dann über den letzten Steg. Er läßt sich geschmeidig über die niedrige Mauer gleiten, in der Nähe der Ampel, und blickt hinab auf Treefrogs Schatten, jetzt allein im Tunnel. Clarence Nathan sitzt einen Moment lang mit geschlossenen Augen da und tastet dann auf dem Boden nach einer Kerze, findet nur einen Stummel, den er anzündet. Ein kleiner Ring von Licht um ihn herum: Walker, dem ein Schlagstock eine Narbe auf die Stirn prägt, Lenora, die von einem Dreirad purzelt, Walker in einem Laden voller Smokings, Lenora, die heimkommt und ihre Schultasche schwenkt, Walker, der seinen Handballen in die Zähne eines Schweißers rammt, Lenora, die ihr Bettlaken um sich herumzieht, Walker, der sich vor einem Spiegel anzieht, Lenora, die das Foto des alten Mannes an einer Wand verschiebt, Walker, gekrümmt unter der Markise eines Zigarrenladens, Lenora, die auf Stücke von Geburtstagstorte starrt, Walker, der sich hinunterbeugt, um eine Mütze zu fangen, die Träger eines Mädchen-Nachthemds, die herunterfallen, Walker, der ein Kanu den Tunnel hinunterführt, umkehren und einsammeln, umkehren und einsammeln. Walker, der Teile von Lenora von den Bäumen schält, Walker auf einem Geysir von Wasser, emporsteigend, empor, empor.

Clarence Nathan lehnt sich über den Rand seines Nests und blickt in die Schatten hinunter, und mit einem halben Grinsen sagt er zu der Dunkelheit: «Unsere Auferstehungen sind nicht mehr das, was sie mal waren.»

Es erscheint ihm nicht wie ein brennender Busch oder eine Lichtsäule, aber er grinst, und dann tippt er mit dem Fuß ans Ende seines Nachttischs.

Das Kerzenwachs liegt als gehärtete Pfütze auf dem Tisch. Er stubst den Tisch wieder an und sieht zu, wie der weiße Teich mit dem Schaukeln mitschwappt. Dann tritt er den Tisch fester, und es fühlt sich gut an, es fühlt sich richtig an; er tritt noch fester dagegen, so daß der Tisch für einen Moment kippelt und sich dann wieder aufrichtet. Ein Morgenzug saust durch den Tunnel, aber er achtet nicht auf ihn, tritt einen Schritt zurück. Er holt mit nur einem Bein aus, und der Nachttisch kracht gegen die Wand, und der weiße See ist jetzt auf dem Kopf, und mit ungeheurem Schwung hebt er den Nachttisch hoch und schleudert ihn gegen die Wand, hört das Krachen und Splittern. Er bückt sich nach den Stücken, bricht sie in unterschiedliche Teile. Er wirft die Teile aus seinem Nest in den Tunnel hinunter, wo sie ein Stück von den Gleisen entfernt landen.

Clarence Nathan stößt seinen Stiefel gegen die Ampel. Sie schwingt gegen den Stacheldraht und den Haken, der sie in der Wand hält. Er zieht seine beiden Mäntel aus, wirft sie auf sein Bett und beginnt, an der Ampel zu zerren. Sie vibriert ein bißchen, Staub rieselt aus dem Hakenloch, und er zieht so lange, bis sie sich aus der Verankerung löst. Er fällt mit der Ampel in den Händen nach hinten und kichert. Er hebt die Ampel an – ganz ruhig, nicht abstürzen – pflanzt ein Faustloch in jedes der Gläser, zuerst Grün, dann Gelb, dann Rot. Er grinst, als er die Ampel hochhievt und sie über den Steg wirft. Sie kreiselt durch die Luft und zerschellt, und das farbige Glas zerspringt weiter und spritzt in den Tunnelkies.

Er greift nach der Krawattenleine, zupft sie herunter, überlegt kurz, ob er sich eine um die Stirn binden soll, aber es ist keine Zeit, die Knoten zu öffnen, und er knüllt die Leine einfach zusammen und wirft sie hinunter und guckt zu, wie sie sich dreht und entrollt, all ihre Farben, bis sie auf den Boden fällt und sich wieder zusammenballt. Er holt seine Mundharmonika hervor, und auch sie verschwindet, segelt dahin, vielleicht pfeift der Wind durch die Zungen, bevor sie auf den Tunnelboden prallt. Über die Nestkante entleert er den Inhalt der Pisseflaschen in einem langen gelben Bogen. Die leeren Flaschen folgen dem Strom. Er hebt seine Matratze an, stellt sie auf und sieht das Gewimmel der Maden in der feuchten Unterseite, aber er sucht dort weiter nach Kleingeld und Tabak, findet ein paar halbgerauchte Kippen und eine kleine ungeöffnete Flasche Gin. Er grinst und gießt den Gin auf den Boden. Dann peitscht er die schlafenden Geister von ihm und Angela, kippt die Matratze wieder um und schmeißt sie aus dem Nest.

Sie landet mit einem traurigen dumpfen Knall.

Er wischt mit der Hand durch den Gulag, um sicherzugehen, daß nichts übrigbleibt. Dann wirbeln die Radkappen aus seinen Fingern, gleiten durch den Tunnel und geben seltsame hohe Laute von sich, als sie gegen die Wand schlagen. Er kickt einen Stein in die Feuerstelle, und er ist lebendig, und eine Million Regungen tummeln sich in ihm, und er durchschreitet systematisch das Nest, befreit sich von allem, sogar von einigen seiner Kopf- und Barthaare, die auf dem Boden liegen. Als er sie hinunterwirft, fliegen sie wie Federn durch die Luft.

Clarence Nathan geht in die hintere Höhle, achtet darauf, den Hügel nicht aufzuwühlen, unter dem Castor liegt. Er geht zum Regal und zieht es mit einem einzigen Ruck herunter.

Als erstes verschwinden die Bücher; er schlurft zwischen hinterer Höhle und Nest hin und her und wirft sie hinunter, die meisten landen aufgeschlagen auf dem Gleis. Dean wird sie wahrscheinlich abholen kommen. Er starrt hinunter auf seine Karten in dem gefrorenen Schlamm. Dutzende. Er ist sich wohl bewußt, wie sie brennen werden und was das bedeutet. Ein Dutzend Klettverschlußhüllen flattern zu Boden, und er ist draußen bei der Feuerstelle und sucht sein Zippo. Er knüllt die Karten zusammen, und er blickt sich – im Lichte von Gottes Reise und dem Angesicht der seinen – im Nest um und kichert und verspürt keine Trauer, als die Karten zu Asche werden, sich in Nichts auflösen. Der Rauch treibt durch den Tunnel und fort, zur Welt oben: vier Jahre Karten in einer einzigen Verbrennung. Er geht zu seinem Kleiderhaufen hinüber und stopft einen Plastiksack mit den einzigen Sachen voll, die er vielleicht brauchen könnte – nichts außer ein paar Hemden, ein paar Hosen und einem Paar Turnschuhe –, und der Plastiksack purzelt hinunter und landet in der Nähe des Gleises, und er wird ihn später abholen, und der Sack wird schwer genug sein, so daß man ihn einfach wegwerfen kann.

Verlangen heißt Nicht-Haben, denkt er, und erinnert sich an Lenora und wie er sie berührt hat, aber diese Leere ist nicht mehr da. Für die Ruhe dieses Augenblicks ist er am Leben geblieben.

Er sollte verweilen und das leere Nest genießen, aber er tut es nicht. Er ist draußen auf dem Steg, und ein leichtes Beben fährt ihm durch die Waden. Seine Ellbogen hat er an den Körper gelegt. Die sieben Meter unter ihm sind ein unendlicher Abgrund von Schwärze. Der Steg ist noch etwas vereist. Eine brennende halbe Zigarette steckt in seinem Mundwinkel. Er schließt die Augen, lächelt und schafft es, sich auf dem Steg in einem Halbkreis zu drehen, der langsam und kaum merklich größer wird, schnalzt dabei mit der Zunge. Die Zigarette wippt zwischen seinen Lippen auf und ab. Seine Stiefel knirschen übers Eis. Er weiß, daß Blind-Sein bedeutet, daß alles plötzlich ist, daß nichts sein Nahen ankündigt außer der Erinnerung. Das wirkliche Licht zieht sich bei der Erinnerung an Licht zurück.

Auf halbem Wege ist seine Miene zu einem seltsamen Grinsen erstarrt, er steht auf einem Bein, streckt einen Arm, dann den anderen, hebt abwechselnd die Beine, klemmt den Kopf an die Schulter, tanzt den Kranichtanz im Land unter der Erde.

Er schwankt ein wenig, hüpft und dreht sich um, die Arme weit ausgestreckt, um das Gleichgewicht zu halten. Sich selbst ohne Haare und Bart findet er jetzt großartig, und er sagt sich, wenn er einen Spiegel hätte, was nicht der Fall ist, würde er dieses eine Mal wagen, seine geschlossenen Augen zu betrachten. Er kichert über diese absurde Vorstellung, dreht sich auf dem Steg, schließt den Kreis. Er weiß jetzt, daß er versuchen wird, sie zu sehen, daß es ihm wahrscheinlich nie gelingen wird, aber – wenn doch – wird er um nichts bitten, sondern ihr sagen, daß er das, was er getan hat, nicht so gemeint hat, er hatte seine Herkunft gesucht, die Gabe des Blutes, und er wird ihr sagen, daß er, als sie jünger war, versucht hatte, seinen Großvater hochzuziehen, er wollte Nathan Walkers Schultern aus ihrem Körper ziehen.

Ich habe Nathan Walkers Schulter aus dir herausgezogen.

Aber im Moment streckt er beide Arme weit aus, hebt ein Bein an, steckt den Kopf unter die Achselhöhle und hebt ihn wieder, und während er seinen Körper verwandelt, lächelt Clarence Nathan über seine eigene Lächerlichkeit – eins, zwei drei, Schlag, zurück –, und er sagt noch einmal, mit weit ausgestreckten Armen sagt er: «Unsere Auferstehungen sind nicht mehr das, was sie mal waren.»

Doch er dreht sich, und er hüpft, und er weiß, daß es vielleicht nicht wahr ist, und als er auf dem Boden landet, im Tunnel, zwischen den Trümmern seines Lebens, mit gebeugten Knien, mit klopfendem Herzen, läßt er ein Wort auf seiner Zunge ruhen, nur einmal; es ruht dort, etwas Ungleichgewichtiges. Er geht weiter durch die Lichtkegel und in die Dunkelheit hinein, wieder in die Lichtkegel, vorbei an den Verschlägen, hält kurz inne, um auf den Klang von Angelas Atem zu lauschen, wirft ihr eine Kußhand zu und geht weiter, an dem toten Baum vorbei, an den Wandbildern vorbei, eine große Leichtigkeit in seinem Körper, kein einziger Schatten im Tunnel. Und am Tor lächelt er, wiegt das Gewicht des Wortes auf seiner Zunge, seine Verheißung, seine Schönheit, seine Hoffnung, ein einziges Wort: Auferstehung.

Danksagung

Teilen dieses Buches liegen historische Ereignisse zugrunde, die gleichwohl der Romanhandlung angepaßt wurden.

Ganz herzlich möchte ich dem New York Transit Museum in Brooklyn dafür danken, daß mir der Zugang zu seinem Archiv ermöglicht wurde, ebenso der Shomburg Library in Harlem, der New York Public Library und der American-Irish Historical Society. Den vielen Tunnelarbeitern möchte ich dafür danken, daß sie mir Zugang zu ihren Herzen und Erinnerungen gewährt haben. Dank den Frauen und Männern von Harlem, die mir ihre Zeit gewidmet und sich mit soviel Offenheit erinnert haben. Besonderen Dank an Sean und Sally McCann, Roger und RoseMarie Hawke, Captain Bryan Henry, Barbara Warner, Ledig House, Terry Williams, Jean Stein, Christy Cahill, Darrin Lunde, Rick Ehrstin, David Bowman, Tom Kelly, Shawn Hollyfield, Shanna Compton, Leslie Potter und Ronan McCann, von denen viele das Manuskript im Anfangsstadium gelesen und mir mit unschätzbarem Rat zur Seite gestanden haben. Mein Dank gilt auch Arthur French, der mir bei zahlreichen Dialogpassagen behilflich war. Mein aufrichtiger Dank dem gesamten Team bei Metropolitan Books und Henry Holt. Ich bin mit zwei großartigen Lektorinnen gesegnet, Riva Hocherman und Maggie McKernan.

Natürlich wäre dieses Buch nie geschrieben worden ohne die Liebe, den Rat und die Unterstützung meiner Frau Allison. Ich danke ihr, auch für Isabella.

Schließlich gilt mein Dank den Männern und Frauen der New Yorker Tunnel, die mir ihr Leben und ihr Zuhause geöffnet haben, allen voran Bernard und Marco. Keiner von beiden kommt in diesem Buch vor, doch ohne sie wäre es nicht entstanden.

Dank des Übersetzers

Bei den umfangreichen Recherchen, die für die Übersetzung des vorliegenden Romans erforderlich waren, habe ich von verschiedener Seite unschätzbare Hilfe erhalten. Ganz besonders danken möchte ich Herrn o. Prof. Dr.-Ing. Dr. h.c. Bernhard Maidl, Lehrstuhl für Bauverfahrenstechnik, Tunnelbau und Baubetrieb an der Ruhr-Universität Bochum, Herrn Dipl.-Geol. MSC Michael Alber, Institut für Ingenieurgeologie an der TU Berlin, Herrn Prof. Dr.-Ing. Gert Albrecht, Lehrstuhl für Stahlbau an der TU München, Herrn Dr.-Ing. Ulrich Trunk sowie Herrn Herrmann Spitzer.